La Gardienne du Passage

Tome III

La Paix

FSC
www.fsc.org
MIXTE
Papier issu
de sources
responsables
Paper from
responsible sources
FSC® C105338

Sybille Bastide

La Gardienne du Passage

Tome III

La Paix

Roman historique

Édition : BoD – Books on Demand, info@bod.fr
Impression : BoD – Books on Demand, In de Tarpen 42,
Norderstedt (Allemagne)
Impression à la demande

Illustration : Andrew Braid

ISBN : 978-2-3225-4114-0
Dépôt légal : Juillet 2024

*Pour toutes celles et ceux qui nous ont précédés et qui nous ont,
génération après génération, transmis leurs connaissances et
leur passion de l'art.*

Chapitre 1

Contempler.

Contempler et se noyer dans ce regard si bleu qu'il en était devenu luminescent.

Laisser le temps s'arrêter et ignorer tout ce qui se passait autour, la rage de Celima crachant des insultes autant à Neala qu'à l'homme face à elle, ignorer les trombes d'eau se déversant sur les personnes témoins de cette scène irréelle.

Elle avait tellement espéré ce moment, elle en avait tellement rêvé... Même l'eau froide lui inondant le visage et le cou ne parvenait pas à la sortir de sa torpeur.

Tout semblait flou autour de cet océan de bleu dans lequel elle apercevait le fond de l'âme de cet homme, lui-même aspiré dans ses yeux verts étincelants.

Elle n'entendait rien, ne sentait rien.

Le temps n'avait plus cours. Plus rien n'avait d'importance.

Pas de passé, pas de futur, seul comptait ce moment présent, à la fois un instant, et à la fois l'éternité.

Puis lentement, très lentement, la réalité revint.

La réalité, c'était Celima, le visage déformé par la colère, la secouant telle un vieux vêtement couvert de poussière, tout en criant.

— Qui est cet homme, vas-tu me répondre ?

La réalité, c'était aussi la tempête déchaînée, la pluie diluvienne frappant la terre et les humains, créant déjà des torrents de boue dans la plaine et entre les cabanes.

La réalité enfin, c'étaient les prêtresses, observant la scène, terrorisées par la fureur de leur commandante, anticipant déjà les punitions et châtiments pour une situation qu'elles n'avaient pas provoquée.

Et aussi, il y avait cette curiosité, cette interrogation dans le regard de la jeune Malis toute proche qui, elle aussi aurait aimé comprendre ce qui se passait.

Devant l'absence de réaction de Neala, Celima se mit à repousser vigoureusement l'homme face à la jeune femme.

— Va-t'en, qui que tu sois ! Personne n'est autorisé à s'approcher des prêtresses du Soleil ! Tu les souilles de ta présence ! Disparais !

Elle le bouscula tellement fort qu'il manqua tomber à la renverse.

Là, quelqu'un le tira en arrière.

Surprise, Neala vit surgir l'imposante silhouette protégée d'un capuchon de fourrure du grand Pat, le compagnon de son amie Deirdre.

— Allons, dit-il à l'homme incapable de détacher son regard de la jeune femme, ne reste pas ici. Suis-moi.

Neala sembla s'extraire d'un coup de sa rêverie. Et après un dernier coup d'œil, elle vit Jero suivre Pat et s'éloigner du groupe de prêtresses.

— Non, attends !

Mais le tonnerre couvrit le son de sa voix, et le regard fou de Celima lui intima de ne pas bouger.

Tout alla alors très vite dans sa tête. Elle se rappela qu'elle était chez les Prêtresses du Soleil, que celles-ci n'avaient pas le droit d'avoir de contacts avec les gens du monde, surtout les hommes, et que leur commandante était très stricte là-dessus.

Enfin, elle est très stricte pour les autres, mais certainement pas pour elle-même, se souvint Neala. Elle sentit la colère monter, comment cette femme pouvait empêcher les retrouvailles avec Jero quand elle même retrouvait des hommes dans la forêt ?

Elle jeta un regard plein de défiance, prête à ouvrir la bouche, mais le beau visage implorant de Malis la dissuada d'aller plus loin.

Elle prit une grande inspiration, puis expira lentement, et regarda ses pieds trempés, en signe de soumission.

— Rentrons à l'abri, ordonna Celima. Mais ne crois pas t'en tirer comme ça, Neala !

La jeune femme obéit, entourée par les autres femmes soulagées de voir cette scène pénible prendre fin.

Toutes se retrouvèrent dans la cabane des repas. Le dîner fut pris dans une ambiance glaciale, pas un mot ne fut échangé. Les regards, désapprobateurs pour la plupart, se dirigeaient vers Neala, contemplant son bol de nourriture sans le voir et sans y toucher, perdue dans ses pensées.

Puis les prêtresses rejoignirent leur paillasse dans la cabane à dormir.

En entrant, Malis pressa presque imperceptiblement le bras de Neala, et ce fut le seul geste de soutien qu'elle reçut ce soir-là.

Une fois allongée, elle laissa libre cours à ses questions. Que faisait Jero ici ? Comment l'avait-il retrouvée ? Qu'était-il venu chercher ? Qu'attendait-il d'elle ?

Et elle essayait de trouver des explications, parfois raisonnables, parfois farfelues, à sa présence en ces lieux.

Peut-être avait-il eu une vision ? Ou alors il avait aussi été guidé par les loups ? Non, le plus logique était qu'Irvin, son père, l'avait mis sur la voie. Il avait été la seule personne au courant de ses intentions. En fait, Irvin était à l'origine de cette idée. Le vieil homme lui avait parlé des Prêtresses du Soleil, de ce groupe de femmes vivant à l'écart d'un village, dans un lieu sacré, pour vénérer l'astre de la lumière du jour.

Mais qu'est ce qui avait poussé Irvin à lui révéler cette information ?

Quand Neala avait quitté Elebana, le village d'Irvin et de Jero, tout au nord, père et fils ne se parlaient plus.

Ce village où Neala et sa fille Amalia avaient eu si froid, pendant cet hiver glacial, et où sa fillette chérie…

La jeune femme essaya de chasser les images tristes du visage angélique encadré de boucles blondes s'invitant dans ses pensées.

Elle continua son raisonnement.

Si Jero était venu jusqu'à elle, cela signifiait-il qu'il avait abandonné sa compagne Sonja ? Ou alors il avait voyagé en sa compagnie ? Neala n'avait aucune envie de revoir cette femme magnifique mais dévorée de jalousie, allant jusqu'à l'empêcher de fréquenter les habitants d'Elebana, et même d'entrer dans le village.

Neala et Amalia avaient dû se contenter de vivre très pauvrement dans une cabane délabrée et ouverte aux vents. Heureusement, quelques personnes, dont Jenina, la sœur de Jero, avaient pris soin d'elles, et Edme, le compagnon de Jenina, avait réparé sommairement la maisonnette pour leur éviter de mourir de froid.

A ces souvenirs, Neala se mit à trembler, malgré la température très agréable de nuit d'orage de cette fin de saison chaude.

Quoi qu'il se passe, se dit-elle, jamais je ne retournerai dans cet endroit glacial. Même si j'ai beaucoup d'affection pour Jenina et pour Irvin, et même si ma fille… Non, je ne retournerai pas là-bas.

En prenant cette résolution, la jeune femme eut enfin l'impression de reprendre en main son destin. Cette rencontre avec Jero l'avait complètement bouleversée.

Elle décida alors que les questions attendraient. De toute façon, la seule chose qu'elle pouvait faire, à ce stade, c'étaient des suppositions. Tant qu'elle n'aurait pas parlé avec Jero, elle ne pourrait rien savoir de plus.

Et pour parler avec lui, il allait falloir ruser avec Celima. Et ça, ce ne serait pas une mince affaire.

Dans un premier temps, Neala décida de faire profil bas. Elle se fit donc très discrète le lendemain matin, suivant la procession pour la cérémonie du lever du soleil sans un mot, sans un échange. Elle se rendait compte que Malis piaffait d'impatience d'en savoir plus. Pourtant, celle-ci évitait de s'approcher de Neala, sentant le regard chargé de réprobation de la replète Galutée. Ne voulant pas causer d'ennuis à cette jeune femme tant admirée, Malis gardait aussi le silence. Elle savait qu'elles auraient leur moment d'échange, tôt ou tard.

Mais Galutée, essayant de s'attirer les faveurs de la commandante, veillait. Toute discussion aurait été épiée, rapportée, et certainement déformée.

Il fallut attendre que l'affaire se tasse. Le départ des gens du monde, venus de tout le pays pour la fête d'équinoxe, ramena le calme dans le village des prêtresses. La vie reprenait son cours, tranquille, immuable.

Et plusieurs jours passèrent avant que Malis soit envoyée à la cabane à potions, domaine assigné à Neala, pour aller chercher des herbes aromatiques dans le jardin de simples.

Neala était dans la cabane quand elle vit Malis s'approcher. Elle regarda au dehors et vit deux femmes, au loin, surveillant manifestement la jeune fille.

Cette suspicion était pesante. Neala avait été habituée à vivre libre et avoir une grande marge de manœuvre dans ses décisions, même si elle avait toujours respecté les règles des communautés dans lesquelles elle avait vécu, que ce soit dans son village de naissance ou à Elebana. Mais ici, dans la communauté des Prêtresses du Soleil, certaines règles étaient difficiles à accepter. D'autant qu'elles ne s'appliquaient pas à toutes, en particulier à leur commandante. Et ce que Neala détestait par-dessus tout, c'était l'injustice. Pourquoi interdisait-elle des choses qu'elle se permettait elle-même ? Pourquoi vouloir garder un tel contrôle sur chacune des prêtresses ?

Ce qu'elle avait pris au départ pour un environnement bienveillant et protecteur s'était, au fil du temps, avéré être un climat de méfiance et de délation. L'attitude de Galutée en était le meilleur exemple. Joviale et agréable à l'arrivée de Neala, elle était rapidement devenue aigrie et jalouse, prête à tout pour nuire à la jeune femme.

Et Celima jouait sur cette ambiance délétère. Pour elle, diviser pour mieux régner était la meilleure des stratégies.

Elle s'assurait ainsi le contrôle sur sa communauté, connaissant les petits secrets des unes et les faiblesses des autres, n'hésitant pas à menacer ou faire du chantage quand nécessaire. Si elle voyait deux prêtresses trop sympathiser, elle faisait en sorte de les affecter à des tâches différentes. En réalité, elle était paniquée à l'idée de les voir comploter ou contester son autorité. Alors elle faisait tout pour éviter ces situations.

Mais c'était aussi une femme très intelligente sachant reconnaître les qualités des personnes, et accessoirement pouvant, si besoin, flatter les egos pour obtenir ce qu'elle voulait. Et même si elle ne pouvait surveiller toutes les conversations des femmes, elle savait pouvoir compter sur quelques-unes, comme par exemple Galutée, pour lui rapporter toute velléité de rébellion ou de désobéissance.

Neala se méfiait globalement de toutes, seule la timide Malis avait sa confiance.

Elle interpella la toute jeune fille depuis l'intérieur de la cabane, à voix basse.

— Malis, nous sommes observées, mais elles sont trop loin pour nous entendre. Alors faisons-leur croire que tu es seule, et quand elles verront que tu n'as personne à qui parler, elles partiront.

Malis fit un discret signe de tête, puis se dirigea vers les rangées d'aromatiques.

Voyant qu'il ne se passait rien d'intéressant, les deux observatrices retournèrent effectivement vaquer à leurs occupations.

Neala sortit.

— J'ai cru ne jamais les voir partir, pouffa-t-elle, soulagée.

— Alors, dis-moi, cet homme venu l'autre soir…

— C'est Jero, mais tu t'en doutais, non ?

— Oui ! Il avait l'air tellement ému de te voir !

— Tu trouves ? C'est plutôt moi qui étais choquée ! Je n'ai rien pu lui dire…

— Celima ne t'en aurait pas laissé l'occasion, quelle punaise cette femme !

— Malis ! Comment peux-tu dire ça ? dit Neala en s'esclaffant.

— Elle est tellement stricte et sévère, ne peut-elle pas comprendre que les prêtresses sont aussi des êtres humains ? Cet homme d'ailleurs, il aurait pu être ton frère, ou un membre de ta famille, tu as vu comme elle l'a repoussé et insulté ? C'était incorrect de sa part !

— Tu sais, je ne crois pas que Celima soit naïve. Elle n'a pas encore demandé à me parler, mais elle se doute que cet homme est quelqu'un d'important pour moi. De toute façon, je ne compte pas lui mentir. Après tout, je ne suis pas allée le chercher dans la foule, c'est lui qui s'est approché.

— A ses risques et périls, d'ailleurs ! Pour un peu elle l'aurait mordu puis arraché les yeux !

Les deux femmes rirent un moment, puis Malis reprit.

— Que vas-tu faire ?

— Franchement, je n'en ai aucune idée. Pat a sorti Jero des griffes de la grande prêtresse, mais je ne sais pas ce qui s'est passé ensuite. Peut-être même est-il déjà reparti vers son village glacial.

— Après avoir voyagé pendant toutes ces lunes pour te retrouver ?

— Ce serait étrange, tu as raison.

— Je pense qu'il va essayer de te voir. C'est pour cela que Celima te fait surveiller.

— Et ça va être très difficile de m'échapper, soupira Neala, un bouquet de menthe à la main. Voilà pour le repas, on t'avait demandé de la menthe, et ?

— Et du persil, je l'ai déjà mis dans mon panier.

— Parfait, on se voit au repas alors, et…

— Pas un mot, ne t'inquiète pas. Je ne parle avec personne de toute façon, à part avec toi.

Neala sourit à la jeune fille. Cette dernière avait encore gagné en grâce depuis quelques temps. Sa longue chevelure brune tressée dans un chignon compliqué, porté par toutes les prêtresses, encadrait un visage doux ayant presque perdu les traits de l'enfance. Ses grands yeux noirs étaient ourlés de cils interminables, lui donnant un air de biche indomptée. Sa timidité, qui l'empêchait jusqu'alors de s'épanouir pleinement, perdait du terrain. Et quand elle faisait preuve d'audace dans ses propos, ceci arrivant de plus en plus souvent, sa tête sortait de ses épaules, son cou s'allongeait pour devenir gracile et ses yeux s'animaient d'une lueur de feu, elle devenait à ce moment-là une magnifique jeune femme.

Neala la regarda s'éloigner, en même temps émerveillée de la voir se transformer jour après jour, en même temps inquiète de ce caractère qui s'affirmait et ne manquerait pas, tôt ou tard, de lui causer des ennuis.

Elle retourna dans la cabane, au milieu de ses étagères pleines de plantes sèches et de bols remplis de décoctions diverses.

Elle vint s'asseoir sur l'énorme tronc coupé en deux servant à la fois de table et de banc.

Comment allait-elle pouvoir rentrer en contact avec Jero ?

Pat et Deirdre avaient dû lui expliquer qu'il lui serait impossible d'entrer dans le village des prêtresses sans se faire chasser par la supérieure et ses acolytes.

Il faudrait donc que Neala puisse sortir du village sans surveillance pour retrouver Jero, probablement près de la rivière où Deirdre la rejoignait parfois.

Mais comment lui donner rendez-vous ?

Distraite par ses projets de retrouvailles, la jeune femme ignora presque le son des coups frappés sur l'arbre creux annonçant le repas de mi-journée.

Depuis les inondations provoquées par l'orage d'équinoxe, le temps était resté relativement sec et ensoleillé, et certaines plantes du jardin commençaient à manquer d'eau.

Neala y vit une belle opportunité de remonter la rivière jusqu'au lieu des rendez-vous secrets avec Deirdre.

Malheureusement, personne ne s'y trouvait. Déçue, la jeune femme remplit ses cruches et retourna à son jardin.

Les jours suivants, elle continua son manège, toujours seule, dans l'espoir de rencontrer Jero, ou même Pat. Mais cet endroit de la rivière restait désert.

De déçue, elle devint inquiète. Que s'était-il passé ? Pourquoi personne n'essayait de rentrer en contact avec elle ?

Puis, au fil des jours, l'inquiétude fit place à la colère. Pourquoi donc Jero avait fait tout ce périple si c'était juste pour l'apercevoir une seule fois ? Avait-il simplement voulu la narguer ? Était-il juste de passage pour un autre grand voyage, et voulait-il uniquement constater qu'elle était en vie ?

— Si c'était pour ça, il aurait dû s'abstenir, maugréa-t-elle un jour, alors que Malis était venue lui rendre visite.

— Mais tu étais si contente de le voir, lui rappela la jeune fille.

— Bien sûr que j'étais contente de le voir, mais le savoir en vie et si proche de moi sans pouvoir discuter, c'est juste frustrant. J'ai tellement de choses à lui dire, tellement de questions en suspens ! En fait on a perdu un temps précieux, quand je suis venue le rejoindre dans son village. Nous étions si bien, l'un en compagnie de l'autre, avant la naissance d'Amalia. Je ne cherche pas à devenir sa compagne, d'ailleurs je ne suis même pas sûre d'avoir envie d'être la compagne de qui que ce soit. Mais juste pouvoir parler, échanger, rire…

— Tout ce qui est interdit ou mal vu ici, commenta, amère, la jeune Malis.

— Exactement. En fait je supporte de moins en moins ce carcan qui est mis en place par Celima. Je ne suis pas sûre d'avoir envie de rester.

— Et tu m'abandonnerais ici toute seule ? J'en mourrais ! s'exclama Malis, atterrée.

— Allons n'exagère pas, dit tendrement Neala. Tu vivais ici avant mon arrivée, tu vivras bien après mon départ.

— Mais ça c'était avant de te connaître. Je ne me posais pas de questions, j'obéissais, et c'était tout. Maintenant la vie ici me semble fade, insipide, répétitive, et tu es la seule personne à m'amener de la joie.

— C'est réciproque !

Les deux femmes se sourirent et se prirent dans les bras en se réconfortant.

Trois jours plus tard, Neala était résignée. Elle avait perdu l'espoir d'un contact avec Jero, Pat ou Deirdre. Le temps s'était rafraîchi et il était temps de prendre une décision.

Sa vie dans le village des Prêtresses du Soleil ne la satisfaisait pas.

Celima était plus renfermée et bougon que jamais, et elle n'autorisait plus Neala à exercer ses talents de guérisseuse dans la cabane à soigner. Son visage s'était durci, ses lèvres pincées n'étaient qu'un mince trait ; et son air austère la vieillissait prématurément.

Galutée, Roya et les autres parlaient uniquement pour critiquer ou lancer des remarques acerbes sur un plat mal lavé, un ragoût trop cuit, ou la pluie trop fréquente ou trop rare. Les journées de travail harassant s'enchaînaient, toutes semblables les unes aux autres.

Pour maintenir les prêtresses occupées une fois les moissons terminées, Celima avait en effet entrepris de grands travaux de terrassement autour du village pour creuser une digue et ériger un talus avec la terre décaissée. L'idée était d'isoler un peu plus le village des prêtresses, et d'éviter toute intrusion. Les femmes s'épuisaient à creuser avec des pieux ou des omoplates de bovins, à mettre la terre dans des paniers et la jeter sur le talus. Mais sans rochers pour maintenir le tout, la terre retombait invariablement dans les fossés dès la moindre pluie. Alors il fallait recommencer. C'était un travail épuisant, abrutissant et inutile.

Seules les rencontres avec Malis étaient agréables, mais la jeune fille, en manque d'interactions et de distractions, tombait peu à peu dans la mélancolie.

Si Neala voulait voyager, il était temps de partir. L'été s'en était allé depuis longtemps, et elle ne voulait pas d'un périple au cœur de la saison froide, ce n'était ni prudent ni agréable, elle en avait déjà fait l'expérience.

Mais voyager pour aller où ? Si la communauté des Prêtresses du Soleil n'était pas sa destination finale, quelle était la prochaine étape ?

Un soir, alors que toutes étaient couchées dans la cabane à dormir, Neala voulut questionner la Source de Vie. Si elle était en contact permanent avec elle, au travers de chacun de ses gestes quotidiens, elle avait parfois besoin de plus de concentration pour accéder à des énergies profondes et puissantes.

Elle attendit la fin des derniers chuchotements et, les yeux fermés mais parfaitement alerte, elle invoqua la Source de Vie et la sagesse de ses ancêtres.

Des images commencèrent à se former. Elle vit trois silhouettes sur chemin boisé, elle entendit des pleurs de jeune fille, puis vit une large silhouette menaçante d'un homme assis dans la pénombre, sur un large tronc d'arbre. Puis le sable, avec une étendue d'eau à perte de vue. Durant tout ce voyage, elle était accompagnée d'une présence rassurante et distante à la fois, comme si quelqu'un cheminait près d'elle, mais pas vraiment avec elle. C'était une sensation étrange.

Soudain, elle entendit la voix d'Ama, sa grand-mère bien aimée.

— Neala, tu dois te souvenir que tu es la Gardienne du Passage.

— Ama ! l'interpella-t-elle dans sa tête. J'ai quitté notre village il y a longtemps, et je ne suis plus Gardienne depuis que j'ai abandonné ce fabuleux bâtiment que tu avais imaginé.

— C'est faux. Le monument est resté au village, mais tu as gardé ton rôle de Gardienne du Passage.

— Alors je suis une Gardienne du Passage… sans Passage ?

— Tu es toujours la Gardienne du Passage, le trait d'union entre la terre et le ciel, entre le monde des vivants et la Source de Vie. Tu es la Source de Vie. Et des monuments qui servent de Passage, il y en a d'autres.

— Quoi ??

— Il est temps de te remettre en chemin. Et tu trouveras.

— Mais par où dois-je commencer ?

Silence.

— Ama ?

Silence.

— Ama, j'ai tant besoin que tu me guides...
— Garde confiance.

Neala ouvrit les yeux subitement. Il faisait toujours sombre, et à part quelques ronflements, le silence était total.

Elle prit le temps de respirer profondément pour digérer toutes ces informations. Et dès maintenant, elle serait sur le qui-vive, à l'affût du moindre signe qui pourrait la mettre sur la voie.

Elle n'eut pas à attendre longtemps.

Le lendemain, alors qu'elle nettoyait ses rangées d'aromatiques et de plantes médicinales, elle entendit une voix d'homme derrière elle.

— Neala !

De surprise, elle faillit tomber à la renverse.

— Jero ? Mais que fais-tu ici ? Les hommes n'ont pas le droit de...

— On n'a pas le temps, tu dois venir tout de suite, Deirdre est en train d'avoir le bébé et ça se passe mal.

— Deirdre ? Mais tu...

— Allez viens !

— Attends je prends quelques remèdes.

Elle attrapa en vitesse la besace qu'elle avait cousue, sur la suggestion de Celima, avec les restes de son ancienne tunique, y jeta quelques poignées de plantes séchées et de racines se trouvant bien rangées sur les étagères de la cabane aux potions, et suivit l'homme à la haute stature, coiffé de son capuchon pour plus de discrétion.

Cette précaution était toutefois inutile, toutes les prêtresses étaient vêtues de robes de laine blanche, et n'importe quelle personne vêtue autrement dans ce village aurait été identifiée comme intrus.

— Nous ne pouvons pas passer près du cercle de poteaux, Celima y est et elle nous verra.

— Et alors ? Cette femme ne me fait pas peur.

— Je n'ai pas peur d'elle non plus, s'impatienta Neala, mais je vis ici, je dois respecter les règles.

— Et laisser mourir une femme qui accouche parce la grande prêtresse ne l'aime pas ?

— C'est plus compliqué que ça, Jero.

— Descendons à la rivière et contournons le cercle de poteaux par le bois, ça ira.

Ils descendirent à grands pas vers la rivière, sans courir pour éviter d'attirer l'attention.

Une fois arrivés près de l'eau, quelle ne fut pas la surprise de Neala de tomber sur Malis, occupée à laver les bols du repas.

— Neala ? Tu… Tu t'enfuis ?

— Mais non ! Je dois aller aider Deirdre, elle est mal en point. Je reviendrai. Pas un mot, et tout ira bien.

Dès qu'ils atteignirent les bois, ils se mirent à courir.

— Est-tu sûre que cette fille ne te trahira pas ? lui demanda-t-il, le souffle court.

— Certaine !

Enfin les premières maisons étaient en vue.

Ils se dirigèrent au pas de course vers la cabane de Deirdre, devant laquelle attendait le grand Pat, terrassé d'inquiétude, son visage habituellement tranquille crispé de tension.

— Viens vite Neala, je crois que le bébé n'arrive pas à sortir.

Le temps d'échanger ces quelques mots, un hurlement de douleur se fit entendre.

— Deirdre ! s'écria Neala en voyant son amie tremblante sur sa paillasse.

— Neala, je suis si contente que tu sois venue, je crois que je vais mourir !

— Mais non, on va faire ce qu'il faut.

La vision de la jeune femme allongée sur la paillasse, ses longs cheveux détachés emmêlés, les traits déformés par la douleur et son teint cadavérique, n'était pas du tout rassurante.

Neala se précipita vers son amie dégoulinante de sueur et de larmes, lui serra la main et commença immédiatement son examen pour évaluer la situation.

— Le bébé ne s'est pas retourné. Et les chairs sont trop fermées pour laisser le passage.

— Alors je vais mourir, et mon bébé aussi ! gémit Deirdre, aussi terrorisée que découragée.

— On va tout faire pour que ça n'arrive pas. Jero ! Pat ! Faites chauffer deux grands plats avec de l'eau, dans le premier vous mettez ces herbes, dans le deuxième ces écorces.

Les deux hommes, restés à l'extérieur jusqu'alors, s'exécutèrent immédiatement.

— J'ai aussi besoin de bandes de peau de mouton, ou alors de laine tissée. Et il me faudra une lame très tranchante, une aiguille d'os et du fil très fin.

— Pourquoi as-tu besoin d'une lame ? demanda Deirdre, horrifiée.

— Je ne l'utiliserai peut-être pas, mais je préfère être prête, au cas où.

— Est-ce que tu vas découper mon bébé en morceaux ?

— Non ! Je reviens.

Les hommes étaient revenus avec les bandes de laine tissée et Neala sortit les bols du feu. Elle laissa s'imprégner l'une d'elles du liquide brûlant du premier bol en la tenant entre deux branches de bois. Elle attendit quelques instants que la température du liquide diminue, puis elle utilisa cette compresse pour aider les chairs à se dilater.

Elle fit boire une partie de l'autre bol, déjà partiellement refroidi, à la future maman.

— Ça va calmer la douleur.

Le temps passait, les contractions se rapprochaient et devenaient de plus en plus pénibles.

— Neala, je ne vais pas tenir, c'est trop douloureux, murmura Deirdre dans un accès d'abattement.

La prêtresse l'examina de nouveau.

— Voyons où on en est. C'est mieux, on va pouvoir commencer. Tu vas devoir pousser très fort la prochaine fois que ton ventre durcit. À un moment, je te dirai de ne plus pousser, puis il faudra pousser encore plus fort. Tu as bien compris ?

— Je vais essayer. Ça y est, la douleur revient !

— Allez, de toutes tes forces !

Deirdre dut pousser un grand nombre de fois avant qu'enfin, dans un cri déchirant, le corps de l'enfant soit expulsé. Neala le prit rapidement entre ses mains, le fit tourner, mais réalisa très vite que la tête ne passerait pas. Elle attrapa le couteau de silex parfaitement taillé confié par Pat et, d'un geste sûr, entailla les chairs de son amie pour libérer la tête du bébé.

— Tu dois pousser encore, c'est ton dernier effort, allez !

Deirdre se contracta de tout son corps, et enfin la tête du bébé sortit.

Neala le mit immédiatement sur le ventre de la maman.

— Pourquoi mon bébé ne pleure pas, est-ce qu'il est mort ? demanda Deirdre qui peinait à reprendre son souffle mais gardait toute sa lucidité.

D'un geste expert, Neala retira les glaires de la bouche du bébé, le mit à plat ventre sur son bras et, de l'autre main, lui donna une tape sur minuscule dos.

— Allez bébé, à ton tour de faire un effort !

Deirdre était maintenant en larmes, et Neala en sueur. Cela ne pouvait pas se terminer comme ça !

Mais le bébé ne régissait toujours pas.

— Ama, j'ai besoin de toi !

Elle redonna une tape plus forte sur l'enfant qui, enfin, se décida à crier. Elle remit le bébé sur le ventre de sa mère.

— Voilà, félicitations Deirdre, tu as une très belle petite fille.

Les deux jeunes femmes pleuraient désormais de joie et de soulagement.

— Je peux venir ? demanda Pat, resté jusqu'alors dehors avec Jero.

— Non attends encore un peu, ce n'est pas terminé. Deirdre, je vais devoir faire quelque chose de désagréable, mais après ce que tu viens de vivre, ça devrait aller.

— Je suis trop heureuse, je ne sens plus la douleur.

Espérons que ça va durer, se dit Neala. Après la délivrance, elle commença à recoudre les chairs entaillées. Ignorant les gémissements de Deirdre, elle fit de son mieux pour réparer le coup de lame salutaire qui avait sauvé la vie du bébé et, probablement, de la maman.

Puis elle nettoya avec des compresses humidifiées par la décoction préparée plus tôt.

Seulement alors, elle appela les hommes.

— Pat, viens voir ton bébé, et tu peux venir aussi, Jero.

Les hommes rentrèrent dans la pénombre de la cabane. La fillette tétait goulûment le sein de sa mère.

— Elle est magnifique, Deirdre ! Merci Neala !

Pat était tout ému. Il avait craint, peu de temps auparavant, perdre sa compagne et sa fille, il n'arrivait pas à croire à son bonheur. Voir ce grand gaillard essuyer ses yeux humides, tout en souriant et en tenant la main de sa compagne était bouleversant.

Le regard de Jero, attendri et empreint d'une lointaine tristesse croisa celui de Neala. Elle savait qu'il avait lui-même perdu sa première compagne et son premier enfant, longtemps auparavant.

C'était trop d'émotion. Elle avait besoin de s'éloigner.

— Je dois… Je dois retourner auprès des prêtresses. Deirdre, tu devras changer les compresses matin et soir. Pat, il faudra brûler les linges souillés et les déchets, je n'ai pas le temps de m'en occuper. Peut-être ta mère ou une de tes sœurs pourrait venir aider ?

— Ma mère est morte et je n'ai pas de sœur. On n'a personne ici. On est très… isolés.

Neala eut un pincement au cœur en pensant que son amie devrait faire face à tout ce changement toute seule. Elle-même avait été si bien entourée par sa sœur Seena et son amie Juni lors de la naissance d'Amalia, elle aurait souhaité que Deirdre puisse aussi avoir du réconfort.

— Ça va aller, Neala, ne t'inquiète pas, la rassura Deirdre. Je suis la plus heureuse des femmes. J'ai une petite fille pleine de vie et un compagnon pour m'épauler, et mes voisines vont m'aider. Tout est bien.

La prêtresse n'eut pas le temps de savourer ces doux mots de soulagement que quelqu'un se précipita à l'intérieur de la cabane.

— Neala, tu dois venir au plus vite ! Celima est souffrante, elle saigne beaucoup et…

— Malis ! Comment m'as-tu retrouvée ?

— J'ai demandé à des villageois, viens vite !

Après à peine un regard pour Jero, elle empoigna sa besace et courut à la suite d'une Malis échevelée et épouvantée. Cette fois-ci, elles ne prirent pas la peine de se cacher à travers bois. Elles prirent la direction la plus courte entre le village du haut de la colline et celui des prêtresses, elles traversèrent donc le champ sacré, et même le cercle de poteaux. Pour faire une chose pareille, Malis devait être totalement paniquée, ce qui n'était pas pour rassurer Neala.

Elles arrivèrent hors d'haleine devant le dortoir.

— Où étais-tu ? gronda la vieille Roya, encore plus sèche qu'à son habitude. Nous t'avons cherchée partout.

— Et pourquoi es-tu pleine de sang ? piailla Galutée, dont les yeux globuleux s'agitaient en tous sens. Est-ce que tu te livres aux sacrifices d'animaux, ou même d'humains, comme ces sauvages des contrées du Nord ? Il paraît que…

— Où est Celima ? la coupa Neala.

La dernière chose qu'elle avait envie d'entendre, c'étaient les sornettes de Galutée.

— Sur sa paillasse, elle t'attend, répondit calmement Roya. Elle ne veut voir que toi, nous ne sommes pas autorisées à entrer.

Neala pénétra dans le dortoir, déjà bien sombre en fin de journée malgré le foyer allumé au centre.

Elle s'approcha de Celima, seule dans la pièce rectangle et alitée sur sa paillasse. Elle avait le teint cireux et n'avait pas pris la peine de tresser ses cheveux. Elle donnait l'impression d'avoir vieilli en une nuit. Pourtant Neala savait qu'elle était plus jeune que son apparence. Mais son visage sans sourire et son expression aigrie ne l'avantageaient pas. Et aujourd'hui s'ajoutait la douleur, manifeste.

— Que se passe-t-il ?

— Tu dois d'abord me dire où tu étais. Tu es couverte de sang !

Neala prit alors une décision radicale. En sauvant la vie de son amie et de son bébé, elle avait retrouvé toute sa puissance. Et elle décida qu'elle ne rendrait plus de comptes à personne. L'émotion de ces dernières heures l'avait désinhibée de toute crainte. Et cette femme souffrante ne l'impressionnait plus.

— Celima, tu vas m'écouter attentivement. J'ai fait ce que j'avais à faire en tant que guérisseuse. Je suis née avec ce don, et pour honorer la Source de Vie, j'ai le devoir d'utiliser ce don, pour sauver ceux que je peux, et si je ne peux pas les sauver, je dois accompagner leur passage vers la Source de Vie. Je suis la

Gardienne du Passage, le trait d'union entre la terre et le ciel, entre le monde des vivants et la Source de Vie. Je suis la Source de Vie. Et personne ne m'empêchera d'exercer ce rôle. Maintenant je te repose la question, que se passe-t-il ?

Celima s'apprêtait à se rebiffer, mais la détermination qu'elle lut dans les yeux de la Gardienne l'en empêcha. Elle la regarda longuement, puis baissa les yeux sur ses mains tremblantes qu'elle venait de croiser.

— Tu es la seule à pouvoir me sauver.

Interdite, Neala l'encouragea du regard à poursuivre.

— Je saigne trop.

— Tu veux dire que tes saignements de chaque lune sont trop abondants ? Et j'imagine que tu as déjà pris des décoctions d'armoise ?

— Ce n'est pas d'armoise dont j'ai besoin.

De plus en plus interloquée, Neala demanda si elle pouvait l'examiner. Celima accepta.

Après quelques gestes et observations, le diagnostic était sans appel.

— Tu es enceinte ! Et tu es en train de perdre le bébé ! Mais ça, tu le sais parfaitement, n'est-ce pas ?

Silence.

— Celima, as-tu… pris une potion pour perdre ce bébé ?

Silence.

— Tu dois me dire ce que tu as pris, ça va peut-être me permettre de trouver un remède…

— C'est mon secret ! tonna la commandante. C'est la seule chose que ma folle de mère m'a apprise, et je ne partagerai cette recette avec personne !

Effarée, Neala se demandait si elle n'était pas en train de vivre un cauchemar.

— Mais je ne veux pas te voler ta recette ! Je n'ai pas l'intention de l'utiliser, ni sur moi ni sur une autre femme.

— Alors tu ne comprends vraiment rien ! Pourtant je pensais que tu savais… Les autres sont naïves, ou alors elles s'enfuient, comme cette traîtresse de Deirdre. Mais toi, c'est différent, j'étais sûre que tu savais !

— Que je savais quoi ?

— Cet homme qui est venu te voir, il a été ton amant, n'est-ce pas ? Je l'ai vu dans son regard, il te dévorait des yeux ! Alors pour ne pas tomber enceinte, tu as bien dû prendre des potions ?

— Mais pourquoi aurais-je voulu éviter de tomber enceinte ?

— Parce qu'il n'y a rien de pire que de mettre un enfant au monde ! Cet avilissement, cette servitude que les hommes n'ont pas réussi à nous imposer à nous les prêtresses, tout cela devrait être infligé par un enfant ? Aucune femme puissante et libre n'a envie de ça ! Et c'est bien pour ça que l'enfantement est interdit chez les prêtresses !

Neala n'arrivait pas à croire ce qu'elle entendait.

— Je ne suis pas d'accord avec toi. Mais ce n'est pas le plus important. Ce que je réalise, c'est que tu n'es pas d'accord avec toi-même. Tu ne veux pas d'enfant dans la communauté, alors tu interdis les contacts avec les hommes. Très bien. Mais toi, tu t'autorises ce que tu interdis aux autres, et pour couvrir tes mensonges, tu prends des potions pour faire disparaître les enfants que tu portes ?

Tout d'un coup, la jeune femme comprit.

— Et c'est pour ça qu'il y a quelque temps, tu étais souffrante et quand je t'ai accompagnée, tu saignais autant ? Et… c'est pour ça aussi que Deirdre se méfiait autant de toi ? Elle savait, ou en tout cas elle se doutait.

— Comment peux-tu le savoir ? Alors tu m'as menti quand tu as dit que tu n'avais pas parlé avec elle !

— Je ne sais pas laquelle des deux est en mesure de donner une leçon sur le mensonge à l'autre, tu ne crois pas ?

Celima haletait désormais. Elle avait déjà perdu beaucoup de sang et cette conversation la privait de ses forces.

Neala s'adoucit.

— Tu as raison, je t'ai menti. Et il y a aussi des choses que je ne t'ai pas dites. D'abord je vais faire ce que je peux pour te soigner, et ensuite, on discutera, et je ne te cacherai rien. Je ne cacherai plus rien, à personne.

Celima soupira. Elle avait les larmes aux yeux.

— Je vais devoir terminer ce que la potion a commencé à faire. Tu ne peux pas rester comme ça, tu risques de perdre la vie. Est-ce que ton ventre se durcit encore ?

— Plus depuis ce matin. C'est comme si… c'était coincé à l'intérieur Mais j'ai très mal.

— Je vais avoir besoin d'outils et de compresses, de bols et de potions. Je reviens très vite.

Neala sortit et retrouva Galutée et Roya.

— Est-ce qu'elle va mieux ? Est-ce qu'elle pourra assister à la cérémonie demain matin ? Elle a déjà raté celle de ce soir, j'ai peur que le Soleil soit en colère.

— Est-ce qu'elle va s'en sortir ? Moi aussi j'ai eu une grosse diarrhée il y a deux lunes, j'ai cru mourir !

Neala regarda les deux femmes tour à tour, et serra ses tempes entre ses mains.

Mais je rêve, se dit-elle, sont-elles vraiment aussi aveugles ? À ce moment elle fut prise de pitié pour Celima, entourée de ces femmes stupides.

— Je dois aller chercher des ingrédients dans la cabane à soigner, je fais au plus vite.

De retour, elle mit à chauffer deux plats remplis d'eau.

Elle se fit la réflexion que c'était étrange de préparer la même potion deux fois le même jour, pour des résultats très différents.

Pas si différents que ça, se dit-elle, dans les deux cas, c'est pour sauver une femme.

Elle avait ramassé, dans des restes de repas, un petit os fin et cassé à son extrémité, qui conviendrait à l'usage auquel elle le destinait. Elle le mit à bouillir aussi.

Pour la deuxième fois de la journée, elle appliqua des compresses pour dilater les chairs. Elle donna une décoction pour soulager les douleurs, puis, à la lumière d'une torche disposée tout près, elle entreprit de retirer du corps de Celima ce tout petit bébé déjà mort.

La supérieure se laissa faire avec un grand courage, sans se plaindre une seule fois. Seules les larmes au coin de ses yeux et la ride profonde exacerbée sur son front témoignaient de sa souffrance.

Après un moment qui parut une éternité, Neala annonça que l'opération était terminée.

Elle emballa le minuscule corps dans une des compresses pleines de sang, nettoya ce qu'elle put, et mit le tout dans un panier d'osier.

— Je m'en occuperai demain. Merci Neala, tu peux dire aux autres d'entrer.

Les prêtresses attendaient sagement à l'entrée du dortoir.

— Alors Neala, la diarrhée est passée ?

— Oui Galutée, la diarrhée est terminée. Celima va se reposer et devrait pouvoir assurer la cérémonie demain matin.

— Ah tant mieux ! Et j'espère qu'on pourra rapidement reprendre les travaux de la digue ! Celima m'a confié qu'elle voulait protéger notre village des hordes d'envahisseurs qui viennent du Nord, on entend beaucoup de choses à leur sujet.

Neala pensait avoir tout entendu ce jour-là, mais elle n'était pas au bout de ses surprises.

— Des hordes d'envahisseurs ?

— Oui ! Des hommes armés jusqu'aux dents qui viennent pour voler les femmes et pour les ramener chez eux, dans leurs pays glacés.

— Voler les femmes ? Vraiment ?

Neala ne put s'empêcher d'esquisser un sourire à cette idée. Des hommes qui viendraient enlever Galutée, Roya et Celima pour en faire leurs compagnes…

— Bon courage à eux, murmura-t-elle, au bord du fou-rire.

— Que dis-tu ? demanda, agacée, la vieille Roya, de plus en plus sourde.

— Je disais que Galutée a raison, il faut achever ces talus avant leur arrivée !

Et moi il faut que je quitte ce village avant de devenir folle, se dit-elle, épuisée de cette journée trop remplie.

Celima s'était levée dès les premières lueurs de l'aube, emportant discrètement les reliquats de l'intervention de la veille. Neala l'observa sans mot dire, depuis sa paillasse, bien décidée à limiter au maximum les interactions avec cette femme énigmatique et malaisante.

Dès la cérémonie du matin terminée, elle fila vers la cabane à potions. Elle devait se préparer.

Son plan n'était pas encore défini, elle savait juste qu'elle devait quitter cet endroit au plus vite. L'hiver ne tarderait plus, et elle ne voulait pas être sur les routes par grand froid. Elle savait cependant que la saison froide dans cette région ne ressemblerait en rien aux jours et nuits glacés qu'elle avait subis dans le village de Jero.

D'où était-il sorti, la veille, pour l'amener au chevet de Deirdre ? Elle pensait qu'il était parti depuis longtemps vers d'autres horizons, mais il semblait qu'il était resté au village près de Deirdre et Pat.

Pourquoi n'avait-il pas cherché à rencontrer Neala ? C'était un mystère pour la jeune femme, et même une source d'agacement.

— Après tout, s'il n'a pas envie de me voir, tant pis pour lui. Je ne vais pas passer ma vie dans cette communauté de prêtresses tordues à attendre que cet homme veuille bien s'intéresser à ma présence. J'ai mieux à faire. Je dois trouver un de ces Passages dont Ama m'a parlé. Et d'abord, je dois préparer ce voyage.

Elle parlait ainsi à voix haute dans la cabane, inconsciente que Malis l'écoutait depuis l'extérieur.

— Emmène-moi avec toi ! s'écria-t-elle en passant la porte.

— Malis ! sursauta Neala. Tu m'as fait peur !

— Emmène-moi, je t'en supplie, où que tu ailles, ne me laisse pas toute seule ici !

— Mais… Je n'ai aucune idée de l'endroit où je vais aller ! Et les voyages sont très dangereux, je ne prendrai pas le risque qu'il t'arrive quelque chose.

— Alors tu seras responsable de ma mort ! Dès que tu seras partie, je me tuerai !

— Malis, tu ne peux pas dire des choses pareilles !

— Bien sûr que si ! Et je sais même comment faire ! Je ne te l'ai jamais dit, mais avant de rejoindre le village des Prêtresses du Soleil, ma mère m'avait confiée quelque temps à une vieille guérisseuse qui m'a appris beaucoup de choses sur les plantes qui tuent. Elle m'en a même fait la démonstration sur un homme ayant perdu la raison. Je ne veux pas rester ici, je préfère mourir !

La jeune fille était en larmes, et Neala était choquée de ce qu'elle entendait. Bien sûr, sa chère grand-mère Ama lui avait appris à reconnaître les plantes toxiques et dangereuses. Mais c'était pour lui éviter d'intoxiquer quelqu'un, ou elle-même, accidentellement. Il ne lui serait jamais arrivé de les utiliser intentionnellement ! Elle comprenait mieux les propos de Celima, la veille, la traitant de naïve.

— Calme-toi, Malis. Personne ne va mourir. Je ne sais pas encore où je vais aller, je sais juste que je n'ai pas envie de rester. Je n'ai plus rien à apprendre ici. Jero n'a pas cherché à me revoir, et vu que Celima nous empêche d'échanger avec d'autres personnes que les prêtresses, je m'ennuie. Cette vie routinière m'a fait du bien et m'a permis de retrouver ma force et ma volonté, mais maintenant je veux vivre.

— Alors tu comprends bien que moi aussi, je veux vivre !

— Mais tu n'es pas habituée à voyager comme moi je le fais, tu ne supporterais pas ! Le froid, la pluie, les animaux sauvages, les mauvaises rencontres…

— Est-ce pire que de rester ici ?

Neala réfléchit un instant.

— Non, tu as raison. Tu mérites mieux que ça.

— Tu m'emmènes alors ? interrogea la jeune fille, pleine d'espoir.

— Je te ramène chez toi.

— Mais… ma mère sera furieuse !

— Je lui expliquerai. Tu en sais assez pour devenir une guérisseuse très douée. En chemin je t'apprendrai ce que je pourrai. Et je suis intéressée par ce que t'a appris la vieille femme aussi.

— Et je pourrai revoir…

— Ça, dit Neala en riant, on verra bien comment ton amoureux réagira. Mais je te préviens, il aura peut-être déjà pris une compagne et si c'est le cas, tu seras très déçue.

— Ce serait terrible !

— Je parle en connaissance de cause… Alors ne rêve pas trop.

— Quand partons-nous ?

— Un voyage, ça se prépare. Mais nous devrons garder cela pour nous, au moins dans un premier temps. Je dois d'abord m'assurer que Deirdre va bien pendant quelques jours. Et je veux parler à Celima, quand j'en aurai l'occasion. Pour l'instant, nous allons te coudre une besace et mettre de côté tout ce qu'il nous faudra. Te souviens-tu du trajet pour retourner chez toi ?

— J'ai mémorisé les noms des villages qu'on avait trouvés sur notre chemin depuis Plymo. Le voyage avait duré une demi-lune environ. Je suis si contente de partir !

— Tu dois rester discrète. Essaie de mettre de côté de la nourriture sèche et de la cacher dans cette cabane. Je ferai pareil. Il nous faudra des couvertures.

— On emportera chacune nos peaux d'auroch !

— Je doute que Celima soit d'accord… Mais on verra tout ça. Galutée approche, silence !

— Mais qu'est-ce que tu traînes Malis ! s'exclama Galutée en les voyant. J'attends depuis trop longtemps la ciboulette pour le repas, s'il est raté ce sera ta faute !

— Pardon Galutée, j'arrive tout de suite.

— Allons venez manger, toutes les deux, vous n'avez pas entendu l'appel au repas ? Et si vous cessiez donc vos jacasseries inutiles, vous auriez plus de temps pour travailler !

En bougonnant, elle prit la direction de la cabane des repas, suivie par les deux complices qui s'échangeaient des clins d'œil.

Le repas avalé, Celima ordonna à toutes les femmes de rejoindre le chantier du talus.

Alors que Neala s'exécutait en soupirant, Celima l'interpella.

— Pas toi, je dois te parler. Allons à la cabane à soigner.

Neala la suivit, persuadée que l'heure de la conversation difficile était arrivée.

— Comment te sens-tu ? démarra la jeune femme, une fois le seuil de la cabane atteint.

— Qu'est-ce que ça peut bien te faire ? s'énerva Celima. Tu bafoues toutes les règles de la communauté et maintenant tu fais semblant de t'inquiéter pour ma santé ?

— Je m'inquiète vraiment pour toi, soupira Neala. Tu as perdu beaucoup de sang hier, et l'intervention aurait pu provoquer de la fièvre…

— Je suis plus solide que ça ! la coupa la commandante.

— Alors tout est parfait. Et sache que pour moi, soigner est plus important que respecter des règles injustes auxquelles je n'adhère pas.

— Tu vois ! rugit la supérieure. Tu ne respectes pas l'autorité, mon autorité ! Tu es en train de détruire notre communauté !

— Celima, c'est très bien, finalement, d'avoir cette conversation. Je ne veux pas détruire ta communauté. Je ne supporte plus la vie ici. Alors je vais partir.

— Comment ?! Toutes les femmes de ce pays rêveraient de devenir Prêtresse du Soleil, et toi tu penses que tu peux quitter la communauté comme bon te semble ? Mais tu es complètement folle !

— Je comprends qu'être une Prêtresse du Soleil est un grand honneur, et je te remercie de m'avoir accueillie auprès de ta communauté. J'ai beaucoup appris, et j'ai aussi beaucoup travaillé, je ne pense pas être en dette de ce côté-là. Mais cette vie ne me convient pas. Alors je préfère t'informer en premier de mes intentions.

— Je ne te permettrai pas de partir !

— Et que vas-tu faire ? M'enfermer ? Allons Celima, sois raisonnable. Tu as beaucoup de méfiance pour moi, tu as peur que je conteste ton autorité, ou pire, que je prenne ta place. Tu seras soulagée de me voir partir.

La commandante la regardait fixement, n'arrivant pas à décider ce qu'elle devait dire.

— Je vais donc partir dans quelques jours, quand j'aurai préparé mon voyage. Mais avant, je vais faire deux choses : tout d'abord, je vais retourner voir Deirdre et m'assurer qu'elle va bien.

— Je ne te permets pas !

— Pourtant je le ferai. Et la deuxième chose, je vais te mettre en garde. Je sais que tu vois un homme régulièrement, et que tu as failli devenir mère plusieurs fois, mais que tu as agi pour éviter ça. Ce que j'ai fait hier, c'était pour te sauver la vie. Mais tes chairs sont très fragilisées, et si tu devais te débarrasser d'un bébé encore une fois, tu pourrais y perdre la vie.

— Maudite sois-tu !

— Tu peux t'en prendre à moi tant que tu veux et me rendre responsable de ton état. Au fond de toi, tu sais très bien que ces interventions à répétition t'ont mise dans cette situation de fragilité. Quand on défie trop la Source de Vie, on finit par y retourner.

— Je n'en ai que faire de ta Source de Vie ! Seul le Soleil compte pour moi, et pour l'honorer ses prêtresses ne doivent pas avoir d'enfant !

— Qui a décidé cela ?

— C'est moi ! Et toutes les grandes prêtresses avant moi !

— Considères-tu donc que je ne suis pas digne d'honorer le soleil ? Avec mes visions et mes pouvoirs de guérison ?

— Bien sûr que si, tu le sais très bien, tu es une prêtresse très puissante, et je suis sûre que si tu restais, le soleil finirait par t'obéir, à toi aussi. Et nous savons toi et moi que cette puissance disparaît quand on met au monde un enfant vivant. Pour garder notre puissance, nous devons nous préserver de devenir mère.

A ces mots, Neala ne put s'empêcher de sourire. Son expérience était tellement à l'opposé de ce que décrivait Celima !

— Si tu voulais devenir une grande prêtresse, tu devrais avoir une plus grande discipline, poursuit la commandante. Moins perdre de temps en bavardages avec Malis par exemple, et surtout, éviter de te disperser dans des conversations ou soins inutiles comme pour cette traîtresse de Deirdre, ou encore cet homme, qui est venu imposer sa présence l'autre soir, quel manque de respect ! Qui était-ce d'ailleurs ?

Neala la regarda droit dans les yeux, et répondit tranquillement :

— Le père de ma fille.

Puis elle retourna vers la cabane des potions, sous le regard médusé d'une Celima muette de stupeur.

Alors voilà la raison pour laquelle Celima ne voulait pas avoir d'enfant. Elle pensait que la venue d'un enfant absorbait la puissance d'une personne, a fortiori d'une prêtresse.

Balivernes, se dit Neala, en se rappelant comment la naissance de sa fille avait augmenté sa force et sa confiance. Pour protéger sa fille, elle avait été prête à tout, jusqu'au meurtre. Sa puissance s'était décuplée, et toutes ses limitations avaient disparu. Celima avait probablement d'autres raisons pour ne pas vouloir devenir mère, l'attitude de sa propre mère avait très probablement été très néfaste, comme le lui avait raconté Deirdre.

Chacun son expérience, chacun son chemin, conclut en silence la jeune femme en préparant un panier de diverses herbes sèches dans la cabane. Elle devait maintenant aller voir la jeune accouchée. Avant de partir, elle aspergea son visage d'eau fraîche, dénoua ses magnifiques longs cheveux auburn, les peigna longuement puis refit son chignon complexe.

Tranquillement, elle sortit de la cabane, son panier sous le bras, et prit la direction du village de l'autre côté de la plaine, sans se soucier des regards. Toutes les prêtresses étaient en effet occupées à la digue, à l'opposé de sa destination.

Arrivée chez Deirdre, elle entra.

La jeune femme était toujours allongée sur sa paillasse, le bébé endormi tout près d'elle. Elle avait retrouvé des couleurs, avait peigné ses longs cheveux bruns et les avait tressés. Elle s'éveilla dès qu'elle entendit du bruit.

— Alors comment te sens-tu ?

— Neala ! Quelle bonne surprise ! La vieille bique t'a autorisée à sortir ?

— Pas vraiment, mais je ne lui ai pas donné le choix. Tu es seule ?

— Oui, les hommes sont allés s'occuper des bêtes et ramasser du bois. Ils ne devraient pas tarder. Tu dois être impatiente de parler avec Jero.

— Pas vraiment, non, mentit-elle, un peu déçue de son absence. Il n'a pas cherché à me voir depuis qu'il est arrivé, s'il n'a rien à me dire, moi non plus.

— Neala, tu ne vas pas faire ta mauvaise tête ! s'indigna Deirdre, le visage animé par la désapprobation. Il a voyagé pendant des lunes pour te retrouver, et s'il n'est pas venu te voir, c'est parce que nous le lui avons déconseillé. Vu la rencontre avec Celima, nous savions qu'elle serait furieuse, et qu'il lui faudrait quelque temps pour s'apaiser. Mais maintenant que Jero a fait irruption chez les prêtresses elle doit être absolument enragée.

— Personne ne l'a vu quand il est venu me chercher. Et ce de toute façon, ce n'est pas très grave. Je vais quitter la région dans quelques jours.

— Comment ? Mais pour aller où ?

— Je ne sais pas encore. Je ne connais que la première étape de mon voyage, et après je verrai bien. Je n'ai plus rien à faire ici.

— Et Jero va partir avec toi ?

— Je ne pense pas, non. De toute façon on n'a pas échangé deux mots depuis qu'il est ici, alors pourquoi partirait-il avec moi ?

— Parce qu'il est ici pour toi ! Quand il est arrivé et qu'il t'a vue, il n'a pas pu te parler, avec cette harpie de Celima. Mais Pat est arrivé à la rescousse…

— Oui il l'a sauvé des foudres de la commandante, j'ai vraiment cru qu'elle allait le tailler en pièces !

Les deux femmes se mirent à rire à l'évocation de ce souvenir.

— Quand vous êtes reparties, Jero est resté avec nous. J'étais un peu plus loin, mais en entendant le raffut de Celima, je me suis rapprochée. A la façon dont vous vous êtes regardés, Jero et toi, j'ai tout de suite su qui il était. Tu m'avais caché qu'il était si beau !

— Deirdre !

— Ne t'inquiète pas, je préfère quand même mon Pat, s'amusa cette dernière. En tout cas, on ne pouvait pas le laisser en plan, quand tu as suivi Celima il était complètement désemparé. Je lui ai proposé de rester chez nous quelques jours, le temps que les choses se tassent. Ils se sont très bien entendus avec Pat, ils ont fait des travaux dans la cabane et dans les enclos des moutons, coupé du bois, ils ont beaucoup travaillé. Jero n'a pas beaucoup parlé, il était contrarié de ne pas pouvoir te rencontrer je crois.

— Je suis allée plusieurs fois à la rivière, je pensais vous y trouver, toi, ou Pat, ou lui.

— J'imaginais que Celima t'interdirait de sortir. C'est ma faute, j'aurais dû penser que tu pouvais être à notre lieu de rendez-vous secret.

— Celima a été bien occupée, elle aussi. Elle fait construire un fossé tout autour des maisons, pour nous protéger, soi-disant, des envahisseurs qui viennent enlever les femmes. Non mais tu imagines des hommes venir voler Roya et Galutée ?

Deirdre pouffa. Puis rapidement, elle redevint sérieuse.

— Tu sais, on a entendu beaucoup d'histoires effrayantes ces derniers temps. Il y a des bandes de guerriers qui rodent très loin de leurs villages d'origine. Certains viennent de l'est, d'autres du nord. Ils attaquent les voyageurs, et aussi parfois, les villages. Ils détruisent tout sur leur passage, tuent les hommes et les enfants, et effectivement, ils emmènent les femmes, enfin seulement les jeunes. On ne les revoit jamais.

— Mais penses-tu qu'un fossé et un talus les empêcheront de passer ?

— Si les talus sont suffisamment hauts et surmontés de murs de pierre ou de bois, ça peut laisser le temps de donner l'alerte, et de se défendre. C'est ce que m'a expliqué Pat, et c'est pour cela qu'ici, les gens du village y pensent aussi. Ils ont même commencé à tracer les futures structures.

— Je n'avais pas conscience de ces dangers jusqu'à maintenant. Dans mon village de naissance, on n'avait pas besoin de ces protections. Et chez Jero, il y a peu de risques aussi, la région est quasi désertique. Les gens ne possèdent presque rien, à peine ce qu'il leur faut pour survivre.

— Ici ce n'est pas le cas. Les plantes poussent bien, les récoltes sont abondantes et il peut y avoir beaucoup d'échanges avec d'autres villages, de peaux, de sel, de poteries, d'outils. Ce sont autant de richesses qui peuvent être convoitées par des hordes sauvages.

— Alors je serai vigilante, pendant mon voyage. Pour venir jusqu'ici, j'ai traversé surtout des forêts, je suis restée loin des groupes humains la plupart du temps. Je ferai pareil. Et puis je pars en direction de l'ouest.

— Tu comptes partir seule ?

— Oui, et très rapidement.

— Mais c'est beaucoup trop dangereux ! s'affola Deirdre. Les bandits, le froid, les orages, les loups !

À ces mots Neala sourit. Les loups… Si Deirdre savait ! Mais elle n'avait pas envie d'expliquer. Elle essaya de rassurer son amie.

— Écoute, j'ai voyagé seule la plupart du temps. Et j'ai survécu. Je ne dis pas que ça été facile, mais je m'étiole ici. Je n'apprends plus rien, je m'ennuie et Celima interdit tout échange. Je veux retrouver ma liberté.

— Tu serais plus en sécurité avec les prêtresses.

— Tu me dis ça alors que toi-même, tu t'es enfuie ?

— Mais je me suis enfuie pour aller avec Pat ! Je suis passée de la protection de la communauté des prêtresses à la protection de Pat et du village ! Et toi tu veux t'enfuir, seule et vulnérable…

— Je ne suis pas vulnérable ! J'ai appris à me défendre, je sais me nourrir et me soigner toute seule, et m'orienter. Déjà quand je voyageais avec ma fille et mon chien, je ne me sentais pas vulnérable. Et pourtant, j'aurais été bien incapable de courir ou de me battre avec mon bébé dans les bras ! Mais je n'avais peur de rien. J'aurais tout fait pour la protéger. Maintenant elle n'est plus là, et je compte toujours entreprendre mon voyage. Seule.

— Et Jero ?

— Jero il fera ce qu'il voudra, comme il a toujours fait. Je vais devoir rentrer, je dois préparer mon départ. Je viendrai te voir avant de partir. Tu me laisses examiner la plaie ?

Après un nettoyage minutieux et la mise en route d'une nouvelle potion pour aider à la cicatrisation, La jeune femme retourna dans la cabane à potions.

Pour ne pas froisser un peu plus la commandante, Neala avait décidé de se faire discrète, de suivre les cérémonies et les repas comme si aucune conversation n'avait eu lieu.

Celima l'observait du coin de l'œil, sans rien dire, mais avec un petit air de satisfaction qui laissait à penser qu'elle était convaincue que Neala était revenue sur sa décision.

Deux jours plus tard, Neala n'avait toujours pas eu l'occasion de parler avec Malis. Le temps s'était dégradé, le froid commençait à envahir la plaine et Neala savait qu'il était temps de partir.

Sa propre besace était prête, elle avait collecté quelques poignées de fruits secs et mis de côté deux galettes, mais le butin était maigre et ne permettrait en aucun cas de tenir une demi-lune. Il faudrait s'approvisionner en route. En attendant, elle mangeait plus que d'habitude, essayant de forcer son corps à stocker autant d'énergie que possible.

Celima tolérerait probablement le départ de Neala, mais pas celui de Malis. Il allait falloir ruser pour permettre à la jeune fille d'échapper à cette communauté étouffante.

Enfin, l'occasion d'échanger se présenta. Après le repas de la mi-journée, Galutée leur demanda de l'accompagner pour laver les bols à la rivière.

Malis et Neala la laissèrent marcher devant, prétextant que leurs paniers étaient trop lourds pour marcher à la même allure qu'elle.

Dans un murmure, Neala s'adressa à la jeune femme.

— Ta besace ?

— Prête. Très peu de nourriture. J'ai ma couverture.

Surprise, Neala se demanda comment elle avait réussi à subtiliser une peau d'auroch. Elle lui fit un clin d'œil admiratif.

— Départ imminent. Demain ou après-demain. Tiens-toi prête.

— Mais qu'est-ce que vous manigancez toutes les deux ? s'enquit Galutée d'un ton réprobateur. Avancez, au lieu de bavasser ! Il faut retourner construire le talus aussi vite que possible !

Toute conversation fut alors impossible.

Le jour suivant, Neala évalua longuement le ciel, la brise, la végétation et le chant des oiseaux. Sa décision était prise, son départ serait le lendemain. Elle retourna voir Deirdre, après en avoir informé Celima sans que celle-ci n'y trouve à redire.

Eh bien, on progresse, se dit la jeune femme en montant au village de Deirdre. Si seulement elle s'était montrée plus souple depuis le début, j'aurais peut-être pu me sentir bien ici. Si j'avais eu la possibilité de soigner les gens, de nouer des liens, de les accompagner vers le Passage de la Source de Vie le moment venu, j'aurais pu… Mais avec des « si », on ne refait pas le monde, se reprit-elle. J'ai pris une décision, je dois maintenant avancer.

De plus, le fait que sa grand-mère ne se soit pas manifestée depuis qu'elle avait pris sa décision la confortait dans son choix.

Devant chez Deirdre et Pat, elle eut la surprise de voir Jero assis en tailleur, occupé à polir une hache. Il leva vers elle un regard presque gris, métallique. Son visage ne témoignait aucune sympathie.

— Alors, il paraît que tu t'en vas ? demanda-t-il d'un ton de reproche à peine déguisé, presque narquois.

— Oui, je n'ai plus rien à faire ici.

Le jeune homme se leva d'un bond.

— Et tu comptais me prévenir quand ? questionna-t-il, désormais visiblement en colère.

— C'est fait. Maintenant peux-tu me laisser passer ? Je dois aller voir Deirdre.

Abasourdi par autant d'aplomb, Jero s'effaça pour la laisser entrer et s'éloigna de la cabane à grandes enjambées.

— Bonjour Deirdre, comment te sens-tu ?

La jeune maman était assise sur sa paillasse, et semblait bien plus reposée.

— Bonjour Neala, je crois que ça va aller. Je suis allée à la rivière hier, je perds encore du sang, mais rien d'inquiétant. Pas de fièvre, et la douleur est supportable. Je crois que je suis sauvée.

— C'est une très bonne nouvelle. Tu continues à nettoyer avec la décoction jusqu'à la nouvelle lune, je t'ai amené d'autres plantes. Et ta fille ?

— Elle est magnifique, forte comme son papa !

L'heureux papa, tout proche, était très fier.

— Et je voulais te dire qu'on a décidé de l'appeler Tanea, poursuivit Deirdre, en souvenir de toi, car sans toi elle ne serait pas là. Et moi non plus, probablement. Nous ne savons pas comment te remercier.

— Vous venez de le faire, dit-elle, très émue. Je suis tellement contente pour vous tous ! Je voulais vous dire au revoir, je vais partir demain.

— Déjà ?

— La saison froide ne va pas tarder. Je voudrais éviter les grosses tempêtes.

— Et Jero ?

— Je viens de le voir, je lui ai dit que je partais.

— Mais… Et… il vient avec toi ?

— Il ne m'en a pas parlé.

— Mais c'est quand même incroyable cette histoire ! s'emporta Deirdre. Tu traverses la mer avec votre fille pour aller le voir, vous ne vous parlez pas, à la mort de la petite tu pars à des lunes de marche, il réussit à te retrouver, mais vous ne discutez toujours pas. Combien de temps allez-vous vous ignorer de la sorte ?

Neala avait des larmes dans les yeux. Cette situation était ridicule en effet. Jero lui avait énormément manqué, elle avait tant espéré le revoir, passer du temps avec lui, échanger, profiter de sa présence. Mais rien de tout ça ne s'était passé. Ils n'avaient pas su se retrouver. Où s'étaient-ils perdus ? Au départ de Jero quand il avait quitté le village de Neala ? A l'arrivée surprise de Neala dans le village où il vivait avec sa compagne ? À la mort de leur fillette ? Au départ secret de Neala ? Ou alors, plus récemment, pendant tous ces jours où Neala s'était sentie ignorée ?

Pat, en général très discret, intervint.

— Neala, je ne sais pas ce qui s'est passé entre vous. Jero est très travailleur, et aussi très silencieux. Il n'a pas expliqué pourquoi il était ici. Mais une chose est sûre, il n'est pas ici par hasard. Tu devrais lui laisser une chance de s'expliquer.

— Mais je ne demande que ça ! s'écria la jeune femme, maintenant en larmes. Mais il me fuit ! Je ne peux pas le forcer à parler. Je ne sais pas ce qu'il veut, ce qu'il attend de moi !

— Alors propose-lui juste de t'accompagner. Et vous verrez bien.

— Je ne sais même pas où je vais...

— Ça tombe bien, lui non plus. Et en vérité, la destination, on la connaît tous, vu qu'on a tous la même. Mais finalement, le voyage compte bien plus que la destination.

Neala fut frappée par la sagesse de ces paroles. Sous ses airs de paysan bourru, Pat était doté d'une grande sensibilité et de discernement.

— Savez-vous où il se trouve ?

— Il devait aller à la rivière chercher d'autres pierres à polir. Il va revenir.

— En attendant, interrompit Deirdre, as-tu tout ce qu'il te faut pour ton voyage ?

— En fait non, je n'ai pas de couverture, et il me faudrait aussi une tenue moins voyante que celle-ci, si tu as.

— En effet, ta robe de laine de prêtresse n'est pas des plus discrètes, rit Deirdre. Tiens, j'ai ici la tunique que je mettais avant ma grossesse. Ça devrait aller.

— Mais... et toi ?

— Pour l'instant je vais utiliser celle que j'ai sur moi, et quand je dégonflerai, je l'ajusterai !

— C'est très gentil à toi, je ne sais pas comment te remercier...

— Tu nous as sauvées, ma fille et moi, je te rappelle ! Cela vaut bien une tunique de peau ! J'ai aussi un capuchon, ça te sera bien utile pour le froid.

— Et pour la couverture, attends.

Pat fila et revint quelques instants plus tard avec une couverture de peau repliée en un paquet peu volumineux.

— C'est l'ancienne couverture de la mamète, ma voisine. Le chef du village, son fils, lui en a apporté une nouvelle récemment. Il espère que ça va aider sa mère à guérir de sa folie, mais j'en doute ! En tous cas celle-ci ne lui sert plus, tu peux la prendre.

— Merci beaucoup Pat !

— Et voici aussi une gourde de peau et quelques ustensiles. Autre chose que j'oublie ?

— Aurais-tu un couteau ou un racloir, quelque chose de tranchant ?

— Tiens, dit Pat en lui tendant un couteau que Neala reconnut immédiatement.

C'était celui qui avait permis d'éviter le drame au moment de l'accouchement de Deirdre. C'était un magnifique outil, une lame parfaitement tranchante emmanchée dans un morceau de corne de cerf.

Touchée par ce cadeau symbolique et par tous les autres présents, Neala fut remplie de gratitude.

— Mes amis, je ne sais comment vous remercier, me voilà parée et prête !

— Neala, j'ai une chose à te demander, dit soudain Deirdre, submergée par l'émotion.

— Dis-moi.

— Si tu vas dans le sud… Si tu vas au village de Souton, près de la mer, plein sud à deux ou trois jours de marche d'ici, je voudrais bien que tu ailles voir ma mère, Tali. Et que tu lui dises… Je sais que je l'ai déçue, qu'elle attendait autre chose de moi, mais… Je suis heureuse de mon choix. Et j'aimerais tellement qu'elle soit heureuse pour moi ! Je voudrais tant … Qu'elle soit auprès de moi en ce moment… Et qu'elle voie notre petite Tanea...

Deirdre fondit en larmes, elle hoquetait et n'arrivait plus à parler.

— J'irai, promit Neala en enlaçant son amie. Allons ne t'en fais pas, les jours après la naissance sont toujours difficiles, mais tu vas bien, ton bébé va bien, et ton compagnon est là pour vous. Ça va aller. Je dois partir maintenant.

Elle les prit dans ses bras chacun à leur tour, et ils lui souhaitèrent bonne chance.

Alors qu'elle s'apprêtait à sortir, les bras chargés de ses cadeaux, Jero entra. Son visage était fermé, la colère avait fait place à la résignation.

— Jero, est-ce que je peux te parler ?

Sans dire un mot, ils sortirent devant la cabane.

— Je vais quitter le village des prêtresses du Soleil. Je vais partir demain ou après-demain. Est-ce que tu veux… M'accompagner ?

Jero la regarda longuement, d'abord surpris puis évaluant la situation. Après une très longue période de silence qui parut insoutenable à la jeune femme, enfin il répondit.

— Oui.

Neala réalisa qu'elle n'avait pas respiré pendant l'attente de sa réponse. Elle expira, soulagée, et lui sourit.

— Et tu ne me demandes pas où on va ?

À son tour, Jero sourit.

— Non.

Un long moment passa. Ils n'arrivaient pas à se quitter des yeux.

Enfin Neala brisa le silence.

— Je te retrouverai demain au lever du jour à la rivière.

Puis elle s'éloigna.

En se remémorant cette scène, allongée sur sa paillasse pour la dernière nuit au village des prêtresses après avoir caché ses affaires derrière la cabane des potions, Neala se demandait si elle avait pris la bonne décision. Partir, oui, aucun doute, il fallait qu'elle le fasse. Mais demander à Jero de l'accompagner, alors qu'ils n'avaient pas échangé plus de quelques mots depuis qu'ils s'étaient revus, c'était un pari risqué. Il y avait encore tellement de non-dits, de silences, d'événements dramatiques qui n'avaient pas été abordés, comment se passerait ce voyage ?

Bon, de toute façon, se dit-elle, dans un premier temps, Malis sera avec nous. Sa présence atténuera la gêne entre nous. Et après, nous verrons. Elle s'endormit d'un sommeil agité, en anticipation du départ imminent.

Alors que les prêtresses sortaient du dortoir et s'apprêtaient à rejoindre les poteaux pour la cérémonie du matin, sous un ciel parfaitement dégagé, Neala interpella Celima, parfaitement remise de son hémorragie.

— Je ne viens pas avec vous. J'ai décidé de partir ce matin.

— Quoi ? rugit la commandante, furieuse. Tu pars sans prévenir, du jour au lendemain ?

Les autres prêtresses observaient la scène, interdites et inquiètes.

— Je t'ai prévenue, Celima, je t'ai dit que je ne resterais pas.

— Tu ne peux pas faire ça ! Je te l'interdis !

Le ton péremptoire et autoritaire commençait vraiment à agacer la jeune femme. Sans hausser de ton, son intonation se fit convaincue et assertive.

— Personne ne me dira ce que j'ai à faire. Je ne te dois rien. Je ne t'appartiens pas. Je n'appartiens à personne.

Elle s'éloigna de quelques pas.

Voyant qu'elle n'aurait pas gain de cause, Celima changea d'angle d'attaque.

— Tu veux partir, très bien ! Mais sache que tu n'emporteras rien d'ici ! Et que personne ne t'aidera !

Malis, effrayée, regarda Neala. D'un geste, celle-ci lui fit signe de ne pas bouger. Et elle ne se démonta pas.

Elle retira sa robe blanche de prêtresse, la jeta aux pieds de Celima et se retrouva entièrement nue, pourtant uniquement sa petite poche de cuir autour du cou qui contenait ses seuls trésors. Elle prononça alors d'une voix puissante :

— Je suis la Gardienne du Passage, le trait d'union entre la terre et le ciel, entre le monde des vivants et la Source de Vie. Je suis la Source de Vie.

Puis sous le regard abasourdi du groupe de femmes, la superbe jeune femme prit sereinement la direction de la cabane des potions. Elle entendit Celima ricaner, puis Malis pleurer.

— Cesse de pleurer, idiote, cette femme n'a apporté que le déshonneur sur les prêtresses du Soleil ! gronda la supérieure. Bon débarras ! Sa présence parmi nous aurait pu détruire notre belle cohésion, mais elle n'aura pas réussi. Allons, il est temps d'aller honorer le soleil !

Neala les entendit s'éloigner dans son dos, et dès qu'elle fut hors de leur champ de vision, elle récupéra sa besace cachée dans les fourrés, enfila la tunique de Deirdre et accéléra le pas pour arriver jusqu'à la rivière où l'attendait Jero.

En le voyant tranquillement assis sur les galets, en train de finir le polissage d'une pointe de flèche, Neala eut un choc. Elle hésita à engager la conversation, et se contenta de le contempler.

Ses longs cheveux blonds, grossièrement attachés par une lanière de cuir, caressaient ses larges épaules au gré de la brise. Ses mains puissantes enserraient les deux cailloux et le geste de frottement était exécuté avec force et précision. Son visage était serein, absorbé par sa tâche. Il émanait de lui une telle assurance, une telle sérénité, rien ne pouvait l'atteindre.

Ils avaient tellement à rattraper, par où commencer ?

Peut-être qu'amorcer la discussion en lui exposant son plan était un bon début.

— Prête ? demanda-t-il en se levant souplement.

— Pas tout à fait, démarra-t-elle. J'ai fait une promesse.

— C'est à dire ?

— Une des jeunes prêtresses, Malis, m'a demandé de l'emmener avec elle.

— Et pourquoi n'est-elle pas avec toi ?

— Ce n'est pas si simple. Celima ne la laissera jamais partir. J'irai la chercher cette nuit, puis nous partirons.

— La nuit ? Mais c'est de la folie, personne ne voyage de nuit !

— Pourtant il le faudra, pendant deux ou trois jours, le temps de s'éloigner du village. Le chemin est bien tracé jusqu'au village suivant, la lune est pleine, et nous ne rencontrerons personne. Ainsi Celima ne saura pas où chercher Malis. Je vais la ramener chez elle, c'est à une demi-lune de marche.

Il leva les yeux au ciel, excédé.

— Voyager de nuit seule avec une gamine à l'autre bout du pays, c'était ça, ton plan ?

— Oui, et c'est toujours mon plan. Je n'ai rien prévu d'autre pour l'instant.

Voyant qu'il n'avait aucune chance de lui faire changer d'avis, Jero soupira.

— Et pour aujourd'hui, comment as-tu prévu de passer ta journée ?

— Je dois terminer mes préparatifs. Il nous faudra des torches pour les passages en forêt. Je dois ramasser plus de fruits secs et si c'est possible, nous essaierons de dormir un peu, avant d'aller chercher Malis. La nuit sera longue.

Jero se mit alors à rire.

— J'avais le souvenir de quelqu'un de déterminé, mais là j'avoue que je ne m'attendais pas à ça. Tu vas enlever une jeune prêtresse puis voyager la nuit pour la ramener chez elle. Sans arme et sans personne pour vous défendre. Tu es folle.

— J'ai un couteau très tranchant. Et je te rappelle que j'ai déjà beaucoup voyagé.

— Mais tu avais au moins ton grand chien, Feu. Où est-il d'ailleurs ?

— Il est mort. Des bandits nous ont attaqué et ils l'ont tué.

Le visage de Jero s'attrista.

— Je suis désolé. Je l'aimais beaucoup.

Neala défia Jero du regard.

— Moi aussi. C'était un extraordinaire compagnon qui m'a protégée au péril de sa vie. Il ne m'a jamais déçue. Je l'aimais comme un membre de ma famille. Il me manque énormément.

Puis elle baissa les yeux, renonçant à affronter un moment de reproches ou de rancœur.

— Beaucoup de personnes me manquent, mais c'est ainsi. Nous devons accepter ce que nous ne pouvons pas changer.

Pour dissiper le malaise, Jero proposa :

— Nous devrions utiliser cette journée pour mieux préparer ce départ. Je vais vous fabriquer une sagaie chacune, pour Malis et toi. J'ai mon arc et mes flèches, et une hache dans ma besace. On pourra au moins se défendre si besoin. Deirdre m'a donné plusieurs galettes d'orge, et du fromage sec.

— C'est adorable de sa part, dit Neala en retrouvant son sourire. Je vais chercher des noisettes et des branches sèches qui pourront servir de flambeaux. On se retrouve ici au coucher du soleil pour la suite. Et nous devons rester discrets, Celima doit continuer à croire que je suis vraiment partie, sinon elle se méfiera. À plus tard !

La nuit tombée, ils se rejoignirent au même endroit. Jero avait fabriqué deux belles lances légères et surmontées de pointes parfaitement tranchantes, et de son côté Neala avait collecté une grande quantité de noisettes et de petites pommes sucrées, ainsi que plusieurs branches de chêne bien sèches. Ils partagèrent des galettes et quelques fruits, puis s'allongèrent à proximité, chacun sous sa couverture de peau, auprès d'un bosquet. La nuit était fraîche et le ciel se remplit rapidement d'étoiles, la lune n'étant pas encore levée.

Le moment était parfait. Il n'y avait pas un souffle de vent, pas de bruit autre que celui du ruisseau et au loin, d'un hululement de chouette.

Neala hésitait à rompre cet équilibre, la présence tranquille de Jero à ses côtés lui suffisait. Et il ne semblait pas non plus décidé à entamer la conversation.

Pourtant, tant de questions se bousculaient dans la tête de la jeune femme ! Enfin ils avaient l'occasion de discuter et de mettre à plat des années d'absence de communication. Avant la fin de la nuit, Malis serait avec eux et ils n'auraient plus l'opportunité de parler dans l'intimité. Mais par où démarrer ? Quel sujet pourrait les amener à retrouver leur complicité d'avant sans blesser l'un ou l'autre ?

La chouette avait cessé de hululer. Neala n'y tint plus.

— Comment vont Irvin et Jenina ?

— Ils vont bien.

Puis, plus rien. Jero n'était décidément pas prêt à parler. Neala n'insista pas. Le moment n'était pas encore venu.

Elle s'assoupit, gardant pour elle-même la frustration des questions non posées, et non répondues.

Elle s'éveilla au milieu de la nuit. La lune était à présent levée et la visibilité correcte, il était temps de dérouler la suite de son plan. Elle se leva et se couvrit de son capuchon.

Jero, qui ne dormait que d'un œil, bougea à son tour.

— Je vais chercher Malis, nous te rejoignons aussi vite que possible. Dès que nous approcherons je sifflerai, puis nous partirons immédiatement pour l'ouest, en longeant la rivière.

— Je prendrai ta besace et ta couverture. Ne vous faites pas surprendre.

— On va tout faire pour éviter.

Neala prit alors la direction du village des prêtresses. Contrairement au village de Pat et Deirdre, il n'y avait pas de chiens, ce qui était une aubaine pour pouvoir approcher en toute discrétion.

Plutôt que construire des digues inutiles, Celima ferait mieux d'avoir une meute de chiens pour les protéger, grommela-t-elle en silence en s'approchant des cabanes.

La cabane à dormir était maintenant face à elle. Elle savait que Malis dormait tout près de la porte, ce qui lui faciliterait la tâche. Elle se baissa pour le pas se faire repérer par son ombre que le foyer, au centre de la cabane, risquait de projeter. Elle entra à pas de velours dans le dortoir et repéra Malis. Elle s'approcha et lui secoua légèrement l'épaule.

— Malis, c'est moi.

La jeune fille faillit hurler mais Neala lui mit la main sur la bouche juste avant qu'un son ne puisse en sortir.

— Chut, murmura-t-elle. On y va. Je t'attends dehors.

Elle sortit aussi discrètement qu'elle était entrée.

Malis mit quelques instants à reprendre ses esprits, puis, très doucement, elle s'extirpa de sa paillasse. Elle prit soin de mettre sous la peau d'auroch quelques branches de bois enchevêtrées pour donner l'illusion grossière qu'un corps s'y trouvait, et, presque en rampant, sortit du dortoir, son capuchon à la main.

— Je dois chercher mes affaires, elles sont derrière la cabane à potions, chuchota-t-elle.

Mais elles furent stoppées dans leur élan par un bruit qui venait de l'intérieur.

— Que se passe-t-il ? entendirent-elles.

— Ce n'est rien Galutée, rendors-toi.

— Mais j'ai entendu un bruit, comme si quelqu'un sortait !

— Tout va bien, tout le monde est là, regarde.

Le souffle coupé, les deux femmes attendirent un moment que le calme soit revenu, puis elles s'éloignèrent sans bruit du dortoir. Derrière la cabane à potions, Malis attrapa sa besace de laquelle dépassait une couverture, puis elles marchèrent, très discrètement, jusqu'à la sortie du village. Là, la luminosité de la pleine lune leur permit d'accélérer le pas jusqu'à la rivière. Neala siffla et Jero les rejoignit d'un bond, provoquant une petit cri de surprise de Malis.

— Ah oui je n'ai pas pu te prévenir, Jero vient avec nous. Ne traînons pas, je n'ai pas envie que quelqu'un se rende compte de ton absence et essaie de nous rattraper.

Jero rendit ses affaires à Neala et tendit une sagaie à Malis.

Alors, aussi vite que le permettait la clarté de la pleine lune à présent positionnée au-dessus de leurs têtes, tous trois s'élancèrent vers leur nouvelle aventure.

Chapitre 2

Ils marchaient depuis des heures, au clair de lune et en silence.

Ils avaient d'abord remonté la rivière, rapidement transformée en ruisseau, puis avaient bifurqué vers l'ouest pour rejoindre un chemin qui était, en journée, assez fréquenté pour être profondément marqué dans le sol.

Ils n'avaient qu'à suivre les traces des hommes et de leurs troupeaux se déplaçant de village en village, au gré des saisons et des célébrations.

La région était en effet parsemée de sites de cultes, beaucoup moins imposants que le célèbre cercle des poteaux accolé aux village des prêtresses, mais il y avait d'autres cercles de pierre ou monuments. Ceux-ci attiraient la curiosité des habitants et devenaient des lieux d'échanges et de rencontres, à des moments précis de l'année.

Le climat doux favorisait ces déplacements, les tempêtes étaient assez rares à l'intérieur des terres et les épisodes neigeux ne duraient pas.

De plus, la pluviosité régulière et relativement abondante favorisait les récoltes ; le sud de cette immense île avait donc vu le développement rapide d'une population de plus en plus nombreuse.

Pendant leur longue nuit, ils purent ainsi apercevoir plusieurs villages, suffisamment proches du chemin pour entendre les aboiements des chiens ou sentir la fumée des foyers.

Mais ils ne s'approchèrent pas. Ils étaient des fugitifs, au moins dans la proximité immédiate du village des prêtresses. Ils ne tenaient pas à se faire remarquer.

Quand les premières lueurs de l'aube apparurent, ils cherchèrent à se mettre à couvert dans une forêt, à quelque distance de la voie de passage.

Ils trouvèrent un abri convenable pour se reposer, dans une petite clairière proche de quelques gros rochers.

Éreintés par leur longue marche nocturne, ils préparèrent rapidement un tapis de feuilles sèches, Neala et Malis s'installèrent côte à côte et Jero se mit à peine un peu plus loin.

Après un sommeil haché, Neala s'éveilla la première. La journée était déjà bien avancée.

Un peu désorientée, elle mit quelques instants à se rappeler où elle était, et avec qui.

Elle sourit, la vie était décidément pleine de surprises.

Le ciel s'était un peu couvert et le vent, absent la veille, s'était levé. La marche serait probablement plus difficile les jours suivants.

Elle se leva, avala quelques fruits secs, prit sa besace et essaya de repérer un ruisseau. Elle fut rapidement suivie par Malis.

— Alors, comment te sens-tu, après cette première nuit de fuite ?

— Je suis épuisée, j'ai mal partout mais je suis tellement heureuse ! Je me sens libre !

— Est-ce que Celima ne s'est doutée de rien ?

— Elle nous a fait un long sermon hier, pendant le repas de la mi-journée. Elle a parlé de confiance et de trahison…

— Évidemment elle n'a rien à se reprocher dans ce domaine, commenta Neala, narquoise.

— Elle a dit qu'elle était très déçue de ton départ, mais elle a dit aussi que c'était mieux ainsi, car tu avais pour ambition de semer la discorde dans la communauté pour prendre sa place.

— C'est faux ! Devenir la commandante d'un groupe de femmes soumises et coupées du monde, quel intérêt ? Qu'elle reste avec ses certitudes et ses prêtresses résignées !

— Elle a aussi dit que si l'une de nous quittait le groupe, ce serait elle qui porterait la responsabilité de la désagrégation de la communauté.

A ces mots, sa voix se mit à trembler, et des larmes perlèrent au bord de ses beaux yeux noirs.

— Malis, ne te laisse pas influencer par de tels mensonges. En disant cela, Celima savait parfaitement ce qu'elle faisait. C'est une femme très intelligente. J'imagine que, d'une façon ou d'une autre, elle avait deviné que tu voulais partir, toi et peut-être d'autres aussi. Si les femmes veulent quitter ce groupe étouffant, c'est d'abord et avant tout de sa faute. Mais elle a trop peur de se remettre en question, de faire évoluer les règles tellement strictes qu'elle n'arrive pas à les suivre elle-même. Comment veux-tu respecter une personne ne respectant pas sa propre parole ? Son règne est compté. Et tu n'y es pour rien.

— Mais il y a de très bonnes choses dans cette communauté, chacun prend soin des autres…

— C'est vrai, et c'est ce que j'ai apprécié aussi. Mais Celima a voulu y mettre trop de contrôle, et a développé la méfiance des unes pour les autres. L'ambiance s'était dégradée depuis quelque temps, et s'il y a une personne responsable de ceci, ce n'est pas toi, c'est moi.

— Mais tu n'as rien fait de mal !

— Je l'ai forcée à se remettre en question. Elle s'est sentie menacée et est devenue encore plus irritable, soupçonneuse. C'est très dommage, c'est une femme pour qui j'ai beaucoup d'admiration, qui a de grandes connaissances. Mais si elle n'est pas capable de faire évoluer son comportement et les règles de sa communauté, alors elle la perdra. Les femmes ne resteront pas, ou elles choisiront une autre personne pour diriger le village.

— Tu as probablement raison. Mais pour l'instant, je me sens un peu lâche de m'être enfuie de la sorte.

— Elle ne t'a pas laissé le choix ! Aurais-tu supporté de devoir, comme elle me l'a demandé, te dénuder devant toutes, et partir sur les chemins ?

— Non ! Tu as été très courageuse de le faire.

— J'étais prête. Je savais qu'elle chercherait à m'humilier pour avoir osé m'opposer à elle. Et j'avais mes affaires tout proche !

Elles se mirent à rire.

— D'ailleurs, je devrais me changer aussi. Cette robe de laine blanche est très reconnaissable. J'ai réussi à trouver des peaux non encore utilisées, ainsi qu'une aiguille. Je vais me faire une tunique grossière.

— Bravo ! Celle que je porte m'a été donnée par Deirdre. On va aussi devoir changer de coiffure, ce chignon est trop repérable, et je ne supporte plus d'avoir les cheveux attachés. Regarde, en contrebas il y a des saules, je suis sûre qu'il y a un ruisseau.

Les deux femmes rejoignirent le cours d'eau à grands pas et purent étancher leur soif. Elles se débarbouillèrent et Neala entrepris de retirer les liens qui retenaient ses longs cheveux auburn. Malis fit de même. Puis toutes deux trempèrent leur chevelure dans le ruisseau, tête en bas, afin de les laver et de les débarrasser des plis créés par ce chignon strict porté depuis trop longtemps. Chacune à leur tour, elles se peignèrent longuement avec le peigne en os que Malis avait pu emporter. Et elles rirent de se voir ainsi, peu à peu, retrouver leur identité.

Quand elles remontèrent au campement, leurs gourdes de peau bien pleines, Jero fut très surpris de le voir si transformées.

Malis marchait devant sur le minuscule sentier et elle était très belle, avec ses longs cheveux noirs et lisses descendant jusqu'à la taille. Elle qui, auparavant, avait le cou enfoncé dans ses épaules, se tenait désormais droite et fière. Jero ne l'avait vue que dans la pénombre, il pouvait à présent se rendre compte de la grâce infinie de la jeune fille.

Mais quand Neala apparut derrière elle dans la petite clairière, il en eut le souffle coupé.

La jeune femme avait retrouvé sa crinière auburn, ses longues boucles de feu étincelant dans un rayon du soleil de la fin de journée. Elle marchait d'un pas assuré, tranquille mais déterminé. Elle était tout simplement magnifique.

Pour dissimuler son trouble, Jero les interpella.

— Avez-vous faim ?

— Oh oui, s'écria Malis. Il y a un ruisseau un peu plus bas, nous avons ramené de l'eau.

— Très bien. Je crois qu'il est grand temps de se restaurer, puis dès que la nuit sera tombée nous reprendrons notre marche.

— Malis a de quoi coudre une tunique. Ainsi, quand elle aura quitté sa robe blanche, nous n'aurons plus rien de prêtresses du soleil.

— Et nous pourrons marcher la journée, ce sera beaucoup plus simple, renchérit Jero.

— Cela nous évitera de croiser des loups, ils me font très peur, ajouta, Malis, inquiète.

Neala ne commenta pas, elle demanda à Malis de sortir les peaux, puis traça avec son couteau les contours de la nouvelle tunique avant de commencer ses découpes.

D'une main experte, elle tailla les deux plus grands morceaux, puis avec un poinçon, Malis fit de petits trous tout le long des futures coutures. Elle assembla les deux parties grâce à un fil de laine qu'elle avait pu récupérer discrètement.

Rapidement, la luminosité fut cependant trop faible pour continuer.

— Nous terminerons demain, suggéra Neala. Il est temps de manger puis, dès que la lune sortira, de se remettre en route.

Tous trois n'avaient presque rien absorbé de la journée, ils se jetèrent sur les galettes et les noisettes. Ils se reposèrent quelques heures et reprirent leur marche nocturne.

Il était délicat de s'orienter dans la nuit, heureusement Malis savait où elle allait. Son village était situé au bord de la mer, au sud-ouest du village des prêtresses. Elle avait fait le chemin dans le sens inverse deux hivers plus tôt et elle avait mémorisé le nom des villages qui se situaient sur leur route. Depuis la veille cependant, ils n'avaient pas croisé âme qui vive qui aurait pu leur confirmer que leur direction était la bonne.

Profitant que les nuages s'étaient dissipés et se repérant à la course de la lune et au ciel étoilé, ils avancèrent dans la nuit.

Ils virent au loin un gros village, que Malis reconnut comme Yevil, puis ils aperçurent la lisière d'une épaisse forêt.

— Nous n'aurons aucune visibilité là-dedans, se désola la jeune fille à voix basse.

— Dès que nous serons dans la forêt, nous allumerons nos torches. J'ai ramassé des branches de chêne bien sèches, ça devrait aller, la rassura Neala.

A couvert, elle sortit ses bâtons de feu, ramassa quelques herbes sèches et, avec beaucoup de dextérité, enflamma le bout d'une branche, puis de deux autres. La lumière n'était pas très vive mais elle leur permettrait de rester sur le chemin sans trébucher. Satisfaite, elle se dirigea vers ses compagnons de voyage, leur tendit une torche à chacun.

— Comme ça, si une s'éteint, on pourra compter sur les deux autres pour la rallumer. Allons-y !

Ils avancèrent ainsi à pas lents pendant un long moment, Malis se retournait dès qu'elle entendait craquer une branche.

— Je suis sûre que nous sommes suivis par des loups !

— Si les loups avaient voulu nous attaquer ils se seraient déjà manifestés. Le feu les éloignera.

— En tous cas je garde ma lance prête, au cas où.

Jero sourit, Malis avait adoré la lance qu'il avait fabriquée dès qu'elle l'avait vue, elle ne s'en séparait plus.

Neala était moins craintive, mais sur ses gardes quand même. Elle aussi avait une torche dans une main et sa lance dans l'autre.

Régulièrement, une torche s'éteignait et il fallait la rallumer. Mais, malgré le temps perdu, le cortège avançait.

La traversée de la grande forêt touchait à sa fin. Déjà les grands arbres s'éclaircissaient et on apercevait, au loin, un autre village.

— Il doit s'agir de Shard. Après ce village, dans mon souvenir, il n'y a plus de grande forêt avant deux ou trois jours.

— Alors on devrait s'arrêter ici pour dormir. Et une fois débarrassée de ta tenue de prêtresse, Malis, nous pourrons voyager en journée.

Tout le monde acquiesça et ils se mirent à la recherche d'un abri convenable. Mais le vent s'était levé et une bourrasque éteignit toutes les torches d'un coup, les plongeant tous les trois dans le noir.

Essayant de se repérer grâce à la faible luminosité de la lune filtrant à peine à travers les nuages, Jero les dirigea vers un bosquet d'arbres bas, sous lesquels ils pourraient se glisser.

— S'il ne pleut pas, nous serons ici au moins à l'abri du vent. Demain nous prendrons le temps de trouver un endroit plus agréable.

Cette fois-ci, ils n'eurent pas besoin de ramasser des feuilles, le sol en était jonché.

Ils s'enroulèrent chacun dans leur couverture, Neala et Jero encadrant une Malis frigorifiée et passablement effrayée.

La forêt tout entière craquait sous les effets du vent, les ombres étaient angoissantes et, alors qu'elle commençait à s'endormir, Neala se réjouit de la présence de ses compagnons.

Elle aurait bien sûr pu affronter cette nuit toute seule, mais c'était bien plus rassurant de sentir leur compagnie à ses côtés.

Ils s'éveillèrent alors que les premières gouttes de pluie glissaient des feuilles vers leurs visages.

Sans échanger beaucoup de mots, ils convinrent de chercher un endroit abrité pour pouvoir terminer les travaux de couture au sec.

Ils furent enchantés de pouvoir se mettre à l'aplomb d'un ensemble de rochers dans un petit vallon.

Pendant que Jero était parti à la recherche d'un point d'eau, les deux femmes reprirent leur ouvrage, Neala ajouta des manches à la tunique et, avec le reste de peau, fabriqua des jambières pour Malis et ajouta des bandes de peau sur ses propres sandales de cuir afin de protéger ses pieds et ses mollets.

La jeune fille put enfin retirer sa robe de laine et revêtir sa toute nouvelle robe de peau.

— Merci Neala ! Cette tenue sera bien plus adaptée pour voyager et j'aurai beaucoup moins froid qu'avec cette robe de laine sans manches !

— On va quand même la garder. Elle pourrait servir, en l'état ou en récupérant le fil de laine.

— Je la mets dans ma besace.

Jero revint, les outres pleines d'eau et le fond de sa besace rempli de petites pommes.

— Joli travail ! dit-il en voyant Malis vêtue de sa nouvelle robe. Nous avons mérité un bon repas !

Tous se régalèrent des petites pommes sucrées à souhait.

La pluie avait cessé, et ils décidèrent qu'à maintenant deux jours de marche du village des prêtresses et avec la transformation physique et vestimentaire des deux femmes, ils ne risquaient plus d'être poursuivis. Ils convinrent de retourner sur le chemin.

— Que dira-t-on si des gens nous demandent qui nous sommes ? interrogea Malis

— Nous dirons que nous sommes frères et sœurs et que nous allons rejoindre nous parents à Plymo ? suggéra Jero.

L'idée plut à Neala.

— Ça voudrait dire que je suis la sœur de Jenina ? J'en suis ravie ! s'exclama la jeune femme, réjouie.

Jero sourit.

— Qui est Jenina ? demanda candidement Malis.

Alors qu'ils s'engageaient sur le chemin, Neala expliqua.

— Jenina est la sœur de Jero, et c'est mon amie. Quand je suis arrivée à Elebana, le village de Jero, dans les contrées beaucoup plus froides, tout au nord d'ici, Jenina a été très gentille avec moi. Nous avons passé beaucoup de temps ensemble et nos enfants s'entendaient très bien. Amalia et Malo adoraient jouer tous les deux.

A la dérobée, Neala essaya de capter le regard de Jero, pour voir comment celui-ci réagissait. Mais il avait ralenti son allure, et, se tenant quelques pas derrière les deux femmes, il regardait le sol devant lui.

Alors elle poursuivit.

— Nous partions souvent ramasser toutes sortes de choses en forêt. Elle n'était pas très à l'aise au début, mais elle s'est habituée quand elle a compris tout ce que la forêt pouvait apporter.

Jero ne put s'empêcher d'intervenir.

— Mon village est situé au bord de la mer, c'est un village de pêcheurs et les habitants sont tournés vers la mer, ils se rendent rarement dans les bois. La nature est bien plus hostile qu'ici, il n'y a que très peu de baies ou de noix.

— Heureusement, il y avait des racines comestibles et des ruisseaux avec de bons poissons, ce qui nous a permis de nous nourrir, Amalia et moi.

— Mais puisque c'était un village de pêcheurs, comme chez moi, d'ailleurs, pourquoi avais-tu besoin d'aller chercher des poissons dans les ruisseaux ? Les poissons de mer sont bien meilleurs !

La conversation devenait dangereuse et pouvait à tout instant glisser vers l'affrontement que Neala et Jero tentaient d'éviter depuis des jours.

Comment expliquer à Malis que sans Jenina et Irvin, elle serait probablement morte de faim et de froid avec sa fille, dans l'indifférence totale de Jero et du reste de son village ? Elle-même ne comprenait toujours pas, mais elle aurait préféré avoir cette conversation en tête-à-tête avec lui. La jeune femme décida donc, en donnant un ton léger, de désamorcer le risque de conflit.

— Mais nous mangions des poissons de mer aussi ! Parfois Irvin, le père de Jero et Jenina, nous en amenait. Et tu sais, dans mon propre village, on ne mangeait que des poissons de rivière, alors j'y suis habituée.

Les deux femmes poursuivirent leur conversation avec, de temps en temps, une intervention de Jero qui donnait une précision sur son lieu de vie.

Aucun autre sujet potentiellement fâcheux ne vint gâcher la discussion.

Malis ne posa aucune question sur Amalia. Elle savait ce qui était arrivé à la fillette et n'avait aucune envie de raviver la tristesse de ses parents.

Ils continuèrent leur périple, croisant sur le chemin quelques paysans qui voyageaient d'un village à l'autre, jusqu'à ce que le jour commence à baisser.

— Il est temps de chercher un endroit pour dormir, recommanda Jero.

— Ne pourrait-on pas demander l'hospitalité à ce village dont on aperçoit les premiers champs ? suggéra Malis.

Jero et Neala se regardèrent, interloqués.

— Demander l'hospitalité ? C'est quelque chose que je n'ai jamais fait, reconnut Jero. Il m'est arrivé que des gens me proposent gentiment de m'héberger, mais je n'ai jamais demandé.

— Ma mère l'a fait régulièrement, quand elle m'a conduite au village des prêtresses, avec mes deux frères ainés. Dormir dans une grange avec les animaux est plus sécurisant que se tremper sous une averse toute la nuit !

— Tu as probablement raison, acquiesça Jero, mais nous sommes encore trop près des prêtresses. Pour cette nuit encore, je préférerais rester à l'écart.

Ils passèrent donc le village et se mirent en quête d'un endroit pour passer la nuit. La pluie s'était enfin arrêtée et après une bonne période de marche, ils aperçurent, relativement près du chemin, une cabane faite de branches et recouverte de feuilles et d'herbes sèches.

— Ici, s'écria Jero, ce sera parfait. Il y a même les restes d'un foyer devant l'abri, nous pourrons allumer un feu et faire sécher nos affaires.

Tous étaient ravis de cette aubaine et remercièrent les personnes qui avaient eu la bonne idée de fabriquer cet abri au milieu de nulle part.

Il faisait encore jour et Jero partit, armé de son arc, à la recherche de quelque nourriture pendant que les femmes s'affairaient pour préparer un bon feu, ramassant des branches alentour pour pouvoir le nourrir aussi longtemps que possible.

Le jeune homme revint triomphant, un lièvre à la main.

— Voilà notre repas !

Malis applaudit, Neala fit une grimace puis se ravisa.

— Est-ce que je pourrai avoir la peau ? demanda-t-elle néanmoins.

— Seulement si tu le dépèces et le prépares, dit Jero en riant et en lui déposant le lièvre entre les mains.

L'animal était encore chaud. La flèche de silex avait traversé son cou fragile et l'avait probablement tué immédiatement. Neala dit secrètement une prière pour cet être qui était retourné à la Source de vie, remercia la Source de Vie de pourvoir à leurs besoins, puis commença son dépeçage.

Avec son couteau elle découpa le tour de chacune des pattes, puis entailla la fourrure au niveau du cou, et en tenant la tête du lièvre, tira lentement mais fermement la couche de peau qui formait maintenant une sorte de gant avec la fourrure à l'intérieur.

Elle ouvrit ensuite le ventre de la bête, sortit les viscères, garda le cœur et le foie et prit le reste pour aller le jeter au loin.

Elle rinça le tout dans un minuscule ruisseau qui se trouvait à proximité et ramena la viande découpée auprès du foyer.

Elle déposa les morceaux sur la large pierre que Jero avait mise au plus près des flammes.

Malis en avait l'eau à la bouche, pour Neala c'était plus compliqué, vu qu'elle n'avait jamais aimé la viande, encore moins l'odeur de viande grillée. Mais elle devait se nourrir pour tenir la distance, et leur stock de provisions s'était largement amenuisé. Alors elle fit comme ses compagnons, quand la viande fut cuite, elle ingurgita sa part.

Après le repas, elle entreprit de casser le crâne du lièvre afin de récupérer la cervelle. Elle utilisa celle-ci pour enduire la peau afin de faciliter le tannage.

Une fois cette opération terminée, elle remit des branches dans le foyer et rejoignit ses compagnons qui dormaient déjà à l'intérieur de l'abri.

Le lendemain, la température avait drastiquement chuté.

C'est en sortant de leur cabane de fortune que les trois voyageurs le réalisèrent. L'hiver s'approchait, et même s'il n'était pas aussi rude dans cette région que chez Jero, dormir à l'extérieur allait rapidement devenir très pénible, voire dangereux.

— Nous devrions atteindre Exton, un grand village au bord de la mer aujourd'hui, avança Malis. On pourrait leur demander l'autorisation de dormir dans une grange, non ?

Elle claquait des dents et, malgré sa robe à manches longues et ses jambières, avait l'air de bien plus souffrir du froid que ses camarades.

— On va essayer, Malis. Et il nous faudrait aussi trouver de la nourriture. Pour ce matin on va manger le reste de viande, mais ensuite ce sera compliqué.

Après avoir avalé la viande filandreuse et froide, ils levèrent le camp.

— À combien de jours se trouve Exton de Plymo ? interrogea Neala alors qu'ils avaient repris leur marche.

— Entre cinq et six je crois, répondit la jeune fille. Je me souviens que nous avions passé deux nuits à Exton. C'est un des plus grands villages que j'ai vus, il y a beaucoup d'habitants et certains se sont spécialisés dans la fabrication d'outils, de poteries, c'était très impressionnant.

— Spécialisés dans la fabrication d'outils ? demanda Jero, visiblement intéressé.

— Oui, il y avait au moins deux hommes qui ne faisaient que de la taille de couteaux, flèches et haches. Et ensuite ils les échangeaient contre de la nourriture ou des peaux. Ils ne travaillaient pas dans les champs.

— C'est étonnant, chez nous tout le monde fait tout. Quand le temps le permet, les hommes vont à la pêche et partagent leurs prises. Et quand il fait trop mauvais, ils s'occupent des réparations, de la fabrication des cordes ou des barques, ou aussi de la taille des pierres, mais chacun connaît les gestes nécessaires pour toutes les tâches.

— C'est ingénieux, ce système de spécialisation, observa Neala. Cela permet d'affiner les techniques, d'être plus efficace.

— Peut-être, reconnut Jero. Mais cela oblige à dépendre des autres. Et je n'aime pas trop cette idée.

— Mais c'est déjà le cas, lui fit remarquer Neala. Les quelques galettes qu'il nous reste contiennent du blé qui a été planté, récolté et cuit par d'autres personnes. Quand je soigne les gens, je suis remerciée par de la nourriture ou des objets que je n'aurais pas le temps de faire moi-même.

— Et tout le monde n'est pas capable de soigner ! s'exclama Malis qui jusque-là n'avait fait qu'observer la joute verbale.

— C'est vrai, admit Jero. C'est juste que je ne voudrais pas passer mes journées à ne faire que de la taille de pierres et perdre ma capacité à faire d'autres choses. Qu'on se spécialise c'est bien, mais je veux garder mon autonomie.

— Je ne suis pas surprise, dit Neala en riant.

Spontanément, ils avaient fini par reprendre leurs conversations animées et leurs débats parfois acharnés qui faisaient autrefois la richesse de leur relation.

Malis était ravie de voir leur complicité refaire surface, même si elle savait qu'aucun sujet important n'avait encore été abordé.

Après une autre journée de marche éreintante, ils arrivèrent enfin à Exton.

Effectivement, cela ne ressemblait à rien de ce que connaissaient Neala et Jero.

Des maisons rectangulaires, faites de murs de pierres recouverts, pour certains, de boue, et surmontés de toits de joncs, se trouvaient si proches les unes des autres que certaines se touchaient.

Le village était bordé à l'ouest par la large embouchure d'un fleuve et, bien plus au sud, par la mer. Il était impossible de traverser ce fleuve à cet endroit, mais Malis avait expliqué qu'en amont, il existait un système de barges pour passer d'une rive à l'autre.

Le village était très vivant, avec beaucoup de bruits différents, de chocs de pierres, d'enfants qui couraient, d'animaux dont les enclos étaient proches. Et des habitants qui circulaient entre les maisons, chacun vaquant à ses occupations.

Les trois voyageurs déambulèrent un moment dans le village avant de retourner à l'entrée du village à se trouvait une maison plus grande que les autres.

Devant l'entrée, Jero appela.

— Y a-t-il quelqu'un ?

Au bout de quelques instants un homme imposant, plus âgé que Jero mais pas encore vieux, sortit. Il avait de longs cheveux bruns emmêlés et sales, une taille épaisse et un regard mauvais.

— Que veux-tu, étranger ?

— Avec mes sœurs nous cherchons un endroit pour dormir, et aussi de la nourriture.

— Nous n'avons pas de maison de libre ici, et pas de nourriture non plus.

Jero était dépité. Mais Malis ne voulait pas dormir une nuit de plus dehors.

— Mon frère sait tailler des lames très fines, regardez, dit-elle en montrant sa lance. Ma sœur connaît les potions qui soignent, et je peux coudre de beaux vêtements. S'il vous plaît !

L'homme considéra la très belle jeune fille aux magnifiques yeux noirs suppliants. Le regard concupiscent de cet homme ne plut pas du tout à Jero.

— Mais nos activités s'arrêtent là. Nous n'avons rien d'autre à négocier, dit-il fermement.

L'homme soupira, regarda Jero et observa la lance de plus près.

— C'est du beau travail en effet. Un de nos tailleurs de pierre s'est blessé et l'autre est parti, et j'ai besoin d'un nouveau couteau. Alors toi, dit-il en désignant Neala, tu vas soigner le blessé. Et toi, dès demain, tu me feras un nouveau couteau. Et toi…

— Elle reste avec moi, coupa Neala. J'en ai besoin pour soigner, c'est elle qui prépare les potions.

— Ah, dit l'homme, déçu. Bon.

— Où peut-on passer la nuit ? s'impatienta Jero.

— Une grange fera l'affaire, suggéra Malis.

— Les deux peuvent dormir dans la grange à foin, sur la berge côté fleuve. Toi tu peux rester là, je te trouverai de la place chez moi…

— Elle vient avec nous. Elle est promise à un homme depuis longtemps.

— Je ne suis pas jaloux vous savez !

Il commençait sérieusement à agacer Neala. Ses yeux verts lançaient des éclairs de colère et l'homme se ravisa.

— Comme vous voulez. Je vous amène voir notre blessé. Mon fils vous amènera de quoi manger à la grange ce soir.

L'homme, suivi des trois voyageurs, les conduisit à une maison à l'autre bout du village. Il indiqua l'entrée et s'en retourna, dévorant des yeux Malis au passage.

Jero le remarqua et faillit se jeter sur lui, mais se retint. Pour l'instant, leur gîte et leur couvert dépendaient de ce gros homme vicieux.

Neala entra dans la petite maison suivie de Malis, Jero resta sur le seuil.

— Je suis Neala, je suis guérisseuse et on m'a prévenue qu'il y avait un blessé ici.

Une femme lui fit signe vers une paillasse où un homme était recroquevillé.

Neala s'approcha.

— Où as-tu mal ?

L'homme sortit sa main droite de sa couverture de fourrure. Neala la saisit délicatement et la retourna. La paume de la main était profondément entaillée dans toute sa largeur. La blessure était sale et boursouflée, et l'odeur qui s'en dégageait n'augurait rien de bon.

— Quand t'es-tu blessé ?

— Il y a deux jours. J'ai très mal.

L'homme avait du mal à parler, chaque mot était un effort tant sa souffrance était grande.

Neala appuya près de la plaie, déclenchant un cri de douleur au blessé.

— Que fais-tu à mon homme ? intervint la femme en colère.

— Il faut nettoyer cette plaie, elle est très profonde et sale. Ton homme a déjà de la fièvre.

— Je lui ai déjà mis ça pour le soulager.

Et elle montra une bande de peau de mouton imbibée d'un liquide crasseux et à l'odeur nauséabonde.

— Qu'est-ce que c'est ? s'enquit Neala, passablement dégoûtée.

— C'est un mélange de crottes broyées avec du sang de mouton, on m'a dit que c'était bien pour reconstituer les chairs.

Quelle horreur, se dit Neala. Avec un tel remède le pauvre homme va mourir dans d'atroces souffrances.

— Je ne connais pas ce remède, mais manifestement ça ne marche pas. Je vais t'en donner un autre.

— Et qui me dit que je peux te faire confiance ? demanda la femme, méfiante.

— Si tu continues à étaler des excréments sur la main de ton compagnon, je ne lui donne pas trois jours avant qu'il ne trépasse. La plaie est tellement horrible que je ne sais pas si je vais pouvoir le sauver. Mais je veux bien essayer.

Découragée, la femme accepta.

— Que dois-je lui donner alors ?

— Tu vas faire chauffer de l'eau, et me trouver des bandes de peau propres. Et un morceau de bois ou de cuir épais pour qu'il puisse mordre dedans. Je vais devoir faire sortir ce mauvais liquide de sa main.

Un peu plus tard, alors que l'eau bouillait, Neala réserva un bol d'eau brûlante et y jeta une poignée d'herbes qu'elle gardait dans sa besace. Dans le reste de l'eau frémissante du grand plat, elle mit plusieurs écorces.

— Malis, approche-toi. Tu vas m'aider le tenir bien fermement. Comment vous appelez-vous ? demanda-t-elle à la femme.

— Nadina, et mon homme s'appelle Banou.

— Alors Nadina, tu vas me faire passer les bandes de peau quand je te le demanderai.

— Très bien.

— On y va.

Elle commença par débarrasser la main de toute la saleté accumulée. Plus elle s'approchait de la plaie, plus l'homme gémissait.

— Courage Banou, tu te sentiras mieux après. Mais je dois d'abord retirer cette crasse.

Elle saisit ensuite son couteau tranchant. En le voyant, l'homme se mit à transpirer à grosses gouttes.

— Tu vas me couper la main ? s'écria-t-il, épouvanté.

— Non, mais je vais devoir ouvrir la plaie pour la nettoyer en profondeur. Ça va te faire très mal mais c'est la seule façon de te sauver. Tu es prêt ?

Pour toute réponse il serra les dents.

— Attends.

Neala lui glissa entre les dents la lanière de cuir épais que Nadina avait trouvée. Puis, sans trembler et dans un geste très rapide, elle fit une large entaille par-dessus la plaie.

— C'était le plus facile. Maintenant accroche-toi !

Et avec ses deux pouces, elle appuya très fortement sur les deux bords de la plaie. L'homme hurla et de sa main valide, essaya d'arracher le couteau des mains de Neala.

— Retenez-le ! cria la guérisseuse.

Avec beaucoup de réflexe Malis attrapa la main valide pendant que Nadina le clouait au sol.

— J'ai presque fini. Encore un effort !

Elle recommença à faire sortir le liquide verdâtre qui, mêlé au sang, coulait maintenant sur la main blessée. Elle essuya avec une bande de peau trempée dans le bol de potion, renouvela son geste avant de terminer enfin son intervention.

— Je pense que c'est bon. Je finis le nettoyage et je te laisse tranquille. Tu as été très courageux.

Banou recracha la lanière de cuir et jeta sa tête en arrière sur sa paillasse, exténué.

— Tu lui donneras un bol de la potion avec les racines plusieurs fois par jour, ça devrait limiter la fièvre. Et tu nettoieras la plaie matin et soir avec des bandes de peau propres et la potion du bol. Ça devrait aller. Et surtout, plus jamais de sang d'animal ou de crottes sur les plaies !

— D'accord. J'avais entendu ça d'un guérisseur de l'ouest, dans la région du plateau de Dartomor.

— C'est près de chez moi, chuchota Malis.

— J'aimerais savoir si ce guérisseur a sauvé beaucoup de gens…

— C'est un personnage très influent là-bas, tout le monde le craint car il a de grands pouvoirs, continua Nadina.

— Des pouvoirs de destruction, ça je veux bien !

— Il dit qu'il a le pouvoir de vie ou de mort sur tous les êtres. Alors quand il donne des conseils, personne n'ose le contredire.

— Eh bien moi, je suis Neala, la Gardienne du Passage, et j'ose te dire qu'avec de tels remèdes, tu pourrais tuer aussi sûrement que rapidement n'importe quel être. Mais si tu veux garder ton

Banou en vie, il va falloir changer de méthode. Je reviendrai vous voir demain.

— Merci Neala, dit une voix faible du fond de la cabane. Je sens déjà beaucoup moins les élancements. Mais je me sens si fatigué !

— Tu vas enfin pouvoir te reposer et récupérer. À demain !

Les deux jeunes femmes sortirent.

— Alors, tu l'as découpé en morceaux ? s'amusa Jero. On a entendu hurler ce pauvre homme jusque de l'autre côté de la rive je crois !

— Sa plaie était très vilaine. Le nettoyage profond était vraiment nécessaire, même si c'était douloureux. Merci Malis, tu m'as été d'une grande aide aujourd'hui !

— C'était très impressionnant, mais je suis contente d'avoir réussi à tenir.

— On a bien mérité notre nuit de repos !

Tous trois se dirigèrent vers la grange qu'avait indiquée l'homme de la grande maison. La nuit était en train de tomber.

Cette grange était pleine de paille, et Malis se jeta dedans avec délice.

— Enfin on va avoir chaud ! s'émerveilla-t-elle.

— Et surtout, on va être rassasiés ! Regarde ce que l'homme nous a fait porter !

Sur une des bottes de paille se trouvait en effet un plat rempli de galettes et plusieurs petits fromages secs.

— Quel bonheur ! s'exclama Neala.

Ils dévorèrent les victuailles puis se couchèrent bien vite dans la paille à l'odeur si réconfortante.

Le lendemain, ils furent réveillés par un jeune homme discret, chargé d'un plat et manifestement intimidé. Il était de grande taille mais très maigre et surtout tout recroquevillé sur lui-même, comme s'il voulait se faire oublier. Son visage était dévoré par une longue frange brune qui dissimulait de très beaux yeux bleus.

— Je suis Marko, le fils de Damin, le chef du village, dit-il d'une voix fluette qui cadrait mal avec sa taille. Mon père m'a demandé de vous apporter de quoi manger, et m'a dit que l'homme doit venir avec moi sur le site de taille pour lui fabriquer un couteau, et les femmes doivent retourner soigner Banou.

Il jeta un regard de biais en direction de Malis et se mit à rougir violemment.

— Merci Marko, je te suis dans un instant, répondit Jero.

Le garçon, visiblement soulagé de ne pas avoir trouvé de résistance à ses requêtes, laissa les étrangers se lever et prit la direction du champ de taille, suivi par Jero qui avait, au passage, attrapé une poignée de galettes et un fromage sec.

Neala et Malis prirent le temps de se restaurer, allèrent se débarbouiller avec l'eau du fleuve tout proche, puis retournèrent chez Banou.

— Bonjour Nadina, comment va notre blessé ?

La femme, qui broyait du grain devant sa maisonnette, sourit à l'arrivée des étrangères, elle semblait bien plus détendue que la veille.

— Bonjour Neala, il va mieux je pense. Il était très chaud cette nuit, mais ce matin il semble avoir retrouvé un peu de forces. Il a même mangé, ce qui n'était pas arrivé depuis des jours !

— C'est très bon signe en effet, acquiesça Neala en souriant en retour. Allons le voir.

Banou était toujours allongé sur sa paillasse mais semblait se reposer tranquillement.

— Bonjour Banou, comment te sens-tu ce matin ?

— Bien mieux. Je n'ai presque plus mal, et j'ai retrouvé l'appétit. La nuit a été agitée, j'avais très chaud et très froid, je ne savais plus où j'étais. Mais ce matin c'est beaucoup mieux.

— Alors c'est très bien. Je vais nettoyer ta main et voir s'il reste de la crasse à retirer. Je vais encore te faire mal, mais je pense que tu as compris que c'était pour t'aider à guérir.

— Je vais serrer les dents !

Neala retira la bande de peau, observa minutieusement la blessure puis prépara une nouvelle décoction pour laver la plaie. Après un nettoyage en profondeur, elle appuya longuement sur les bords de la plaie. Quelques gouttes seulement de liquide jaunâtre sortirent. Cette fois-ci, Malis avait pris les devants et tenait fermement la main valide de Banou pour éviter toute rébellion, même involontaire.

Après cette opération réussie, Neala finit de décrasser la main, puis l'enveloppa dans des bandes de peau propres et sèches. Entre la préparation des potions et les soins, les deux femmes étaient auprès du blessé depuis plusieurs heures.

— Voilà pour aujourd'hui. Quand tu te sentiras mieux tu pourras te lever, mais n'utilise pas ta main avant plusieurs jours et surtout, ne la salis pas. Elle doit rester propre et protégée pour l'instant et...

Elle n'eut pas le temps de dispenser d'autres conseils qu'une voix forte l'interrompit.

— Alors, il est guéri ?

Neala sursauta et se retourna vivement. Damin était à l'entrée de la cabane et sa carrure remplissait l'espace de la porte. Malis regarda Neala d'un air apeuré.

— Pas encore, mais la blessure est mieux que hier, répondit Neala calmement, en se retournant vers Banou.

— Donc les remèdes de Vamer sont efficaces ! s'exclama Damin, triomphant.

— Qui est ce Vamer ? Celui qui propose de mettre de la crotte sur une blessure ? Si c'est lui, c'est un criminel, objecta Neala.

— Vamer est le meilleur guérisseur de toute la région ! Comment oses-tu le traiter de criminel ?

L'ambiance était devenue étouffante dans la cabanette. Banou s'était ratatiné sur sa paillasse, Nadina et Malis étaient collées contre le mur du fond et Damin s'était approché de Neala, menaçant.

— Sortons, veux-tu ? proposa Neala. Banou doit se reposer, il est encore affaibli par sa blessure.

L'autorité naturelle qu'elle dégageait fit reculer Damin. Mais une fois dehors, il explosa.

— Qui es-tu pour te permettre de contester les traitements du guérisseur le plus puissant qu'on connaisse par ici ? rugit-il.

Neala le défia du regard, mais décida de se taire.

— Et comment peux-tu croire que tu peux me demander, à moi, de sortir d'une maison de mon village, devant mes gens ? Pour qui te prends-tu ?

La jeune femme le laissa continuer à déverser sa rage aveugle.

— Tu n'es qu'une étrangère, une moins-que-rien, sans moi tu serais morte de faim et de froid dans la nuit, avec ton frère et ta sœur ! Et tu te permets de défier mon autorité ?

Neala lui faisait toujours face et il s'approchait de plus en plus. Malis était sur le pas de la porte, dans le dos de Damin, terrorisée mais prête à intervenir. Elle s'était d'ailleurs armée de sa courte lance qui ne la quittait jamais.

D'un geste quasi imperceptible, Neala lui fit non de la tête et Malis comprit qu'elle devait se mettre à l'abri.

— Ah ! Tu ne dis rien, hein ? Tu ne fais plus la fière !

Neala décida alors de baisser les yeux. Elle n'était pas en position de force pour un affrontement, et tout le monde y aurait été perdant, Banou y compris.

Elle attendit que Damin se calme tout seul. Il baissa effectivement d'un ton.

— J'espère que ton frère aura au moins fait un bon travail. Si ce n'est pas le cas, je vous chasserai dès ce soir.

Neala continuait à se taire.

— Ou alors, je ne chasserai que toi et ton frère, et je garderai la jeune, pour m'amuser. Ma compagne est morte il y a peu, et j'aime bien les filles jeunes et innocentes, c'est encore mieux quand je suis le premier à passer, tu vois ce que je veux dire…

La jeune femme était dégoûtée. Elle sentait ses mâchoires se tétaniser, elle avait du mal à se maîtriser devant cet homme écœurant. Il continuait à déblatérer ses fantasmes malsains.

— Et ta sœur, elle est innocente, dans son regard de biche je vois bien qu'elle n'a jamais connu d'homme. Je suis sûr que je passerais un bon moment avec elle. Où est-elle, d'ailleurs ?

Il se retourna, mais Malis avait disparu. Quand les propos de Damin avaient commencé à devenir graveleux, Nadina l'avait discrètement entraînée à l'écart de la cabanette, sentant la menace. Neala avait vu la scène et avait essayé de gagner du temps en maintenant l'attention de Damin aussi longtemps que possible.

— Elle s'est enfuie, elle fait la farouche, mais je la retrouverai, et elle n'aura pas à le regretter !

Il éclata d'un rire obscène et retourna vers sa cabane à l'entrée du village.

Enfin Neala respira.

— Quel odieux personnage !

Quelques personnes avaient assisté à l'échange et, maintenant que le spectacle était terminé, chacun s'en retourna à ses occupations.

Damin avait impressionné la galerie, son ego avait été provisoirement restauré mais vu les regards résignés que s'échangeaient les villageois, Neala comprit que tout le monde savait que le répit ne serait que de courte durée.

La jeune femme aperçut alors Marko, dissimulé derrière une grange, qui lui faisait le signe d'approcher.

— Je vais ramasser des noisettes, tu veux venir avec moi ?

— C'est une très bonne idée ! s'exclama Neala, ravie de l'aubaine.

Elle suivit le jeune garçon sur le chemin qui se dirigeait vers la forêt.

— Mon père, il n'est pas méchant tout le temps, se justifia le garçon, alors qu'ils marchaient sous les premiers arbres.

— Je me doute bien, admit Neala, compatissante. Sinon ce ne serait pas le chef du village.

— Il est devenu très agressif après la mort de ma mère.

— Je suis désolée pour toi. C'était il y a longtemps ?

— Deux hivers, je crois. Elle a eu une forte fièvre, puis elle est morte.

— C'est très triste.

— Ce guérisseur, dont mon père parlait, il est venu ici. Maman allait bien. Il est resté plusieurs jours. Et un jour, mon père a crié très fort sur ma mère. Il a dit que c'était une traînée, il lui a donné des coups de poing et des coups de pied. Il n'a jamais su que je l'ai vu faire.

Neala frémissait d'horreur aux mots du jeune homme. Elle ne voulait pas l'interrompre, sentant qu'il avait besoin de se confier. Elle voyait ses doux yeux bleus lancer à présent des éclairs de rage.

— Et ensuite, ce Vamer a dit qu'il allait régler le problème de mon père. Là aussi, ils ne savaient pas que je les écoutais. Deux jours plus tard, ma mère ne s'est pas réveillée. Mon père a dit qu'elle avait eu la fièvre toute la nuit, que c'était une maladie rapide. Mais la veille elle n'était pas malade ! Et je l'avais entendue crier sous les coups de mon père cette nuit-là, encore.

Marko s'était retourné vers la jeune femme, il avait les larmes aux yeux.

— Et depuis… Il est très souvent en colère, et surtout contre les femmes. Parfois il… Il demande aux jeunes femmes du village de venir avec lui la nuit, il les traite mal. Je le sais parce que parfois je les entends crier et pleurer. Mais ensuite il les laisse repartir, et il leur donne un cadeau, un collier ou un morceau de peau de mouton.

— Et tout le monde laisse faire ?

— Les gens du village le craignent. Mais il n'est pas méchant tout le temps. Il faut juste que les jeunes femmes restent loin de lui. Ou, si elles veulent un cadeau, elles doivent accepter…

— C'est… Je ne sais pas quoi te dire.

— Alors ne dis rien, je veux juste que tu saches, et ta sœur doit se méfier. Toi, tu es trop vieille, tu ne l'intéresseras pas.

Neala se mit à rire.

— C'est la première fois qu'on me traite de vieille, mais je ne suis pas mécontente ! En tout cas je te remercie pour ta confiance et pour ton avertissement.

— Je… Je ne voudrais pas qu'il arrive malheur à ta sœur, dit-il en détournant le regard pour masquer son trouble. Puis, changeant de sujet, il ajouta :

— Ton frère il est gentil, et drôlement doué. Ce matin il m'a montré comment tailler un couteau, regarde celui qu'il m'a fait !

Sur ces mots, le garçon sortit d'un pli de son manteau une très belle lame bien affûtée.

— Le manche est en corne de cerf, il l'a fait très rapidement, et quand je suis parti il avait déjà bien commencé celui de mon père.

Et là les ennuis vont commencer, se dit la jeune femme. Dès qu'il aura son couteau il voudra autre chose…

— Il y a des noisettes par-là, on devrait s'y mettre, suggéra Neala, soucieuse de rentrer au village au plus vite.

Rapidement, le panier d'osier emporté par Marko et la besace de Neala furent remplis.

Ils s'en retournèrent en bavardant comme de vieux amis, sans plus aborder le sujet Damin.

Marko était un garçon sensible et intelligent, habitué à observer les comportements autour de lui. Il avait une analyse très fine des jeux de pouvoir et, malgré son jeune âge, une parfaite compréhension de la nature humaine.

Ils se séparèrent à l'entrée du village, Marko retourna chez son père et Neala vers la grange à foin.

Elle fut très soulagée de voir Malis et Jero en train de discuter autour d'un plat de galettes.

— Je suis contente de vous voir, tous les deux ! Est-ce que tout va bien ?

— Oui, répondit Malis joyeusement. J'ai passé le reste de la journée avec Nadina, elle m'a montré des plantes que je ne connaissais pas dans les marécages au bord du fleuve. Puis je l'ai aidée à la traite des brebis, j'ai été bien occupée, et surtout je suis restée bien cachée de ce Damin !

Neala frémit, mais garda le sourire de façade, pour ne pas affoler Malis plus que nécessaire.

— C'était ce qui fallait faire en effet.

Jero regarda les deux femmes, interloqué, mais comprit au regard de Neala qu'il n'y avait pas grand-chose à ajouter. Alors il raconta sa journée.

— J'ai fabriqué un couteau pour Damin, comme il me l'avait demandé, et un pour son fils Marko.

— Il en était très fier, confirma Neala. Il me l'a montré et c'est un très beau couteau en effet.

Sous le regard interrogateur de ses deux compagnons de voyage, Neala s'expliqua.

— Je suis allée ramasser des noisettes avec lui. D'ailleurs on a maintenant un bon stock de provisions. Je suggère qu'on ne s'attarde pas trop à Exton. Je ne sais pas combien de temps Damin va se contenir…

— Il a tenu des propos très dérangeants aujourd'hui, murmura Malis en rougissant.

— Et j'ai eu confirmation que ce ne sont pas que des propos, donc Malis tu es vraiment en danger, affirma Neala.

— Et toi ? interrogea Jero.

— Oh pas de risque pour moi, je suis trop vieille, ricana la jeune femme.

Jero leva les yeux au ciel, exaspéré.

— Trop vieille…

— Il préfère les jeunes innocentes, il l'a clairement dit. Donc Malis, tu restes sur tes gardes jusqu'à ce qu'on parte d'ici, et le plus tôt sera le mieux.

Le départ fut bien plus rapide que prévu.

En effet peu après la tombée de la nuit, alors que tous trois s'étaient endormis, exténués, dans la paille tiède, comme à leur habitude maintenant, Malis entre Jero et Neala, ils entendirent un appel étouffé.

— Neala, viens !

Elle se leva en sursaut et aperçut Marko dans l'embrasure de la porte de la grange.

— Que se passe-t-il ?

— Vous devez partir, maintenant ! dit le garçon, essoufflé. J'ai couru aussi vite que j'ai pu, mon père est avec plusieurs de ses amis, ils ont pris de l'orge fermenté, ils parlent et rient trop fort, et mon père a dit qu'il allait venir chercher ta sœur et la ramener de force, qu'il vous a nourris depuis deux jours et qu'elle doit payer son dû. Ils ne vont pas tarder, ils sont tous armés de lances et de couteaux, vous devez vous enfuir !

Jero n'avait pas attendu son reste, il avait déjà ramassé sa couverture, mis son manteau remis ses affaires dans sa besace. Malis avait été plus longue à réagir mais avait vite compris que quelque chose de terrible se préparait. A son tour, Neala ramassa ses maigres possessions en un clin d'œil.

— Merci Marko de nous avoir prévenus. Demain tu iras voir Nadina, elle doit changer les bandes tous les jours après avoir bien nettoyé la main de son Banou, et ça ira. Je n'oublierai jamais ce que tu as fait pour nous, je te remercie de ta confiance. Sache que tu as trois amis pour la vie.

Elle vit le garçon, parfait inconnu malade de timidité le matin même, sourire de toutes ses dents à la faible lueur du reste de lune. Son visage était plein de bienveillance et de bravoure, malgré l'angoisse que lui inspirait son père. Le regard qu'il adressa à Malis était sans équivoque, il était complètement sous le charme, mais, à la différence de son géniteur, ce regard était empreint de respect et d'admiration.

— Bonne route à tous les trois, je retourne chez moi car si mon père se rend compte que je suis venu vous voir, il risque de m'arriver la même chose qu'à ma mère…

— Tu es un garçon très courageux, un jour ce sera toi, le chef du village, prédit Neala. Et tu amèneras justice et prospérité à tous les tiens.

— Dans quelle direction allez-vous ?

— Nous allons à Plymo, répondit Malis sans réfléchir.

Jero lui jeta un regard noir.

— Ne vous inquiétez pas, je garderai ça pour moi, dit Marko avec un sourire franc. Longez le fleuve, vous ne pourrez pas utiliser les barges toutes proches mais continuez à marcher et avant la fin de la nuit, vous trouverez un endroit pour traverser. Vous serez ensuite en sécurité, mon père ne s'aventure jamais de l'autre côté du fleuve, à l'ouest. Merci pour le couteau Jero, je le garderai toujours !

— Merci à toi Marko ! Allons-y maintenant, il n'y a pas de temps à perdre.

Les trois voyageurs s'enfuirent dans la nuit sombre sans demander leur reste, le plus silencieusement possible.

Ils longèrent le cours d'eau, comme leur avait suggéré Marko, ils dépassèrent l'emplacement des barges et après une longue nuit de marche harassante, ils aperçurent enfin, aux premières lueurs de l'aube, un rétrécissement surmonté d'un très long tronc d'arbre qui servait de pont.

— Nous y sommes, déclara Jero, visiblement soulagé. Je passe en premier pour vérifier la solidité.

Il s'aventura avec aisance sur le tronc lisse. Sa haute silhouette semblait flotter au-dessus des rapides de la rivière.

— Vous devrez faire attention, c'est très glissant, s'écria-t-il alors qu'il se trouvait à mi-chemin.

Les deux femmes le regardaient sans rien dire pour ne pas le perturber. Enfin il sauta sur l'autre rive.

— Allez, à vous !

Neala s'engagea, puis vit le regard terrorisé de Malis. Elle fit alors demi-tour.

— Que fais-tu Neala ! s'impatienta Jero. On n'a pas de temps à perdre !

— Malis va passer d'abord !

— Non, murmura la jeune fille, effrayée. Je ne pourrai jamais monter là-dessus, c'est beaucoup trop haut !

— Tu vas y aller très doucement et tout va bien se passer, la rassura Neala.

— Mais si je glisse ?

— Eh bien tu nageras jusqu'à la berge !

— Tu ne comprends pas ! Je… Je ne sais pas bien nager, si je tombe je vais me noyer !

Malis s'effondra en larmes, d'effroi et de fatigue.

Jero s'agaçait, de l'autre côté.

— Mais qu'est-ce que vous trafiquez ! Vous discuterez quand vous serez passées ! Allez Malis !

— Jero, dit alors Neala d'un ton à la fois apaisant et ferme. Nous avons besoin de temps. Malis est épuisée, alors on prendra tout le temps qu'il nous faudra.

Dépité et comprenant qu'il n'aurait pas d'autre choix que d'attendre, Jero s'assit au pied d'un arbre.

— Malis, nous allons y aller toutes les deux. Cet arbre est assez solide. Tu vas me tenir la main. Et si tu tombes, je tombe avec toi et je te ramènerai sur la rive, d'accord ?

La jeune fille n'arrivait pas à se calmer. Elle sanglotait toujours.

— On y est presque. Il ne reste plus que cette rivière à traverser, puis dans deux ou trois jours tu seras chez toi.

Les sanglots redoublèrent.

— C'est ce que tu veux, n'est-ce pas ?

— Je... Je... oui, non, j'ai très peur, dit Malis en hoquetant.

— Peur de quoi ? Je t'ai dit que si tu tombes à l'eau je t'aiderai à revenir sur la rive. Je ne t'abandonnerai pas.

— Mais je... J'ai... peur de la réaction de ma... de ma mère, et si Clodi fi-finalement ne m'aime pas ? Je... Je n'ai pas le courage d'affronter ça...

Neala la regarda sangloter un moment, puis lui dit à voix basse.

— Et tu préfères affronter Damin ?

— Non ! s'exclama Mali, épouvantée.

— Alors nous devons traverser cette rivière. Respire profondément. Voilà. C'est bien. Maintenant tu vas faire exactement ce que je te dis. Je monte sur l'arbre, puis tu montes aussi, très lentement, et tu tiens ma main. Allez.

Les deux femmes montèrent.

— Respire tranquillement. Nous allons marcher de côté. Tu décales un pied vers moi, puis tu ramènes l'autre à côté. Tout doucement. Voilà. On continue.

Le bruit de la rivière en dessous était désormais décuplé par les rochers qui créaient des tourbillons menaçants. Malis baissa les yeux.

— Non ! ordonna Neala. Tu ne regardes pas en bas. Tu me regardes si tu veux, ou l'autre berge, si tu arrives à apercevoir Jero.

— Je ne le vois pas, paniqua Malis. Il a dû en avoir assez de nous attendre et il nous a abandonnées !

— Mais non, il n'aurait jamais fait ça. Il s'est peut-être endormi. Allez, on se déplace encore.

Heureusement le tronc était stable. Mais il était effectivement très glissant, et tenir la main de Malis n'aidait pas du tout Neala à s'équilibrer. Il ne fallait surtout pas que Malis panique, car ce serait la chute assurée. Et contrairement à ce qu'avait laissé supposer Neala, il ne serait pas du tout aisé de nager vers l'autre rive, à cause du courant et de ces maudits rochers sur lesquels elles risquaient de se fracasser le crâne à chaque instant.

A cette pensée Neala se remémora une terrible image. Elle revit le corps de sa fillette au bas de la falaise juste après sa chute. Son sang se glaça, et Malis le sentit à la pression renforcée de sa main.

— Qu'y a-t-il ?

— Rien, on continue, grommela Neala entre ses dents.

C'était le plus mauvais moment pour se rappeler ce souvenir atroce. Elle prit une longue inspiration, une longue expiration, et chassa cette affreuse image en se concentrant sur le périlleux moment qu'elle vivait, ici et maintenant. Elle reprit son déplacement en crabe sur le tronc visqueux.

Elle jeta un œil vers la berge. Jero s'était levé et les attendait, anxieux. Il n'avait pas dit un mot. Le jour commençait à poindre et cette traversée semblait avoir duré des heures.

Enfin les deux femmes atteignirent le talus herbeux.

— Vous avez réussi ! Bravo Malis ! la félicita Jero en la prenant dans ses bras.

Malis était ravie, elle riait de soulagement.

Neala, elle, avait le regard dans le vide, le visage fermé.

Quand ses compagnons le réalisèrent, ce fut comme un voile froid jeté sur l'ambiance festive. Malis s'éloigna de Jero, gênée.

— Merci Neala, je n'aurais jamais pu y arriver sans toi.

— Si tu avais vu arriver Damin, je suis sûre que tu aurais traversé en courant !

— C'est possible, dit Malis en riant.

Tous trois se mirent alors à rire, contents d'avoir surmonté cette épreuve.

— On cherche un endroit abrité pour dormir ? suggéra alors Jero.

— Bonne idée, soupira Malis. Et le plus tôt sera le mieux, je ne tiens plus debout.

Ils marchèrent encore un peu et trouvèrent une petite clairière bordée de grands arbres tout proche du chemin.

Ils s'écroulèrent de sommeil tous les trois sans plus de discussion.

Neala s'éveilla la première. Le souvenir de la chute qui avait coûté la vie à sa fille lui avait laissé un goût amer. Pourquoi cette image était-elle venue à un moment aussi critique ? Elle pensait avoir fait le deuil de cette terrible journée. Mais apparemment ce n'était pas totalement le cas.

Malis bougea, puis s'étira. Elle se tourna vers Neala, à présent assise contre un arbre, perdue dans ses pensées.

— Neala, dit-elle doucement.

Elle se leva et s'approcha sans bruit. Jero n'avait pas bougé.

— Oui ?

— Je te demande pardon pour hier soir. Je ne voulais pas…

— Mais tu n'as pas à demander pardon. Tu as pris peur en voyant cette rivière à traverser sur ce tronc dangereux, et c'est tout à fait normal.

— Je ne parle pas de ça, reprit Malis à voix basse. C'est quand on est arrivées sur la berge…

— Eh bien ? questionna Neala, interloquée.

— Quand Jero m'a félicitée, j'ai vu que ça t'a gênée. Tu sais Jero c'est comme un grand frère pour moi, et je sais que c'est ton compagnon, alors je ne veux pas que tu t'imagines…

A ces mots, Neala se mit à sourire.

— Ne t'inquiète pas Malis, murmura-t-elle. Je ne m'imagine rien. Jero n'est pas mon compagnon, et d'ailleurs pour être honnête avec toi, je n'avais pas remarqué qu'il t'avait félicitée. Et il a bien fait, tu as été très courageuse !

— Mais je pensais que ça t'avait blessée…

— Non, pas du tout. En fait…

Neala hésita. Puis, devant l'air encourageant de la jeune fille, et voyant que Jero dormait toujours, elle décida qu'elle pouvait se confier sur ce qui s'était passé.

— Quand nous étions sur ce tronc, chuchota-t-elle, et que j'ai vu les rochers en-dessous, j'ai pensé à… J'ai pensé à ma fille. Elle a fait une chute mortelle d'une falaise sur des rochers, je n'ai rien pu faire. Et l'image de son petit corps inerte sur ces gros blocs de pierre, c'est ce qui m'est venu au-dessus de cette rivière. C'était horrible…

Elle cacha son visage dans ses mains pour laisser couler ses larmes.

— Oh Neala, je suis désolée…

Malis s'assit tout près de son amie et la prit dans ses bras.

Après quelques instants, Neala se reprit, s'essuya les yeux et s'exclama à voix haute.

— Il est temps de manger, tu ne crois pas ? Je meurs de faim !

— Quelqu'un a parlé de manger ? bailla Jero en s'étirant.

— Allez debout ! J'ai des tas de noisettes pour notre repas !

Tous trois se délectèrent des délicieux fruits récoltés la veille, en riant de leur fuite précipitée.

— Marko est un garçon très bien, heureusement qu'il était de notre côté, conclut Neala, après avoir raconté à ses compagnons de voyage ce que le jeune homme lui avait dit dans la forêt.

— Et son père est un monstre, dit Mali, dégoûtée.

— J'aimerais vraiment comprendre pourquoi il est devenu comme ça, dit Neala, pensive. D'après Marko, c'était un homme très correct avant le décès de sa compagne. Un peu colérique, parfois jaloux, mais il n'avait pas ce comportement atroce avec les femmes.

— Ou peut-être Marko était trop petit pour s'en rendre compte ?

— Cela s'est passé récemment, il était assez grand pour voir ce changement radical, juste après la mort de sa mère. Marko est un garçon étonnamment mature pour son âge, il est très observateur. Il a vraiment dû se passer quelque chose… Mais Exton est loin maintenant, et nous devrions nous mettre en route si nous voulons arriver à Plymo avant ce mauvais temps qui s'annonce.

Le ciel s'était en effet rempli de nuages menaçants et le vent avait forci.

— On devrait avancer mais surtout, se trouver un abri avant la nuit, suggéra Jero, en observant le ciel d'un air inquiet. Ça risque de secouer.

Ils reprirent la direction de Plymo sans attendre.

Le vent balayait les feuilles mortes et remuait les branches dans un vacarme impressionnant. Ils n'avaient croisé personne depuis leur départ au matin, pourtant Neala se sentait observée.

Elle se retournait de temps en temps, mais personne ne les suivait.

— Que se passe-t-il ? demanda Jero, surpris par cette surveillance inhabituelle.

— Je ne sais pas, j'ai l'impression qu'on n'est pas seuls.

— Et qui voudrait voyager par un temps pareil, à part des fous comme nous ? rit le jeune homme. Tu vois bien que ce chemin est désert !

— Oui mais…

Ne voulant pas argumenter, Neala se tut. Mais elle ressentait une présence toute proche.

Alors que le crépuscule commençait à approcher, tous trois se mirent en quête d'un abri. La nuit tombait plus vite à cette période de l'année, et les trois voyageurs commençaient à s'inquiéter de devoir passer la nuit très exposés aux éléments. Le ciel était devenu de plus en plus menaçant au fur et à mesure de l'avancée de la journée, il était évident que des trombes d'eau allaient s'abattre d'ici peu. La tension montait, plus personne ne parlait depuis longtemps. Neala ne se retournait plus. Elle était convaincue qu'ils étaient suivis.

— Là ! s'écria soudain Jero en indiquant un aplomb rocheux. Avec quelques branches sur les côtés, ce sera parfait !

Il se dirigea vers le rochers d'un pas décidé mais fut stoppé net dans son élan en voyant dévaler une meute de prédateurs qui se précipitait sur eux.

— Arrière, hurla-t-il, des loups !

Avec une dextérité surprenante, il saisit une flèche de son carquois et banda son arc, visant le loup le plus proche

— Non ! cria Neala juste derrière lui. Ne tire pas !

Elle vint se placer entre lui et le loup.

— Mais qu'est-ce qui te prend ? s'égosilla Jero, à la fois furieux et effrayé. Je vais te blesser ! Décale-toi vite avant que ces loups ne nous dévorent !

— Ils ne nous dévoreront pas ! Regarde, ils ne bougent plus.

— C'est pour mieux nous sauter dessus ! N'as-tu jamais vu une meute attaquer une proie ?

Malis regardait la scène, interdite. Elle était à la fois terrorisée par la meute, mais aussi subjuguée par ce moment de grâce, cet instant suspendu où tout restait immobile.

Les loups avaient effectivement cessé leur progression, Jero avait toujours son arc tendu, prêt à lâcher la corde, Neala faisait face à Jero et tournait le dos au loup.

— Ne bouge pas, ordonna-t-elle à l'homme entre ses dents. Il ne va rien se passer.

Lentement, elle se retourna vers le loup. Elle fit quelques pas, très précautionneusement, puis s'agenouilla et mit ses mains devant elle, grandes ouvertes.

Puis le gros loup gris s'approcha d'elle. Il avait une gueule énorme et des yeux fabuleusement perçants, malgré l'obscurité. Jero le tenait toujours en joue et Malis, cachée derrière Jero, avait cessé de respirer. Les autres loups attendaient sans bouger.

Le gros loup vint jusqu'à la Gardienne. Il renifla ses mains, puis s'assit, juste devant elle.

Et elle passa doucement ses bras autour du cou de l'animal et vint enfouir son visage dans son pelage chaud.

Complètement sous le choc de cette scène hallucinante, Jero laissa calmement retomber son bras armé. Malis pleurait d'émotion, et sans doute de soulagement aussi.

Après un long moment, Neala détacha ses bras de son ami, celui qui, des lunes plus tôt, lui avait sauvé la vie, et se leva.

Les mots étaient inutiles, les deux êtres communiquaient dans un langage universel. Ils se regardèrent longuement, les yeux de Neala, d'un vert brillant surnaturel en cet instant, se reflétaient dans les yeux presque jaunes du gros loup gris, et toute la sagesse du monde circulait dans cet échange d'être à être.

Alors le gros loup gris se leva, rebroussa chemin, et, suivi de sa meute, disparut derrière les rochers.

Ce fut Malis qui rompit le silence.

— Je le savais ! Je le savais que tu communiquais avec les loups et qu'ils étaient tes amis ! s'écria la jeune fille, fascinée et ravie. Je les avais aperçus quand tu as rejoint la communauté ! Et ce sont eux qui t'ont amenée ! Galutée ne voulait pas me croire, elle voulait me punir pour mes mensonges, mais je savais ce que j'avais vu ! Oh Neala c'est tellement... formidable ! Tu es vraiment quelqu'un d'extraordinaire et je suis si contente de t'avoir rencontrée !

— Bon, tu m'expliques ? somma Jero, presque en colère.

— On prépare le campement d'abord, et après je vous raconte.

— Mais qu'est-ce qui nous dit qu'ils ne vont pas revenir nous dévorer une fois qu'on dormira ? demanda, Malis, à moitié rassurée une fois l'émerveillement passé.

— S'ils avaient voulu nous dévorer ils l'auraient déjà fait, tu ne crois pas ? affirma Neala, pragmatique.

— Euh... Ce n'était peut-être pas l'heure du repas ? tenta la jeune fille.

— Nous sommes sous leur protection. Il ne nous arrivera rien. Allons chercher quelques branches tant que la pluie n'a pas tout trempé, nous serons très contents d'avoir du feu ce soir, la nuit s'annonce glaciale.

Ils ramassèrent du bois mort pour le feu, Malis aida Jero à arranger rapidement un rempart de cailloux pour les protéger du vent et de l'eau et Neala disposa un tapis de feuilles sèches pour leur faire office de litière, avant d'allumer un bon feu.

Celui-ci commençait tout juste à crépiter quand les premières gouttes de pluie se firent sentir, bientôt suivies de véritables trombes d'eau.

— Il était temps ! s'amusa Malis maintenant qu'ils étaient bien à l'abri, adossés tous les trois contre la paroi rocheuse, dégustant des noisettes. Alors Neala, j'attends !

— Eh bien, débuta-t-elle, je ne sais pas par où démarrer.

— Par le début, suggéra Jero, malicieux.

Neala lui jeta un regard noir.

— Je ne suis pas sûre que tu aies envie de tout entendre, maugréa-t-elle.

— Pourtant un jour il le faudra bien, soupira-t-il.

Malis assistait, interloquée, à cette passe d'armes à moitié déguisée. C'était la première fois qu'ils abordaient ce qui ressemblait étrangement à leur passé commun.

— Mais je pense que ce qui intéresse Malis, c'est l'histoire des loups. Alors je vais commencer à partir de là.

Jero ne dit rien, mais semblait soulagé. Certains sujets méritaient effectivement d'être abordés en tête-à-tête.

— Je voyageais depuis le nord en direction du village des prêtresses, où Irvin, le père de Jero, m'avait recommandé d'aller. Mon grand chien, Feu, m'accompagnait, nous évitions les villages et les groupes humains, je... disons que je n'avais pas envie de socialiser. Nous voyagions à travers les forêts, sur les chemins de traverse. Voyageant seule avec mon chien, je savais que je prenais des risques, mais je m'en moquais et mon fidèle compagnon me protégeait. J'étais quand même très prudente et j'évitais de m'exposer au danger. Je voyageais le jour, je me dissimulais quand je voyais des gens. Un jour cependant, j'ai manqué d'attention. J'avais entendu du bruit, mais j'ai trop tardé à réagir pour aller me cacher. Trois hommes ont surgi et nous ont attaqués.

Du coin de l'œil, Neala voyait que le visage de Jero était crispé de colère.

— Quelle lâcheté ! fulmina-t-il entre ses dents.

— Feu me protégeait, mais sans lui j'étais une proie facile. Alors ces monstres ont... ils l'ont transpercé d'un coup de lance. Feu s'est mis à hurler, puis ils m'ont frappée au visage, d'ailleurs je sens toujours la marque ici, dit-elle en se touchant la tempe. Ils ont arraché ma besace avec toutes mes affaires. Je suis tombée au sol, alors que Feu continuait à me protéger et j'ai vaguement entendu des hurlements. Mais c'était trop douloureux, tout est devenu noir. Quand je suis revenue à moi, j'étais aveuglée par mon sang et écrasée par le poids de mon pauvre Feu qui gisait sur moi, mort.

Malis essuyait ses larmes discrètement.

— En fait, ce qui m'a réveillée, c'est un coup de langue et une haleine fétide. Eh oui, les loups ça ne sent pas très bon ! s'exclama-t-elle en riant. Ce gros loup gris, que l'on a vu tout à l'heure, était juste à côté de moi. Je pensais qu'il voulait me dévorer. Et franchement, à ce moment-là, c'était tout ce que je voulais. Quitter cette vie. Je venais de perdre mon plus fidèle ami, je n'avais plus rien, plus personne. A quoi servait de vivre ? Alors j'ai provoqué ce gros loup. Je l'ai supplié de m'achever. Je souffrais tellement ! Mais il m'a regardée, tranquillement, patiemment, et j'ai pensé qu'il voulait manger le cadavre de Feu.

Mais ce n'est pas ce qu'ils ont fait, lui et sa meute. Parce qu'évidemment, il n'était pas tout seul. Il y avait tout un groupe de loups, assis, à attendre. Et non seulement ils ne nous ont pas dévorés, mais quand j'ai repris un peu mes esprits, j'ai réalisé qu'ils avaient creusé un grand trou sous un arbre magnifique, afin que je puisse enterrer Feu.

— Mais… Les loups ne font pas ça ! Comment savaient-ils ?

Malis était complètement sous le choc.

— Je ne sais pas, mais eux ils savaient. Ils sont restés avec moi le temps que je récupère un peu, puis quand ils sont partis, je les ai suivis.

— Et ?

— Et j'ai vécu dans leur meute pendant quelques temps. Je m'occupais des bébés loups dans leur tanière, je jouais avec eux, et c'était… Je n'ai pas de mots. En fait pendant toute cette période, je n'ai pas prononcé un mot, d'ailleurs. Les mots étaient inutiles. Je vivais, et c'était tout. Puis, un jour, les loups m'ont fait comprendre que je devais les suivre. Et ils m'ont amenée au village des prêtresses.

— Ils savaient où tu allais ? demanda Malis, médusée.

— Ils savaient, ils savent tout. Et maintenant tu sais tout aussi sur cette histoire, alors on peut dormir !

La nuit fut cependant très agitée. La pluie tombait à torrents sans relâche, et malgré leur abri de fortune et leurs couvertures de fourrure, ils sentaient régulièrement l'eau froide leur tremper le visage, au gré des bourrasques de vent glacial.

Au petit matin, ils s'assirent, hébétés par leur nuit sans sommeil réparateur, contre la paroi rocheuse.

— Je suis tellement impatiente de dormir à l'abri dans la cabane de ma mère ! murmura Malis, transie de froid.

— Si nous marchons bien nous devrions y être dans trois jours, annonça Jero. Mais nous devons profiter des heures de jour pour cela.

— Mais il pleut à verse ! gémit la jeune fille. Ne pourrait-on pas attendre que la tempête se calme ?

— Tu veux attendre sous ce rocher jusqu'au retour de la belle saison ?

— Non !

— Allez, courage ! Le plus dur c'est de se lever. Le ciel a l'air de se dégager, vers l'ouest. Ça tombe bien, c'est là que nous allons, lança l'homme joyeusement. Venez, il ne pleut presque plus !

— Quel farceur, dit Malis en levant les yeux au ciel. C'est la dernière fois que j'entreprends un tel voyage pendant la saison froide !

— La saison froide ? dit Neala narquoisement. Si on t'emmenait à Elebana, tu comprendrais ce qu'est une saison froide !

Jero se mit à rire. Même l'eau de pluie ici semblait tiède, si l'on comparait avec les tempêtes terrifiantes de son village. Malis n'aurait effectivement probablement pas supporté.

Les trois voyageurs rangèrent leur couverture dans leur besace, remirent leur capuchon et quittèrent leur abri spartiate pour avancer vers l'ouest.

La pluie diminua, et le vent faiblit. Ils marchèrent toute la journée sans penser à se chamailler, gardant leur énergie pour parcourir la plus grande distance possible.

Les deux jours suivants se ressemblèrent, à la tempête avait succédé un temps plus sec mais beaucoup plus froid.

Pour leur dernier soir de voyage, ils avaient réussi à trouver une cabane abandonnée, en mauvais état mais bien plus confortable que leurs précédents abris.

— Je reconnais cette cabane, s'était exclamée Malis tout excitée. Nous sommes donc à moins d'un jour de marche de Plymo !

— Mais il est trop tard pour y aller, avait objecté Jero. La nuit est presque là, dormons dans cette cabane, et demain tu seras chez toi.

Les deux femmes n'avaient pas eu de protestations et ils se trouvaient à présent allongés sur une litière d'herbes sèches, le ventre vide, Malis entre Neala et Jero.

— Je ne sais pas si je vais réussir à dormir, commença la jeune fille. Je suis à la fois impatiente de retourner dans mon village, pour voir ma mère, mes frères et mes amis, mais... Je sais que ma mère sera très fâchée contre moi.

— Je suis sûre qu'elle sera contente de te voir, la rassura Neala.

— Et si elle nous chassait ? dit soudainement Malis pleine d'appréhension, appuyée sur ses coudes. Nous n'avons rien mangé depuis deux jours, si on se fait chasser, on va mourir de faim dans la forêt !

Jero et Neala ne purent s'empêcher de rire.

— Je ne crois pas que nous allons mourir de faim, non. Nous n'avons rien mangé parce que nous savions que nous étions très proches du but. Mais si on devait effectivement se retrouver dans la forêt pour une plus longue période, nous chercherions de la nourriture.

— Tu sais Malis, Jero et moi nous avons l'habitude de survivre en forêt. Tu te doutes bien que dans tous les longs voyages que nous avons entrepris, nous n'avons pas emporté de la nourriture pour plusieurs lunes.

— Pendant un long voyage, on doit faire attention de gérer ses réserves, puis s'assurer qu'on a un bon équilibre entre les longues marches et la recherche de nourriture, renchérit Jero.

— Sinon on peut vite s'épuiser et effectivement, s'affaiblir jusqu'à prendre des risques.

— Et d'ailleurs, les loups peuvent parfaitement sentir ces faiblesses. Ils ne s'attaqueraient pas à un groupe d'adultes en pleine forme et bien nourris.

— On peut parfaitement supporter de rester deux, voire trois jours sans manger. Donc là, comme on n'avait plus de réserves, mais qu'on savait que la destination était proche, on a privilégié la marche.

Malis se retournait de l'un à l'autre pour les écouter, amusée.

Et Neala réalisait que, sans aucun mot échangé, Jero et elle suivaient exactement la même stratégie, concernant les voyages. Sur ce sentiment de complicité retrouvée, elle sourit dans la nuit. Bien sûr, beaucoup de sujets étaient restés inabordés pour l'instant. Mais chaque jour passé ensemble les rapprochait un peu plus.

Chapitre 3

C'était le grand jour pour Malis. L'heure de vérité.

Elle s'était réveillée d'humeur morose et n'avait pas dit un mot pendant cette dernière journée de marche.

Quand ils avaient aperçu les premières maisons de Plymo, en bordure du fleuve qui se jetait dans la mer un peu plus bas, la jeune fille avait souhaité faire une pause. Tous trois s'étaient débarbouillés dans un ruisseau tout proche et Malis avait demandé à Neala de l'aider à refaire sa tresse, qu'elle portait depuis leur départ d'Exton.

Ses grands yeux noirs étaient remplis à la fois d'effroi et d'excitation.

Enfin ils atteignirent le village.

Malis avait volontairement retiré son capuchon, malgré le froid mordant, afin d'être reconnue. Neala et Jero marchaient derrière elle.

— Malis, est-ce toi ? s'écria une voix de femme depuis une cabane de bois recouverte d'un toit de joncs.

— Betina ! s'exclama Malis. Comme je suis contente de te voir !

Malis s'approcha de la femme entre deux âges, mais celle-ci recula, visiblement peu accueillante.

— Mais que fais-tu ici ? Et qui sont ces gens ? Je croyais que tu étais devenue une Prêtresse du Soleil ! Ta mère nous aurait menti ?

— C'est une longue histoire Betina, murmura Malis.

Et, voyant que la femme aigrie se tenait en retrait, méfiante, Malis décida de changer d'approche.

— Sais-tu si ma mère est au village ?

— Où veux-tu qu'elle soit ! répondit Betina, sur la défensive.

Malis se retourna vers Neala, désespérée.

— Allons trouver ta mère, Malis.

Sans perdre plus de temps avec la vieille grincheuse, les voyageurs poursuivirent leur chemin entre les maisons.

Arrivés devant une petite cabane presque à la sortie du village, Malis s'arrêta, incapable d'aller plus loin.

Devant le trouble de la jeune fille, Neala prit les choses en main.

— Comment s'appelle ta mère ?

— Elle… Elle s'appelle Fiona.

— Fiona ! appela alors Neala. Fiona !

Personne ne répondit.

— Où peut-elle être allée ? questionna Neala.

— Je ne sais pas, aller voir les brebis, cueillir des racines…

Jero s'impatientait.

— Soit on va la chercher, soit on l'attend ici. Elle rentrera avant la nuit j'imagine, et il est déjà tard.

— Tu as raison Jero, elle ne devrait pas tarder.

— Fiona ! appela encore une fois Neala.

— Qui êtes-vous ? demanda d'une voix douce une femme qui approchait, chargée d'un panier rempli de joncs.

— Maman ! s'écria Malis. C'est moi !

— Malis ? Mais que fais-tu… Qui sont ces…

Fiona était éberluée de l'apparition de sa fille. De surprise, elle laissa tomber son panier.

— Je vais tout t'expliquer, Maman.

— Mais je… Et les prêtresses ? Tu as été chassée ? Tu as fait quelque chose de mal ?

— Non, pas du tout. Je… Maman, avec mes amis je meurs de faim, nous n'avons presque rien avalé depuis trois jours, est-ce que tu as quelques galettes pour nous ?

Fiona était encore sous le choc et avait du mal à réagir. Malgré sa surprise, Neala pouvait voir que la ressemblance avec sa fille était frappante. Même grands yeux de biche très foncés, même cou gracile qui donnait ce port de tête si élégant, même silhouette frêle. Fiona avait seulement les traits un peu plus marqués, et quelques fils blancs dans sa chevelure de jais. C'était une très belle femme.

— Je dois avoir quelques galettes à l'intérieur. Entrez donc.

Tous les quatre passèrent par la porte basse. A l'intérieur, quelques braises d'un foyer presque éteint avaient réussi à rendre la température plus agréable. Fiona ajouta plusieurs branches sèches pour le réalimenter. Tous s'assirent autour du feu.

— Je te présente Neala et son compagnon Jero. Ils viennent des régions du Nord.

Son compagnon ? Est-ce que Neala avait bien entendu ? Pourquoi donc Malis avait-elle décidé d'inventer ce mensonge ?

Elle éclaircirait ce point plus tard. Pour l'instant toute son attention était concentrée sur son estomac vide et sur cette promesse de galettes.

— Mes frères sont ici ?

— Non, ils sont partis chasser avec d'autres hommes du village, sur le plateau. Ils sont partis pour quelques jours.

— Ah, fit Malis, déçue.

— Voilà des galettes de blé. Je vais en cuire d'autres.

— Merci beaucoup, Fiona, dit Neala, reconnaissante.

— Vous avez ramené ma fille, je vous dois bien ça. Mais Malis, je te croyais à l'abri chez les prêtresses, en train de développer tes savoirs. Que s'est-il passé ?

Malis avait déjà englouti deux galettes, et elle sentait qu'elle ne pourrait pas retarder l'échéance de l'explication plus longtemps.

— Je m'ennuyais, Maman, je m'ennuyais terriblement. Celima, la commandante, était désagréable la plupart du temps. Quand tu m'y as emmenée, elle t'a dit qu'elle m'apprendrait tout. Eh bien elle n'a pas tenu parole. Celima n'a partagé aucun savoir avec moi. Elle me disait que je devais d'abord faire mes corvées, et je travaillais très dur. Mais tout ce que j'ai appris là-bas, c'est Neala qui me l'a enseigné.

— Mais et… et les cérémonies ?

— Entendre Celima psalmodier pendant des heures sans jamais rien comprendre, est-ce utile ? De plus, cette femme était très injuste. Elle montait les prêtresses les unes contre les autres, l'ambiance était détestable.

— Je pensais au contraire qu'il y avait beaucoup d'entraide entre les prêtresses, que chacune prenait soin des autres. C'est l'impression que ça m'avait donné en tout cas.

Neala hésitait à intervenir.

Elle aussi, avait trouvé au début une bienveillance et un soin mutuel très appréciables. Mais assez rapidement, elle avait réalisé que tout ceci n'était que factice, que Celima menait sa communauté d'une poigne de fer, qu'elle encourageait délation et jalousie, et surtout, qu'elle n'appliquait pas à elle-même les règles qu'elle imposait aux autres.

Cependant, elle pensait que c'était préférable que Malis explique les raisons de son départ. Et celle-ci se débrouillait très bien.

— C'est une communauté d'hypocrites. Chacune essaie de plaire à Celima dans l'espoir que celle-ci lui donnera des privilèges. Mais elles se fourrent toutes le doigt dans l'œil, car Celima ne partage son pouvoir avec personne !

Neala était impressionnée par l'analyse de Malis. En l'espace de quelques lunes, la timide jeune fille qu'elle avait connue était devenue une jeune femme avisée et très observatrice. La finesse de son jugement était remarquable. Jusqu'où l'étonnerait-elle ?

— Et Celima a accepté que tu partes sans faire de problème ?

— En fait… Tu vas te mettre en colère…

— Je t'écoute, dit Fiona d'un ton beaucoup plus dur.

— La seule personne avec qui je m'entendais bien, c'était Neala. Elle a rejoint le groupe lors du basculement des saisons, quand les jours commencent à raccourcir. C'est une cérémonie très importante et Neala a surgi de nulle part et…

— Viens en au fait ! ordonna Fiona.

— Celima était en conflit avec Neala, car elle se méfiait de sa puissance. Elle pensait que Neala voulait prendre sa place. Il y a eu des incidents, et Neala a décidé de partir. Celima pense qu'elle l'a chassée, mais… dit-elle en faisant un clin d'œil à son amie. J'ai supplié Neala de m'emmener avec elle. Et je me suis enfuie.

— Elle a menacé de mettre fin à ses jours, dit calmement Neala. Elle m'avait parlé des herbes qui tuent. Je n'avais pas le choix.

— Et je l'aurais fait ! gémit Malis. Je ne supportais plus mon existence inutile là-bas. Sans Neala c'était impossible de rester.

— Les herbes qui tuent ? murmura Fiona. Tu as parlé de ça ? C'est… c'est très interdit !

— Maman, Neala est la plus grande guérisseuse que je connaisse. Elle a soigné des personnes qui seraient mortes sans elle, elle est la Gardienne du Passage de son village, elle communique avec les loups, elle…

— Arrête ! Je n'y comprends rien ! Tu as perdu la tête ma pauvre fille !

Malis baissa les yeux. Elle savait que sa mère devait digérer toutes ces informations. Et elle devait faire profil bas pour ne pas se faire chasser.

— Je dois réfléchir à tout ça, bougonna Fiona. Tout le village pense que tu as beaucoup de chance d'avoir été admise chez les prêtresses. Notre chef et moi, nous avions un engagement avec Celima. Il m'a aidée à te faire accepter dans cette communauté, après la mort de ton père. On savait que tu avais des aptitudes particulières. Tu aurais pu devenir une grande prêtresse, une guérisseuse puissante. Et toi, tu t'enfuis sans réfléchir. Comment vais-je expliquer cela ?

— Je suis désolée, Maman.

— As-tu parlé avec quelqu'un au village ?

— J'ai juste vu Betina en arrivant, et…

— Il n'y a pas de pire commère que Betina ! Cette femme devenue tellement désagréable… Maintenant tout le monde est au courant j'imagine. Lui as-tu dit que tu t'étais enfuie ?

— Non, je ne lui ai rien dit.

— Bon, pour l'instant tu vas rester ici. Tes amis peuvent rester aussi. Vous allez vous reposer, vous avez l'air épuisés. Et demain… Demain on décidera ce qui est le mieux.

— Merci, Maman.

— Merci Fiona, c'est très gentil à toi de nous laisser rester cette nuit, reprit Neala.

— Je n'ai pas compris pourquoi ton compagnon était avec toi chez les prêtresses, je croyais qu'il n'y avait que des femmes.

Malis gloussa.

— Oh il n'était pas avec elle, il était chez des amis, au village d'à côté. Celima n'aurait pas toléré un homme dans la communauté !

Jero s'était tu depuis le début de la conversation, mais l'idée de vivre dans le village des prêtresses l'avait fait sourire. Il se rappelait parfaitement la fureur de Celima quand il s'était approché de Neala, plusieurs lunes auparavant. La commandante n'aurait effectivement jamais toléré un homme dans sa communauté, mais elle était plus tolérante envers les hommes sur lesquels elle avait jeté son dévolu...

— La nuit est déjà là. Malis, tu peux reprendre ta paillasse, et tes amis dormiront sur celles des garçons.

Chacun s'écroula, épuisé, sur sa litière. Neala était tout proche de Jero, pour la première fois depuis très longtemps. Depuis qu'ils avaient démarré leur voyage tous les trois, Malis avait toujours dormi entre eux. Ce soir, dans la pénombre de la cabane de Fiona, ils auraient presque pu se toucher. Mais même si Malis les avait présentés comme un couple, Jero s'était mis face au mur de bois et tournait maintenant le dos à Neala.

A défaut de contact, la jeune femme dut se contenter de sa proximité et fut rapidement emportée par le sommeil.

L'ambiance était tendue, le matin au réveil. Fiona ne savait manifestement pas comment gérer le retour inopiné de sa fille et Malis restait enfermée dans un mutisme boudeur.

Jero était au bord de l'explosion, Neala pouvait sentir son agitation et son impatience devant l'absence d'action. Il était temps de débloquer la situation.

— Fiona, demanda Neala, veux-tu m'accompagner à la rivière ? Je voudrais te parler.

— D'accord, acquiesça Fiona. Malis, tu restes ici.

— Je sors aussi, dit Jero, j'ai besoin de... d'aller me soulager.

— Bien sûr, tu trouveras une fosse d'aisance sur la berge en aval de la rivière.

Les deux femmes sortirent.

— Explique-moi, démarra Neala, pourquoi es-tu si contrariée du retour de Malis ?

La femme lui jeta un regard sombre.

—Être acceptée chez les prêtresses du Soleil est un honneur pour les jeunes femmes. Elles sont intégrées à une communauté puissante et reconnue, et ces femmes sont réputées pour devenir de très bonnes guérisseuses. Et maintenant... Je ne sais pas ce que va devenir Malis. Ramon, le chef de notre village va être fâché de cette fuite, je vais être blâmée pour ce comportement, peut-être même mise à l'écart. Et Malis va devoir vivre comme une simple villageoise, rejetée parce qu'elle n'a pas su saisir sa chance. Je ne sais même pas si un homme voudra la prendre pour compagne. C'est compliqué.

— Mais dis-moi, et si la vie chez les prêtresses n'était pas aussi idéalisée que ce que tout le monde croit ? Aurais-tu souhaité que ta fille reste dans cet environnement délétère et abrutissant ?

— Moi je veux le bonheur de ma fille.

— Alors crois-moi, ta fille est beaucoup mieux ici. C'est une jeune femme très intelligente, et elle apprend très vite. De plus elle a une sensibilité extraordinaire, elle fera une guérisseuse remarquable.

— Mais elle ne connaît que les rudiments...

— Elle apprendra ce qui lui manque. Et les guérisseuses apprennent de leurs expériences. Ce n'est pas en fabriquant une digue aussi énorme qu'inutile qu'elle va développer ses savoirs. Si tu t'inquiètes pour son avenir, je peux rester quelque temps pour lui apprendre ce que je sais. Et quand je vois l'effet qu'elle fait sur les hommes, jeunes comme vieux, je pense que pour trouver un compagnon, elle n'aura aucun problème. Que ce soit dans ce village ou dans un autre.

— C'est vrai qu'elle est devenue magnifique et tellement plus épanouie que quand elle est partie d'ici. Elle était d'une timidité maladive, renfermée sur elle-même... C'est pour cela que je pensais que la communauté des prêtresses était la meilleure solution.

— Et cela aurait pu être la solution si cette communauté était ce qu'elle prétendait être, un endroit bienveillant pour permettre aux femmes de partager et étendre leurs connaissances, pour devenir des personnes qui soignent. Mais ce n'est pas la réalité. Et je suis contente que Malis soit sortie de là, elle mérite mieux.

— Tu as probablement raison. Je ne te connais pas mais je sens que je peux te faire confiance. Ma fille a un instinct très puissant pour la compréhension des gens. Elle l'a développé par ses années d'observation et de silence je crois ! Si elle t'a fait confiance, c'est que je le peux aussi. Je vais aller trouver Ramon, le chef du village. Je vais lui expliquer la situation.

— Veux-tu que je vienne avec toi ?

— Pourquoi pas ! Et si tu es d'accord, je voudrais accepter ta proposition, que tu restes quelque temps pour enseigner l'art de la guérison à Malis. Ton compagnon et toi vous pourriez passer la saison froide avec nous, à moins que vous n'ayez un autre voyage de prévu ?

— En vérité, nous n'avons rien de prévu pour l'instant, dit Neala en réfléchissant à toute vitesse. Je pense qu'une saison sera suffisante pour que Malis apprenne les rudiments de la guérison. Elle m'a déjà assistée à plusieurs reprises. Jero est un très agile tailleur de silex.

— Ça tombe bien, nous manquons de tailleurs dans notre village. Nous devons souvent échanger des racloirs, couteaux et haches avec d'autres biens, des animaux ou du blé. Il y a peu de pierres solides par ici, et peu d'hommes ont appris les techniques.

— Alors il devrait être d'une grande aide.

— Il est assez timide, lui aussi ?

Neala se mit à rire.

— Il met longtemps à entamer la conversation. Mais quand il est lancé, on ne peut plus l'arrêter ! Je dois lui demander s'il est d'accord, avant de te répondre.

— Bien sûr. Allons le trouver, puis nous irons voir Ramon.

En retournant chez Fiona, la tension était retombée. Jero accepta volontiers l'idée de rester à Plymo pendant la saison froide. Il avait déjà repéré l'embouchure du fleuve, et les embarcations qui permettaient de pêcher. Venant d'un village de pêcheurs, il s'était tout de suite intéressé à ce qu'il apercevait et il était impatient de discuter avec les hommes de la mer. De plus, pour le moment lui et Neala n'avaient pas vraiment de but. En quittant précipitamment le village des prêtresses, ils avaient rapidement décidé de ramener Malis chez elle. Ensuite... Tout était possible.

Malis, elle, était ravie du plan proposé par Neala. Elle pourrait garder son amie auprès d'elle un peu plus longtemps.

— Il est temps d'aller voir Ramon. Malis, je préfère que tu restes ici. J'irai avec Jero et Neala.

Déçue, la jeune fille ne fit cependant pas d'histoires et resta sagement à l'intérieur, broyant des grains pour préparer le gruau du matin.

L'entretien avec Ramon fut, pour Fiona, plus aisé que prévu. Le chef du village fut très content d'apprendre qu'une guérisseuse et qu'un tailleur de silex allaient passer l'hiver avec eux, et il ne semblait pas contrarié du retour de Malis.

— Tu pourrais aller lui rendre visite dès aujourd'hui, Clodi, vous étiez bien amis avant qu'elle ne quitte le village, non ? suggéra-t-il.

— Amis, c'est un bien grand mot, maugréa un jeune homme qui était resté en retrait.

Neala l'observa. Il était très beau, grand et mince, un visage fin et racé, de grands yeux sombres. Il ne ressemblait pas du tout à son père qui avait les traits grossiers, le visage rougeaud, les cheveux blonds filasse, les yeux clairs et un embonpoint marqué.

— Ça te fera du bien de socialiser avec des filles, plutôt que de traîner avec ta bande de bons à rien !

Le fameux Clodi haussa les épaules.

C'était donc lui que Malis souhaitait revoir. Intéressant, se dit Neala. En tout cas d'après les paroles prononcées par son père, il n'avait pas l'air d'avoir une compagne.

— Et vous deux, où allez-vous loger ? poursuivit le chef en désignant Jero et Neala.

— Pour l'instant ils dormiront chez moi, dit Fiona. Quand mes garçons reviendront nous trouverons une solution.

— Elle est toute trouvée, ta solution ! Tes garçons sont en âge de vivre dans la case des jeunes avec les garçons de leur âge, ce sera leur dernier moment de liberté avant de prendre une compagne !

Fiona grimaça.

— Ils sont trop jeunes…

— Mais non ! Ils ont largement l'âge. Ils ne seront pas malheureux là-bas, regarde, mon fils y est tellement bien qu'il ne veut pas en partir ! ricana-t-il d'un rire gras.

— J'en parlerai avec eux quand ils seront de retour.

— Ils sont partis pour le gros gibier, ils ne seront pas rentrés avant quelques jours. Ce qui te laisse le temps de te faire à l'idée. Et sache que pour le retour de ta fille, je ne suis pas fâché. Si elle veut jouer à la guérisseuse, en attendant, ça ne me dérange pas. La seule qui prodigue quelques soins ici c'est Betina, et il y a des moments où je me demande si elle ne fait pas plus de mal que de bien… Et Malis a déjà dû apprendre beaucoup de choses chez les prêtresses. Elle peut sortir de sa cachette, et poursuivre son apprentissage pour l'instant, personne ne lui cherchera d'histoires.

— Merci Ramon.

Soulagée, Fiona sortit de la cabane du chef du village, suivie de ses invités.

— Ouf, dit-elle un peu plus loin, le sourire revenu sur son beau visage. On s'en sort bien !

— Ramon a l'air d'être quelqu'un de raisonnable. Même si je n'ai pas trop compris ses sous-entendus sur l'apprentissage temporaire de Malis. Mais en tout cas, il n'avait pas l'air courroucé.

— Oh, il peut parfois se mettre en colère, quand il est agacé. Surtout contre son fils aîné, Clodi. Le pauvre garçon est souvent pris pour cible par les moqueries de son père.

— Est-ce qu'il a une compagne ? demanda prudemment Neala.

— Pas encore, son père est impatient et l'encourage fortement à se décider. Beaucoup de filles lui tournent autour, c'est un très beau garçon, alors il prend le temps de se laisser courtiser.

— Ou alors il y a autre chose, murmura Neala.

Malis fut ravie d'entendre que Ramon n'était pas en colère et qu'elle pouvait dès à présent sortir au grand jour et commencer sa formation de guérisseuse.

Fiona amena Jero voir les rares hommes du village qui taillaient les pierres, puis revint auprès de Neala et Malis.

— Je crois que vous avez une première patiente, lança-t-elle joyeusement alors qu'elle passait la porte. Mon amie Trudi s'est brûlée sur la jambe avec de l'eau bouillante. Est-ce que vous pouvez aller la voir ?

— On y va tout de suite ! s'exclama Malis, très enthousiaste.

— Attends, temporisa Neala. Il nous faut des herbes, au moins pour nettoyer la plaie. Nous irons ensuite en forêt ramasser quelques plantes. Je prends ma besace.

Arrivées devant chez Trudi, elles trouvèrent une femme qui grimaçait de douleur en broyant du grain.

— Bonjour Trudi !

— Malis ! Ta mère disait donc vrai ! Tu es revenue !

— Oui, je suis tellement contente de te voir !

Elles s'embrassèrent, ravies de leurs retrouvailles.

— Avec Neala, une grande guérisseuse du Nord, nous allons te soigner. Maman a dit que tu t'étais brûlée.

— Oui, c'était stupide de ma part, je tenais le plat d'eau bouillante pour le porter à l'extérieur, et je n'ai pas vu que mon petit-fils était en travers de mon chemin, à quatre pattes. J'ai trébuché et heureusement, le plat s'est renversé sur ma jambe, et non sur lui. Je n'ose même pas imaginer ce qui se serait passé si...

— N'y pense plus, coupa Neala. Il va bien, c'est toi qui es blessée. Tu nous montres ça ?

— Oui, allons à l'intérieur.

Il régnait une cacophonie indescriptible, sur le plan visuel, auditif et olfactif. Des enfants sales couraient dans tous les sens, en riant et criant. Une jeune femme essayait de donner le sein à un bébé qui poussait des cris lancinants, comme un chat souffrant. Il y avait des plats éparpillés au sol, avec des contenus divers et, pour la plupart, malodorants. Un reste de ragoût était en train de carboniser au fond d'un plat de céramique posé en équilibre instable sur le foyer, dégageant une fumée âcre. Une vieille femme maugréait dans un coin, manifestement dépassée par le vacarme de la maisonnée.

— Mamée, pourquoi n'as-tu pas retiré le plat du feu ? Tu sens bien que ça brûle !

Elle se retourna vers ses visiteuses, excédée.

— Je dois vraiment tout faire ici. Mes deux fils vivent sous mon toit avec leurs compagnes et tous leurs enfants, quand elles sont dans les champs je dois m'occuper de tous. Et ma mère ne peut plus m'aider, elle devient vraiment gâteuse. Judita, la compagne de mon fils aîné, a mis au monde un bébé il y a quelques jours, mais je crois que cet enfant est malade, il pleure tout le temps et ne mange pas. Il a beaucoup maigri, je ne crois pas qu'il survivra.

— On l'examinera après, dit Neala, dubitative. Montre-nous ta jambe.

Trudi s'assit sur sa paillasse encombrée de paniers abîmés et de fourrures à la propreté douteuse, et déballa le pansement de fortune fait de bandelettes de peaux d'agneau qu'elle avait appliquées sur la plaie.

L'odeur était très forte et peu engageante.

Quand elle eut retiré la dernière bandelette, Neala eut du mal à contenir son effroi. Malis, elle, avait reculé de trois pas et se bouchait les narines, prête à s'enfuir. La plaie couvrait la surface d'une grande main, au niveau du tibia. La peau était en lambeaux et couverte de pus. Le spectacle était atroce, la femme souffrait terriblement.

— Trudi, cette brûlure est en très mauvais état. De quand date-t-elle ?

— C'était il y trois jours je crois. C'était juste après la naissance du bébé et j'ai eu tellement à faire, je l'ai peut-être un peu négligée.

— Et qu'as-tu mis dessus ?

— Au début, rien, puis j'avais tellement mal que je suis allée voir Betina, qui m'a conseillé de mettre des crottes de mouton et de l'eau de cuisson de blé.

— Mais quelle idée ? D'où sort-elle ses remèdes ? ne put s'empêcher de s'agacer Neala.

— Elle vient du plateau de Dartomor, là où vit un puissant guérisseur, c'est lui qui lui a enseigné ce qu'elle sait.

— Il ne s'agit quand même pas encore de ce Vamer ?

— Si, c'est lui ! Tu le connais ?

— Non, marmonna Neala entre ses dents, mais j'ai déjà eu l'occasion d'essayer de réparer ses méfaits. Bon, reprit-elle à haute voix. Est-ce que ce traitement t'a soulagée ?

— Pas du tout, gémit Trudi. J'ai de plus en plus mal et j'ai des difficultés à tenir debout. Et avec tout ce travail qui m'attend !

— Si tu ne soignes pas cette plaie, tu pourrais très rapidement ne plus travailler du tout, pronostiqua Neala. Nous allons d'abord la nettoyer, puis nous reviendrons avec une lotion à appliquer. L'idéal serait de trouver du miel, nous verrons cela plus tard. Malis, est-ce que tu peux trouver un plat lavé et faire chauffer de l'eau propre ? Et il nous faudra des bandelettes de peau d'agneau, propres aussi.

— Je te prépare ça.

— En attendant je vais remettre les bandes et préparer le repas pour les enfants, la faim les rend très pénibles.

— Toi tu ne bouges pas ! ordonna Neala. Et tu ne remets certainement pas ces bandes pourries. Tu restes allongée, tu es en nage, tu as très probablement de la fièvre. Est-ce qu'une voisine ou une amie pourrait venir t'aider ?

Judita, essayant toujours désespérément de nourrir son bébé, intervint, maintenant en larmes.

— Normalement je devrais l'aider, mais je ne peux pas me lever, je suis épuisée, le bébé pleure depuis trois jours, je n'ai plus la force de m'occuper de mes autres enfants…

— Je vais chercher ma mère, suggéra Malis. Et on mettra un peu d'ordre ici. Je reviens.

— Bonne idée. En attendant que la potion pour nettoyer soit prête, montre-moi cet enfant.

La jeune maman tendit le bébé à Neala, celui-ci était léger comme une plume.

— As-tu du lait ?

— Oh oui, mes seins sont très lourds et douloureux, mais c'est comme s'il n'arrivait pas à téter.

— Je vais le regarder.

Elle posa le bébé délicatement sur la paillasse la plus proche. Celui-ci ne couinait même plus. Il était à bout de forces. Elle défit ses langes et observa les selles.

— Effectivement, il a toujours les selles foncées. Il aurait dû avoir des selles jaunes. Tu as un lange propre ?

— Oui, ici.

Neala langea le petit garçon, et se mit à l'examiner sous tous les angles.

Elle lui tâta le ventre, chacun de ses petits membres, regarda son cou, le mit sur le ventre, et finit son examen par une observation approfondie de son visage, et enfin de l'intérieur de sa bouche.

— Et voilà, j'en étais sûre, murmura-t-elle, un sourire aux lèvres.

— Est-ce qu'il va mourir ? demanda, Judita, angoissée. Betina a dit qu'il était certainement malformé.

— C'était ce que je voulais vérifier, avant d'aller à ma première impression. Ton enfant n'est pas malformé. J'espère juste que je n'arrive pas trop tard, mais on saura très vite s'il va récupérer. J'ai besoin d'une lame très fine.

Trudi était horrifiée.

— Une lame ? Mais que vas-tu lui faire ?

— Pas grand-chose, fais-moi confiance. Un tout petit geste qui, je l'espère, lui sauvera la vie.

— Tiens, voici la plus petite lame que j'aie pu trouver, intervint Malis qui venait de revenir, suivie de Fiona.

— Je vais la passer à l'eau bouillante et attendre qu'elle tiédisse. Voilà. Malis, peux-tu tenir sa bouche ouverte ? Je ne pense pas qu'il a assez de force pour se débattre, mais je ne veux pas le blesser.

Puis, d'un geste précis, Neala attrapa la minuscule langue d'une main, et de l'autre elle trancha le frein sous la langue du nouveau-né. Quelques gouttes de sang jaillirent, mais le bébé ne hurla pas. Il reprit son couinement plaintif.

— Tiens, dit-elle en le rendant à sa mère. Il devrait pouvoir téter maintenant.

Judita le remit au sein et effectivement, une fois qu'il eut compris comment s'y prendre, le bébé put enfin se repaître du lait abondant dont il avait été privé depuis sa naissance.

Même les autres enfants s'étaient arrêtés de courir et de crier pour regarder leur frère ou leur cousin se nourrir de façon efficace pour la première fois.

— C'est merveilleux, merci Neala ! s'exclama Trudi, émue.

— Comment… Comment as-tu su ? demanda Malis, étonnée.

— Quand on a vu un bébé qui n'arrive pas à téter, et que quelqu'un vous a expliqué ce qui se passait et comment résoudre la situation, on ne peut pas oublier. Cela restera gravé dans ta mémoire de guérisseuse, Malis, et tu pourras peut-être, toi aussi, sauver des bébés.

La jeune mère souriait en regardant son bébé téter maintenant goulûment, sa poitrine enfin soulagée de sa tension.

— Bien, maintenant, à toi Trudi. Tu vas devoir être courageuse, ça va être désagréable, mais c'est un mal nécessaire. De toute façon tu souffres depuis des jours et je doute que le nettoyage soit beaucoup plus douloureux que ce que tu as enduré.

— Voilà les bandes propres, dit Malis en amenant son butin, le sourire aux lèvres. Je les ai empruntées à ma mère.

— Merci Fiona, je te les rendrai plus tard, mais seulement quand je les aurai lavées !

Toutes se mirent à rire, ce qui permit de détendre l'atmosphère.

Neala commença par débarrasser la brûlure de toutes les saletés et du pus à l'aide de morceaux de peau d'agneau d'abord trempées dans la potion brûlante puis légèrement tiédies.

Chaque morceau de peau souillé était mis de côté, dans un plat isolé.

L'intervention dura un long moment, car Neala procédait délicatement pour ne pas endommager la peau déjà meurtrie.

— Voilà, dit-elle au bout d'un long moment. Tu vas laisser ta blessure à l'air libre pour l'instant. Nous reviendrons plus tard pour te donner quelque chose à appliquer dessus. En attendant, rien ne doit toucher cette plaie.

— Mais comment vais-je faire pour travailler ?

— Trudi, sois raisonnable. Tu vas rester allongée pour le reste de la journée. Et surtout tu vas garder ta jambe en dehors des couvertures.

— Je vais rester, Trudi, proposa gentiment Fiona. Le repas est prêt, j'irai laver ces plats quand les enfants auront fini de manger.

— Et je peux me lever maintenant, dit la belle-fille de Trudi, qui avait mangé aussi. Le bébé dort enfin.

Effectivement la maisonnée avait retrouvé une certaine quiétude.

Deux hommes passèrent la porte.

— Il y a beaucoup de monde ici, dit le premier.

— Ta mère est blessée, elle doit se reposer, dit Malis d'un ton presque autoritaire que Neala ne lui connaissait pas. Mais ton fils a enfin pu manger, et il devrait survivre, grâce à Neala, la guérisseuse du Nord.

L'homme parut d'abord surpris par le ton, mais les paroles concernant le bébé étaient si inattendues qu'il mit un moment à répondre.

— C'est une très bonne nouvelle pour mon fils et ma compagne, merci Neala ! Et toi, mère, je ne veux pas te voir debout tant que la guérisseuse ne l'aura pas autorisé.

Trudi grommela quelque chose mais fit mine d'obéir.

— Malis, nous devons aller en forêt chercher ce qui nous manque avant la nuit. À plus tard tout le monde !

Les deux femmes sortirent, ravies de se retrouver au grand air après l'atmosphère lourde et pesante de cette maison trop remplie.

— Tu crois qu'elle va s'en sortir ? demanda Malis à propos de Trudi, inquiète.

— C'est trop tôt pour le dire, soupira la Gardienne, ce Vamer est vraiment dangereux, avec ses conseils douteux.

— J'espère qu'elle va survivre, c'est l'amie de ma mère depuis si longtemps ! Ses fils sont plus âgés que moi, mais on se connaît depuis l'enfance. Et leurs compagnes sont gentilles, c'est une famille très sympathique. Trudi a perdu son compagnon il y a longtemps, et ses fils ont voulu rester près d'elle. Mais comme tu as pu le voir aujourd'hui, c'est difficile de dire qui a besoin de qui…

— Cela s'appelle l'entraide, dit sagement Neala. On a tous besoin les uns des autres, à un moment ou à un autre. Je crois que c'est ce qui me manque le plus, de ma vie dans mon village. Cette entraide, cette attention que l'on a les uns pour les autres.

— Enfin tout ça c'est très bien, mais quand il s'agit d'une vraie entraide, et pas d'un contrôle, comme le voulait Celima !

— Tu as raison Malis, tu deviens de plus en plus sage, tu deviendras une grande guérisseuse, je n'en doute pas !

— J'ai un très bon exemple, dit la jeune fille en rougissant, alors qu'elles atteignaient l'orée du bois.

— Je vais te dire les plantes que je recherche. Et si tu sais où trouver du miel, ce serait parfait la brûlure de Trudi.

— Si mes souvenirs sont bons, il y avait des abeilles près d'une clairière, allons-y.

Les deux femmes quittèrent la forêt juste avant la tombée de la nuit. Elles n'avaient trouvé que très peu de miel et Neala décida de le réserver pour les jours suivants, si elle ne voyait pas d'amélioration.

Elles retournèrent au chevet de Trudi et purent constater que celle-ci avait respecté les consignes. La maison était maintenant propre, le nouveau-né avait tété plusieurs fois et, entre les tétées, il semblait rattraper son sommeil.

— Je crois qu'il est sauvé, affirma Judita. Il me semble déjà avoir repris de la vigueur, et je le trouve un peu plus lourd.

— Alors c'est parfait, dit Neala, souriante.

— Je ne comprends pas pourquoi Betina a dit qu'il était malformé et qu'il ne survivrait pas.

— Peut-être qu'elle n'a simplement jamais été confrontée à cette petite particularité.

— Je n'ai pas confiance en cette femme, dit la jeune mère à voix basse. Elle est arrivée au village il y a quelques hivers, elle a dit qu'elle était guérisseuse auprès de Vamer mais je ne l'ai jamais vue guérir qui que ce soit. En général les gens préfèrent rester avec leurs douleurs que lui demander conseil. Et quand je vois l'état de la jambe de ma mère, je comprends pourquoi.

— Elle a voulu bien faire, avec les conseils qu'elle avait reçus.

— Tu as probablement raison. Merci pour tout Neala, en tout cas tu as sauvé mon fils.

Après examen de la plaie de Trudi, Neala décida de la laisser tranquille pour la nuit.

Elle prépara rapidement une décoction avec quelques écorces de saule, pour limiter la fièvre, sous les yeux attentifs de Malis. Puis elles retournèrent chez Fiona pour un repas et une nuit de repos bien mérités.

Les jours suivants se déroulèrent de façon similaire : Jero partait tôt le matin aider sur divers chantiers ou à la taille des pierres, Neala et Malis allaient visiter Trudi en premier, puis toutes les personnes qui le demandaient. La réputation de Neala s'était répandue comme une traînée de poudre et bientôt, même des personnes des villages alentour vinrent la voir pour se faire soigner ou lui demander conseil. Et quand elle ne soignait pas, elle allait dans la forêt ramasser les plantes nécessaires à ses potions. Malis ne la quittait pas de la journée. Elle n'avait que peu vu ses amies du village, et n'avait rencontré aucun garçon. Alors que Neala s'en étonnait, Malis lui dit, un peu gênée, qu'elle n'osait pas aller voir Clodi. Elle savait qu'il n'avait toujours pas de compagne et qu'il était très courtisé, mais l'idée d'aller le voir la terrorisait.

Quelques jours cependant après leur arrivée, Neala eut la surprise de voir arriver Clodi, tandis qu'elle était dehors à moudre du grain.

— Bonjour, lui lança-t-elle joyeusement. Tu viens voir Malis ?

— Oui, dit le beau jeune homme en regardant ses pieds. Elle est par là ?

— Malis, appela Neala, quelqu'un veut te voir !

La jeune fille sortit, d'abord étonnée puis très vite rougissante.

— Bonjour Clodi.

Le jeune homme la regarda bizarrement. Il donnait l'air d'avoir vu une apparition. Il se reprit néanmoins rapidement.

— Ça te dit qu'on aille… chercher du bois ?

— Euh oui, pourquoi pas ?

— C'est une très bonne idée, l'encouragea Neala. Et tu pourrais même en apporter à Trudi, sa plaie s'améliore mais est encore loin d'être guérie.

— Très bien, répondit Malis en s'emparant d'un grand panier. À plus tard !

Neala sourit en les regardant s'éloigner.

Elle ne vit Malis revenir qu'un long moment plus tard.

Celle-ci avait l'air heureuse et frustrée à la fois.

— Tout va bien ? demanda Neala.

— Oui… non… enfin je ne sais pas, soupira Malis.

— As-tu passé un bon moment ?

La jeune fille semblait perdue dans ses pensées.

— Il n'a pas été incorrect au moins ? gronda Neala, voyant que Malis ne réagissait pas.

— Non, non, pas du tout, la rassura Malis. C'est juste que… c'était étrange. On se connaît depuis très longtemps, on a passé beaucoup de temps ensemble quand on était petits. Sûrement parce qu'on était un peu bizarres tous les deux. Comme je te l'avais dit, je ne parlais pas beaucoup. Et lui était mis de côté aussi, peut-être parce que c'était le fils du chef, peut-être pour d'autres raisons, après tout. Je pensais qu'on allait retrouver cette complicité, mais nous étions plutôt gênés en fait.

— C'est normal, vous ne vous êtes pas vus depuis longtemps ! Mais s'il était là c'est parce qu'il avait envie de passer du temps avec toi, non ?

— En fait, non, il m'a expliqué que c'était son père qui le lui avait demandé.

Mais pourquoi est-il allé dire une chose pareille ? s'interrogea Neala.

— Et vous allez vous revoir ?

— Probablement, oui.

Effectivement, Clodi vint trouver Malis presque tous les jours suivants, sous divers prétextes. Et quand les deux jeunes gens revenaient, Malis se retrouvait souvent plongée dans un certain désarroi.

— Je ne comprends pas ce garçon, finit-elle un jour par dire à son amie. Quand il est avec moi, il passe son temps à se moquer, à me critiquer. Mais il revient le lendemain. Suis-je si sotte ou maladroite ?

— Mais pas du tout, s'offusqua Neala. Peut-être veut-il simplement attirer ton attention. N'a-t-il jamais un mot gentil envers toi ?

— Pourquoi voudrait-il attirer mon attention ? Nous sommes seuls la plupart du temps ! Nous avons aperçu sa bande d'amis une fois ou deux, mais il les a évités.

— Ce garçon est très étrange. Mais je ne suis pas une experte, tu devrais demander à Jero ce qu'il en pense. Ou à tes frères, quand ils rentreront !

— Je n'oserais jamais parler de ça à quelqu'un d'autre que toi ! s'écria Malis, choquée.

— Alors attendons de voir ce qui se passe.

Mais il ne se passa pas grand-chose de ce côté-là. Clodi espaça ses visites et devint de plus en plus bougon, aux dires de Malis. Alors qu'elle attendait ces moments de partage avec impatience, elle revenait presque chaque fois déçue et blessée.

— Mais s'il ne m'apprécie pas, pourquoi passe-t-il du temps avec moi ? gémit-elle un soir, alors que Jero et Fiona n'étaient pas encore rentrés.

— C'est une bonne question, dit Neala. Tu devrais le lui demander.

— Et risquer de le perdre ? Certainement pas !

Neala était décontenancée. Il était évident que ce très beau garçon n'avait pas de respect pour Malis. Il profitait de l'attrait qu'il avait sur elle pour s'autoriser critique et méchanceté, comme s'il éprouvait de la rancœur envers elle. Et Malis, qui avait été un soleil jusque-là, sombrait jour après jour dans la tristesse.

Neala s'en ouvrit à Fiona.

— Que penses-tu de Clodi, lui demanda-t-elle un matin glacé alors qu'elles étaient toutes les deux à la rivière pour laver des plats.

— C'est un garçon… de son âge, qui pense plus à s'amuser qu'à travailler, mais c'est le fils du chef, alors on attend beaucoup de lui. Et s'il s'intéresse à ma fille, c'est tant mieux pour elle.

— En es-tu sûre ?

— Que peut-elle avoir de mieux ? Il est très beau garçon et c'est le fils du chef, qui prendra probablement sa place un jour. Elle aura alors une position importante dans le village et ne manquera jamais de rien.

— Alors dans ce village, les garçons deviennent chefs de père en fils ?

— Souvent, oui. Ils sont éduqués dans ce sens.

— Mais je pensais qu'un chef était choisi pour son courage, son honnêteté et son sens de la justice, pas parce que son père est chef ! Clodi n'a rien ni d'un valeureux chasseur, ni d'un sage auprès de qui demander conseil. Il est souvent désagréable avec Malis et me semble peu intéressé par la vie du village.

Fiona commençait à perdre patience.

— Écoute, rien n'est jamais parfait. Mais si Clodi se décide à prendre Malis pour compagne, malgré sa fuite du village des prêtresses, qu'importe s'il ne lui murmure pas des mots doux en longueur de journée ! Elle aura au moins un homme qui s'occupera d'elle, elle ne sera pas mise au ban du village et de plus, ce garçon finira bien par mûrir ! En ce qui me concerne, je serai ravie de cette union.

— Même si tu n'as aucune considération pour ce jeune homme qui traite mal ta fille ? lui demanda fermement Neala.

Fiona la regarda longuement dans les yeux. Son regard était dur, ses beaux yeux noirs semblaient lancer des éclairs.

— Que veux-tu que je fasse ? Je protège au mieux ma fille. Et c'est facile pour toi de me juger, tu n'as pas d'enfant à protéger. Tu ne seras jamais à ma place. Alors laisse-moi tranquille, et surtout ne t'avise pas d'entraver ces projets d'union. Rentrons maintenant.

Neala ne dit plus rien, elle attrapa son panier rempli de vaisselle propre et suivit Fiona, des larmes plein les yeux.

Quelque chose clochait avec Clodi. Alors certes, se dit-elle la gorge nouée, je n'ai plus de fille à protéger. Mais Malis est comme ma petite sœur, et je ferai tout ce qui est en mon pouvoir pour que celle-ci soit heureuse.

Le lendemain, elle prétexta une recherche périlleuse de miel en forêt pour demander l'aide de Jero, alors que Malis avait suivi Clodi.

C'était la première fois que Jero et Neala se retrouvaient seuls depuis bien longtemps. Le silence entre eux était pesant, leur complicité d'antan semblait très lointaine.

Alors qu'ils cheminaient en direction d'une colonie d'abeilles repérée plusieurs jours auparavant, la jeune femme décida de briser la glace.

— Comment se passent tes journées ?

— Je travaille beaucoup, mais ça va. Après tout, on a un toit, on mange à notre faim, que demander de plus ?

Neala aurait espéré un peu plus d'enthousiasme. La conversation allait être difficile, et elle commençait à regretter d'avoir pris l'initiative de cette sortie.

Elle ruminait depuis un bon moment quand elle explosa.

— Que demander de plus ? Un tas de choses, figure-toi ! Tu es en pleine forme, tu as la vie devant toi, toutes les possibilités te sont offertes, mais tout ce que tu trouves à me dire c'est que tu te contentes de cette situation médiocre ?

Jero s'arrêta et la regarda, surpris par autant de colère.

— Mais que t'arrive-t-il ?

— Cela fait des lunes que tu es venu me rejoindre dans ce village des prêtresses, mais en fait pourquoi es-tu venu ? Qu'est-ce que tu cherchais ? Tu n'as même pas essayé de m'expliquer pourquoi tu étais là, qu'est-ce que tu attendais de moi ?

Jero la dévisagea. Puis il se mit à sourire.

— Ça y est, tu as fini ?

— Non je n'ai pas fini ! Nous n'avons jamais reparlé d'Amalia, ni de ce qui s'était passé dans ton village. Pourquoi ? Tu pensais vraiment pouvoir débarquer dans ma vie comme si de rien n'était, et que j'avais oublié toute cette souffrance ?

A ces mots la mâchoire du jeune homme se crispa. Mais il resta silencieux.

— Tu ne crois pas que je mérite un minimum de considération, des explications, ou peut-être même des excuses, pour ton attitude exécrable pendant toutes ces lunes où j'étais dans le Nord ?

Elle s'approcha de lui, menaçante.

— Où étais-tu pendant que nous grelottions de froid, Amalia et moi, le ventre vide ?

Elle se mit à pointer son index au milieu de son torse.

— Pendant que tu étais avec ta compagne, au chaud et repu, t'es-tu seulement inquiété une seule fois de notre survie ? Non ! Si ton père et ta sœur n'avaient pas été là, nous serions mortes de faim et de froid !

Voyant qu'elle était prête à le frapper, Jero lui attrapa les poignets fermement.

— Maintenant tu vas te calmer, sinon je te jette dans le ruisseau. Un peu d'eau glacée te fera le plus grand bien.

— Tu crois que je n'ai pas eu assez froid comme ça, quand j'étais dans ton village détestable, avec juste mon bébé pour me réchauffer ? dit-elle en sanglotant.

D'un coup elle sentit la colère la quitter. Son corps se détendit et une immense tristesse l'envahit. Jero lui lâcha les poignets et l'attira contre lui, puis il la prit dans ses bras.

La jeune femme ne pouvait plus s'arrêter de pleurer. C'était comme si toute cette pression accumulée ces derniers temps lâchait d'un coup. Elle était complètement submergée par ses émotions, emportée par la colère d'abord, puis la tristesse.

Après un long moment, elle commença à s'apaiser. Jero se mit à lui parler doucement.

— Ne crois pas que cette période a été facile pour moi. Je n'aurais jamais pensé que tu viendrais me retrouver un jour. J'étais très triste le jour où je suis parti de chez toi, mais j'avais accepté que je ne te reverrais plus. Alors quand je t'ai vue arriver à Elebana, avec en plus un bébé dans les bras, j'étais tellement surpris que je n'ai pas su comment réagir. Mais ma compagne, Sonja, a tout de suite compris le danger, même si je ne lui avais jamais parlé de toi. Et elle est devenue insupportable, malade de jalousie. Je pensais que si je restais loin de toi pendant un certain temps, elle se calmerait. Mais je me suis trompé, cela a été de pire en pire. J'étais pris dans un engrenage infernal. Elle me faisait surveiller par tout le village, je n'avais pas la possibilité d'aller à ma guise sans déclencher des colères terribles. Elle se plaignait à son père, à mon père, à tous. La seule qui ne la suivait pas dans ses élucubrations était ma sœur. Mais je ne pouvais pas non plus parler à ma sœur. Je me suis laissé entraîner dans une situation intenable, et je le regrette très sincèrement. Mais maintenant je suis là, avec toi, et c'est tout ce qui compte.

Neala était abasourdie. C'était la première fois qu'il lui parlait de la sorte.

— Et… Et tu pensais attendre combien de temps avant de me dire tout ça ? Tu voulais que, de colère, je te réduise en charpie, plutôt que de parler ?

Jero se mit à rire.

— En fait je n'aurais jamais pensé que tu pouvais te mettre dans une rage pareille. Toi qui es, d'ordinaire, si posée, aujourd'hui je découvre une autre Neala !

— Tu m'as poussée à bout, à faire irruption dans la vie que j'avais réussi à reconstruire sans toi, mais sans un mot d'explication.

Il soupira.

— On n'a jamais vraiment été seuls, depuis que je t'ai retrouvée. Je n'ai pas trouvé le bon moment.

— Tu exagères, Malis n'était quand même pas tout le temps avec nous !

— Ah bon ? Elle te suit comme ton ombre !

— C'était vrai jusqu'à ce qu'elle retrouve son Clodi, dit Neala tristement.

— Et c'est très bien comme ça, elle doit vivre sa vie de femme maintenant.

— Mais je ne crois pas que ce soit un bon partenaire pour elle.

— Qu'est-ce qui te fait dire cela ?

— Il n'est pas gentil avec elle. J'ai l'impression qu'il s'amuse à lui faire de la peine, elle revient triste de ses rendez-vous, et il lui fait perdre confiance en elle.

— Et c'est ce qui t'inquiète ?

— Oui, je veux qu'elle soit heureuse, et non pas triste et déçue.

— Et c'est pour ça que tu t'es énervée contre moi ? ajouta-t-il, moqueur.

— Pas du tout, se défendit-elle, vexée. J'aurais dû avoir cette conversation avec toi depuis bien longtemps !

— Tu as certainement raison. Mais plutôt que de t'agacer toute seule et de t'imaginer des choses, la prochaine fois que tu as une question, pose-la moi directement, on gagnera du temps.

Neala le regarda, prête à riposter, puis se ravisa.

— Bon, et ce miel, il ne va pas venir dans le bol tout seul ! Voici l'arbre où j'ai aperçu l'essaim.

Après une discussion sur la meilleure stratégie pour l'atteindre, Neala alluma une torche de branches sèches afin d'enfumer le nid, pendant que Jero, la tête et les bras enveloppés aussi bien que possible dans une couverture de fourrure, montait dans l'arbre pour atteindre le précieux liquide doré. La récolte fut maigre, quelques alvéoles remplies de miel foncé, mais les abeilles, paniquées par la fumée, oublièrent d'attaquer les deux voleurs.

Dès leur larcin accompli, ils se précipitèrent vers le ruisseau qu'ils avaient repéré plus bas à peine poursuivis par une dizaine d'ouvrières mécontentes.

Une fois hors de danger, ils ne purent s'empêcher de rire.

— C'était une opération parfaite ! s'exclama Jero, ravi.

— Ce miel sera très utile pour les plaies de Trudi. Je suis sincèrement inquiète pour elle, cette brûlure n'est vraiment pas jolie.

— Je te fais confiance. Si quelqu'un peut la sauver, c'est toi.

— Merci, dit la jeune femme, troublée et émue. Je fais ce que je peux. Mais au final, c'est...

— La Source de Vie qui décide, coupa Jero. Je sais. Allons-y, nous avons déjà pris beaucoup de temps pour cette mission.

— Jero, je voulais te dire aussi, merci pour la discussion. Même si elle n'a pas démarré de la meilleure façon...

— Je crois que nous avons encore beaucoup à nous dire. Mais il nous faudra du temps.

— Oui, acquiesça la Gardienne. Nous prendrons le temps qu'il faudra.

De retour à la cabane de Fiona, Ils trouvèrent une ambiance tendue.

Malis était prostrée sur sa paillasse, les genoux entre ses bras, et ne disait rien.

Fiona semblait préoccupée.

— Que se passe-t-il ? demanda Neala.

— Rien de grave, des querelles d'amoureux sans doute, répondit Fiona.

— Clodi n'est pas mon amoureux, gémit Malis. La seule chose qui l'intéresse, c'est que je lui sers de souffre-douleur, et j'en ai plus qu'assez.

— Alors tu devrais le lui dire, suggéra doucement Neala.

Fiona lui fit les gros yeux.

— Malis est une fille intelligente, travailleuse et magnifique, elle n'aura aucun mal à trouver un compagnon, se justifia Neala.

— Dans ce village ? Elle n'aura jamais quelqu'un d'aussi bien que Clodi !

— Mais il y a beaucoup d'autres villages, tiens par exemple à Exton, Marko n'avait d'yeux que pour toi ! Et lui aussi, il est fils de chef. Et il est surtout courageux et juste.

— Neala ! s'exclama Malis, scandalisée.

— Tu as raison, je ferais mieux de me taire. Je vais aller voir Trudi, pour refaire ses pansements avec ce miel durement récolté. Je rentrerai tard.

Elle sortit, surprise elle-même d'avoir osé défier Fiona, et d'avoir mentionné Marko. A quoi jouait-elle ? Elle avait toujours évité de faire de l'ingérence dans la vie des autres, ou de donner des conseils non sollicités. Mais elle sentait une forme d'urgence à faire réagir Malis pour la sortir de cette relation qui la minait.

Pourquoi avait-elle le sentiment qu'elle n'avait pas beaucoup de temps ?

Tout en s'interrogeant, elle arriva devant chez Trudi.

Celle-ci avait le visage creusé par la douleur et semblait très fatiguée, mettant immédiatement Neala sur le qui-vive.

Ses craintes empirèrent quand elle défit les bandages de peau.

— Comment te sens-tu, Trudi ?

— J'ai très mal. C'est une douleur différente. Comme si quelque chose me brûlait de l'intérieur.

— Je vais être franche avec toi, la plaie n'est pas belle. Nous sommes allés récolter du miel dans la forêt aujourd'hui, on va essayer. Cette fois-ci je vais nettoyer, appliquer le miel et laisser à l'air. Surtout tu évites de salir les plaies. Tu laisses ta jambe à l'extérieur de ta couverture, quand tu dors. Je reviendrai demain soir.

En retournant chez Fiona, une grande inquiétude s'était emparée de la jeune femme. Une angoisse sourde, incompréhensible. Un pressentiment.

Pourtant la journée avait été très réussie, avec cette discussion avec Jero enfin amorcée.

Elle arriva dans la cabane sombre et se glissa directement sous sa couverture de fourrure. Jero était déjà allongé et lui tournait le dos, comme à son habitude.

Avant de s'endormir, toujours en proie à cette angoisse inexpliquée, elle porta l'attention sur sa propre respiration, puis invoqua la Source de Vie. Elle se laissa guider par la sagesse des Ancêtres et par la Source de Vie. Elle visualisait un sentier dans la forêt, elle était enfin apaisée.

Et tout d'un coup, un horrible visage ricanant surgit, emportant avec lui toute la paix qu'elle avait pu ressentir.

Elle s'assit d'un bond sur sa paillasse, le cœur battant la chamade.

Puis elle sentit la grande main de Jero sur son bras. Il s'était retourné vers elle. Alors elle se rallongea, respira lentement et, sentant la main protectrice de Jero toujours posée sur elle, finit par sombrer dans le sommeil.

Chapitre 4

Les jours suivants, le temps se dégrada. La saison froide était maintenant bien entamée, les jours devenaient de plus en plus courts et de plus en plus sombres. La température avait considérablement chuté, même si le froid n'avait rien d'aussi mordant que celui d'Elebana. L'humidité, en revanche, était omniprésente. Il pleuvait presque tous les jours, et les jours où il ne pleuvait pas, le soleil restait caché derrière une épaisse couche de nuages qui, bien souvent, déversaient une fine bruine pénétrante.

Neala était de plus en plus anxieuse pour Trudi. Malgré le miel et les soins, la plaie ne guérissait pas, et son état se dégradait.

— Je ne comprends pas ce qui se passe avec cette plaie. Elle aurait dû se résorber depuis longtemps, dit-elle un jour, alors que Malis lui tendait les bandes propres pour renouveler le pansement. Mais au contraire, elle s'étend de plus en plus. Trudi, y a-t-il quelque chose que tu aurais oublié de me dire concernant cette plaie ?

— En fait… démarra Trudi d'une voix lasse, avant de me brûler, j'avais remarqué une petite plaie au même endroit, qui s'élargissait lune après lune.

Neala se redressa d'un coup.

— Une plaie qui ressemblait à quoi ? demanda-elle.

— Eh bien je me suis rendu compte que j'en avais d'autres, sur le bras et sur le ventre.

— Montre-moi.

Trudi s'exécuta. Neala observa les lésions attentivement.

— Depuis combien de temps as-tu ces taches ?

— Je n'avais pas vraiment fait attention avant, on a tous des taches plus ou moins grandes, regarde-toi, tu en as plein le visage ! dit-elle en essayant de rire, pour essayer de dédramatiser le moment.

— Mais ces taches foncées sont différentes. Est-ce qu'elles te font mal ?

— Pas vraiment, non. De temps en temps celle de la jambe saignait un peu, ou me démangeait, mais je l'ai depuis longtemps. Elle avait commencé à s'étendre et à devenir gênante seulement quelques lunes avant la brûlure. Puis les autres sont apparues.

— Je crois que je commence à comprendre ce qui se passe. La brûlure est guérie, mais cette tache... Je ne sais pas quoi faire pour la faire disparaître. C'est comme si elle dévorait la peau autour.

— Et c'est la sensation que j'ai. Me faire dévorer de l'intérieur. D'ailleurs j'ai mal partout, et je n'ai pas beaucoup d'appétit en ce moment. Je suis souvent nauséeuse, et surtout je me sens très fatiguée, même si la maison a retrouvé un peu de calme.

Neala regarda furtivement Malis, aucune n'eut besoin de prononcer un mot.

— Je vois que tu as beaucoup maigri en effet, constata finalement Neala. On va changer d'approche. A partir de maintenant, tu restes au repos et tu manges tout ce qui te fait envie. Pour ta plaie, on va la laisser tranquille. Nettoyage matin et soir. Et je vais te préparer un remède pour les douleurs, que tu pourras prendre tout au long de la journée. Je reviendrai te voir tous les jours.

— Tu penses que je serai guérie avant le retour des beaux jours ? questionna Trudi, avec une lueur d'espoir.

De nouveau, les deux jeunes femmes échangèrent un regard rapide mais lourd de sens.

— Cela prendra le temps qu'il faudra, la rassura Neala avec un sourire rassurant. Mais nous serons là. Et ta famille aussi.

Elle n'eut pas besoin d'en dire plus. Trudi avait compris, et déjà accepté.

— Nous devons y aller maintenant. Nous reviendrons demain.

— Neala, attends ! supplia Trudi alors que Malis était déjà sortie.

La jeune femme revint au chevet de la malade, seule dans la cabane désertée par les autres membres de la famille.

— Est-ce que… Est-ce que c'est le traitement de Betina qui va causer ma mort ? interrogea Trudi dans un souffle.

Neala fut prise de court, mais elle répondit de façon sincère.

— Je ne pense pas, non. Cela a retardé la guérison de la brûlure, mais la tache que tu avais sous la brûlure semble s'étendre, et c'est peut-être lié à tous tes autres maux. On va faire de notre mieux pour te soigner.

— Je me demandais, parce que… Betina s'est enfuie. Ces derniers temps elle n'était pas en forme, encore moins aimable que d'habitude. Certains disent qu'elle est retournée auprès de Vamer, d'autres pensent qu'elle n'a pas supporté de voir ses soins contestés, ou encore qu'elle ne veut pas être responsable de ma mort. Car je vais mourir Neala, je le sais. Et très bientôt. Et je sais aussi que tu auras fait tout ce que tu pouvais pour me soigner. Je t'en remercie.

Elle se redressa sur sa paillasse et prit la main de Neala dans sa main décharnée.

Neala lui posa son autre main dessus.

— On ne te laissera pas tomber, Trudi.

— Je n'ai pas peur de mourir tu sais. J'ai juste peur de souffrir dans ma chair. J'ai déjà très mal partout, et je ne sais pas comment je vais supporter ce qui m'attend.

— Nous ferons tout pour te soulager, je te promets.

— Tout ? Même m'éviter de souffrances inutiles ?

Neala recula légèrement.

— Je te donnerai les potions qui soulagent, oui.

— Mais la potion qui arrête la vie, est-ce que, quand ce sera le moment, tu me la donneras ?

— Je ne comprends pas de quoi tu parles, répondit Neala, décontenancée.

— Tu devrais discuter avec ton apprentie, dit Trudi en se rallongeant sur sa paillasse, épuisée. Elle sait. On pense que la relation maître-élève va toujours dans le même sens, un qui enseigne et un qui apprend. Mais ce n'est pas le cas. Nous avons tous à apprendre les uns des autres.

— J'en suis convaincue, dit Neala, troublée. Et je parlerai avec Malis. À demain !

Dès le matin suivant, alors qu'elles récoltaient des plantes au bord de la rivière, Neala rapporta à Malis la conversation qu'elle avait eue la veille. Malis ne montra pas la moindre surprise.

— Je t'ai parlé de ces fleurs, qui soignent à faible dose mais qui peuvent ôter la vie.

— Et... les as-tu déjà utilisées ?

— Moi non, mais la vieille guérisseuse à qui ma mère m'avait confiée, oui. Elle m'a montré cette plante pour que je m'en méfie, et elle m'en a expliqué les usages. Et j'ai vu un homme mourir sous mes yeux après qu'il en a eu ingéré. Il n'a pas souffert, je peux te l'assurer.

— Il en avait pris par accident ?

— Non, c'est la vieille guérisseuse qui lui en a fait boire. Cet homme était devenu fou de douleur, il s'était blessé au pied, et toute sa jambe était en train de pourrir. Il allait mourir de toute façon, il le savait. Mais il ne supportait plus la souffrance. Il est venu voir la vieille, et elle l'a fait passer de l'autre côté.

— C'est… très étrange pour moi, que tu me racontes tout ça. Je n'ai jamais utilisé de telles plantes !

— Eh bien si Trudi souffre trop, et qu'elle nous le demande, il faudra le faire.

— Mais ce n'est pas à moi de décider quand les gens retournent à la Source de Vie. Je les accompagne, mais je ne décide pas du moment !

— Neala, Trudi est une deuxième mère pour moi. Je suis très triste de ce qui lui arrive. Mais une chose est sûre, si elle souffre trop, et si tu n'as pas le courage de le faire, je le ferai moi-même !

Elle avait les larmes aux yeux, le visage déformé par la tristesse, mais elle était déterminée.

— Nous devrions nous mettre à la recherche de ces plantes dès aujourd'hui. Comme ça nous serons prêtes. Je sais où en trouver.

Et elle prit la direction de la forêt sans se retourner.

Elles marchèrent un long moment avant de tomber sur les végétaux convoités.

— Ce n'est pas la saison des fleurs, mais j'espère que les feuilles desséchées suffiront, dit la jeune fille en apercevant un tapis de digitales. On ne voit que les tiges séchées qui portent les graines. Les fleurs, elles, sont en général violacées. Mais je reconnais ces plantes, et je me souviens avoir vu la vieille guérisseuse les récolter dans cette clairière. Savais-tu qu'à petite dose cette plante peut soulager les personnes très essoufflées qui ont mal dans la poitrine ?

— Tu veux dire les gens qui toussent ?

— Non, un mal différent. Comme quand ça cogne trop dans la poitrine. Ces personnes sont souvent très rouges et respirent avec difficulté. Elles ont du mal à faire des efforts. La vieille guérisseuse m'avait dit que cette plante pouvait aider dans certains cas. Mais le dosage est très important, car si ces personnes en prennent trop peu, il n'y a pas d'effet, et si elles en prennent trop, elles en meurent. Alors elle-même la recommandait rarement.

— Tu crois… qu'on doit en prendre combien ?

— On va en récolter quelques poignées. On réduira en poudre les feuilles sèches et on gardera ça précieusement, au cas où…

Intriguée, Neala en mit aussi une grosse poignée dans sa besace, en prenant garde de l'isoler dans un petit sac de peau d'agneau.

De là où elles étaient, elles pouvaient apercevoir au loin le bord d'un plateau rocheux, qui se devinait à travers la forêt.

— Cet endroit semble sinistre et désolé, dit Neala en frémissant.

— Tu peux le dire ! C'est là où vit le fameux Vamer, entouré de quelques fidèles.

— Tu l'as déjà rencontré ?

— Non, et les gens de mon village évitent d'aller sur le plateau. De toute façon il n'y a rien là-bas, seulement de l'herbe sèche et des cailloux battus par le vent. Il n'y a même pas de gibier.

— Mais de quoi se nourrissent-ils ?

— Ils ont quelques chèvres et échangent des conseils ou potions contre des denrées avec des villages plus au nord je crois. Et de temps en temps Vamer va faire une tournée dans des villages qui croient en ses remèdes…

— Comme Damin d'Exton, par exemple !

Les deux femmes se mirent à rire.

— Et Clodi, est-ce qu'il devient un peu plus gentil ?

— Pas vraiment, non, soupira Malis. Je crois que je l'ai beaucoup idéalisé pendant que j'étais loin de lui. Mais il me paraît évident qu'il ne s'intéresse pas à moi, même s'il passe du temps avec moi pour faire plaisir à son père. Et pour être tout à fait honnête, il m'intéresse de moins en moins. Ma mère serait ravie s'il devenait mon compagnon, mais moi je n'en suis plus aussi sûre.

— Laisse-toi un peu de temps, et avec le retour des beaux jours les choses s'éclairciront.

— Je l'espère, murmura Malis, un peu perdue.

— Nous devrons cacher ces feuilles et nous assurer que personne ne les utilise par inadvertance, suggéra Neala pour changer de sujet et tenter de dissiper le malaise.

— Oui, tu as raison !

La bruine s'était remise à tomber, rendant l'atmosphère glaçante. Les deux femmes arrivèrent trempées et gelées chez Fiona.

Malis se mit tout de suite au travail pour réduire les feuilles en poudre, puis cacha le résultat dans sa besace. Après s'être réchauffées près de l'âtre en silence, elles retournèrent chez Trudi pour une dernière visite avant la nuit.

La pauvre femme s'était encore affaiblie. Elle somnolait, le visage crispé, et Judita se tenait assise près d'elle, rongée d'inquiétude.

— Trudi ne guérit pas, dit-elle en préambule.

— Je sais, dit doucement Neala. Nous avons essayé tout ce que nous pouvions.

— C'est cette Betina de malheur…

— Betina n'y est pour rien, coupa Neala. Trudi souffre d'un autre mal, qui n'a rien à voir avec la brûlure.

— Va-t-elle guérir ?

— Seule la Source de Vie décidera. Mais elle est très faible. A-t-elle mangé ?

— Rien du tout. Et elle gémit souvent.

— Il faut la faire boire quand même, dès qu'elle se réveille un peu. Je vais refaire de la potion pour soulager ses douleurs. Ton bébé va bien ?

La jeune mère sourit.

— Il a bien récupéré, il est plein de vigueur maintenant !

— C'est une bonne chose, il aura besoin de forces pour passer l'hiver sereinement. Nous reviendrons voir ta mère demain matin.

Le soir, alors que la maisonnée s'était assoupie, Neala chuchota quelques mots à Jero.

— Je suis inquiète pour Trudi.

— Tu penses qu'elle va mourir ? demanda-il à voix basse

— Oui, et rapidement si elle ne reprend pas des forces.

— Est-ce que tu peux la soigner ?

— Non, répondit-elle découragée. J'ai essayé tout ce que je savais.

— Alors tu dois accepter. Comme tu me l'as dit maintes fois, tu dois accepter ce que tu ne peux pas changer. Et t'inquiéter ne changera rien.

— Tu as raison, acquiesça la jeune femme devant le pragmatisme de l'homme allongé tout près d'elle. Mais je ne peux m'en empêcher…

Il posa alors un bras rassurant sur son ventre, au-dessus de la couverture de fourrure. Ces derniers temps ils s'étaient peu à peu rapprochés, depuis leur discussion dans la forêt. Il restait encore beaucoup de non-dits, mais la situation avait évolué favorablement entre eux.

Malgré sa peine pour Trudi, elle s'endormit le sourire aux lèvres.

Sa nuit fut agitée de rêves étranges, de lieux inconnus et magnifiques. Elle crut reconnaître le monument du Passage, qu'elle avait laissé dans son village natal, à la différence près que dans ce Passage, toutes les pierres étaient magnifiquement gravées. Elle s'éveilla avec de fabuleuses images plein la tête.

Elle s'en ouvrit à Jero, lors d'une sortie en forêt le jour même, après la visite quotidienne à Trudi qui avait à peine ouvert les yeux.

— Tu sais, j'ai fait un rêve extraordinaire cette nuit. Je me demande si c'était un rêve, ou autre chose. C'était tellement réaliste ! J'ai vu un monument, comme notre Passage, mais dont toutes les pierres étaient parées de très belles gravures. Penses-tu qu'un autre passage puisse exister ?

— Tu ne m'as pas dit que c'était ta grand-mère qui avait conçu ce bâtiment ?

— Si, mais je sais qu'elle a beaucoup voyagé, alors peut-être a-t-elle été inspirée par d'autres monuments qu'elle aurait vus ? Ou dont elle aurait entendu parler ? Je sens que j'ai d'autres découvertes à faire. Et pour être très honnête, je commence à m'ennuyer à Plymo. Il fait certes moins froid que chez toi, mais cette pluie continue est pénible à supporter. Et bien que j'apprécie l'hospitalité de Fiona, je n'ai pas envie de rester. Je voudrais continuer mon voyage. Je sais qu'il faudra attendre la fin de l'hiver, mais dès les beaux jours de retour, si toutefois ils existent par ici, je voudrais partir. Qu'en dis-tu ?

— Je suis d'accord, je n'ai pas envie de m'établir ici. Où pensais-tu aller ?

— Je voudrais d'abord aller à Souton, voir la mère de Deirdre. Elle me l'a demandé quand on a quitté le village des prêtresses, et j'aimerais beaucoup lui rendre ce service. Ensuite nous verrons bien ! Et en attendant je vais essayer d'en savoir plus sur ces monuments.

Les jours suivants furent essentiellement consacrés aux soins pour Trudi. Son état se dégradait à vue d'œil. Judita restait à son chevet la plupart du temps, mais elle ne pouvait que constater l'avancée inexorable de la maladie.

Entre deux visites à leur amie, Neala et Malis s'occupaient de personnes malades ou blessées du village mais aussi des villages alentour. La réputation de Neala s'était largement répandue et on venait la voir de loin pour se faire soigner. Les gens l'appelaient la guérisseuse du Nord. Malis restait près d'elle la plupart du temps, pour apprendre et répéter les gestes qui soulagent.

A l'aube d'un matin glacial, la maisonnée fut réveillée par les cris de Judita.

— Neala, Malis, vous devez venir, Trudi ne va pas bien du tout !

Les deux femmes sortirent d'un bond de leurs couvertures. Elles empoignèrent leur besace et coururent derrière une Judita en larmes.

— Elle a toussé toute la nuit, une toux très rauque, elle a du mal à respirer et elle a geint toute la nuit.

En arrivant chez Trudi, elles la trouvèrent recroquevillée en position fœtale sur sa paillasse, pâle comme un linge.

— Trudi, c'est Neala. Est-ce que tu m'entends ?

— Neala… C'est le moment… Je souffre trop.

Neala jeta un regard rapide à Malis, qui quitta la cabane précipitamment en promettant de revenir le plus vite possible.

Elle revint avec un grand bol fumant d'une potion verdâtre.

— Trudi, voici quelque chose qui va soulager ta toux, dit Malis d'une voix tremblante. Nous allons te redresser.

Aidée de Neala, elle réussit à redresser légèrement le torse de son amie et à maintenir le bol, le temps que celle-ci avale quelques gorgées du breuvage chaud.

En buvant, Trudi regarda les deux femmes droit dans les yeux, et réussit à prononcer un « merci » plein de sens avant de retomber sur la paillasse.

— Nous allons rester avec toi, promit Neala.

Elle s'installa en tailleur suffisamment proche de la malade pour pouvoir lui tenir la main. Celle-ci était glacée, mais elle sentit une légère pression, montrant que Trudi était toujours consciente. Neala regarda Malis, l'invitant à se tenir de l'autre côté de Trudi, puis commença à murmurer les chants millénaires enseignés par sa grand-mère pour accompagner les mourants. Une mélopée envoûtante s'éleva dans la cabane silencieuse, abandonnée par tous les autres habitants.

Malis, les yeux plein de larmes, essaya de suivre les inflexions de voix de Neala pour l'accompagner à l'unisson. Elles restèrent ainsi une bonne partie de la matinée, à veiller sur leur amie tandis que la vie la quittait.

Puis Neala s'arrêta de chanter. Tout était terminé pour Trudi. Sa poitrine ne se soulevait plus, elle était passée de l'autre côté, ses souffrances venaient de s'achever.

Malis fondit en larmes, puis se leva pour aller chercher Judita.

Celle-ci revint en courant dans la cabane, et se mit à hurler quand elle vit le cadavre de Trudi.

— Mais que s'est-il passé ? Elle allait bien ce matin, et maintenant elle est morte ! Vous l'avez tuée !

Neala et Malis se regardèrent, interloquées.

— Mais enfin Judita, tu savais qu'elle était mourante ! Quand tu es venue nous chercher ce matin, tu savais ce qui allait se passer, non ?

— Non ! Je pensais que vous alliez la sauver ! Tout le monde dit que tu as de grands pouvoirs Neala, mais c'est faux !

Judita était effondrée et devenait agressive.

— Allons, reprends-toi. Elle était condamnée, elle dépérissait et rien n'aurait pu la sauver.

— Mais tu aurais pu essayer !

— J'ai tout essayé Judita, mais rien n'y a fait. Quand la Source de Vie décide de reprendre, il n'y a rien que l'on puisse faire, même si cela me rend très triste. J'aimais beaucoup Trudi, et nous avons vraiment tout tenté, crois-moi.

— Judita, renchérit Malis, Trudi était comme une deuxième mère pour moi, crois-tu que si nous avions pu faire autrement, nous l'aurions laissée mourir ?

La jeune maman se radoucit.

— Non, vous avez raison, je suis désolée de m'être emportée de la sorte. Vous avez veillé sur elle depuis des lunes, et je vous en remercie. J'espère juste… qu'elle n'a pas trop souffert.

— Je te promets qu'elle n'a pas souffert, dit Malis calmement. Elle s'est endormie paisiblement ce matin et elle ne s'est pas réveillée.

— Mais elle a gémi toute la nuit !

— Nous n'avons pas réussi à la sauver, mais nous avons pu la soulager.

— C'est le plus important, elle avait tellement peur de mourir dans d'atroces souffrances en hurlant de douleur…

— Ce n'est pas ce qui s'est produit, rassure-toi. Il va falloir prévenir Ramon pour la cérémonie d'adieu.

— Pouvez-vous y aller pour moi ? Je voudrais rester un moment seule avec elle.

— Bien sûr.

Les deux guérisseuses sortirent en ayant pris soin de récupérer le bol de potion, et après un crochet chez Fiona au cours duquel elles se débarrassèrent du reste de potion, elles se dirigèrent chez Ramon.

Elles le trouvèrent assis avec une assiette pleine de ragoût, entouré de quelques personnes dont son fils Clodi.

— Tiens, les guérisseuses, quel bon vent vous amène ? Malis tu voulais voir Clodi ? demanda Ramon avec sarcasme, sous les gloussements de ses comparses.

— Nous venons t'informer que Trudi est morte, dit Malis sans préambule. Il faut prévoir la cérémonie.

Ces mots jetèrent un froid dans l'assemblée. Plus personne ne parlait. Le visage du chef du village passa du rouge vif au blanc en un instant.

— Je croyais que… qu'elle allait survivre. Après tout ce n'était qu'une petite brûlure !

— C'était bien plus que cela, intervint Neala. La brûlure était guérie depuis longtemps.

— Si tu le dis, glissa Clodi, suspicieux.

Neala se retint de faire une remarque cinglante. Mais sachant que cela ne servirait à rien elle préféra se taire.

— Nous nous occuperons de la cérémonie, coupa Ramon qui sentait la tension monter.

Les deux femmes le remercièrent et sortirent.

— Mais quel idiot ! ne put s'empêcher d'éclater Malis alors qu'elles s'étaient à peine éloignées.

— Il voulait probablement se rendre intéressant, suggéra Neala.

— Eh bien c'est raté ! Il n'est pas venu voir Trudi une seule fois, comment se permet-il… Ma décision est prise, jamais il ne deviendra mon compagnon ! s'exclama Malis, hors d'elle.

— Allons Malis, tu ne peux pas dire cela juste pour un mot de trop ! Tu es sous le coup de l'émotion, la perte de Trudi t'a beaucoup affectée.

— Justement ! Un compagnon qui ne me soutient pas dans le moments difficiles, ça sert à quoi ? Et puis comme tu l'as bien dit, c'est le mot de trop. Il y en a eu des tas, de mots malheureux et déplacés, avant celui-ci. Et je n'en supporterai plus un de sa part.

Neala était catastrophée. Il fallait absolument que Malis se calme avant d'arriver chez sa mère, sinon l'affrontement serait terrible.

— Tu dois prendre le temps de réfléchir…

— C'est déjà tout réfléchi ! J'ai eu plus d'attention et de joie en quelques jours avec Marko, même avec son terrible père dans les parages, que depuis des lunes avec Clodi ! Je ne veux pas d'un compagnon qui me rabaisse et me traite mal. Aujourd'hui ce sont des mots, et demain ? Il me battra et me tuera, comme Damin a tué la mère de Marko ?

Neala était muette de stupeur. Mais elle savait que son amie avait raison.

— Malis, est-ce que je peux te suggérer… d'attendre un peu pour parler avec la mère ? Elle compte beaucoup sur cette union et elle sera très déçue. De plus elle vient de perdre son amie, il faudrait l'épargner un peu.

— Tu as raison. Ma décision est prise mais j'attendrai que Trudi soit enterrée pour parler avec m mère. Et avec cet idiot de Clodi. Ne t'inquiète pas Neala, tout va bien se passer.

En fait, Neala n'était pas inquiète. Elle était même ravie de voir que la timide Malis était devenue une jeune fille non seulement très douée comme guérisseuse, sachant prendre les bonnes décisions, même difficiles, au bon moment, et ayant aussi appris à s'affirmer auprès des siens.

Elles arrivèrent chez Fiona, chacune perdue dans ses pensées.

Jero était là, lui aussi, ayant eu vent du décès de Trudi. Il ne dit pas un mot en apercevant les deux femmes, mais sa présence était très réconfortante.

— Fiona, peut-on faire quelque chose, pour préparer la cérémonie ? demanda-t-il doucement.

— En y réfléchissant, oui, répondit Fiona d'une voix fatiguée. Pourriez-vous, Neala et toi, aller en forêt ramasser du lierre ? Nous avons pour coutume de recouvrir les morts de branches de lierre dans notre région, c'est un symbole qui permet de garder un lien entre les morts et les vivants.

— C'est une coutume intéressante, acquiesça Neala. Nous y allons de ce pas, je t'emprunte ces paniers.

Soulagés de quitter l'atmosphère pesante de la cabane, Jero et Neala prirent la direction de la forêt de chênes.

— Clodi s'est montré désagréable un peu plus tôt, démarra Neala. Malis m'a dit qu'elle ne voulait pas devenir sa compagne. Fiona sera catastrophée quand elle va l'apprendre, mais je comprends la décision de Malis.

— J'espère que nous serons loin quand Malis parlera avec sa mère !

Tous deux se mirent à rire.

— Je crains que non. Malis ne tardera pas à lui faire part de sa décision. Peut-être devrions-nous envisager de vivre ailleurs ?

Jero se retourna et dévisagea Neala de ses magnifiques yeux bleus vibrants de douceur.

— Et nous installer enfin comme compagne et compagnon dans notre propre cabane ?

Elle ne s'attendait pas à une proposition aussi directe. Elle resta interdite un peu trop longtemps.

— Quel enthousiasme ! Je comprends donc que tu n'es pas intéressée, maugréa-t-il en reprenant le chemin.

— Non ce n'est pas ça, je suis juste surprise, c'est tout.

— Pourquoi pensais-tu que je suis venu te retrouver à l'autre bout du monde ? s'énerva-t-il en faisant volte-face. Quand je t'ai revue tu étais embrigadée chez tes prêtresses et il était impossible de t'approcher sans que cette horrible Celima ne m'arrache les yeux, puis Malis a voulu s'enfuir avec toi et nous avons décidé de la ramener chez elle, et c'était la meilleure décision à prendre. Ensuite tu t'es occupée de Trudi, qui a eu toute ton attention ces derniers temps. Et maintenant, que va-t-il se passer ? Est-ce qu'à un moment tu vas réaliser ma présence ?

La jeune femme était abasourdie.

— Mais bien sûr que je réalise que tu es là ! Et je suis très contente d'être près de toi !

— Tu es peut-être près de moi, mais tu n'es pas avec moi.

A ces mots, Neala vit rouge.

— Ah oui, je ne suis pas avec toi ? Mais quand j'étais dans ton village, à Elebana, étais-tu avec moi ? Non, et tu n'étais même pas près de moi ! Je n'existais pas pour toi, ni moi ni ta propre fille ! Et tu me demandes d'oublier tout ça comme si ça n'avait jamais existé ?

Mais j'ai besoin de temps, pour digérer tout ça !

— Je croyais qu'on en avait déjà parlé, dit-il, tout penaud.

— On a commencé à en parler, oui, et j'ai recommencé à te refaire confiance. Mais je ne peux pas faire du jour au lendemain comme si de rien n'était. J'ai été très blessée de ton attitude là-bas, et les seuls mots que tu as prononcés ont été pour me reprocher la mort de notre fille, tu t'en souviens ?

— J'étais tellement triste et en colère contre moi-même, je ne pensais pas ce que j'ai dit. Je te demande pardon.

Enfin, se dit-elle, enfin les mots qui soignent ! Ces mots mettaient du baume apaisant sur ses cicatrices encore douloureuses. Elle n'avait pas besoin qu'il les prononce encore et encore, juste une fois avait suffi.

Le connaissant comme assez secret sur ses sentiments, elle réalisa le cadeau qu'il venait de lui faire. Elle se sentit remplie d'amour et de gratitude pour l'homme qui se tenait devant elle, et qui était le seul qu'elle ait voulu.

— J'apprécie tous les moments que je passe avec toi. J'aime quand on rit ensemble ; j'aime m'endormir auprès de toi. Je crois que je n'aurais jamais espéré pouvoir un jour être ta compagne. J'ai juste besoin d'un peu de temps pour…

Elle se mit à rire.

— En fait je n'arrive pas à y croire !

Elle plongea ses yeux verts plein d'espoir dans son regard bleu brûlant. Puis un mouvement attira son attention.

Et c'est là qu'elle le vit. Un homme immense, armé d'une grosse branche, se tenait juste derrière Jero, prêt à le frapper.

— Attention ! cria-t-elle.

Mais c'était trop tard.

L'homme, dont le visage était dissimulé par un capuchon de fourrure, frappa de toutes ses forces le crâne blond et l'assomma d'un coup. Il s'effondra lourdement.

Neala eut le réflexe de sortir de sa ceinture son couteau qui ne la quittait jamais, mais elle hurla de douleur quand un second homme vint la frapper à son tour, d'abord sur le bras pour lui faire lâcher son couteau, puis sur la tête. Sa dernière pensée fut une folle inquiétude pour Jero, en apercevant, dans sa chute, son front et la base de ses cheveux blonds baignant dans le sang.

Puis elle plongea dans la nuit noire.

Dans un semblant de conscience elle eut la sensation d'être transportée sans ménagement tel un vulgaire sac, la tête en bas, mais elle resta dans le noir, comme si ses yeux refusaient de s'ouvrir. La douleur à la tête et au bras et son inquiétude pour Jero étaient tellement intenses qu'elle replongea dans une inconscience salutaire.

Après un temps indéfini, ce fut le froid qui l'aida à reprendre connaissance. Elle mit un moment à réaliser qu'elle était allongée sur un sol glacé, dans le noir le plus total, et qu'elle avait des difficultés à respirer. Était-elle devenue aveugle à la suite du choc sur le crâne ? Elle avait déjà eu l'occasion d'observer de telles séquelles chez les personnes blessées à la tête. Perte de vision, d'audition, de parole… Mais pourquoi cette difficulté à respirer ?

En essayant de passer les mains sur son visage, elle se rendit compte qu'elle ne pouvait pas les bouger. Ses mains étaient… attachées ?

Elle tenta de retirer la corde qui les reliait, mais la douleur au bras gauche était trop forte.

En recouvrant peu à peu ses esprits elle découvrit avec horreur qu'une étoffe lui recouvrait le visage, bloquant sa respiration. Et plus elle paniquait, plus son souffle devenait rapide et court. Elle essaya alors de contrôler sa respiration pour éviter les grandes inspirations qui lui plaquaient le tissu de laine sur la bouche. Dès lors elle commença à se sentir un peu moins mal. Elle essaya d'évaluer la situation avec les sens qui lui restaient.

L'endroit était calme excepté les bourrasques de vent qu'elle pouvait entendre de façon un peu lointaine. L'étoffe amortissait le bruit, mais elle n'avait pas la sensation de vent sur la peau. Elle en déduisit qu'elle était à l'abri, dans une cabane ou une grotte.

Le sol était très froid et humide et elle pouvait sentir l'odeur de la terre toute proche.

Plus ses idées devenaient claires et plus ses douleurs, à la tête et au bras, devenaient lancinantes.

Et elle repensa à Jero, le front inondé de sang. Avait-il survécu à l'attaque ? Elle devait absolument le retrouver.

En se tortillant maladroitement elle réussit à s'asseoir. Puis elle entendit des bruits de pas lourds qui s'approchaient.

— Alors, notre invitée est réveillée ? interrogea une grosse voix légèrement essoufflée.

Puis un ordre fusa.

— Retire-lui cette étole de la figure, que je voie à quoi elle ressemble !

Neala sentit deux grosses mains enlever l'étoffe qui l'empêchait de respirer correctement. Le soulagement fut immédiat, mais de courte durée.

A la lueur d'une torche, elle vit trois figures hideuses la regarder fixement.

La bonne nouvelle était qu'elle n'avait pas perdu la vue suite au choc à la tête. La mauvaise était que ces trois hommes n'avaient pas l'air pétris de bonnes intentions.

Celui qui portait la torche était nettement plus petit, presque obèse et son rictus montrait une bouche en grande partie édentée.

Les deux autres étaient deux solides colosses, beaucoup plus grands. Malgré la pénombre Neala reconnut sans difficulté un de ses agresseurs.

— Alors voilà la fameuse Neala, la guérisseuse du Nord ! s'exclama le plus petit d'un ton narquois. Tu es très jeune pour avoir acquis une telle réputation, je m'attendais à une vieille femme !

Les deux autres ricanèrent.

Neala ne comprenait rien. Qui étaient ces hommes et que lui voulaient-ils ?

— Où est mon compagnon ? demanda-elle, partagée entre la colère et la peur.

— Aucune idée, ce n'est pas lui qui m'intéressait, répondit celui qui semblait définitivement être le chef. Nabal n'y est pas allé de main morte d'après ce que j'ai compris. Il est probablement mort depuis longtemps. Les loups et autres vautours auront eu leur repas !

Les trois hommes pouffèrent.

Neala, elle, déglutit avec difficulté. Elle ne devait surtout pas se laisser impressionner si elle voulait avoir une chance de s'échapper et de retrouver Jero.

— Où sommes-nous ?

— Qu'est-ce que cela peut bien te faire, dit le chef d'un air mauvais. Tu ne pourras pas t'enfuir d'ici.

— Qu'attends-tu de moi ? finit-elle par demander.

— Je veux savoir si ton art est à la hauteur de ta réputation. Alors tu vas me soigner. Et si tu arrives à me guérir, peut-être que je te laisserai partir. Mais si je meurs, Nabal et Tarou feront de toi ce qui leur plaira, quel dommage je ne serai plus là pour regarder, je pense que ce sera un spectacle assez divertissant !

Mais je te préviens, ils ne te tueront pas tout de suite, comme ils ont tué ton compagnon. Ils s'amuseront probablement un long moment avant que tu ne trépasses, les distractions sont rares par ici, les femelles aussi.

Les deux géants ricanèrent de plus belle, l'écume aux lèvres.

Neala frémit d'horreur en entendant ces mots et en voyant ces deux monstres avec leur regard lubrique. Elle devait réfléchir vite et tomber juste, si elle voulait sauver sa vie.

— De quel mal souffres-tu ?

— A toi de le découvrir, puisque tu es une si grande guérisseuse et que soi-disant, seuls tes remèdes sauvent les gens !

Le sang de Neala ne fit qu'un tour. Le mélange de peur et de colère était en train de la submerger. Mais pour garder l'avantage, elle ne devait rien en laisser paraître.

— Pour te soigner je dois comprendre ce qui te fait souffrir. Je dois observer, écouter, sentir et même ressentir. Je ne peux rien faire dans ce trou à rats sombre, les mains attachées.

— Soit, nous allons aller dans un endroit plus approprié. Mais tu dois comprendre, le temps que tu reprennes tes esprits je ne voulais pas que tu fasses quelque chose de stupide, comme essayer de t'échapper, ou de te venger. De toute façon, maintenant que tu as les idées claires, je suis certain que si tu es assez intelligente tu te rendras vite compte que tu ne peux aller nulle part. Tarou, détache-la.

Le géant s'approcha d'elle et, avec son propre couteau qu'elle reconnut dans difficulté, il trancha les liens faits de fibres grossièrement tressées. La pression sur son bras blessé diminua immédiatement mais le mouvement la fit gémir de douleur.

Sans se soucier de sa souffrance, le chef l'invita à la suivre et à quitter la grotte sombre et froide dans laquelle elle était retenue prisonnière.

En arrivant près de la sortie, elle remarqua une énorme pierre près de l'entrée. Elle frissonna en imaginant qu'ils auraient pu la laisser moisir enfermée dans cette cavité derrière cette pierre de forme arrondie impossible à bouger.

Le retour à la lumière fut brutal.

La grotte était en fait une cavité peu profonde située au pied d'un amas rocheux. Et autour de cet amas rocheux, à part une poignée de misérables cabanes faites de murs de pierre en partie écroulés et de grossières toitures de bottes de foin retenues par de gros cailloux, il n'y avait qu'un plateau aride à perte de vue, battu par les vents, sans aucun arbre à l'horizon. L'endroit était tellement désolé, Neala ne parvenait pas à concevoir comment des humains avaient pu s'établir là.

— Bienvenue dans notre domaine, s'écria pompeusement le chef, un semblant de sourire dévoilant ses dents noircies.

Le paysage austère et glacial ne fit que confirmer ses soupçons. Neala conclut qu'elle était prisonnière de Vamer, sur le plateau hostile de Dartomor.

Les questions se bousculaient dans sa tête, elle essayait d'échafauder uné échappatoire mais elle n'arrivait à aucune solution.

— N'en rêve même pas, dit le chef sarcastique. Il n'y a aucun moyen de t'enfuir d'ici. Le premier village est à des jours de marche, et sans vêtements chauds, ni nourriture ni eau tu ne survivrais pas une seule nuit ! Et si tu essaies, je te garantis que mes deux acolytes se feront un plaisir de partir à ta recherche, et je n'ai aucun doute qu'ils te ramèneront, mais je ne sais pas dans quel état ! Ta survie est bien mieux assurée si tu restes près de moi. Pour l'instant ils ont ordre de te laisser tranquille, mais je pourrais changer d'avis.

Neala le regarda d'un air furieux. Ses yeux verts lançaient des éclats menaçants, mais elle savait qu'elle était à sa merci. Pour l'instant. Alors elle ne fit aucun commentaire. Elle se contenta d'observer.

Le vent soufflait avec une violence inouïe dans ce paysage lunaire. Seul l'amas rocheux qui contenait la cavité apportait un semblant d'abri pour les cabanes dont, en y regardant de plus près, la moitié s'était effondrée.

La communauté qui vivait ici semblait s'être réduite au fil des années.

En même temps, se dit Neala, qui a envie de vivre ici ?

Ayant deviné ses pensées, le chef répondit à ses interrogations silencieuses.

— Détrompe-toi, la vie ici est certainement dure, mais il y a beaucoup d'avantages. La tranquillité en est le principal. Au fait, nous n'avons pas fait les présentations. Je suis Vamer.

Cette confirmation l'agaça. Mais elle n'en montra rien. Et devinant que cet homme aimait se savoir important et craint, elle décida de ne pas le contenter.

— Et que fais-tu dans cette région isolée de tout ?

— Je suis le plus grand guérisseur de la région ! Ces ignorants de Exton et Plymo ne t'ont donc pas parlé de moi ? rugit l'homme, vexé.

— Vamer… C'est possible, je ne me souviens pas.

— Pourtant tu as vu Betina, elle m'a parlé de toi ! Je lui ai enseigné tout mon savoir !

Oui, et on voit ce que ça a donné, marmonna Neala entre ses dents, certaine que le bruit du vent couvrait ses murmures.

— Ah oui, je me souviens maintenant, la crotte de mouton sur la brûlure...

— Exactement ! Efficace, hein ! affirma-t-il avec un sourire indéchiffrable.

La jeune femme évita de répondre. Car quelle que fût sa réponse, Vamer pouvait la retourner contre elle. Et l'homme, comme tout être à l'ego démesuré, semblait susceptible. Mieux valait rester sur ses gardes, même si l'image de la blessure infectée de la pauvre Trudi s'imposait à elle.

— Si on rentrait se mettre à l'abri ? Je pourrai t'examiner et te proposer un remède. Mais nous n'avons pas besoin de tes gardes. Comme tu me l'as fait remarquer, sans vivres ni couverture je ne survivrai pas. Je n'essaierai donc pas de m'enfuir.

— Sage décision ! Je n'ai plus besoin de vous, dit-il en s'adressant aux deux colosses. Allez donc préparer le repas.

Neala suivit Vamer dans la plus grande des cabanes.

Un maigre foyer apportait un peu de chaleur et de lumière dans la cabane sombre. La porte, très étroite pour limiter les courants d'air, était obstruée par une peau d'auroch, et il n'y avait pas de fenêtre.

— La vie sur ce magnifique plateau a ses contraintes, commenta Vamer, essoufflé d'avoir fait quelques pas. Il y a très peu de bois, alors nous n'utilisons que le strict nécessaire.

Une fois habituée à la pénombre, Neala observa l'intérieur de la masure. C'était un enchevêtrement de paniers, bols, plats, remplis d'herbes et de substances diverses. L'odeur était malsaine, la fumée n'arrivait pas à couvrir les relents de putréfaction et d'excréments. Malis aurait été choquée de ce bazar, se dit-elle en riant intérieurement.

Près d'un des murs se tenait une sorte de table faite d'un empilement de blocs de pierre sur lesquels se tenait un large caillou bien plat.

Autour de cette table se trouvaient des tabourets faits de petits blocs de pierre recouverts de peaux de bêtes, ainsi qu'un grand tronc d'arbre, servant de banc.

Une paillasse malodorante se situait sur le mur opposé, et des étagères faites de pierres plates complétaient l'ameublement.

Neala prit place sur l'un des tabourets de pierre et posa son bras douloureux sur la table.

Vamer s'assit en face, sur le tronc.

— Est-ce que tu veux commencer à me décrire ton mal ? Ou est-ce que tu préfères que je le fasse pour toi ?

— Vas-y, puisque tu es si maligne, railla l'homme.

— Très bien, dit-elle en soupirant. Je pense que ton problème est plutôt ancien, même si ton état s'est dégradé récemment. Tu n'as pas de fièvre, ni de toux, même si tu vis dans un froid glacial. Tu n'as pas de douleurs aux jambes, car tu arrives à te déplacer correctement sans traîner la patte. Tu n'as pas mal au ventre non plus et tu arrives à manger sans problème, même probablement trop, vu le gras que tu as accumulé. Cependant le moindre effort t'essouffle, et tu sens des boum boum boum au niveau de la poitrine dès que tu bouges ou que tu t'énerves, ce qui je suis sûre, arrive souvent. Tu ne peux plus rien faire de physique, et tu t'affaiblis jour après jour.

Vamer la regarda, une flamme dans les yeux, autant horrifié que subjugué.

Puis son regard tourna à la colère.

— Est-ce cette idiote de Betina qui t'a raconté tout ça ?

— Non ! Je n'ai jamais parlé de toi avec elle.

— Alors comment peux-tu savoir tout ça, hein ?

— Je t'ai observé, c'est tout ! Ce visage rougeaud et en sueur au moindre effort, cette facilité à s'emporter… J'ai vu beaucoup de gens malades dans ma vie, et j'ai beaucoup examiné.

— Tu es très jeune pourtant, pour connaître aussi bien les gens.

— Hélas j'ai vu beaucoup de choses terribles, probablement trop, murmura-t-elle, plongée dans ses pensées.

— Bon, et donc que dois-je prendre pour guérir ? s'impatienta-t-il.

— Ce n'est pas aussi simple, il ne suffit pas d'une potion pour que tout rentre dans l'ordre. Ton état ne s'est pas dégradé en un jour, alors faudra du temps pour que les choses s'améliorent.

— Mais je n'ai pas de temps à perdre ! tonna-t-il. J'ai promis à mon ami Damin que j'irai le voir dès le retour des beaux jours, et là je ne peux pas faire quelques pas sans m'effondrer de faiblesse, tu dois faire quelque chose !

— Ne t'énerve pas, ce n'est pas bon pour ce que tu as. Je peux ? demanda-t-elle en approchant de lui sa main valide au-dessus de la table.

Surpris, il la laissa faire en grognant.

Elle posa sa main sur sa poitrine. Effectivement, les battements étaient désordonnés et trop rapides.

— Tu dois te calmer. Je vais réfléchir à une potion puis j'irai chercher les herbes qui me manquent.

— Hors de question ! Si besoin Nabal et Tarou iront les chercher.

— Ils connaissent les herbes qui soignent ? demanda malicieusement la jeune femme.

— Non mais… Je ne veux pas que tu essaies de t'échapper. Cette conversation m'a fatigué. Et j'ai faim.

Neala réalisa qu'elle aussi n'avait rien mangé ni bu depuis un temps indéfini.

— Tu vas retourner dans ta grotte, ça va t'aider à réfléchir.

— Mais je vais mourir de froid ! Et je dois soigner mon bras.

— De quoi as-tu besoin ? Crotte de mouton ? Sang d'animal ? Neala le regarda d'un air désespéré.

— J'ai très mal, mon bras est cassé je crois. Il me faudrait un morceau de bois solide, des bandes de peau et de la corde en fibre. Et une couverture chaude, si tu veux que je survive.

— Tu auras tout ça.

Sur ces mots il se leva avec difficulté et appela ses sbires dans la maison voisine.

Ils revinrent avec un bol d'eau, un plat de gruau d'orge, le matériel pour son bras et une peau d'auroch semblable à celle qui protégeait l'entrée de la cabane, d'une odeur douteuse.

Ils l'accompagnèrent jusqu'à la grotte dans le vent hurlant et le jour déclinant, posèrent les victuailles puis poussèrent la grosse pierre arrondie pour fermer l'entrée de la cavité. Seule restait une petite ouverture qui laissait passer un minuscule rai de lumière.

Neala resta un moment debout, sans bouger, interdite. Puis elle prit peu à peu conscience de sa terrible situation et fondit en larmes.

Elle s'enroula tant bien que mal dans la peau d'auroch crasseuse, se cala contre une des parois rocheuses de la cavité et se laissa aller à pleurer tout son saoul d'épuisement, de douleur et de désespoir.

Alors que la pénombre commençait à envahir le plateau et que la luminosité devenait quasi nulle dans la grotte, Neala se reprit.

Elle devait en premier lieu soigner son bras avant la nuit. Elle tâta d'abord délicatement l'ensemble du bras, et repéra rapidement la probable fracture. Son poignet avait en effet doublé de volume mais la fracture n'était pas ouverte. D'après la palpation, un seul os avait été touché, et il n'était pas déplacé, malgré le choc intense. Elle plaqua le bout de bois contre son avant-bras, enroula les bandes de peau pour maintenir l'attelle sans serrer trop fort, puis attacha le tout avec les cordelettes de fibres tressées. L'immobilisation du bras fit baisser la douleur d'un cran.

Elle attrapa ensuite le gruau tiédi à tâtons, mit le bol sur ses genoux pour profiter de sa chaleur relative et mangea de sa main valide. Elle but la moitié de l'eau, puis s'emmitoufla en position fœtale dans la peau d'auroch malgré la puanteur dégagée.

Avant de fermer les yeux, elle eut une pensée pour Trudi, qu'elle n'avait pas pu accompagner jusqu'à sa dernière demeure. Puis elle se concentra sur Jero. Comment était-il possible que, alors qu'ils venaient tout juste enfin de se retrouver, ils se perdent à nouveau ?

Était-il encore en vie ? Le reverrait-elle un jour ?

Tandis qu'elle sentit ses yeux se remplir de larmes, elle décida que seul l'espoir de le revoir lui permettrait de survivre à cette nouvelle épreuve.

Alors elle essuya rageusement son visage et sollicita sa bienveillante Ama.

— Ama, j'ai besoin de ton aide pour quitter cet endroit horrible et retrouver celui que j'aime, murmura-t-elle. Elle visualisa ses retrouvailles avec Jero et s'endormit.

Ses rêves furent une suite de cauchemars plus sinistres les uns que les autres, peuplés de visages gras et malveillants, de dents pourries et de petits yeux lubriques, de rires sarcastiques et surtout, d'un froid intense.

Elle s'éveilla en sursaut, perdue sans repères dans cette grotte humide et gelée, sans aucune lumière du jour.

Elle mit un moment à se rappeler où elle se trouvait, et ses douleurs à la tête et au bras lui permirent de la ramener à la triste réalité.

Elle somnola encore un moment, dans un demi-sommeil angoissé, avant de percevoir le premières lueurs de l'aube.

Frigorifiée dans sa couverture trop légère, elle entendit le bruit du rocher que l'on déplaçait. Enfin elle allait sortir de ce trou sombre et froid !

Mais ses espoirs furent de courte durée. Elle eut juste le temps d'apercevoir un morceau de ciel gris, un bol de gruau qu'on poussait à l'intérieur, puis le rocher fut remis à sa place.

— Laissez-moi sortir ! supplia-t-elle. Je vais mourir de froid dans cette grotte !

Mais aucun bruit, excepté celui du vent, ne lui parvenait.

Découragée, elle s'assit, saisit le bol et le posa entre son ventre et ses genoux relevés, pour essayer de récupérer la moindre chaleur. Puis elle se mit à manger son contenu, toujours dans l'obscurité.

Après ce qui lui parut être une éternité, elle entendit à nouveau le rocher bouger. Elle se leva d'un bond.

Nabal était là, le visage répugnant de crasse et le regard vide.

— Vamer veut te voir.

Elle le suivit jusqu'à la cabane de Vamer, soulagée de retrouver enfin un peu de lumière.

— Alors, lui demanda ce dernier, tu as réfléchi ?

— Comment veux-tu que je réfléchisse, dans ce froid glacial et sans lumière ! explosa-t-elle. Si tu comptes me tuer de toute façon, pourquoi ne le fais-tu pas tout de suite, plutôt que m'enfermer comme une bête immonde et me voir mourir à petit feu ?

— Eh calme-toi ! Je n'ai pas l'intention de te tuer, si tu fais ce que je t'ai demandé. Tu dois me soigner.

Sa respiration était courte et encore plus sifflante que la veille.

Neala se radoucit. Son rôle de guérisseuse et de Gardienne reprit le dessus.

— J'ai peut-être une idée, dit-elle en observant le petit homme gras et laid qui lui faisait face. Mais tu as conscience que ton état est grave, n'est-ce pas ?

— Rien qui ne puisse défier tes si grands pouvoirs, railla-t-il.

— Mes grands pouvoirs, comme tu les appelles, ne pourront pas défier la Source de Vie. C'est elle qui donne la vie, et qui la reprend quand elle le souhaite. Je peux essayer d'améliorer la situation, de gagner du temps. Mais pour cela tu dois participer activement à l'amélioration. Et tu dois accepter que l'inéluctable arrivera. Tout le monde retourne à la Source de Vie, à un moment ou à un autre.

Vamer la fixa de ses petits yeux très bruns et enfoncés, qui donnaient l'impression d'un puits sans fond.

— Tu es étonnante, finit-il par dire. Je pensais qu'avec la menace de Nabal et Tarou, tu me promettrais monts et merveilles, et surtout que j'allais vivre éternellement, pour sauver ta peau.

— Je ne sais pas mentir. A quoi bon ? Qu'y gagnerais-je ?

A ces mots il éclata d'un rire gras, qui se termina par une toux rocailleuse.

— Ah Neala, tu me sembles bien jeune pour ta réputation de guérisseuse. Mais surtout, tu as beaucoup à apprendre sur la nature humaine ! Tu dois savoir que toutes les vérités ne sont pas bonnes à dire.

Alors elle planta ses yeux verts étincelants dans l'abîme du regard de Vamer.

— Malgré tes traitements plus que douteux et tes pratiques méprisables, je pense que tu es un homme intelligent. Et que tu détecterais immédiatement la moindre manipulation à ton endroit, étant toi-même un expert en la matière. Je ne joue pas dans cette cour là. Alors chaque fois que tu me poseras une question, je ne te dirai que la vérité, même si tu n'as pas envie de l'entendre. Je n'ai plus rien à perdre, j'ai déjà tout perdu. La seule chose qui me reste, c'est ma dignité, et ça, rien ni personne ne me l'enlèvera.

Elle tremblait de colère devant cet homme malhonnête qui jouait sur la naïveté des gens pour asseoir son pouvoir sur eux. Elle ne pouvait s'empêcher de penser à ce que Marko lui avait raconté. Et elle pensait à la façon lâche dont les sbires de Vamer les avaient attaqués, Jero et elle.

Il l'observa un moment, le souffle court, hésitant manifestement à faire une remarque cinglante mais se ravisa au dernier moment.

— Très bien. Parle-moi donc de cette idée que tu as eue.

La tension était redescendue d'un cran. Chacun s'était jaugé et savait maintenant à quoi s'en tenir.

— Tes colosses ont-ils gardé ma besace ?

— Oui, il n'y avait rien d'intéressant d'ailleurs. Tu peux la récupérer. On a juste gardé ton couteau. La lame est parfaitement affûtée, c'est du beau travail. Tu n'en auras pas l'utilité de, toute façon.

Le rustre avait donc fouillé à l'intérieur. Neala préféra ne rien ajouter.

— J'ai récolté récemment quelques plantes un peu spéciales. Je ne les ai jamais utilisées moi-même pour un cas comme le tien, mais ça me paraît approprié. En revanche je te préviens, tout est dans le dosage. Trop peu, ce ne sera pas efficace, et trop, c'est la mort assurée.

— Eh bien, c'est peu rassurant ton histoire !

— Je t'ai dit que je ne te mentirai pas.

— Je vais y penser. Montre-moi ces plantes.

Elle sortit les feuilles de digitale.

— Étrange, je ne les ai jamais vues. Je dois réfléchir à ce remède plutôt radical. En attendant tu vas retourner dans ton trou.

— Non ne fais pas ça ! Il fait beaucoup trop froid là-dedans, et si ce n'est pas le froid, ce sera l'obscurité qui aura raison de moi !

— Je ne veux pas que tu t'échappes, maugréa-t-il. Et c'est ta meilleure protection contre les deux frères, ou mes deux colosses, comme tu les appelles.

Deux frères, elle aurait dû s'en douter.

— Mais comment veux-tu que je m'échappe ? Tu l'as dit toi-même, je n'ai nulle part où aller et le froid me tuerait très rapidement. Je ne sais même pas où nous sommes.

— Tu n'as pas besoin de le savoir. Allez, à la grotte ! Tarou, Nabal !

Anéantie, Neala retourna dans sa grotte avec un bol de nourriture insipide alors que le crépuscule s'avançait déjà.

Les jours étaient très courts et la jeune femme se demandait si l'inversion, et avec elle, le jour le plus court, avait déjà eu lieu. Elle avait perdu tous ses repères.

Une fois recroquevillée dans sa peau d'auroch, elle ne put s'empêcher de sourire à l'ironie du sort. Pendant très longtemps, se trouver au fond du Passage, dans ce merveilleux monument construit par les gens de son village, avait été le privilège des seules Gardiennes. Et voilà qu'aujourd'hui, elle se retrouvait prisonnière au fond d'une grotte qui, dans certains aspects, pouvaient lui remémorer ce Passage. Le même froid humide, la même odeur de terre ne voyant jamais la lumière, la même obscurité qui permettait de se trouver face à elle-même, sans artifice et sans divertissement, ne fût-ce que le chant d'un oiseau.

Elle resta longtemps ainsi, à laisser son esprit voguer vers les souvenirs de son enfance et sa vie de jeune adulte, vers ce village et ses habitants qui lui manquaient tant.

Elle fut très surprise le matin suivant d'être réveillée par un rayon de soleil qui caressait délicatement son visage. Ce ne fut pas la chaleur qui l'éveilla, le soleil d'hiver était trop faible pour cela. Mais la lumière éclairait une partie de la grotte, donnant une vue d'ensemble non observée jusqu'alors.

Neala fut étonnée de voir que, plutôt qu'une grotte, son cachot était en fait une cavité creusée sous un amoncellement d'énormes pierres. Et en regardant de plus près, toujours grâce à ce timide rai de soleil, elle fit une découverte extraordinaire.

— Ça alors ! s'écria-t-elle, incapable de garder le silence. Il s'agit vraiment d'un Passage !

Les pierres étaient en effet alignées sur deux rangées puis recouvertes d'autres blocs presque plats utilisés comme plafond.

Elle n'avait pas remarqué qu'il s'agissait d'un Passage depuis l'extérieur, elle avait seulement vu l'amas rocheux qui semblait désordonné, et la terre qui recouvrait le tout. Vu de dehors, rien n'aurait pu trahir l'arrangement intérieur des pierres.

Neala se mit à rire d'excitation et elle profita des derniers instants de lumière directe, avant que le rayon ne disparaisse du minuscule trou où il était apparu, pour inspecter les parois. Il n'y avait pas de gravure, mais il ne faisait aucun doute que ces énormes rochers avaient été déplacés et agencés de main humaine.

Une fois la pénombre revenue, Neala se demanda si Vamer était au courant que cette grotte était en fait un Passage. Bien sûr qu'il devait l'être, se dit-elle. Il n'avait pas pu passer à côté de quelque chose d'aussi évident.

Elle n'avait pas eu le temps d'inspecter le sol de terre. Se pourrait-il que ce Passage soit en fait une tombe ? Elle savait que certains peuples agençaient des grosses pierres pour en faire un abri où ils déposaient les morts, ou leurs restes calcinés.

Les questions se bousculaient dans sa tête, si bien qu'elle mit un moment à réaliser que le rocher qui clôturait l'entrée était en train de bouger.

— Tu dois aller voir Vamer tout de suite !

Elle ne prit même pas le temps de regarder lequel des deux frères l'avait libérée, elle se précipita à l'extérieur.

Elle trouva Vamer alité dans sa cabane, rouge et haletant. Il semblait en grande difficulté.

— J'ai réfléchi, dit-il dans un souffle. Prépare… ta potion. Tout de suite.

Neala s'exécuta, elle attrapa sa besace restée sur un des tabourets de pierres.

Elle mit sur les braises un petit plat de céramique contenant de l'eau à chauffer et jeta deux feuilles de digitale séchée à l'intérieur. Serait-ce suffisant ? Serait-ce trop ? Elle n'en avait aucune idée. Mais Vamer était de toute façon au plus mal, sans action il était fortement probable qu'il ne passerait pas la journée.

Peu de temps plus tard, juste avant l'ébullition, elle sortit les deux feuilles et laissa le bol refroidir. Une fois la potion tiédie, elle s'approcha de l'homme essoufflé.

— Comme je t'ai dit hier, je n'ai jamais utilisé ces plantes. Alors je te recommande de boire une gorgée de potion, attendre un peu, puis recommencer s'il n'y a pas d'effet. Ensuite on verra.

— Je suis… peut-être malade, mais je ne suis pas fou. Alors… j'ai réfléchi. Tu vas… boire d'abord.

— Moi ? s'écria-t-elle, affolée. Mais je ne suis pas malade ! Je n'ai aucune idée de comment mon corps va réagir !

— Ça m'est égal ! Tu bois, puis je bois. Et si tu essaies de m'empoisonner, tu mourras aussi.

Il se redressa sur sa paillasse, prit le bol de potion et le répartit dans deux petits bols. Il tendit le premier à la jeune femme.

— Vas-y.

Incertaine, Neala but une gorgée. Vamer, après avoir vérifié qu'elle l'avait effectivement ingurgitée, fit de même.

Puis il retomba sur sa paillasse, épuisé. Ils attendirent un long moment, mais rien ne se passait, ni pour l'un, ni pour l'autre. Neala commençait à être inquiète, surtout qu'elle entendait les deux frères s'agiter au dehors.

— On en boit une autre, ordonna-t-elle.

Elle commença, puis Vamer la suivit. Assez rapidement, elle sentit la fatigue l'envahir.

Vamer, lui, commença à respirer moins vite. Son cœur se calmait peu à peu.

— Eh bien, dit-il au bout d'un moment. Tes pouvoirs sont peut-être finalement à la hauteur de ta réputation !

Il s'assit d'abord sur sa paillasse, puis se leva, tant bien que mal, en passant par la position à quatre pattes. La jeune femme n'avait jamais vu un homme aussi gros.

Quand il fut enfin debout, en se retenant à la table, son visage ne cachait pas sa satisfaction.

— Je ne suis pas encore complètement remis mais je suis sûr qu'avec un peu plus de cette potion, je pourrai courir comme un lièvre !

Neala ne put s'empêcher de sourire.

— Je ne crois pas, non, dit-elle en marquant sa désapprobation. Je te rappelle qu'à forte dose cette potion est un poison.

— Mais je verrai bien si tu meurs, alors j'arrêterai !

— Il ne t'a pas échappé que nous n'avons pas la même condition physique. Tu dois faire très attention à te ménager.

— Et voilà que la Guérisseuse me donne des leçons ! Mais c'est moi qui décide ici ! tonna-t-il en s'asseyant sur son tronc d'arbre.

Il n'avait pas fallu longtemps pour qu'il retrouve son caractère ombrageux.

— Comme tu voudras. Je suis fatiguée, je n'ai pas la force de me battre avec toi.

— Comment se fait-il que tu sois fatiguée alors que moi je suis en pleine forme, maintenant ?

— Il faut croire que la potion a des effets négatifs sur moi, dit-elle avec lassitude.

— Tu n'as qu'à retourner dans ta grotte. J'ai des choses à faire, j'ai de la visite, des gens à soigner qui sont venus me voir de très loin.

Malgré la curiosité, Neala était trop épuisée pour en demander plus. Elle s'affaissait dangereusement sur son tabouret.

— Nabal ! Tarou ! Allez la remettre dans sa grotte !

La jeune femme eut à peine le temps d'apprécier le fabuleux panorama presque sans nuages avant de s'écrouler de fatigue au fond du Passage. Elle n'entendit même pas le rocher glisser devant l'entrée, elle s'endormit d'un lourd sommeil sans rêves.

Elle s'éveilla un peu vaseuse. La nuit était toujours totale, pas le moindre rayon de lumière ne lui parvenait.

Dans l'obscurité elle ressassa ses pensées en direction de Jero, de Malis et des gens de Plymo.

Ils avaient probablement remarqué sa disparition, mais étaient-ils à sa recherche ? Jero avait-il survécu ?

Elle tournait en boucle ces questions et elle essayait de rassembler les informations sur le plateau de Dartomor.

Malis lui avait dit que les habitants de Plymo et de environs évitaient soigneusement cette région désolée et austère, sur laquelle rien ne poussait et qui n'abritait que peu de gibier.

Il y avait donc très peu de chances que quiconque la recherche dans cette zone. Et s'échapper était tout bonnement impossible. Pour l'instant en tout cas. Elle devait donc essayer de gagner la confiance de Vamer et, le moment, venu, tenter de lui fausser compagnie. Mais pour cela, il faudrait qu'elle trompe la vigilance des deux frères et surtout, qu'elle se procure des vêtements chauds, si elle ne voulait pas mourir de froid.

Ou alors, elle devrait attendre la fin de l'hiver glacial.

Après un moment qui lui parut une éternité, une timide lueur fit son apparition par l'étroite ouverture au-dessus du gros rocher.

Puis celui-ci se mit à bouger.

— Allez, dehors ! Tu dois préparer la potion du chef.

Neala fur surprise d'être éblouie par une blancheur aveuglante. Une épaisse couche de neige recouvrait à présent le plateau.

Elle sortit dans le froid mordant, emmitouflée dans la peau d'auroch.

— Non ! aboya Nabal. Tu laisses ça dans ta grotte, ordre du chef. Faudrait pas que t'aies des idées de fuite, qu'il a dit.

A regret, elle laissa sa couverture et alla rejoindre Vamer.

— Alors, comment te sens-tu ? demanda-t-elle en le voyant assis sur son tronc, occupé à dévorer une grosse côte de chèvre avec ses doigts boudinés, le menton et la barbe dégoulinants de graisse et de sang.

Il la regarda d'un œil mauvais.

— Je mange. Laisse-moi tranquille et prépare mon remède.

Devant lui il y avait un tas d'os rongés, reliefs d'un énorme repas.

Neala soupira.

— Je peux te donner tous les remèdes possibles, si tu manges en excès tu vas fatiguer ton corps.

— La ferme ! hurla-t-il. Tes jérémiades me gâchent l'appétit !

Neala sursauta, saisie par la violence de l'homme. Puis sans accorder un autre regard au petit homme obèse qui se goinfrait bruyamment, elle se dirigea vers sa besace, restée sur un des tabourets.

Elle sentait dans son dos le regard insistant de Vamer, mais elle était bien décidée à l'ignorer.

Elle prépara sa potion comme la veille, en diminuant légèrement la quantité de végétaux.

Après un moment, elle lui présenta le bol fumant.

— C'est l'heure de ta potion aussi, ma grande, dit-il d'un ton sarcastique.

— Mais pourquoi veux-tu que je la boive moi aussi ? Tu m'as observée tout le long de la préparation, j'ai fait la même chose que hier. Et on a bien vu que, si la potion te fait du bien, pour moi elle ne fait que me fatiguer !

— Je ne te fais pas confiance.

Neala sentait qu'elle n'aurait pas gain de cause.

Elle versa une quantité équivalente de potion dans deux petits bols, s'assit en face de Vamer, saisit son bol et vida le contenu.

Il attendit un peu, puis, satisfait, but le sien.

— Tu as donc soigné des gens hier ? démarra-t-elle, une fois qu'il avait repoussé son plat, rassasié.

— Qu'est-ce que cela peut te faire ?

— Je pourrais peut-être t'aider à donner des soins ? demanda-elle, pleine d'espoir.

— Pour que tes amis apprennent que tu es là ? rugit-il. Hors de question !

Dès qu'il se mettait en colère, il devenait encore plus rouge et haletant.

— Ne t'énerve pas. Mes amis, comme tu dis, ne viendront pas ici. As-tu déjà vu un seul habitant de Plymo venir jusqu'ici ?

Il réfléchit rapidement.

Elle reprit.

— Et à part à Plymo, personne ne me connaît dans la région.

— C'est faux ! Mon ami Damin t'a rencontrée, je le sais de source sûre, dit-il en ricanant.

Zut, se dit-elle. Ce Vamer avait l'air d'avoir des yeux et des oreilles partout. Mais Neala en profita pour creuser un sujet qui la taraudait.

— Ah oui, c'est vrai, nous sommes passés à Exton. Damin c'est celui dont la compagne est morte dans d'étranges circonstances, n'est-ce pas ?

— Cette idiote n'a eu que ce qu'elle méritait ! Je ne supporte pas les femmes qui me résistent !

A ces mots Neala frémit.

— Tu veux dire que… Tu l'as tuée parce qu'elle s'est refusée à toi ? interrogea-t-elle, horrifiée.

— Ah non, je ne l'ai pas tuée moi-même ! Je ne suis pas assez stupide pour m'abaisser à une tâche aussi ingrate. Son compagnon, mon ami Damin, s'en est parfaitement chargé lui-même, dit-il dans un rictus vicieux. Il a cru qu'elle l'avait trompé avec un homme du village, ce naïf !

— Attends… Il a cru ça parce que c'est toi qui lui as dit. Tu as inventé cette histoire de tromperie parce que tu as voulu te venger de son refus, c'est ça ?

— Oh, comme tu y vas ! J'ai peut-être un peu brodé la réalité, et ce n'est pas ma faute si mon ami est un peu… brusque.

— Un peu brusque ? Il l'a frappée à mort, cette pauvre femme innocente ! cria-t-elle, hors d'elle.

— Qu'en sais-tu, d'abord ? hurla-t-il. Elle est tombée malade, c'est tout !

Neala le regarda droit dans les yeux, prête à lui dévoiler ce que Marko lui avait dit. Puis elle se ravisa. En aucun cas elle ne voulait mettre en danger le jeune homme, en le soumettant au courroux de Vamer. Cet homme-là était dangereux, manipulateur et mauvais. La moindre information pouvait déclencher sa colère, et donc sa vengeance.

Elle se tut et changea de sujet, sur un ton beaucoup plus tranquille.

— Sens-tu toujours autant les cognements dans ta poitrine ?

— Oui, surtout quand tu cherches à m'énerver.

— Mais quand tu es calme ?

— Les cognements sont moins forts.

— Très bien. Alors un bol de potion suffira pour l'instant.

Elle se mit à ranger les plats sales dans un panier éventré mais encore utilisable.

— Y-a-t 'il un endroit où je peux nettoyer ça ? demanda-elle, le panier à la main.

— Laisse ça, Tarou va s'en occuper. Je ne veux pas que tu ailles à la source.

— Il y a une source par ici ?

— Plus d'une même, mais tu n'as pas besoin de savoir ça. Si tu veux te rendre utile, prépare donc quelques galettes avec le blé que l'on m'a apporté hier.

Ravie de pouvoir rester au chaud et faire autre chose que rester enfermée dans sa grotte humide, Neala entreprit de broyer le grain sur la meule dans un coin de la cabane.

Une fois les galettes confectionnées, elle les mit à cuire sur une grosse pierre plate posée au centre du foyer. Et elle attendit, le regard perdu dans les braises rougeoyantes qui entouraient la pierre de cuisson. En se faisant discrète, elle espérait se fondre dans l'environnement de Vamer et être autorisée à rester en dehors de la cavité sombre, au moins pendant les quelques heures de jour. D'ailleurs, lui-même, plongé dans ses pensées, ne sembla pas s'apercevoir de sa présence au moment où il s'affala sur sa paillasse pour digérer son lourd repas. Presque instantanément après s'être allongé, son ronflement sonore se mit à faire trembler les murs.

C'est ainsi qu'une nouvelle routine se mit en place, jour après jour.

Les deux frères venaient sortir Neala de sa prison au petit matin, puis partaient chasser ou chercher du bois, souvent très loin du campement. Sauf exception, ils n'étaient pas autorisés à rester dans la cabane de Vamer car, disait celui-ci, ils empestaient comme des boucs. Sur ce point, Neala lui donnait entièrement raison.

Ensuite la guérisseuse s'occupait du traitement de Vamer, l'ajustant en fonction de son état, puis restait dans sa cabane à préparer les repas, réparer les paniers, cordes et autres pièges que les frères allaient poser alentour.

Et quand Vamer recevait du monde pour les soigner, elle devait rester enfermée. Il avait été très clair là-dessus. Si elle se montrait, il la livrerait aux deux frères sans hésiter. Même si, privé de son traitement quotidien, il savait que cela finirait par lui coûter la vie.

Neala avait compris que tout ce que voulait Vamer, c'était l'avoir en sa possession. Plus que sa prisonnière, elle était devenue sa propriété, sa chose. Et il disposait d'elle comme bon lui semblait.

Elle qui avait toujours évité, tout du moins limité, une partie des tâches domestiques telles que la longue préparation de ragoûts, elle se retrouvait désormais exclusivement assignée à l'entretien de cet homme.

Il y avait cependant un domaine dans lequel il ne la possédait pas, et pour cause.

Alors qu'il la dévorait d'un regard libidineux, un soir, après avoir bu de la boisson fermentée préparée avec de l'orge, il s'adressa à elle d'un voix pâteuse.

— C'est quand même dommage…

— Qu'est-ce qui est dommage ?

— Que je ne puisse plus satisfaire une belle femme comme toi.

Neala, alors accroupie près du foyer pour contrôler la cuisson des galettes, baissa les yeux, pour éviter qu'il ne considère son regard comme une provocation, ou pire, une invitation.

— Oh, tu n'as pas à te cacher. Tu ne risques rien, malheureusement pour moi. Vois-tu, même si j'ai très envie de toi, mon corps me trahit et ne m'obéit plus.

Neala fut surprise qu'il se laisse aller à de telles confidences. Sans doute était-il sous l'emprise de la boisson fermentée. Elle le laissa divaguer.

— Mais ça n'a pas toujours été le cas, tu sais ! J'en ai satisfait, des femmes ! Celles, rares, qui voulaient, et même celles qui voulaient moins ! Mais elles n'avaient pas le choix, certaines venaient me voir pour que je soigne leur enfant. Et si elles me faisaient envie, je leur disais que je ne soignerais leur moutard que si elles écartaient les cuisses ! Et la plupart le faisaient, pauvres créatures. Qu'est-ce qu'une mère ne ferait pas pour sauver son enfant, hein !

Neala était révoltée. Quel horrible homme…

Il continuait son monologue.

— Mais de toute façon, qu'est-ce que tu en sais toi, hein, tu n'en as pas, des morveux !

Elle se figea, mais essaya de n'en rien laisser paraître.

— Et tu sais le pire ? continua-t-il en ricanant, c'est que bien souvent, leur enfant mourait quand même ! Mais que veux-tu, il n'y a rien de plus fragile qu'une mère qui veut sauver son enfant, et comme il y avait peu de femmes intéressées par moi, il fallait bien que trouve un autre moyen pour assouvir mes désirs !

A ces mots elle ne put se retenir. Elle le fixa de ses yeux verts étincelants.

— Je ne suis pas sûre que ce soit de la fragilité. Au contraire, ces femmes avaient une force immense, pour venir te voir et demander ton aide, sachant ce que tu allais demander en retour. Elles venaient te voir quand même car elles avaient de l'espoir. Et toi, tu as abusé de ces situations de détresse. Tu es un odieux personnage.

— Bon tais-toi maintenant, tu me fatigues. Retourne dans ta grotte.

Neala déposa les galettes cuites dans un plat, et sortit sans un mot.

Elle resta un moment seule dans la cavité, à ruminer les mots atroces de Vamer. Quel affreux monstre… Mais, connaissant un peu le personnage, elle se demandait quelle était la part de vérité et la part de fantasme, dans son récit. Elle espérait seulement que tout ce qu'il avait raconté n'était que mensonges.

Les deux frères n'étaient pas encore venus refermer la grotte mais elle savait qu'ils n'allaient pas tarder, elle les avait entendus revenir en s'invectivant, comme à leur habitude.

Le ciel était pour une fois dégagé, et le soleil brillait timidement à travers une fine couche de brume légère. C'était l'occasion pour elle d'observer plus attentivement la structure de la cavité dans laquelle elle se trouvait.

C'était comme un passage miniature. Elle était très intriguée. Elle voulait en savoir plus.

Le lendemain, elle prit soin d'éviter de revenir sur la conversation de la veille.

Alors qu'il venait de terminer son repas puis son bol de potion, elle lui commença son interrogatoire.

— Tu savais que la grotte dans laquelle je dors n'est pas une cavité naturelle, n'est-ce pas ?

— Tu me prends pour un idiot ou quoi ? demanda-t-il sur un ton agressif.

— Est-ce que tu as assisté à la construction de cet édifice ?

— Pourquoi tu veux savoir ça ?

— Parce que ça m'intrigue. J'ai vu des monuments un peu similaires par chez moi, et je me demandais qui avait construit celui-ci, sachant qu'il n'y a aucun village à proximité.

— Celui-ci est là depuis très longtemps. Je l'ai toujours connu. Je ne sais pas qui l'a construit. Avant, une communauté vivait ici. Pas même un village, juste deux ou trois familles. Nabal et Tarou en sont les descendants, ils n'ont jamais vécu ailleurs. Je doute qu'ils en sachent plus sur ce monument. Comme tu as pu le remarquer, la communication avec eux est plutôt limitée. Entre eux ils se comprennent avec des grognements, je crois qu'ils ont cruellement manqué d'autres contacts humains. Mais ils ne me dérangent pas. Ils chassent pour moi, vont chercher mon bois, s'occupent des chèvres et surtout, ils m'obéissent comme si j'étais leur père.

— Comment es-tu arrivé jusqu'ici ?

— Je cherchais un endroit isolé. J'avais mes raisons.

Neala n'insista pas sur ce sujet.

— L'endroit ici me semblait parfait. Loin de tout, hostile… Et ces deux grands gaillards que tu vois là étaient complètement perdus. J'ai compris que leur vieille mère venait de mourir. A part chasser et allumer un feu, c'est à peu près tout ce qu'ils savent faire.

— Et agresser les gens dans la forêt, railla-t-elle.

— Ah mais pour ça ils avaient des instructions très précises. Ils savaient qu'ils devaient t'attraper toi, vivante, et se débarrasser de tous ceux qui t'entouraient ce jour-là. Pour cette partie-là, je les ai laissés improviser.

Neala sentit ses poings se serrer en se remémorant le visage ensanglanté de Jero. Mais pour une fois que Vamer était loquace, elle préférait continuer la discussion.

— Comment savaient-ils qui j'étais ?

— Des jeunes femmes aux taches de rousseur et à la crinière ébouriffée, il n'y en a pas beaucoup par ici. Et je connaissais tes habitudes, j'ai de bons informateurs, dit-il en souriant et en montrant ses chicots pourris.

Betina, se dit-elle. Évidemment.

— Et tes informateurs viennent te voir régulièrement ? tenta-t-elle.

— Ça ne te regarde pas ! gronda-t-il en se levant brusquement. De toute façon je t'empêcherai de rencontrer qui que ce soit !

— C'est bon, ne t'énerve pas, ce n'est pas bon pour toi. Puisque tu as beaucoup voyagé, voudrais-tu me raconter si as vu d'autres monuments tels que celui-ci ?

Après quelques pas laborieux dans la cabane, Vamer se rassit sur le tronc d'arbres et posa sa grosse tête entre ses mains, les coudes posés sur la table de pierre. Son esprit semblait très loin.

— Oui, j'en ai vu plusieurs, de différentes tailles. Celui-ci est un peu particulier car il est à moitié enterré. Mais j'en ai vu d'autres, parfois au sommet de collines, d'autres dans des plaines. La plupart sont, comme celui-ci, recouverts de terre et de cailloux, de loin on dirait juste des petites collines.

Neala l'écoutait, fascinée.

— Et où se situe le plus grand que tu aies vu ?

— Je n'ai pas le souvenir d'un beaucoup plus grand que les autres. Pas dans cette région en tout cas.

— Tu as visité d'autres régions ?

— J'ai beaucoup voyagé, mais je n'ai jamais traversé la mer. En revanche j'ai parlé avec des voyageurs qui se vantaient de revenir d'une région abritant les plus beaux de ces bâtiments, de l'autre côté de la mer.

Le cœur de Neala s'emballa. Se pourrait-il qu'il parle de son cher village ?

— Au nord ? demanda-elle, le souffle court.

— Mais non ! Au nord il n'y a que des sauvages, tout le monde sait ça !

Vexée mais ne préférant rien répondre, elle continua son interrogatoire.

— Alors où ça ?

— Au sud d'ici, de l'autre côté de la mer. En face de tes chers amis de Plymo, après une grosse journée de traversée, il y a une autre terre. En encore plus au sud, au bord de la mer de l'autre côté de la bande de terre, on m'a dit qu'il y avait le plus beau monument construit par les hommes. Il est tout gravé à l'intérieur, et la lumière rentre à la période où les jours sont les plus courts de l'année.

— Ça alors ! s'écria Neala. Connais-tu le nom du village ?

— Qu'est-ce que ça change ? dit-il d'un ton sarcastique. Tu n'iras jamais !

— Je veux juste pouvoir rêver, ça ne te dérange pas je pense, non ?

— Pfff, rêve donc si ça te fait plaisir ! Le village s'appelle Gveris. Et pour accéder à la terre de l'autre côté de la mer, le mieux est d'aller à Souton, les courants sont moins dangereux, et la traversée est donc moins risquée, que depuis Plymo. Je vais te faire un dessin, comme ça tu pourras encore mieux rêver.

Il prit une côte de chèvre et traça plusieurs lignes sur le sol, en précisant Exton, Souton, le bras de mer et Gveris, sous le regard brillant de la jeune femme.

— Maintenant tu peux retourner à ta grotte et rêver autant que tu veux, les deux idiots ne vont pas tarder à revenir.

Il la congédia d'une main agacée. La discussion était terminée.

Une fois à l'abri dans sa tanière, Neala se repassa les détails de la conversation. C'était extraordinaire que Vamer ait mentionné ce grand bâtiment couvert de gravures ! Connaissant désormais son existence, Neala n'avait qu'une envie : le voir de ses propres yeux.

Tout en sachant que son emprisonnement dans sa grotte empêchait le moindre de ses mouvements, l'espoir de voir un jour ce monument gravé lui permit de s'endormir sereinement pour la première fois depuis longtemps. Dès le lendemain elle réfléchirait à la façon de fausser compagnie à Vamer et à ses compagnons d'infortune.

Les jours se succédaient, mornes et tristes sur ce plateau enneigé et balayé par les vents glaciaux. Elle avait tourné et retourné dans sa tête toutes les possibilités, une seule s'offrait à elle, et elle était déprimante. Neala devait absolument attendre la fin de la saison froide pour tenter une évasion. La neige était tombée dru, et il aurait été impossible d'échapper à ses ravisseurs dans ce paysage immaculé. D'abord elle serait morte de froid, et si elle avait survécu, ils l'auraient très vite retrouvée à l'aide des traces de ses pas. C'était donc peine perdue, elle devait s'armer de patience.

Ses journées se déroulaient toujours selon le même rituel. Une fois levée elle préparait la potion de Vamer, à base de digitale. Elle en buvait exactement la même quantité que lui, il exigeait qu'il en fut ainsi même s'il regardait scrupuleusement la jeune femme répéter les mêmes gestes devant lui. La potion la fatiguait un peu plus chaque jour, mais il n'en avait cure car lui, au contraire, semblait de plus en plus en forme.

Après la potion, elle préparait de quoi manger. Vamer se rassasiait de viande grasse et de boisson fermentée, et elle mangeait quelques galettes de céréales.

S'il était moins essoufflé que les premiers jours, Neala avait en revanche l'impression qu'il grossissait à vue d'œil. Il passait une bonne partie de ses journées à manger et à boire.

Quelques rares fois il parlait de ses voyages, la plupart du temps pour se vanter de ses méfaits. Il aimait choquer Neala.

Quand il avait de la visite, il allait dans une autre cabane. Mais les visiteurs étaient peu nombreux à cette période de l'année, seuls quelques rares malades venant du nord du plateau s'aventuraient jusque-là, en quête d'un conseil ou d'un remède pour les soigner. Les malheureux repartaient souvent plus malades qu'ils n'étaient arrivés, après leur longue marche dans la neige et le vent.

Une visite cependant surprit Neala. Alors qu'elle était sortie faire ses besoins à l'arrière de la cabane, dans le seul périmètre autorisé par Vamer, elle entendit des éclats de voix entre lui et une femme, qui venaient de la cabane où il soignait les malades.

— Qu'est-ce que tu fais par ici ? avait-il demandé, sur un ton agacé.

— Je voulais te voir, pour te dire que la guérisseuse avait disparu, répondit une voix grinçante.

— Je me doute, qu'elle a disparu ! Et tu dois disparaître aussi ! Je ne veux pas de toi ici !

— Des gens la cherchent. Je t'en supplie, garde-moi avec toi !

— Retourne d'où tu viens, et ne reviens plus traîner par là.

— Mais Vamer…

— Dégage !

— Alors c'est comme ça que tu me remercies, après toutes ces années où je me suis occupée de toi ? Tu n'es qu'un ingrat !

— Et toi tu vas passer un très mauvais moment si tu restes dans les parages. Je proposerai à Terou et Nabal de s'amuser un peu avec toi, je suis sûr qu'ils apprécieront.

— Ne fais pas ça ! Je m'en vais.

Neala était restée cachée pendant toute la scène. Elle avait attendu encore que la visiteuse se soit suffisamment éloignée, puis elle était rentrée au chaud dans la cabane sans rien dire.

Quand Vamer la rejoignit un peu plus tard il était manifestement contrarié, mieux valait ne pas en rajouter. Elle ne mentionna jamais la visite de Betina, car elle était presque sûre qu'il s'agissait d'elle.

Cette visite lui apporta cependant deux informations. La première lui fit chaud au cœur ; des personnes la recherchaient. Il s'agissait très probablement de Malis et de Fiona. Elle espérait de tout son être que Jero avait survécu à l'attaque, mais elle préférait ne pas y penser. C'était beaucoup trop douloureux d'imaginer qu'il avait succombé à ses blessures, ou qu'il était reparti de Plymo sans elle. Elle évitait autant que possible de penser à lui.

La deuxième information, c'était que Betina avait pu venir d'un village par ce froid glacial jusqu'au plateau de Dartomor. Si elle venait de Plymo, cela signifiait donc soit que le village n'était pas aussi éloigné qu'elle l'avait cru, soit qu'il existait en chemin des abris pour permettre de faire la route sans mourir de froid. Cela ouvrait des perspectives.

Mais même si elle arrivait à s'échapper, il y avait toujours le problème des traces dans la neige. De plus, la potion ingurgitée tous les jours et l'inactivité imposée dégradaient sa condition physique.

Elle devait attendre son heure et en attendant, dès qu'elle était seule dans sa cavité, elle essayait de remuer autant que possible ses jambes et ses bras, y compris celui qui avait fini par se ressouder.

Enfin, l'air se radoucit. Les glaçons formés sur le bord de la toiture se mirent à goutter, et c'était un signe très encourageant. En voyant les traces de gouttes dans la neige, alors qu'elle était ramenée dans son antre, Neala ne put s'empêcher de sourire. Son évasion était proche. Elle devait trouver le meilleur moyen de le faire.

Les jours avaient significativement rallongé. Et même si les températures étaient encore bien froides, le vent soufflait avec moins de force. L'hiver allait finir par céder.

Neala devait préparer sa fuite. Elle était prisonnière depuis plusieurs lunes déjà, et elle savait que si elle restait une lune de plus, cette maudite potion la tuerait implacablement. De plus, sa réserve de digitale s'amenuisait de jour en jour, et que se passerait-il quand elle n'en aurait plus ?

Cette perspective lui glaçait le sang. Dès que la neige aurait fondu, elle s'enfuirait, elle était décidée.

Ce soir, avant de s'endormir, elle essaya d'invoquer la Source de Vie et ses ancêtres. Mais était-ce parce qu'elle était enfermée dans ce drôle de monument ? Ou la présence malveillante de Vamer toute proche ? Ou sa faiblesse générale ? Elle n'aurait su répondre, mais sa dernière communication avec la Source de Vie lui semblait très lointaine, et elle n'avait pas eu de message de sa grand-mère depuis une éternité. Elle s'en désola, et devant un nouvel échec, elle passa en revue tous les êtres chers à ses yeux, dans ce monde ou dans l'autre, pour leur envoyer un flot d'amour et de paix. Elle essaya de les rassurer, et ce faisant, elle réussit à se rassurer elle-même.

Tout irait bien.

La couche de neige disparut en quelques jours. Il restait bien quelques congères çà et là, mais le paysage redevint d'herbe sèche et de cailloux.

Vamer était agité. Le comportement de cet homme était détestable, mais on ne pouvait lui enlever qu'il ressentait parfaitement la nature humaine, le moindre changement le faisait réagir. Et il était particulièrement sur ses gardes ces temps-ci.

— Que t'arrive-t-il, lui demanda Neala un matin. Ta condition s'améliorait de jour en jour, mais tu es tellement énervé en ce moment, j'ai l'impression que la potion ne te fait plus d'effet.

— J'ai mes raisons, bougonna-t-il. Je pressens un bouleversement.

Neala essaya de ne rien laisser paraître et de détourner son attention.

— Tu as raison, le froid s'en va, c'est un grand bouleversement.

— Je ne te parle pas de ça !

— Pourtant la sortie de l'hiver est un grand événement, pour les animaux comme pour les plantes. La nature est en train de s'éveiller tout autour. C'est peut-être ce qui te rend agité.

— Non, j'ai fait des rêves étranges. Et j'ai parfaitement confiance en mes visions. Quelqu'un va me trahir. Et je te mets en garde, si c'est toi tu me le paieras très cher.

Neala préféra lui tourner le dos pour préparer son gruau. Elle ne supportait plus ce visage enlaidi par la rancœur, les menaces permanentes et les remarques cinglantes. Elle devait absolument rester calme et ne pas le conforter dans son idée qu'effectivement, il allait y avoir du changement.

Pourtant un imprévu vint chambouler les plans.

Alors que Vamer allait la renvoyer dans sa grotte, quelqu'un entra dans la cabane.

— Toi ! Que fais-tu là ! Je t'avais dit de ne plus remettre les pieds ici !

Neala était terrorisée. Elle venait de reconnaître la silhouette courbée et très amaigrie de Betina.

— Alors elle est là, hein, dit-elle en ricanant. J'en étais sûre. Tu m'as très avantageusement remplacée, je vois. Elle est jeune et belle, et moi je suis vieille et usée.

— Je t'avais prévenue, Betina. Tant pis pour toi.

— Et qu'est-ce que tu vas me faire, hein ? Est-ce que tu as retrouvé des capacités de mâle, avec elle ?

— Ferme-la ! Maintenant que tu sais qu'elle est là, il est hors de question que tu retournes à Plymo ou ailleurs, pour donner l'alerte.

A ces mots, pour la première fois, Neala vit Betina sourire. Un sourire victorieux, qui ne connaissait plus la peur.

Et pour la première fois, la peur, justement, changea de camp. Neala lut dans le regard de Vamer, jusqu'alors sûr de lui et confiant, un voile craintif.

— Tu n'as rien dit à personne, n'est-ce pas ?

Betina ne répondit pas et se contenta de sourire.

— Réponds ! hurla-t-il en se levant d'un bond et en la frappant de toutes ses forces au visage.

Sous la violence du choc elle tomba à la renverse.

Neala n'eut pas le temps de réagir que Nabal et Tarou faisaient irruption dans la cabane.

Aucun ne réagit en voyant Betina à terre. Ils attendaient les ordres de leur chef.

— Allez m'enfermer celle-ci, cria-t-il en désignant Neala. Puis revenez vous occuper de celle-là.

Cette perspective avait allumé un regard mauvais chez les deux frères. Ils ricanaient en bavant, se réjouissant à l'avance d'une distraction promise.

Neala essaya de se débattre pour rejoindre Betina qui n'avait pas bougé au sol, mais les deux colosses s'emparèrent brutalement de la jeune femme et la traînèrent dehors.

— Laissez-moi, bande de monstres, glapissait-elle, lâchez-moi !

Mais rien n'y fit, elle fut jetée sans ménagement dans la grotte et le temps qu'elle se relève, le rocher obstruait l'entrée. De rage, elle frappa le rocher de ses mains mais évidemment il ne bougea pas d'un pouce. Alors elle s'écroula contre le gros bloc et fondit en larmes, de rage et désespoir. Ses pleurs ne purent couvrir les hurlements de douleur de Betina, qui s'estompèrent cependant rapidement sous les coups répétés, pour ne laisser place qu'au silence assourdissant de cette funeste nuit.

A quel moment Neala s'endormit, elle n'aurait su le dire.

Mais quand les deux frères vinrent déplacer le rocher le lendemain, elle avait la tête lourde et le corps douloureux, comme si elle avait pris une partie de la charge des hommes. Elle avait l'impression de s'éveiller d'un atroce cauchemar.

Pourtant malheureusement, tout ceci était bien réel.

En retournant à la cabane de Vamer, une vision d'horreur attendait Neala.

Betina baignait dans son sang, les vêtements arrachés et le corps couvert de bleus et la peau striée de blessures plus ou moins profondes. Son visage était tuméfié, ses lèvres avaient explosé sous la violence des coups. Elle était méconnaissable. Mais la pire des visions était de voir Vamer attablé à dévorer son plat de viande, indifférent au spectacle ignoble de cette pauvre Betina réduite en charpie.

Le premier geste de Neala fut de se précipiter pour vérifier que la pauvre femme respirait encore. Elle fut stoppée net dans son élan.

— Non ! D'abord tu prépares ma potion, c'est plus important.

— Mais elle…

— Tu ne veux pas finir comme elle, si ? Alors d'abord ma potion !

Des larmes de dégoût affleuraient à ses paupières, mais elle refusa de lui donner ce plaisir de pleurer devant lui. Elle ravala ses larmes et mit de l'eau à chauffer. Puis, alors que Vamer avait de nouveau porté son attention à son plat, elle recouvrit le corps dénudé de Betina. Elle put constater qu'elle était toujours en vie, même si elle respirait très faiblement.

— Ça vient cette potion ? s'énerva Vamer.

— Oui j'arrive.

Quand chacun finit de boire son bol, Vamer quitta la table. En sortant il bougonna quelques mots.

— Si tu arrives à la soigner, tant mieux, les garçons pourront continuer à s'en amuser, ça les changera des chèvres !

A ces mots Neala eut un haut-le-cœur, et dès que l'horrible homme eut quitté la cabane elle vomit sur le sol de terre battue tout le contenu de son estomac, qui ne contenait finalement que la potion récemment ingurgitée.

Puis elle se précipita auprès de Betina.

— Tu m'entends ? dit-elle à voix basse.

La femme bougea légèrement les lèvres.

— Tu veux boire un peu d'eau ?

— Non, dit-elle faiblement. Tu dois... m'écouter. Je ne vais pas survivre... et je ne veux pas. Mon temps est... terminé. Mais le sien... aussi. C'est un monstre. Je n'ai pas voulu... le voir. Je pensais... qu'il allait changer, que mon amour pour lui l'adoucirait. Mais... les gens ne changent pas... malheureusement... Je l'ai appris trop tard.

— Laisse-moi te soigner !

— Non... Quand je suis venue ici... Je savais que j'allais mourir. Pas à cause de lui ou de ses deux barbares. J'ai des grosseurs... sur le corps, et elles ne sont pas dues... aux coups que j'ai reçus. Je sais que je n'aurais pas vu... le retour de l'été. Mais avant de mourir... je voulais me venger. De lui. De tout le mal qu'il m'a fait... pendant toutes ces années. Pour une fois... Je voulais voir la peur. Dans ses yeux. Il m'a toujours traitée... comme une moins que rien. J'aurais dû m'éloigner de lui, ne jamais le revoir. Mais je n'y arrivais pas. Mes pas me ramenaient… toujours à lui. Alors oui, il m'a rouée de coups, et ce n'est pas… la première fois. Et il m'a jetée en pâture... à ses deux sauvages. Oh ils ont pris leur plaisir, eux à me labourer la chair, et lui à les regarder faire. Mais j'aurai...ma vengeance… ces trois-là me suivront de très près dans l'autre monde. Car ils vont venir, Neala. Je les ai prévenus et…

— Qui ça ? coupa la jeune femme. Qui va venir ?

— Malis… et son compagnon, et…

— Clodi ? demanda Neala, interloquée.

— Non, l'autre ! Ce Clodi est un bon à rien, il ne pense qu'à… fricoter avec les autres garçons, tout le monde le sait maintenant… Et son père est furieux. Mais ils vont venir… Les autres… sois patiente…

Betina perdait des forces. Ses mots n'étaient plus qu'un murmure.

— Et ils vont leur faire payer... tout le mal qu'ils ont fait.

— Qui va venir avec Malis ? Est-ce que Jero est avec elle ? Est-ce qu'il est en vie ? Betina ne t'en va pas ! Betina !

Mais il était trop tard pour la malheureuse. Sa tête roula sur le côté et un filet de sang s'échappa de sa bouche. La vie l'avait quittée.

Neala n'en saurait pas plus. Elle s'assit tout près de la défunte et lui prit la main. Elle resta un long moment à ses côtés, pour l'accompagner de l'autre côté, retourner à la Source de Vie.

Elle n'entendit pas Vamer revenir, trop concentrée à chantonner les mélopées d'accompagnement enseignées par Ama.

— Qu'est-ce que tu fais ? demanda-t-il d'un ton agressif.

Alors tranquillement elle déplia ses longues jambes, se leva et fit face à Vamer.

— Je suis la Gardienne du Passage, le trait d'union entre la terre et le ciel, entre le monde des vivants et la Source de Vie. Je suis la Source de Vie.

Ses yeux verts lançaient des éclairs et Vamer recula d'un pas devant la force qu'ils dégageaient.

Tout horrible qu'il était, il avait la sagesse de reconnaître la puissance brute. Il comprit à ce moment-là qu'il était perdu. Mais il voulut garder la face.

— Je ne sais pas de quoi tu me parles. Et Betina ?

— Devine ? demanda-elle, sarcastique à son tour.

— Ça sent la mort ici.

— Eh oui, on se demande bien pourquoi !

— Tais-toi, si tu ne veux pas qu'il t'arrive la même chose !

Malgré toute la colère et la tristesse qu'elle ressentait, elle sourit.

Et Vamer fut complètement désemparé.

— Hors de ma vue, tout de suite ! Nabal, Tarou, allez l'enfermer ! Et débarrassez-moi de cette charogne qui pue !

Neala passa devant lui en regardant droit devant, en évitant de poser les yeux en direction de Betina, mais en continuant de sourire. Car elle en était maintenant convaincue, et la terreur dans le regard de Vamer ne faisait que le confirmer, son sort allait très vite être scellé, et il le savait.

Il régnait une atmosphère étrange cette nuit-là. L'horreur de l'agression de Betina était étrangement accompagnée d'une sorte d'excitation. Les lignes allaient bouger. Et Betina avait mentionné Malis et son compagnon. Qui était-ce, si ce n'était pas Clodi ? Allaient-ils venir rapidement pour la sortir des griffes de ces hommes atroces ? Ou allait-elle souffrir comme Betina ?

Elle eut du mal à s'endormir, l'esprit agité de questions et d'images traumatisantes. Pourtant elle savait qu'elle devait prendre des forces pour avoir une chance de quitter cet endroit maudit. Alors elle se concentra sur sa respiration et finit par s'apaiser avant de trouver le sommeil.

Les frères vinrent la libérer et dès qu'ils eurent disparu de son champ de vision, elle se dirigea à l'arrière de la cabane de Vamer pour se soulager. Mais au moment de se baisser, elle sentit une main qui l'agrippait violemment par l'arrière pendant qu'une autre se plaquait sur sa bouche. Elle allait hurler de terreur quand elle reconnut le murmure de la voix de Malis.

— Chut, surtout ne fais pas de bruit, je te relâche mais je ne voulais pas que tu cries de surprise.

— Malis ! chuchota Neala. Tu ne dois pas rester là, c'est trop dangereux ! Ils ont tué Betina et…

— Je sais, coupa la jeune fille, et je ne suis pas seule. Mais j'ai besoin de ton aide. Tu vas préparer la potion de Vamer, mais très dosée.

— Mais je vais mourir si je fais ça ! Il m'oblige à en boire aussi !

— Je sais ça aussi. Dès que tu auras bu, tu lui demanderas de sortir pour une envie pressante. Et tu te feras vomir, ces herbes t'aideront si nécessaire. Et dès que je te verrai dehors, ce monstre aura une belle surprise.

— Et les deux frères ? Ils sont terriblement forts et ils vont devenir fous s'ils voient que Vamer ne va pas bien.

— Ne t'inquiète pas pour ça, On va s'occuper d'eux aussi. Allez, tu dois y retourner, ou il va se douter de quelque chose.

Peu rassurée sur le plan de Malis, elle prit les herbes pour vomir dans sa main, et rentra chez Vamer.

— Où étais-tu ? J'attends ma potion depuis longtemps !

— J'ai le ventre dérangé, prévint-elle, anticipant une sortie rapide un peu plus tard.

— Tu devrais manger de la viande, moi je n'ai pas de problèmes de ventre.

— Je te remercie du conseil, je vais y réfléchir. Je prépare ta potion.

Au moment de jeter les herbes dans le bol fumant, elle mit la totalité des feuilles restantes, ce qui représentait au moins dix fois la dose habituelle. Vamer étant occupé à détacher des lambeaux de chair d'une cuisse de lapin, il ne remarqua pas le changement de la recette.

C'était un risque énorme. S'il constatait qu'il ne restait plus de feuilles, il se méfierait. Ou alors il deviendrait fou de rage devant le tarissement de son remède. Mais ce risque, elle était prête à le prendre. Elle n'avait plus rien à perdre et cette situation n'avait que trop duré.

Avant de verser la potion dans les deux petits bols, elle prit soin de retirer la plupart des feuilles et les dissimula sous une pierre près du foyer.

— Voilà pour toi, dit-elle en lui tendant le bol fumant.

— Toi d'abord, maugréa-t-il.

Elle porta le bol à ses lèvres, ses mains tremblaient légèrement. Elle avait pris soin auparavant de boire une grande quantité d'eau, pour faciliter les vomissements. Mais si cela ne suffisait pas ? Elle mourrait probablement. Mais elle ne serait pas seule à mourir. Décidée, elle but la potion d'un trait.

Elle reposa le bol vide, et fit mine d'aller moudre du grain pour les galettes. Elle observait Vamer du coin de l'œil. En général il buvait très rapidement après elle, mais aujourd'hui il prenait son temps. C'était vraiment le jour où il ne fallait pas traîner, se lamenta-t-elle !

Enfin, après un moment qui lui parut interminable, il but sa potion.

— C'est bizarre, dit-il, elle n'a pas le même goût.

— Ah, je n'ai pas remarqué, répondit-elle tranquillement. Il faut que je sorte, mon ventre fait encore des siennes. Je reviens très vite.

Elle se précipita dehors, mit les herbes vomitives dans sa bouche et les mâcha quelques instants, puis à l'arrière de la cabane elle mit deux doigts au fond de sa gorge et son estomac se vida violemment de son contenu. Malis, avant de disparaître, avait laissé une outre de peau pleine d'eau. Neala en but la moitié et recommença, puis l'autre moitié et termina, elle l'espérait, le nettoyage de son estomac. Heureusement, le vent couvrait les bruits des régurgitations.

Un peu sonnée, elle reprit son souffle, puis retourna retrouver Vamer.

Il n'avait pas l'air affecté par la potion, ou en tout cas ne le montrait pas.

— Alors, se moqua-t-il, on a le ventre fragile ? Tu as vraiment l'air malade. Tu veux retourner dans ta grotte ?

— Non ! répondit-elle un peu trop vite. Ça va aller. Je vais manger et tout ira bien.

— Comme tu voudras. Moi je suis un peu fatigué, je vais aller m'allonger.

— Non, ordonna une voix forte depuis la porte. Toi, tu restes là.

Vamer se leva d'un bond, puis se rassit immédiatement, en proie à un malaise évident.

— Qui es-tu ? demanda-t-il d'une voix affaiblie.

Dans l'encadrement de la porte se trouvait un homme suivi de Malis. A contre-jour Neala ne le reconnut pas tout de suite.

C'est seulement quand il s'approcha qu'à la lumière du foyer, Neala réalisa qui il était.

Marko !

Ses magnifiques yeux bleus brillaient de colère et de détermination. Mais à part ses yeux, rien dans son visage ou sa carrure ne rappelaient le jeune homme que Neala avait rencontré à Exton avant l'hiver.

Son menton était couvert d'une barbe sombre, sa voix était désormais grave et puissante, et surtout ses épaules avaient doublé de volume. En quelques lunes, Marko était devenu un homme vigoureux et plein d'assurance.

Il vint s'asseoir en face de Vamer.

— Tu ne me reconnais pas ? Pourtant il paraît que je ressemble beaucoup à ma mère. Exton, ça te parle ?

Neala put lire un terrible effroi dans les petits yeux sombres de Vamer.

— Tu es… tu es le fils de Damin !

— Exact, et orphelin par ta faute ! Et aujourd'hui tu vas payer pour ce que tu as fait.

— Mais je n'ai rien fait du tout ! Sors de chez moi ! Neala qu'est-ce qui se passe, je ne me sens pas bien du tout, je dois reprendre de la potion !

— Je ne crois pas, non, enchaîna Malis qui vint s'asseoir tout contre Marko. Tu en as eu assez pour la journée, et même plus.

— Qu'est-ce qu'elle raconte ? Neala ! Tu as pris la même potion ! Si cette fille m'a empoisonné alors elle t'a empoisonnée aussi !

— Je ne pense pas que mon amie ferait ça, Vamer. Apparemment tu as fait un surdosage, je t'avais prévenu que cela pouvait arriver.

— Mais pourquoi est-ce que tu n'as rien ?

— Les corps réagissent différemment, de ça aussi je t'avais prévenu. Mais tu as continué à passer tes journées à te gaver comme un goret comme si de rien n'était. Tant pis pour toi.

Dans un sursaut d'énergie, Vamer se leva, attrapa un gourdin se mit à frapper de toutes ses forces sur le tronc d'arbre qui, d'ordinaire, lui servait de banc.

— Nabal ! Tarou ! hurla-t-il avec difficulté, sa voix saccadée par sa respiration sifflante. Venez chasser ces intrus !

Neala regarda Marko et Malis avec angoisse, mais les deux ne semblaient pas inquiets.

— Ils vont venir, et ils vont vous massacrer !

— Comme ils ont massacré cette pauvre Betina, n'est-ce pas ? Mais tu crois vraiment qu'on va les laisser faire ? Allons-nous-en, dit-elle à l'adresse de Marko et Neala.

Alors que tous se préparaient à sortir, ils entendirent des bruits de pas précipités approcher, malgré le bruit du vent qui avait forci depuis le matin. L'affrontement était inévitable.

Marko saisit la courte sagaie qu'il gardait dans son carcan et vint se placer près de la porte, caché de l'entrée.

Malis attrapa son couteau de sa ceinture. Elle vint se placer derrière Vamer et posa sa lame de silex extrêmement tranchant en travers de son cou flasque. Il essaya de se dégager mais elle fut bien plus habile. Il se débattait pour tenter d'éloigner la menace de la lame mais ses gestes désordonnés ne faisaient que resserrer l'étau de Malis.

Il suffoquait à présent. De grosses gouttes de sueur perlaient sur son front et ses tempes, il était écarlate.

Malis, elle, semblait transfigurée. Elle, auparavant si timide et effacée, donnait à présent des ordres et semblait tellement sûre d'elle, que s'était-il dont passé pendant l'absence de Neala pour un tel changement ?

Les idées se bousculaient dans la tête de la jeune femme, que la potion avait laissée au ralenti.

Elle essaya de retrouver son couteau dans le fouillis des affaires de Vamer, sachant qu'il s'en servait régulièrement pour la narguer, mais elle l'aperçut trop tard. Nabal venait de passer la porte.

— Qu'est-ce que... Lâche-le ! rugit-il en se précipitant sur Malis.

Mais Marko fut plus rapide. Il projeta sa lance dans le flanc de l'individu, qui hurla de douleur et de surprise, mais ne s'avoua pas vaincu pour autant. Il se redressa, malgré la lance encore fichée dans son corps et se jeta de tout son poids sur Marko. Celui-ci, bien plus léger, esquiva et Nabal tomba lourdement sur le sol, haletant et écumant de rage.

L'action s'était déroulée très rapidement, Vamer en avait profité pour essayer de s'échapper, mais les effets de la digitale étaient à présent bien trop puissants. Il s'écroula sur sa paillasse, la respiration plus sifflante que jamais, le visage à présent trempé de sueur.

— J'étouffe ! éructa-t-il en se tenant la poitrine.

Malis recula, le laissant agoniser.

— Filons avant que le deuxième arrive !

— Malis, je ne peux pas courir, la potion a trop d'effet sur moi, mon corps ne m'obéit plus ! paniqua Neala, voyant que tous ses réflexes étaient diminués.

Ils entendirent alors des bruits de lutte venant de l'extérieur. Considérant que ni Nabal, ni Vamer n'étaient désormais une menace, Marko sortit.

— Assieds-toi, Neala, on va attendre le temps qu'il faudra.

— Merci. Je voudrais quitter cet endroit au plus tôt, mais je me sens trop affaiblie.

Elle s'affala sur le tronc et prit sa tête entre ses mains.

Malis, pendant ce temps, gardait un œil sur les deux hommes à terre.

Au dehors, Tarou hurlait comme une bête sauvage, tentant de se débarrasser de ses assaillants. C'était la déduction de Neala, au moins une autre personne devait être avec eux. Mais elle était trop faible pour aller les aider.

Vamer continuait à geindre et à tousser, sa toux se transformant parfois en gargouillis angoissants. Mais les deux femmes n'en avaient cure. Il était condamné de toute façon. Nabal n'avait pas bougé, la main posée sur son flanc ensanglanté.

Soudain le silence se fit.

Neala entendit vaguement Marko appeler Malis et la vit sortir de la cabane.

Puis, alors qu'elle sombrait dans l'inconscience, elle ouvrit soudainement les yeux sur une image terrible : elle vit en contre-jour vers la porte la silhouette de Nabal, la main armée d'une hache prête à fondre sur elle pour la frapper à mort. Elle essaya de hurler mais aucun son ne sortit, tous ses muscles étant engourdis par la digitale.

Alors qu'elle pensait ses derniers instants arrivés, les yeux exorbités par la terreur, elle entendit une flèche venir se planter dans la chair du colosse, puis un hurlement, et elle le vit tomber définitivement à ses pieds. Derrière lui, une silhouette qu'elle n'osait reconnaître.

— Jero ? murmura-t-elle avant de sombrer dans le brouillard.

Ce n'est que bien plus tard qu'elle reprit ses esprits. Elle pensa tout d'abord qu'elle avait rejoint la Source de Vie, où elle avait retrouvé son Jero bien-aimé.

Mais les sensations physiques peu à peu éprouvées paraissaient bien réelles. Elle était enveloppée dans une agréable chaleur et des bras puissants la berçaient doucement.

L'odeur était très familière aussi. Elle mit un moment avant d'ouvrir les yeux, de crainte de ne voir disparaître cette sensation enchanteresse. Était-elle en train de rêver ?

Mais non, elle entendait les rires de Malis et de Marko un peu plus loin.

Confiante, elle se laissa glisser vers l'éveil.

— Elle revient à elle ! Neala tu te sens mieux ? demanda Malis, soucieuse.

Neala leva le regard pour avoir la confirmation qu'elle ne rêvait pas.

— Jero ! Je suis tellement…

Sa voix était pâteuse et ses gestes encore très gauches, mais elle le serra le plus fort qu'elle put de ses bras engourdis.

— Tout va bien, l'apaisa-t-il. Tu es en sécurité.

— Et les trois autres ?

— Morts, et bien morts cette fois. Ils n'attaqueront plus personne.

Soulagée, elle se laissa aller contre la poitrine de Jero. Puis se redressa.

— Personne n'est blessé ?

— Non, quelques égratignures, mais rien de grave. Repose-toi.

— Je sais que… j'aurais voulu partir d'ici au plus vite, et vous aussi je pense, mais je n'aurai pas la force aujourd'hui.

Malis prit la parole.

— Ne t'inquiète pas pour ça. On va passer la nuit ici, et on verra demain.

Elle rendit à Neala son précieux couteau, celui fait de la très belle lame taillée par Jero et offert par Pat à son départ du village des prêtresses.

Malis poursuivit.

— On a visité les autres cabanes, et elles sont pires que celle-ci ! Ces deux frères vivaient dans des conditions atroces, leur cabane était d'une crasse incommensurable, on n'a rien pu récupérer, même pas les couvertures. Ils vivaient dans leurs excréments et ceux des chèvres, je me demande comment ces pauvres bêtes ont survécu. Je parle des chèvres bien sûr !

A ces mots Neala grimaça, se souvenant des propos de Vamer la veille.

— Les pauvres créatures… Avoir à faire à des monstres pareils !

— Quand on a ouvert la porte elles se sont échappées, et on n'a pas cherché à les rattraper, raconta Marko. Elles ont bien mérité leur liberté !

— Et qu'avez-vous fait des… d'eux ? demanda Neala, mal à l'aise.

— Nous les avons mis dans la cabane où Vamer recevait les gens, expliqua Marko. Y compris Betina. Nous nous occuperons d'eux demain.

— Tu veux manger ? proposa Malis pour changer de sujet. Ce Vamer avait des réserves bien remplies, on a préparé un bon repas !

— Oh il n'a jamais manqué de rien, et il en a bien profité, même si ses excès ont fini par le tuer.

— Enfin on a un peu accéléré les choses, tout de même, rappela malicieusement la jeune fille.

— Il serait mort rapidement de toute façon.

— J'ai eu quand même une certaine satisfaction à le voir pousser ses derniers râles, après ce qu'il a fait subir à ma mère, souligna Marko.

— Il m'a avoué qu'il avait été à l'origine des coups que ta mère a reçus, partagea Neala, qui commençait à retrouver une voix normale. En fait il a fait des avances à ta mère, et elle a refusé. Et pour se venger, il a dit à ton père que ta mère voyait un autre homme, ce qui était un mensonge. Ton père est alors rentré dans une rage folle, et tu connais la suite.

Marko garda le silence un moment.

— Alors je suis encore plus content de savoir qu'il ne nuira plus à personne, finit-il par dire.

— Tu peux venir t'asseoir à table ? interrogea Malis.

À regret, Neala quitta les bras protecteurs de Jero et se leva maladroitement. Elle s'affala sur le banc, encore faible.

— J'ai l'impression d'avoir abusé de boisson fermentée !

Tous se mirent à rire.

— D'ailleurs j'en ai trouvé de grands vases, informa Marko.

— Mais personne n'y touche, alerta Neala. Vu ce que Vamer est devenu avec ça, je ne recommande à personne !

Ils rirent encore, puis partagèrent un bon repas revigorant et animé.

Neala alla ensuite chercher sa couverture dans la grotte, elle l'étendit dans un coin à peu près propre de la cabane, et s'allongea dessus. Marko et Malis étaient dans un autre coin.

Personne n'avait voulu s'installer sur la paillasse dégoûtante de Vamer, encore pleine de sang de Betina et d'autres substances indéterminées.

Jero vint rejoindre Neala et les enveloppa dans sa propre couverture. Elle posa la tête au creux de son bras et vint se coller tout contre lui. Elle soupira d'aise. Même dans cette cabane crasseuse où tant de souffrance s'était accumulée, rien n'aurait pu la rendre plus heureuse que ce moment parfait.

Tout le monde s'éveilla à l'aube. Ils étaient tous conscients qu'une longue journée les attendait.

Malis fut la plus prompte à aborder le sujet jusqu'alors soigneusement évité.

— Qu'allons-nous faire des cadavres ?

— On devrait les enterrer, non ? suggéra Marko.

— La terre est encore gelée, cela va être très difficile de creuser, remarqua Jero.

— Ou alors... Suivez-moi, vous me direz ce que vous en pensez, proposa Neala.

Les quatre jeunes gens sortirent au grand jour. Le froid était toujours saisissant mais le vent avait baissé d'intensité.

Neala les amena jusqu'à l'entrée de la grotte.

— Qu'en pensez-vous ? interrogea-t-elle. Dans beaucoup d'endroits, ces monuments sont de toute façon des tombes. Et si on remet le gros rocher, personne ne viendra déranger leur dépouille.

— Ça me va, dit Malis qui avait juste envie de se débarrasser au plus vite de cette tâche ingrate et de quitter ce hameau maudit.

— Cela me contrarie cependant de laisser Betina auprès de ces monstres pour l'éternité, objecta Neala après réflexion. Les révélations qu'elles vous a faites et son retour ici m'ont sauvé la vie, et cela lui a coûté la sienne.

— Elle se savait condamnée, lui rappela doucement Malis. Si tu veux nous pourrions la déposer séparément, avec les rites funéraires qu'elle mérite.

— D'accord, acquiesça la Gardienne. Allons la préparer.

Les deux femmes retournèrent dans la cabane où les corps avaient été entreposés.

— Je te préviens, dit Malis devant l'entrée de la cabane, quand nous l'avons récupérée, sa dépouille avait été jetée derrière un talus, comme un vulgaire déchet. Et les charognards avaient déjà commencé leur office, c'est difficile à voir.

Neala serra les dents et entra.

Elle faillit vomir de dégoût en voyant des cadavres alignés, mais surtout l'état du corps de Betina.

— On va la nettoyer, dit-elle en se reprenant. Il y a de l'eau des morceaux d'étoffe ici.

Les deux femmes ignorèrent les cadavres des trois hommes, que Jero et Marko vinrent chercher l'un après l'autre, et commencèrent la toilette mortuaire de Betina.

— Regarde, dit Neala en débarrassant la poitrine décharnée de Betina des traces de sang et de terre. Elle m'avait dit qu'elle avait des grosseurs sur le corps, mais je ne pensais pas que c'était à ce point.

Sur un de ses seins flasques on apercevait très distinctement deux anormales boules de chair.

— Ces boules sont toutes dures, s'étonna Malis en frottant la saleté incrustée.

— Elle en a aussi sur le ventre, je les sens, remarqua Neala en continuant de nettoyer là où les bêtes ne l'avaient pas encore dévorée.

— Je me demande… Je serais curieuse de savoir ce que c'est.

Les deux femmes se regardèrent, jaugeant si l'autre avait pensé la même chose.

Alors Neala sortit son couteau, et élargit une des profondes morsures qui avait atteint le foie. Elle dégagea l'organe et fut très surprise de ce qu'elle observa.

— Ça alors ! s'exclama-t-elle. Il y a plusieurs de ces boules étranges ! Je ne sais pas de quel mal elle était atteinte, mais je doute effectivement qu'elle ait survécu longtemps.

Elle continua un peu son exploration.

— Son ventre est plein de sang. Je pense que c'est ce qui l'a tuée. Un des coups qu'elle a reçus aura fait éclater un organe, ou une de ces boules qui semblent pleines de ramifications. Bon, j'arrête là.

Malis était fascinée.

— Tout cela est tellement mystérieux… Est-ce la première fois que tu ouvres un humain ainsi ?

— Malis, tu as déjà vidé un lapin ou un agneau de ses viscères pour le préparer, non ? Eh bien l'intérieur d'un humain c'est fait pareil, mais en plus gros. Et une bonne guérisseuse doit savoir ce qui se trouve sous la peau, pour pouvoir comprendre ce qui ne va pas, et trouver le meilleur remède. Il n'y a pas de mystère dans un corps, quel que soit l'animal. Le seul mystère pour moi ici, ce sont ces boules qui ressemblent à des grosses araignées, ou des crabes, et qui n'ont rien à faire là. Pauvre Betina, elle a déjà eu une triste vie, entichée de cet horrible Vamer, mais elle aura eu une mort vraiment atroce. En plus je suis sûre que cette maladie la faisait souffrir.

— La dernière fois qu'elle est venue au village, elle avait du mal à se tenir debout. Elle avait beaucoup maigri.

— Tu penses que… Cette maladie pourrait avoir un lien avec celle de Trudi ? demanda tout à coup Neala. Ou même celle d'Adna, la compagne de Collun, le chef du village de mon enfance ?

— Je ne sais pas de quoi tu me parles, Neala, Trudi a eu une brûlure qui a mal tourné, et je n'ai pas connu Adna.

— Trudi n'est pas morte d'une brûlure, j'en suis convaincue. Elle avait autre chose.

— Mais qu'est-ce que ça change, s'impatienta Malis. Elle est morte, et Betina aussi, et nous devons l'enterrer pour quitter cet endroit sordide !

Neala réfléchit rapidement et se reprit.

— Tu as raison. Je réfléchirai à ça plus tard. Donne-moi un instant.

Elle se leva et chercha, dans le désordre de la cabane à soigner de Vamer, de quoi recoudre grossièrement le ventre de Betina. Elle finit de nettoyer les croûtes de sang, puis elle peignit ses fins cheveux grisonnants. Enfin, elles la recouvrirent d'une couverture de peau qu'elles avaient trouvée dans un coin de la cabane.

Elles appelèrent les hommes pour qu'ils la transportent jusque dans la grotte.

Ils l'installèrent au plus profond du court tunnel, le plus loin possible des hommes qu'ils avaient positionnés près de l'entrée.

Près de la dépouille de Betina, les femmes entreposèrent plusieurs céramiques dont une remplie de blé, ainsi que le couteau de Vamer.

— Comme ça, dit Malis, si quelqu'un essaie de l'attaquer dans l'au-delà, elle pourra se défendre.

Neala sourit, puis prononça quelques mots.

— Merci à toi, Betina, pour avoir alerté mes amis et m'avoir permis de continuer mon chemin. Je ne t'oublierai pas. Va en paix.

Et les deux femmes sortirent sans un regard pour les trois autres cadavres déposés sans cérémonie.

Jero et Marko déplacèrent alors, avec quelques difficultés, le gros rocher pour en obstruer l'entrée.

Même s'ils étaient très solides, ils n'avaient en effet pas la force brute colossale des deux frères.

Après une dernière visite dans les misérables cabanes pour récupérer ce qui pouvait l'être, y compris, pour Neala, sa besace, son capuchon de fourrure et son précieux couteau, ils se mirent en marche en direction de Plymo.

Aucun ne parla tant qu'ils étaient sur le plateau venteux, chacun étant perdu dans ses pensées.

Mais une fois de retour dans la plaine, les questions de Neala affluèrent.

— Que s'est-il passé depuis que j'ai été enlevée par ces brutes ? J'ai vraiment l'impression d'avoir raté beaucoup de choses. Racontez-moi ! Et d'abord toi, Jero, quand les frères nous ont attaqués je pensais vraiment t'avoir perdu ! Comment as-tu fait pour t'en sortir ?

— C'est vrai que celui qui m'a frappé n'y est pas allé de main morte, dit Jero en grimaçant tout en se caressant l'arrière de la tête où se trouvait, cachée dans ses longs cheveux blonds attachés par un lien de cuir, une vilaine cicatrice encore gonflée. Tout est devenu noir, et quand je suis revenu à moi, j'avais le crâne en sang et tu avais disparu. Je t'ai cherchée partout, j'étais fou d'inquiétude. Mais il n'y avait aucune trace de toi nulle part, et quand le soir est arrivé, j'ai compris que je devais retourner au village si je voulais rester en vie. J'étais effondré et je m'en voulais énormément de ne pas avoir pu te protéger. Malis a soigné ma blessure, et nous avons enterré Trudi. Il n'y avait rien d'autre que l'on puisse faire ce jour-là.

— Le lendemain, continua Malis, nous sommes retournés là sur les lieux de l'attaque. Et à part le sang de Jero il n'y avait rien d'autre. Tu t'étais volatilisée. Nous avons cherché pendant plusieurs jours, demandant à toutes les personnes que nous croisions. Mes frères, ma mère et d'autres gens du village nous ont aidés aussi. Mais après une demi-lune, il a fallu se rendre à l'évidence. Si tu avais été dans les parages, morte ou vive, nous t'aurions retrouvée.

— Alors on a compris que quelqu'un t'avait emmenée loin de là. J'étais désespéré. Je voulais partir à ta recherche, mais je n'avais aucune idée de la direction à prendre.

— Et là, termina Malis, nous avons pris la décision d'attendre, notamment le retour des beaux jours, en espérant qu'à un moment, on aurait une piste, un témoignage, quelqu'un qui t'aurait aperçue ou qui aurait entendu parler de toi.

— C'est comme ça d'ailleurs que l'on s'est rendu compte que « la guérisseuse du Nord » était célèbre ! On savait qu'on finirait par savoir ce qui s'était passé. Puis Betina est venue nous trouver… et après, tu sais.

— En revanche Marko, demanda Neala, tu ne m'as pas expliqué ce que tu faisais là. Je serais curieuse de connaître l'histoire, parce que je n'aurais jamais imaginé te revoir dans un tel contexte !

— Disons que nos destinées se sont recroisées, dit le jeune en rougissant un peu. Peu après votre passage, j'ai décidé que je devais empêcher mon père de continuer à faire du mal. Son attitude envers Malis m'avait révolté. Mais je n'étais pas en mesure de le faire. Je n'avais ni la force, ni l'aplomb suffisant pour défier mon père. Alors je me suis entraîné comme un fou, à renforcer mon corps, porter de lourdes charges, me battre contre tout ce que je trouvais, des buissons, des rochers, des ennemis imaginaires… Mon père m'avait mis dans une colère folle. Et d'ailleurs je pense qu'il l'a senti, parce que pendant quelques temps il est resté correct. Mais un jour, récemment, il a de nouveau abusé de la boisson fermentée. Et il a fait venir une toute jeune fille repérée le matin quand elle été allée se laver à la rivière avec sa mère. Il savait que le père était mort peu de temps avant, et il a exigé de sa mère qu'elle la lui amène ce soir-là. La mère, tenant sa fille par la main, était en pleurs. Elle disait que sa fille venait tout juste de saigner pour la première fois, qu'elle était trop jeune, elle le suppliait d'attendre. La petite était terrorisée.

Et alors que mon père s'apprêtait à frapper la mère pour l'éloigner, je me suis interposé. Mon père ne m'a d'abord pas pris au sérieux, il a commencé à m'insulter et à me bousculer. Mais j'ai riposté, et il a bien été obligé de se rendre compte que j'étais désormais bien plus fort que lui. Il a demandé à ses acolytes de boisson d'intervenir, mais ces pleutres, quand ils ont vu la rage dans laquelle j'étais, ont disparu sans demander leur reste. La fille s'est enfuie. Alors j'ai demandé à mon père s'il comptait tuer cette gamine comme il avait tué ma mère, et ça l'a complètement sidéré. Puis, il est entré dans une profonde tristesse léthargique. Il ne s'adressait plus à personne, ne marmonnait que quelques mots sur ma mère pour dire à quel point elle lui manquait. Il a perdu l'appétit et un jour, il est entré dans la rivière et n'en est jamais ressorti. Ceux qui étaient présents ont dit qu'il s'était laissé couler, sans lutter.

Un long silence suivit. Puis Marko reprit.

— À la suite de ça, des gens sont venus me voir pour me dire que j'étais le plus à même de reprendre le rôle de chef du village. J'étais d'abord sceptique, mais la façon dont je m'étais interposé avait fait le tour du village, et tous savaient que je ne laisserais jamais une telle ignominie se reproduire. Ils savaient aussi que mon père, malgré ses défauts, m'avait enseigné beaucoup de choses sur la gestion du village, et ses travers déviants ne doivent pas faire oublier que c'était un négociant hors pair et un très bon gestionnaire. Nous n'avons jamais eu à souffrir de famine et il savait apprécier le travail de chacun dans ce village où il faisait bon vivre, avant. Alors je me suis donné comme mission de retrouver l'esprit joyeux qui animait notre village. Et beaucoup de progrès ont déjà été faits !

— Mais ça ne me dit toujours pas ce que tu faisais sur le plateau de Dartomor avec Malis et Jero.

— Tu es bien impatiente, s'amusa Jero.

— J'y viens ! Donc après concertation avec les plus anciens, j'ai finalement accepté de reprendre le rôle de chef du village. Et une de mes premières actions a été de visiter les villages voisins pour les informer du changement. Et même si Plymo est loin d'Exton, j'avais secrètement toujours espéré revoir Malis. Pour présenter des excuses au nom du village pour le comportement déplorable de mon père, d'abord, et aussi…

— Et donc, coupa Malis, il est arrivé quelques jours avant le retour de Betina. Et il a décidé de nous accompagner pour venir te chercher.

— C'est vraiment très aimable à toi, Marko, je te remercie infiniment !

— Tu m'as fait comprendre beaucoup de choses, Neala, quand vous êtes passés à Exton. Et tu m'as permis de trouver la force de faire bouger les choses. C'est moi qui te remercie. On s'arrête pour manger ?

Neala acquiesça avec soulagement. Ils marchaient depuis de longues heures et les effets de la digitale étaient encore bien présents. Elle n'avançait pas aussi vite qu'avant, et Jero en fit la remarque.

— Tu sembles essoufflée, est-ce que tout va bien ?

— La potion que j'ai prise pendant toute la saison froide est encore très présente dans mon corps. Je pense qu'il me faudra un peu de temps pour retrouver ma forme. Mais dis-moi, poursuivit-elle à voix basse. Il me manque des morceaux de puzzle je crois. Et Clodi ? Qu'est-ce qu'il est devenu, dans l'histoire ?

— Malis te racontera, répondit-il doucement. Mais je pense qu'elle préférera le faire quand vous serez toutes les deux.

Après avoir partagé quelques galettes de blé, la petite troupe reprit sa route.

Ils décidèrent de s'arrêter près d'une paroi rocheuse pour la nuit. Ainsi abrités du vent, ils allumèrent un bon feu réconfortant.

Neala était éreintée, elle fut même tentée de sauter le repas pour pouvoir s'endormir plus vite, mais Jero la força à avaler une galette et quelques noisettes. Elle ne se souvint même pas de quelques mots échangés, elle sombra dans le sommeil, réchauffée par le feu crépitant et par le corps délicieusement tiède de son compagnon.

Elle fut réveillée aux aurores par une fine bruine. Délicatement elle se leva, laissant Jero terminer sa nuit. Malis était déjà debout, essayant d'alimenter le feu malgré l'humidité.

— Il y a un ruisseau un peu plus loin, tu m'accompagnes ? demanda-elle.

— Avec plaisir ! Il y a si longtemps que je n'ai pas pris de vrai bain ! Les deux frères ne se prenaient jamais de bain, d'où l'odeur de bouc. Vamer se débarbouillait parfois, mais ses vêtements étaient tellement crasseux. Il se plaignait de l'odeur de bouc des deux autres, mais il y contribuait grandement aussi !

Les deux femmes atteignirent rapidement le ruisseau. L'eau était glacée, mais l'envie de se débarrasser de la crasse était la plus forte pour Neala. Elle se déshabilla entièrement et s'avança dans l'eau peu profonde mais bien dynamique. Au milieu du ruisseau, la jeune femme avait de l'eau jusqu'à mi-cuisses. Elle prit une profonde inspiration puis s'immergea entièrement, tête y compris. Elle sortit presque aussi rapidement en poussant un cri aigu.

— Qu'est-ce que c'est froid ! Mais qu'est-ce que ça fait du bien !

Elle bascula sa tête en arrière pour frotter rapidement ses cheveux, puis se releva, les essora et sortit de l'eau. Elle plongea alors dans l'eau la couverture d'auroch prise chez Vamer avant de la laisser égoutter sur un buisson tout proche.

Malis était déjà sur la berge et essayait de se réchauffer.

Neala hésita un moment, puis se décida à laver sa tunique de peau. Elle aurait froid plus longtemps, mais elle se sentirait ainsi débarrassée de la moindre particule de son horrible séjour sur le plateau de Dartomor.

Elle remit sa tunique trempée et tout juste égouttée, se recouvrit de son capuchon et s'emmitoufla dedans.

— Malis, que s'est-il passé avec Clodi ? Je n'ai pas insisté hier, mais j'imagine qu'il n'a pas disparu de la circulation par enchantement.

— Pas vraiment non, répondit la jeune fille en se renfrognant. Je t'avais déjà dit que Clodi n'était pas gentil avec moi, avant que tu ne disparaisses. Eh bien la situation a empiré. Et plus il devenait désagréable, plus son père nous poussait pour que je devienne sa compagne officiellement. Il voulait que je vienne habiter chez eux, et que Clodi vienne aussi, alors qu'il habitait toujours dans la cabane des jeunes hommes. Clodi m'en voulait énormément, il pensait que je faisais pression sur son père pour officialiser la relation. J'avais beau lui expliquer que ce n'était pas le cas, il ne me croyait pas. Il me traitait de menteuse et de profiteuse. Mais de quoi donc est-ce que je profitais ? Je me le demande. À part de ses sarcasmes, qui sont devenus des injures. Et un jour, alors que Marko venait d'arriver au village depuis peu, Clodi a essayé de me frapper. Marko l'a vu et l'en a empêché. Je suis retournée chez ma mère en pleurant, je lui ai expliqué ce qui se passait, mais elle n'a rien voulu savoir. Entre temps Marko était allé trouver Jero pour lui raconter. Puis, quand Betina est venue nous dire ce qu'elle savait, il m'est apparu évident de venir à ta recherche. Je te dois tellement ! J'en ai parlé avec ma mère, elle m'a interdit de le faire, mais je ne l'ai pas écoutée.

Et… Je suis partie quand même. Je me suis enfuie, Neala, et ma mère ne sait pas que je suis avec Marko, il a annoncé à tout le monde qu'il retournait à Exton avec le reste de la délégation de son village, la veille de notre départ. Ses compagnons sont rentrés comme prévu, et lui nous a attendus avec Betina, à une journée de marche du village.

— Tu veux dire que… non seulement ta mère ne sait pas que tu es partie me chercher, même si ça, elle a dû s'en rendre compte rapidement, mais elle ne sait pas que tu es avec Marko ? Parce qu'il est évident qu'il y a plus que de l'amitié entre vous, n'est-ce pas ?

Malis baissa ses grands yeux noirs si délicatement ourlés de ses immenses cils. Puis elle les releva, pleine de détermination.

— Marko est l'homme avec qui j'ai envie de vivre ma vie. Il est droit, courageux et juste. Je me sens bien et en sécurité quand je suis avec lui, et lui il apprécie ma compagnie. Il me valorise et me fait confiance. Et ce que pensent ma mère ou Ramon ou son idiot de fils, Clodi, je m'en moque !

Neala sourit. Le froid lui faisait claquer les dents, mais elle était tellement fière du chemin parcouru par Malis !

— Alors tout est parfait. Enfin le retour risque d'être mouvementé. Je vais te poser une seule question, même si j'imagine que tu te l'es déjà posée. Qu'es-tu prête à abandonner Malis, pour être avec Marko ?

— Tout, dit-elle avec assurance. Je suis prête à tout laisser derrière moi. Mais je ne renoncerai pas à Marko.

Un magnifique sourire éclaira le visage de Neala. Elle était tellement heureuse pour Malis ! Même si elle savait les sacrifices à venir, la force de l'amour de son amie pour Marko balayait tout sur son passage. Et c'était cet amour qui la rendait tellement vivante !

Elle prit la jeune fille dans ses bras.

— Je suis contente pour vous deux. Soyez heureux !

Puis elle relâcha son étreinte.

— Mais allons d'abord affronter ensemble le reste du monde.

Les deux femmes retournèrent au camp provisoire.

Le chemin n'était désormais plus très long jusqu'à Plymo, mais tous étaient désireux d'arriver avant la nuit. Et Malis était prête à faire face à son destin.

En milieu d'après-midi ils atteignirent les premiers champs. Ils croisèrent plusieurs personnes qui exprimèrent leur soulagement de revoir Neala saine et sauve à travers de gentils témoignages. Ils évitèrent en revanche de s'adresser à Malis ou Marko et les ignorèrent.

Jusqu'à ce qu'ils tombent sur un des frères de Malis.

Celui-ci salua Neala et Jero, manifestement content de leur retour. Mais les mots qu'il eut pour sa sœur furent bien plus réservés.

— Tu devrais aller trouver notre mère au plus tôt.

Il n'ajouta rien d'autre, il salua discrètement Marko d'un signe de tête, et continua son chemin.

— Je pense que je vais être accueillie à bras ouverts, grommela la jeune fille entre ses dents.

Ils arrivèrent en vue de la cabane de Fiona. Celle-ci les attendait devant, visiblement très en colère.

— Mais où étais-tu donc ? cria-t-elle alors qu'ils étaient encore assez éloignés. Et que fais-tu avec... Est-ce que ce que l'on raconte est vrai ? Tu t'es enfuie avec un homme alors que tu étais promise à un autre ? Comment peux-tu te comporter de la sorte, tu me fais honte !

Malis s'apprêtait à répliquer, mais Neala l'en dissuada en posant la main sur son bras, et prit la parole.

— Fiona, tu dois être fière de ta fille, c'est grâce à elle si je suis là.

— Neala, ne te méprends pas, je suis ravie que tu sois de retour, mais mets-toi à ma place, tout le monde ne parle que de la fuite de Malis avec ce garçon, Ramon est furieux, il veut la chasser du village, et...

— Il n'aura pas à le faire, dit posément Malis.

— Bien sûr qu'il ne le fera pas, voulut se rassurer Fiona. Je vais aller le voir, lui expliquer que ce n'est qu'un malentendu, tu vas aller t'excuser et préparer ta cérémonie d'union avec Clodi, et tout va rentrer dans l'ordre.

— Je crois que tu n'as pas bien compris, Maman, reprit Malis d'un ton un peu plus rapide. Ramon n'aura pas à me chasser car je vais quitter Plymo.

— Comment ? s'effara Fiona. Qu'est-ce que tu veux dire ? Tu veux retourner au village des prêtresses ?

Malis ne put s'empêcher de rire en levant les yeux au ciel. Puis elle demanda d'un ton amer.

— Pourquoi souhaites-tu absolument que je sois malheureuse ? Que ce soit dans une communauté avilissante dirigée par une femme hautaine et désagréable qui ne sait que diviser pour mieux régner, ou dans une relation délétère avec un compagnon qui me méprise et me frappe ?

— Mais je…

— Je ne veux ni l'un ni l'autre, Maman. Je veux vivre avec l'homme que j'aime et qui m'aime, être à ses côtés chaque jour. Et je veux soigner des gens, comme Neala me l'a appris.

Elle se rapprocha de Marko, qui mit un bras protecteur autour de ses épaules.

Fiona recula d'un pas.

— Mais tu aurais tout pour être heureuse ici, Clodi est peut-être un peu… perdu en ce moment, il a été très déçu par ton rejet, mais c'est le poids des responsabilités qui lui a un peu fait perdre pied, tu comprends, il va un jour devenir le chef du village, et tout cela l'a un peu déboussolé, d'où son comportement étrange. Bon il est certain que Ramon voit d'un très mauvais œil tes activités de guérisseuse, mais quand tu auras des enfants tu devras les soigner, n'est-ce pas ? Alors que ce jeune garçon, qu'a-t-il à t'offrir ? Une dure vie de labeur à s'échiner dans les champs pour que vos enfants ne meurent pas de faim ?

Malis ne put s'empêcher de rire.

— Mais Maman, est-ce que tu t'entends parler ? Tu défends le comportement de Clodi, vraiment ? Il est un peu perdu en ce moment, franchement ? Depuis le premier jour de mon retour il s'est comporté de façon détestable, et il met ça sur mon dos en disant que l'ai rejeté ? Est-ce que tu veux la vérité, Maman ?

Un silence s'abattit. Puis Malis insista, en élevant la voix.

— Tu la veux, la vérité ? Est-ce que tout le monde ici la veut, la vérité ?

— Malis, calme-toi, je ne crois pas que… dit faiblement Fiona.

— Eh bien je vais te dire, ce qui ne va pas avec Clodi ! Cela n'a rien à voir avec moi. Quand nous étions enfants, nous étions très proches, et j'avais gardé un très bon souvenir de cette complicité. Aussi quand je suis revenue j'espérais vraiment qu'il s'intéresse à moi, et qu'on allait devenir un couple. Mais ça n'a pas été le cas. Et tu sais pourquoi ? Parce que Clodi ne s'intéresse pas aux filles. Et son père n'accepte pas cette idée. Alors il peut m'en vouloir et me rendre responsable de cette situation, mais cela ne changera rien. Et c'est pour ça que Clodi est si désagréable avec moi. Car il est beaucoup plus facile de blâmer quelqu'un pour son malheur plutôt que de faire face. Clodi est terrorisé par son père, il n'ose pas l'affronter. Qu'ils règlent leurs problèmes entre eux. Moi je vais vivre ma vie loin de tout ça. Et pour ta gouverne, sache que Marko est tout l'inverse de Clodi. Lui il a défié son père. Et sache aussi, que malgré son jeune âge, il a déjà la charge de son village, Exton, qui est deux fois plus grand que Plymo. Et il s'en sort très bien.

Du bruit attira leur attention derrière eux. Ils se retournèrent et furent très surpris de voir Ramon et Clodi la bouche grande ouverte, abasourdis l'un comme l'autre par la tirade de Malis.

Ramon fut le plus prompt à réagir.

— Comment oses-tu, fille de malheur, jeter l'opprobre sur ma famille de la sorte ? Qui penses-tu que tu es ? hurla-t-il, encore plus rouge que d'habitude et les yeux exorbités de rage.

Il s'approcha dangereusement de Malis, prêt à frapper, mais Marko s'interposa, la main sur son couteau.

— Recule, Ramon, si tu veux garder la face, conseilla Jero à voix basse. Personne ne sortirait gagnant d'un affrontement, mais tu aurais encore plus à y perdre.

— De quoi te mêles-tu, l'étranger ? siffla Ramon.

— Justement, je suis un étranger ici, mais je n'ai que des amis. Je ne veux pas que mes amis se battent.

Neala était restée silencieuse mais en alerte maximum. La situation risquait de s'embraser d'un instant à l'autre.

Mais Ramon, tout énervé qu'il était, n'était pas complètement idiot. Il savait qu'il n'aurait pas le dessus. Alors il recula, et la tension redescendit d'un cran.

Clodi dévisagea tout le monde, puis il tourna les talons et s'enfuit en direction de la forêt.

— Nous allons partir, assena Marko d'une voix grave et sans appel. Tous les quatre. Nous ne souhaitons pas te causer de tort, Ramon, ajouta-t-il, en bon diplomate. Nous allons quitter ton village sans délai. Le temps de prendre quelques affaires, et tu n'entendras plus parler de nous.

Le visage de Ramon s'était tendu d'un air de défi. Neala pouvait constater qu'il hésitait manifestement à répliquer ou lancer une nouvelle provocation, mais la crainte que lui inspirait l'assurance de Marko l'en dissuadait. Il ne pouvait cependant laisser le dernier mot à ce jeune premier.

— C'est ça, prenez vos affaires et partez, dit-il bien fort, comme si c'était un ordre.

Marko, tout novice qu'il était, n'était pas naïf, il savait l'importance de l'ego pour la catégorie d'hommes à laquelle appartenait Ramon. Alors il ne répliqua pas. Mais au moment au Ramon allait partir, Marko l'interpella à voix basse.

— Ramon, je te propose la chose suivante : nous allons laisser tout cela se tasser quelque temps. Puis quand tu en auras envie, viens donc nous rendre visite à Exton, avec quelques personnes de Plymo. Nos deux villages sont prospères et auraient beaucoup à gagner à échanger. Je te recevrai avec grand plaisir.

Ramon le regarda droit dans les yeux. Et reconnut beaucoup de sagesse dans le regard de ce garçon si jeune.

— J'y réfléchirai, Marko, dit-il enfin.

Et il quitta les lieux.

Fiona était toujours sous le choc de ce qui s'était passé. Elle vit sa fille et Neala sortir de la cabane, chacune avec sa besace et leurs capuchons de voyage, qu'elles n'avaient pas quittés. Jero avait déjà récupéré ses maigres possessions avant de partir sur le plateau du Dartomor.

Tout le monde était prêt.

— Malis je… Je ne sais pas quoi dire, dit enfin Fiona, les larmes aux yeux.

— Marko a raison, Maman, laissons passer un peu de temps, puis viens nous rendre visite à Exton. Je ne serai pas la bienvenue ici pendant un bon moment je pense, alors ce sera à toi de voyager. Ce n'est pas si loin !

— Voyager ? dit Fiona horrifiée. Mais je n'ai jamais voyagé jusqu'à maintenant !

— Alors ce sera l'occasion, dit Neala en riant pour détendre l'atmosphère. Tu verras ce n'est pas si terrible, et tes fils pourront t'accompagner.

— Peut-être que… on verra, dit Fiona d'un air peu convaincu.

— Tu embrasseras mes frères pour moi.

— Et pour nous aussi, renchérit Neala, et toute la famille de Trudi, j'aurais bien aimé passer les voir, mais je pense qu'on ne devrait pas traîner.

— Je comprends, dit Fiona, je leur dirai.

— Allons-y. A bientôt Maman !

— Ma fille chérie ! s'écria Fiona en prenant une Malis surprise dans ses bras. Je n'ai jamais voulu que tu sois malheureuse, au contraire, je veux le meilleur pour toi ! Mais j'ai tellement peur pour toi, je voudrais tellement te protéger... de tout !

— Y compris de vivre ?

Malis sourit et plongea son regard sombre dans celui de sa mère, quasiment identique.

— Tu sais Maman, la peur n'évite pas le danger. Alors fais-moi confiance, tout ira bien. Et viens me voir, tu le constateras par toi-même.

— Je viendrai, promit finalement Fiona, s'essuyant les yeux d'un revers de la main. Au revoir, Neala et Jero, bonne route ! Et Marko, tu prends soin de ma fille, hein, sinon, gare à toi !

Tous se mirent à rire malgré la précipitation et la tristesse des adieux.

Et les deux couples prirent la direction de la forêt en agitant la main.

— A bientôt Fiona !

Ils venaient tout juste de pénétrer dans la forêt quand ils eurent la surprise de voir Clodi leur barrer la route.

— Malis, est-ce que je peux te parler ?

Marko considéra la situation. Clodi n'avait pas l'air agressif ou en colère, il avait plutôt l'air triste, en somme.

Ils se mirent un peu à l'écart, mais à portée de voix.

— Je voulais... te présenter mes excuses, pour avoir été si désagréable ces derniers temps.

— Pourquoi ne m'as-tu tout simplement pas parlé ? J'aurais compris, tu sais, je suis ton amie. Mais là tu m'as vraiment donné l'impression que j'étais une mauvaise personne, que je ne méritais pas d'être appréciée, quoi que je faisais.

— Tu es une bonne personne, Malis, et je suis content pour toi que quelqu'un s'en soit rendu compte, dit-il avec un pauvre sourire en pointant Marko du menton. Et tu as raison, je dois affronter mon père, moi aussi. Un jour.

— Ton père n'est pas un méchant. Un peu borné, certes.

Tous deux gloussèrent. C'était leur premier vrai moment de complicité depuis bien longtemps. Malis était émue aux larmes.

— Sache que… Tu seras toujours le bienvenu à Exton, si tu avais envie de changer d'air.

— Merci Malis.

Il posa un furtif baiser sur sa joue, puis il tourna les talons.

— Prends soin de toi, murmura-elle tandis qu'il s'éloignait.

Ces mots s'étranglèrent dans sa gorge sous le coup de l'émotion. C'était très difficile de ne pas montrer sa tristesse de quitter tout ce qui fut son enfance, son monde et ses espoirs pendant toutes ces années. Et si quelqu'un pouvait la comprendre, c'était bien Neala. Cette dernière, en revanche, ne fit aucun effort pour retenir ses larmes. Tout cela résonnait trop pour elle. Jero s'en aperçut et entoura ses épaules d'un bras consolateur, alors qu'ils reprenaient, une fois de plus, mais cette fois-ci ensemble, la route de l'aventure.

Chapitre 5

Le trajet jusqu'à Exton se fit sans encombre, ils retrouvèrent les mêmes forêts et la même traversée périlleuse sur le tronc humide et glissant, mais Malis se montra très courageuse une fois de plus et aucun obstacle ne vint ralentir leur progression.

Neala s'était complètement remise de la prise régulière de digitale. La marche au grand air lui fit le plus grand bien, après ces longues lunes d'inactivité physique enfermée chez Vamer. Enfin elle retrouvait la liberté de mouvement, les grands espaces et tous purent admirer la renaissance frémissante de la nature. Les grands froids étaient terminés, le fond de l'air était toujours bien frais mais toute la neige avait fondu depuis un moment dans la plaine.

Neala se sentait revivre. La présence réconfortante de Jero n'y était pas étrangère.

Leurs moments de complicité étaient plus fréquents, leurs chamailleries aussi. Loin d'être d'accord sur tout, ils passaient de longs moments à débattre, argumenter, essayant de rallier l'autre à son point de vue.

Malis et Marko se moquaient parfois gentiment d'eux. Même s'ils étaient bien plus jeunes, ils étaient la plupart du temps beaucoup plus pragmatiques et terre à terre que leurs aînés. Ils savaient qu'une lourde tâche les attendait à Exton, car le village avait grandement besoin de réorganisation. Damin avait manqué de vision ces dernières années, se contentant d'expédier les affaires courantes, c'est à dire, la plupart du temps, sans prendre de grande décision. Le résultat était sans appel : le village s'était agrandi de façon anarchique, certaines cabanes ayant même été construites sur les berges inondables du fleuve. En revanche peu de nouvelles parcelles avaient été défrichées, limitant la quantité de terres cultivables disponibles et épuisant les terres en les privant de jachère régénératrice.

Marko avait visité plusieurs villages pendant son périple, et il avait trouvé certaines idées très intéressantes. Il les exposait à ses compagnons, pour avoir leur avis et leurs précieuses objections.

Il était évident que Marko ne serait pas un leader solitaire et despotique. Il s'enrichissait des expériences de chacun, retenait les informations essentielles et les contraintes qu'il n'avait pas vues.

Si les temps de pause étaient l'occasion de discussions animées à quatre, les temps de marche étaient plutôt des échanges deux à deux.

Marko et Malis prenaient le temps de se découvrir, pendant que Neala et Jero, eux, se redécouvraient. Réaliser qu'ils avaient failli se perdre l'un l'autre par la faute de Vamer et de ses manœuvres les avait grandement rapprochés.

Et tout à leurs retrouvailles, aucun n'avait vraiment songé à l'avenir. Si bien que quand ils arrivèrent à Exton et que Marko et Malis leurs proposèrent de rester, ils acceptèrent avec joie.

— Tu te souviens, Jero, que nous manquions de tailleurs de pierre. Eh bien c'est toujours le cas ! Alors si tu veux prendre la responsabilité de l'atelier de taille, il est tout à toi.

Jero fut ravi de l'aubaine, il préférait largement la taille des outils aux travaux dans les champs, même s'il était heureux d'aider pour les grandes opérations, de labour ou de récolte.

Ils arrivèrent en fin d'après-midi à Exton, et Neala put constater l'affection et le respect des gens du village pour leur nouveau chef.

Autant leur première venue quelques lunes plus tôt avait été assez mouvementée et peu agréable, avec l'attitude exécrable de Damin, autant cette fois-ci ils furent accueillis à bras ouverts.

Plusieurs personnes les reconnurent, à commencer par Nadina et Banou, venus les saluer dès qu'ils eurent vent de leur présence.

— Regarde, Neala, s'écria ce dernier en montrant sa main, j'ai complètement récupéré son usage, et c'est grâce à toi !

— Je suis très contente pour toi, Banou, mais je suis sûre que les soins prodigués par ta compagne, après mon départ, y sont pour beaucoup aussi !

Nadina rosit de plaisir sous le compliment.

— Mes amis, dit Marko en s'adressant aux personnes venues en nombre à leur rencontre, nous avons fait un long voyage et nous voudrions nous reposer. Mais dans deux jours, je voudrais que l'on organise une belle fête en l'honneur de ma compagne Malis et de nos amis, Neala et Jero. Retrouvons-nous tous en fin de journée pour partager un bon repas dans la maison principale. Prévenez tout le monde, nous abattrons deux bêtes le matin puis nous préparerons les plats ensemble à la mi-journée, pour que tout soit prêt pour le soir. A dans deux jours !

Les villageois s'en allèrent ravis et se hâtèrent de porter cette bonne nouvelle à leurs familles et voisins.

Les quatre voyageurs arrivèrent enfin chez Marko, qui habitait jusqu'alors seul dans la grande cabane de son père.

Chacun se débarrassa de son capuchon, puis Marko prit la parole.

— Cette cabane est assez grande pour nous accueillir tous, mais si vous le souhaitez il y a une autre solution…

— Une grange fera l'affaire, coupa Neala en riant, se souvenant de leurs propos quelques lunes plus tôt lors de leur arrivée à Exton, épuisés de leur épopée.

— J'ai mieux que ça, s'enthousiasma Marko. Près de la grange dans laquelle vous étiez, effectivement, il y a une cabane abandonnée. Le second tailleur de pierre y vivait, il a quitté le village peu avant votre venue. Personne ne s'y est installé, ce n'est pas une grande cabane mais elle est en bon état.

— On sera très reconnaissants d'avoir notre chez-nous, dit Neala en souriant. Je pense que chacun appréciera un peu d'intimité, ajouta-t-elle en faisant un clin d'œil à Malis, qui ne put s'empêcher de rougir.

— Je vous accompagne, proposa Marko. Comme ça on verra ce qui manque. Mais il ne doit pas y avoir de nourriture, alors ce soir vous mangerez avec nous.

— Avec joie, répondit Jero. Allons-y avant que la nuit tombe, ce sera plus facile de faire quelques réparations si besoin.

Ils eurent vite fait de traverser le village pour atteindre la berge.

La cabanette était effectivement en assez bon état, le toit avait un peu souffert et l'intérieur était en désordre, mais quelques heures suffiraient pour en faire un agréable lieu de vie.

Après s'être assurés qu'ils n'avaient pas besoin de son aide, Marko laissa ses deux amis arranger leur nouveau nid.

— Cela me rappelle ma cabanette en lisière de la forêt, dans mon village, se souvint Neala, nostalgique.

— Le fleuve est peut-être un peu plus bruyant cependant, fit remarquer Jero. Allez, au travail, si on veut avoir un feu et une paillasse correcte pour la nuit !

— Je vais chercher des chaumes, proposa Neala. Je sais qu'il y en a dans la grange à côté.

Chacun se mit au travail. Jero rafistola rapidement le toit, en attendant une vraie réparation digne de ce nom, puis alla chercher du bois dans la forêt la plus proche.

Neala, elle, prépara la paillasse et y déposa leurs couvertures, puis elle rassembla dans un panier la vaisselle éparpillée pour la laver. Pour ceci elle devait se rendre dans une sorte de crique un peu plus loin, grâce à laquelle on pouvait accéder à l'eau.

Une fois la maison prête, ils se rendirent chez Marko, où Malis, après avoir remis de l'ordre, avait fait réchauffer un bon ragoût de poisson préparé par Nadina.

— C'est délicieux, dit Jero en se resservant un grand bol.

— Je suis d'accord, approuva Marko. J'adore ces herbes parfumées !

— Je n'avais jamais rien mangé de tel, renchérit Malis. J'irai demander à Nadina comment elle a préparé son plat.

— Et quelles herbes magiques elle utilise, pourvu que ce ne soit pas de la digitale ! s'exclama Neala, déclenchant un fou-rire collectif.

La tension accumulée ces derniers jours et la fatigue du voyage eurent raison d'eux. Dès le repas achevé et après avoir chaudement remercié leurs hôtes, Neala et Jero rejoignirent leur maisonnette.

Épuisée, Neala s'écroula sur la paillasse sans cérémonie. Allongée sur le dos, elle attendit que Jero vienne la rejoindre. Le feu à peine nourri projetait une douce lumière sur les murs de pierre et de bois de l'habitation. Jero s'allongea près d'elle, personne n'osait rompre le silence presque gêné qui s'était installé. C'était la première fois qu'ils se retrouvaient seuls tous les deux pour la nuit, depuis que Jero avait quitté le village de Neala des années plus tôt.

Et pour elle, alors qu'elle avait souhaité ce moment de toutes ses forces pendant des années, l'appréhension prenait maintenant le dessus. Comment devait-elle se comporter ? Qu'attendait-il d'elle ? Était-il lui aussi impressionné ?

N'y tenant plus, elle prit la parole.

— Écoute, je suis probablement maladroite, mais je…

Il se retourna vers elle et mit un doigt sur ses lèvres.

— Ne dis rien. Il n'y a rien à dire, rien à faire pour l'instant. Laissons faire les choses. Là je veux juste m'endormir près de toi, sentir ta présence, et me réveiller à tes côtés. Je ne veux rien d'autre.

Elle sourit dans la nuit et vint se caler dans le creux de son épaule, posant une main sur son ventre chaud. Il enfouit son visage dans sa chevelure flamboyante, puis l'embrassa sur le front, et ils se laissèrent doucement glisser au pays des rêves.

Ils furent réveillés par les cris d'une bande d'enfants chahutant à l'extérieur. Ils réalisèrent qu'ils avaient dormi bien tard, épuisés par les aventures de ces derniers jours.

Écoutant les petits qui se couraient après et se chamaillaient au sujet d'un bâton, ils se mirent à rire. Et décidèrent qu'il était temps de se lever.

La veille ils n'avaient pas vraiment pris le temps d'observer leur environnement, alors dès qu'ils furent debout, ils sortirent de leur cabanette pour se familiariser avec les lieux.

La cabanette était relativement isolée en contrebas sur la berge. Il y avait deux autres habitations à proximité, sur cette même berge en amont, et un grand arbre semblait protéger cette bande de terre de ses branches fournies. Les enfants vivaient probablement dans ces deux maisons. Il y avait deux jeunes garçons d'une dizaine d'années et trois petites filles, la plus âgée devait avoir dans les huit ans, et la dernière n'avait probablement pas plus de trois ans. Elle essayait de rattraper ses sœurs, ou voisines, quand, en passant devant Neala et Jero, elle s'étala de tout son long. Les hurlements de frustration, plus que de douleur, suivirent très rapidement. Neala s'approcha d'elle et la releva vivement, pour s'assurer qu'elle n'avait rien de grave. Un examen rapide confirma qu'il y avait plus de peur, ou de colère, que de mal, mais la petite pleurait toujours à chaudes larmes.

— Tout va bien, la rassura Neala en la prenant dans ses bras. Comment tu t'appelles ?

— Mon bâ... Mon bâ…

— Momba ?

— Mon bâton, hoqueta la petite, z'ont pris mon bâton !

Les deux garçons s'étaient enfuis, probablement avec l'objet de leur larcin, mais les deux autres fillettes s'approchèrent.

— Bonjour, dit gaiement Neala. Nous sommes vos nouveaux voisins. Je suis Neala, et voici Jero. Et vous, comment vous appelez-vous ?

La plus grande prit la parole.

— Je suis Nola, Ici il y a Lizzie, et notre petite sœur c'est Randa.

Randa avait cessé de pleurer, elle regardait Neala avec intérêt. Elle approcha sa main des longues boucles auburn de la jeune femme.

— Ils sont jolis tes cheveux, dit Lizzie avec envie. Je peux les toucher moi aussi ?

Neala se mit à rire.

— Oui, bien sûr !

Elle se baissa et en profita pour reposer Randa.

— Qu'est-ce que vous faites les filles ? interrogea une voix féminine à la limite de la colère. Rentrez à la maison.

Une femme encore jeune mais fatiguée et très enceinte les attendait sur le pas de la porte, impatiente.

— Mais ce sont les garçons, ils ont encore embêté Randa… commença Nola.

— Alors on l'a défendue, dit fièrement Lizzie. Et ils se sont enfuis.

— Mais z'ont pris mon bâton, râla Randa.

— Combien de fois je vais devoir vous dire de ne pas jouer avec eux ? Ils sont plus grands et plus forts, et il y a des histoires à chaque fois ! A l'intérieur !

— Mais Maman… protesta Lizzie en suivant sa mère et ses deux sœurs.

— Eh bien, dit Neala en riant une fois le calme revenu, je pense qu'on va avoir de l'animation !

Puis ils retournèrent chez eux avaler quelques galettes données par Nadina la veille, et sortirent pour commencer les préparatifs de la fête prévue le lendemain.

Une bonne partie de la journée fut consacrée à la collecte de divers matériaux dans la forêt et sur les berges de la rivière, des joncs pour tresser des paniers, des lianes, écorces et racines pour reconstituer la pharmacopée de Neala, quelques tubercules comestibles, et des salades et poireaux des champs en abondance.

L'après-midi, Neala se mit à l'ouvrage pour tresser quelques petits paniers légers, pendant que Jero allait trouver Marko pour demander comment le village s'approvisionnait en poissons. Exton se trouvait en effet à l'embouchure de la rivière mais assez loin de la haute mer, et la zone était particulièrement poissonneuse. Marko était occupé, avec plusieurs autres, à finir de découper les deux bêtes sacrifiées pour l'occasion, un porc et un mouton. Malis, elle, avait été adoptée par les femmes du village pour commencer la préparation des ragoûts, côtelettes et autres plats de viande. Tout le monde s'affairait pour les préparatifs de la fête, dans une joyeuse effervescence.

Vers la fin de la journée, Neala vint trouver Malis et lui proposa d'aller faire un tour près de l'eau. Cette dernière, ravie de faire une pause après des heures à cuisiner, accepta avec gratitude.

Toutes les deux suivirent un moment les berges de la rivière, en amont du village, perdues dans leurs pensées et absorbées par le clapotis de l'eau. Puis, toujours en silence, elles s'assirent sur une crique de galets, face à la rivière.

— Comment te sens-tu ? finit par demander Neala.

— Je... Je ressens beaucoup d'émotions contradictoires, pour ne rien te cacher. Il s'est passé tellement de choses depuis quelques lunes ! Avant de te rencontrer, j'étais persuadée que j'allais finir ma vie dans le village des prêtresses du Soleil, à mourir d'ennui avec ces rituels inutiles, ces histoires futiles pour essayer de s'attirer les bonnes grâces de Celima, les colères incompréhensibles de cette dernière, avec pour seul espoir qu'un jour, peut-être, elle m'autoriserait à l'assister pour soigner les malades... Puis il y a eu notre fuite, juste après la naissance du bébé de Deirdre. J'étais terrorisée, mais je savais que je ne voulais rester à aucun prix. Je n'aurais pas survécu, là-bas. Je serais tombée malade, ou j'aurais fait en sorte d'abréger cette vie inutile. Mais Jero et toi, vous avez été mes sauveurs !

Elles se mirent à rire à l'évocation de leur subterfuge pour fausser compagnie à Celima et sa bande. Puis elle poursuivit.

— En retournant dans mon village, j'espérais vraiment que Clodi s'intéresserait à moi, et que je deviendrais sa compagne. Oh bien sûr, j'aurais dû renoncer à mes activités de guérisseuse, car il voyait cela d'un très mauvais œil. Enfin son père, surtout.

— Ah bon ? s'exclama Neala, abasourdie. Je ne savais pas qu'il comptait exiger cela de toi, et cela aurait été très dommage, tu es devenue une guérisseuse très douée, et il n'y en a pas à Plymo.

— Mais il n'en avait cure. Pour lui, et pour son père, une compagne ne peut pas être guérisseuse. C'est un rôle qui fait peur, car la guérisseuse connaît beaucoup de mystères de la vie et de la mort, et cela met beaucoup de gens mal à l'aise.

— Je connais ça, grimaça Neala. Et pourtant les gens sont contents d'être soignés ! Quelle hypocrisie !

— En tout cas Clodi n'aurait pas accepté que je poursuive dans cette voie. Et comme une idiote, j'étais prête à abandonner ma passion, juste pour lui plaire. Et finalement, heureusement pour moi, ça n'a pas suffi !

Les deux femmes s'esclaffèrent.

— Et quand j'ai revu Marko, ça a été une évidence, reprit-elle doucement. Il m'avait déjà beaucoup plu quand nous étions passés à Exton, mais la terreur inspirée par son père avait occulté tout le reste. Je voulais juste m'éloigner de Damin, même si je pensais à Marko avec tendresse. Mais quand il est arrivé à Plymo, alors que tu étais encore prisonnière de Vamer, j'ai eu un choc. Il était si timide et effacé quand on l'a rencontré, c'était à peine un grand garçon avec sa voix fluette. Et là… C'était un homme, plein d'assurance mais sans arrogance, souriant, direct. Et j'ai tout de suite su que je voulais rester avec lui. Mais c'est pareil pour Jero et toi, non ?

— En fait… Pas du tout, répondit Neala, pleine de nostalgie. Quand j'ai rencontré Jero, j'étais la Gardienne du Passage de mon village. Et les Gardiennes n'avaient pas de compagnon, c'était quelque chose que j'avais accepté depuis mon enfance. Alors entre Jero et moi s'est développé une profonde amitié, j'aimais passer mes journées à ses côtés, mais je n'ai jamais pensé qu'il puisse être attiré par moi. Et je refusais de regarder mes propres sentiments. Jusqu'au jour où… C'était juste avant qu'il parte. Est-ce que l'urgence de son départ tout proche a déclenché une prise de conscience, ou a tout simplement fait tomber les barrières que, l'un comme l'autre, nous avions érigées ? Bref, quand il est parti j'étais très triste, mais sans le savoir il m'avait fait un cadeau merveilleux, mon adorable fille Amalia. Ensuite j'ai dû quitter mon village parce que j'ai tué un homme pour protéger ma fille, je t'ai raconté tout cela. Alors j'ai décidé d'aller le rejoindre, très loin de chez moi. Avec Amalia on aurait pu mourir des dizaines de fois sur le chemin, mais nous avons fini par arriver, pour réaliser qu'il n'avait pas de place pour nous dans sa vie. Puis j'ai perdu ma fille dans un terrible accident, et je suis partie, persuadée que je ne le reverrais plus jamais. Il faut croire que je m'étais trompée. Et ce monstre de Vamer nous a volé beaucoup de temps.

— Et est-ce que vous avez réussi à vous… retrouver ?

— On avance, dit doucement Neala. La complicité est là, et je n'ai envie d'être avec personne d'autre. Mais il nous faudra un peu de temps encore je crois.

— Du temps, et de l'intimité ! dit malicieusement la jeune fille. Depuis que vous vous êtes retrouvés je suis toujours dans vos pattes

— C'est vrai ça ! s'écria Neala, hilare. Heureusement que Marko est arrivé pour s'occuper de toi, nous allons enfin avoir un peu de tranquillité !

Elles éclatèrent de rire. Puis Malis changea de ton.

— Je suis effectivement très heureuse avec Marko, et moi non plus je n'ai envie d'être avec personne d'autre. Mais me retrouver dans un village où je ne connais presque personne, loin de ma mère, de mes frères, de mes amis, avec une lourde responsabilité sur nos épaules, à Marko et moi, c'est un peu… déstabilisant. Il est ravi que je continue mes activités de guérisseuse, et je lui en sais gré. Mais je me sens un peu perdue…

— Je suis là, moi, dit Neala en prenant son amie dans ses bras.

— Je suis si contente, nous nous sommes tellement inquiétés pendant ta disparition… Jero ne disait pas grand-chose, mais il était malheureux comme les pierres.

— Et moi je pensais à vous tous tout le temps, l'espoir de vous revoir est la seule chose qui m'a fait tenir.

— Neala est-ce que je peux te demander quelque chose ? dit Malis la voix tremblante d'émotion.

— Bien sûr.

— Pour demain, ma mère ne sera pas là… Est-ce que tu voudras bien m'aider à me préparer pour la fête ? Marko a prévu de faire un rituel d'union et je voudrais que tu m'aides à me faire belle, et que tu sois à mes côtés pendant la cérémonie.

— Oh Malis je serais tellement honorée ! Mais comment veux-tu que je te rende encore plus belle que ce que tu es déjà ? Tu rayonnes tellement que tu illumines la rivière, regarde !

Effectivement le soleil était en train de se coucher et les reflets donnaient l'impression que l'eau s'était parée de milliers de diamants étincelants.

Les deux femmes contemplèrent le spectacle en souriant, subjuguées.

Ce n'est qu'une fois le soleil disparu de l'horizon qu'elles se dirent qu'il était temps de rentrer.

Le lendemain en fin d'après-midi, comme convenu, Neala vint rejoindre Malis pour l'assister dans sa préparation. Celle-ci avait revêtu une longue tunique faite de plusieurs pièces de peau d'agneau magnifiquement tannées et cousues ensemble avec beaucoup d'adresse. La robe avait aussi des manches jusqu'aux coudes, dévoilant ses fins avant-bras et ses mains délicates.

— Quelle somptueuse robe tu as là ! s'écria Neala en la voyant. Tu es resplendissante !

— Merci, dit la jeune fille en rougissant. Ma mère l'avait confectionnée en prévision de…

— En prévision de ta cérémonie d'union, et c'est exactement à cela qu'elle va servir, termina Neala.

— Oui, tu as raison après tout. C'est juste très dommage que ma mère ne puisse pas me voir dedans, mais c'est comme ça.

— Tiens, voici quelques bracelets pour compléter ta tenue. Mes petites voisines m'ont aidée à les fabriquer.

Elle lui tendit plusieurs tresses de très fines lanières de cuir, certaines étant décorées de coquillages percés.

— Ils sont très jolis, merci Neala !

Elles attachèrent les bracelets, puis Neala lui demanda de s'asseoir pour pouvoir coiffer ses magnifiques cheveux lisses et sombres. Elle tressa deux fines nattes depuis son front pour les enrouler autour de son visage, et les ramena dans son cou pour les mêler au reste de la chevelure qu'elle attacha en partie, le reste restant libre et tombant jusqu'au milieu du dos.

Avec un très fin morceau de charbon, elle accentua son regard en traçant sur la partie mobile de ses paupières une fine ligne qui se prolongeait un peu au-delà des cils.

— Tu es très belle, Malis, dit Neala, admirative devant la jeune femme fin prête. Sais-tu où est Marko ?

— Je lui ai demandé de nous laisser un peu seules, et de venir nous chercher quand le village serait rassemblé. Tu dois te préparer aussi !

— Mais je suis prête ! répliqua Neala avec une moue.

— Viens au moins démêler ta crinière, rit Malis, un peigne en bois à la main.

Malgré les réticences de Neala, Malis réussit, avec un lien de cuir, à attacher une partie des cheveux indisciplinés de Neala en une demi-queue de cheval, tout en laissant une mèche rebelle sur sa tempe.

— Et voilà, tu es magnifique aussi !

— C'est le bon moment, j'entends la voix de Marko. Allons-y.

Le jeune homme, qui bavardait avec Jero quelques instants auparavant, resta muet d'admiration devant sa future compagne.

Jero, lui aussi, semblait ébloui devant les deux femmes.

— Eh bien, se moqua gentiment Neala, vous avez perdu votre langue ? On y va ?

Les deux couples vinrent rejoindre les gens rassemblés sur la place du village. Sur un des côtés de la place était alignée une multitude de plats fumants et les odeurs, plus délicieuses les unes que les autres, mettaient l'eau à la bouche.

Dès que Marko apparut, les rires et bavardages se turent, le silence se fit.

Neala était fascinée de voir autant de monde réuni. Exton était vraiment un grand village, bien plus peuplé que son village de naissance, mais elle soupçonnait que d'autres personnes de villages voisins avaient aussi été invitées pour l'occasion.

La journée avait été très agréable, et le ciel s'était désormais paré de superbes couleurs orange et roses à l'approche du crépuscule. Le moment était parfait.

Marko prit la parole.

— Mes chers amis, je vous remercie de vous joindre à nous pour célébrer plusieurs événements. C'est en effet la première fois que nous nous retrouvons depuis la disparition de mon père, Damin.

Plusieurs murmures se firent entendre. Marko leva légèrement la voix.

— Je sais que mon père s'est comporté de façon détestable à la fin de sa vie, et j'en suis profondément désolé. Vous m'avez demandé de prendre la responsabilité du village et c'est un très grand honneur pour moi. Sachez que je ferai tout pour que les gens de notre village vivent dans la sécurité et la justice. Et je ne tolérerai pas de comportement déviant.

Il y eut quelques commentaires, mais Neala put observer que les gens avaient l'air d'apprécier les propos de Marko. Le fait qu'il reconnaisse les erreurs de son père permettrait de redonner confiance, et la jeune femme reconnaissait là tout le talent et l'habileté d'un vrai dirigeant.

— Cependant, reprit-il, nous ne devons pas oublier que le village doit beaucoup à mon père. Il a nous a en effet permis de prospérer, d'échanger avec nos voisins, de nous développer. Et je compte bien continuer dans cette lancée, c'était d'ailleurs l'objectif de ma tournée dans les villages alentour. Lors de mon voyage à Plymo, à quelques jours de marche d'ici, j'ai retrouvé Malis. Elle est dorénavant ma compagne, et je vous remercie de l'avoir accueillie avec bienveillance.

Tous les regards se tournèrent vers la jeune fille, émue d'être ainsi le centre de l'attention. Neala ne vit que des sourires sur les visages

— Malis vient accompagnée de nos amis, Jero et Neala, que certains d'entre vous connaissent déjà. Jero est un très habile tailleur de pierres, et Neala est, comme Malis, guérisseuse. Elles soigneront avec talent vos petits et gros bobos, n'est-ce pas Banou ?

Celui-ci agita la main cicatrisée et poussa un cri d'enthousiasme. Tout le monde se mit à rire.

— Dès demain nous allons commencer le travail de la terre pour préparer les semences. Et pour les lunes à venir, j'envisage plusieurs types de travaux, de défrichage et d'extension de zones à bâtir. Je vous expliquerai cela dans les prochains jours, et j'attends avec impatience toutes vos suggestions. C'est ensemble que nous ferons un village où il fait bon vivre !

Les cris d'approbation fusèrent. Neala était charmée par le discours de Marko, semblant tout à fait à l'aise avec la prise de parole en public, mais aussi abordant la gestion du village sous un angle très différent de ce qu'elle avait vu jusqu'alors, à savoir une gestion complètement centralisée, un chef qui donne des ordres et les gens qui exécutent sans vraiment discuter. Marko, au contraire, semblait prendre l'avis des autres au sérieux et prévoyait une gestion participative de son village. Les gens semblaient surpris, et ravis à la fois.

— Toutefois, conclut Marko, tout ça c'est pour demain. Pour l'instant, profitons de notre belle soirée, de savoureux plats ont été préparés par toutes les familles, régalez-vous les amis !

Tout le monde se mit à applaudir. Marko enserra alors la fine taille de Malis et l'embrassa avec ardeur, faisant redoubler d'intensité les applaudissements et les cris de joie.

Neala et Jero s'étaient mis en retrait et observaient avec tendresse la toute nouvelle union du jeune couple qu'ils avaient vu se former, jour après jour, dans l'adversité et sur un chemin pavé d'obstacles.

Jero se plaça derrière Neala et l'enlaça, tout en lui murmurant à l'oreille.

— Est-ce que tu voudrais, toi aussi, devenir officiellement ma compagne ? Et avoir une jolie célébration comme celle de Malis et Marko ?

Neala se retourna et posa sa main sur le torse de Jero.

— Tu sais, je n'ai pas besoin d'une cérémonie pour savoir que je veux passer le reste de ma vie à tes côtés. Je n'ai pas besoin d'un engagement, du tien, du mien, ni de prendre les autres à témoin. Et je suis la Gardienne du Passage, je te rappelle, et les Gardiennes n'ont pas de cérémonie d'union.

— Mais ça c'était la règle dans ton village, rétorqua-t-il. Ailleurs les règles sont différentes, et ici ils ne savent probablement pas ce qu'est une Gardienne.

— Mais moi je le sais. Et je sais aussi qu'une célébration ne changera pas mes sentiments pour toi. Et de ton côté, je ne veux pas que tu te sentes prisonnier d'un engagement, comme ce que tu as pu l'être avec Sonja.

Jero se rembrunit.

— Ce que je veux dire, reprit-elle, c'est que je veux que tu te sentes libre. Libre de rester avec moi, ou de partir si tu n'as plus envie d'être avec moi. Et aucune célébration ou cérémonie ne devrait influer cette décision. Je suis la plus heureuse d'être à tes côtés, jour après jour. Et j'espère que c'est le cas pour toi aussi.

Elle planta ses yeux verts brillants d'émotion dans les merveilleux yeux bleus, à peine assombris par le crépuscule, en attente d'une réponse.

Il la regarda longtemps, puis enfin éclata de rire.

— Après tout ce que j'ai traversé, enduré, attendu et espéré pour être avec toi, tu penses vraiment que je pourrais ne pas avoir envie d'être avec toi, ici et maintenant ?

Puis il l'embrassa avec passion.

Ils furent interrompus par une voix fluette.

— Neala, tu viens avec nous ?

Les trois petites voisines se tenaient près d'eux, chacune avec quelque chose à grignoter dans les mains.

— Maman s'est installée ici, informa Lizzie en montrant du doigt leur mère affalée près d'un des foyers.

Neala prit Jero par la main et ils allèrent s'asseoir près de Margie, leur voisine.

— Maman, est-ce que tu peux trier ma viande ? demanda Randa, un petit bol plein de ragoût entre ses mains potelées.

— Je m'occupe de celui de ta sœur, et de toi après, soupira Margie qui semblait peiner avec son gros ventre.

— Apporte-le moi, Randa, proposa Neala, je vais t'aider.

— Merci, dit Margie tout en la gratifiant d'un sourire fatigué.

Neala saisit le bol et commença à retirer les os, faisant le bonheur des chiens à l'affût tout près d'eux.

— Et voilà, mademoiselle, dit la jeune femme en rendant le bol à la petite.

— Merci Neala !

— Je vais aller chercher des choses à manger, dit Jero en se levant. Je te ramène des poireaux et des galettes de blé ?

— Avec plaisir, et j'ai amené de la soupe de pissenlit aussi, je veux bien en goûter s'il en reste.

— Très bien !

Il revint un long moment plus tard, après avoir pris le temps de discuter avec Marko et d'autres hommes. Il eut la surprise de retrouver Randa dans les bras de Neala.

— Elle avait froid, se justifia-t-elle, sentant le regard interrogateur de Jero.

Margie ne semblait pas étonnée, plutôt même soulagée d'avoir un peu d'aide. Elle était en train de raconter à Neala que son compagnon était récemment parti pêcher mais qu'il n'était jamais revenu.

— Je suis désolé, dit gentiment Jero quand il surprit la conversation. Mon jeune frère a disparu en mer aussi.

— Oh, dit Margie, gênée. Mais je ne pense pas que le père de mes filles ait vraiment disparu en mer, si vous voyez ce que je veux dire...

Jero et Neala se regardèrent, interloqués.

— Aucun bateau n'est sorti ce jour-là, les autres hommes me l'ont confirmé. Et il a pris des affaires de voyage qu'on ne prend pas quand on va pêcher. On n'a pas besoin de couverture sur un bateau, n'est-ce pas ?

Elle ne poursuivit pas, sachant que ses filles pouvaient l'entendre.

— Je n'espère plus son retour, alors on a appris à vivre sans lui. Mais c'est difficile, et avec ce nouveau bébé qui va arriver...

— Est-ce que ta mère ou une de tes sœurs pourrait venir t'aider ?

— Je ne suis pas d'ici, nous sommes arrivés il y a peu, c'est pour cela que nous vivons dans cette minuscule cabane sur la berge. Mon compagnon m'avait promis d'en construire une plus grande, et plus éloignée de l'eau. J'ai toujours peur, avec les filles. Même si elles sont raisonnables et qu'elles ont compris le danger, enfin je crois.

Neala était désolée pour cette maman et se promit de l'aider de son mieux.

Randa s'était endormie dans ses bras, et elle n'osait pas bouger, de crainte de la réveiller. Aussi Jero était chargé d'aller chercher la nourriture et s'acquittait parfaitement de sa tâche. Il revint avec Banou et Nadina, qui firent la connaissance de Margie. Bientôt les deux femmes se mirent à bavarder comme de vieilles amies, au grand bonheur de Neala. Elle espérait que la jeune maman se sentirait ainsi moins isolée.

Malis vint s'asseoir tout près de Neala.

— Elle te manque, hein ?

Neala leva les yeux de la petite fille endormie et regarda Malis. Des larmes perlaient à ses paupières.

— Oh oui, elle me manque terriblement. J'avais oublié combien il était bon d'avoir un bébé dans les bras… Elle s'essuya les yeux d'un revers de la main, puis sourit à son amie.

— Je pense très souvent à elle. Et à tous les bons moments que l'on a eus ensemble, à la chance d'avoir pu partager quelques années avec elle.

— Un jour peut-être tu auras un autre enfant.

— Je ne crois pas, non, dit Neala en secouant la tête. Alors je suis très contente de m'occuper de ceux des autres, de temps en temps.

Elles se mirent à rire, alors que Jero et Marko s'approchaient.

— Encore en train de comploter ? lança le premier.

— Exactement, confirma Malis.

Ils discutèrent un moment, avant de réaliser que beaucoup de villageois étaient rentrés chez eux.

— Neala, je vais aller coucher les filles, interrompit d'ailleurs Margie. Elles sont épuisées, et moi aussi.

— Je t'amène Randa.

— C'est très aimable à toi.

— Je crois qu'il est temps de rentrer pour nous aussi, suggéra Malis. C'était une longue et très belle journée.

Tout le monde se leva, Jero porta Lizzie, et chacun regagna son foyer. Neala et Jero déposèrent les petites chez leur mère, et rentrèrent dans leur cabanette, exténués et heureux.

Jero ne fit aucun commentaire sur les fillettes, il savait qu'il n'y avait pas grand-chose à ajouter. Alors au moment de se coucher, il prit tendrement Neala dans ses bras, et quand il sentit quelques larmes couler, il dit simplement :

— Je sais.

Il lui caressa longuement le dos, jusqu'à ce que sa respiration devienne régulière et qu'elle s'endorme enfin.

Le jour pointait à peine quand tous deux s'éveillèrent au son du clapotis de l'eau en contrebas. Ils passèrent un long moment à se regarder dans la pénombre. Puis Neala commença à lui caresser la joue, descendit dans son cou, puis sur son torse, et devint plus entreprenante au fur et à mesure que sa main descendait vers le bas-ventre de Jero. Celui-ci la laissa faire en retenant son souffle, n'osant interrompre le moment par un geste ou un mot maladroit. Dans un ballet synchronisé, ils achevèrent de se déshabiller sans tarder.

Alors il se mit à la caresser aussi, d'abord sur le visage, puis s'attardant sur la courbe de sa nuque, puis, lentement, il se mit à couvrir son corps de caresses et de baisers. Il avait tellement attendu ce moment, il ne voulait pas le gâcher par trop de précipitation. Même s'il la désirait à en devenir fou, il voulait qu'elle aille à son rythme à elle.

Mais alors que chacun effleurait l'intimité de l'autre depuis suffisamment longtemps pour déclencher des soupirs de plaisir, il ne tint plus, il la renversa sur le dos et entra en elle dans un râle de soulagement. Leur première étreinte ne dura pas, tant la tension était intense et dévastatrice. Mais leur jouissance commune fut libératrice de toute cette tension accumulée.

En sueur autant l'un que l'autre, ils se rallongèrent côte à côte, soudain pris d'un fou-rire incontrôlable.

Et quand ils se calmèrent enfin, la passion reprit le dessus. Il y eut une nouvelle étreinte, puis une autre, leur désir de l'un pour l'autre semblait ne jamais se tarir.

Le soleil était déjà haut dans le ciel quand, somnolents, ils entendirent une petite voix.

— Neala, tu viens cueillir des fleurs avec nous ?

Ils se mirent à rire.

— On va devoir se lever il me semble, dit-elle à regret mais le sourire aux lèvres.

— Non, restons encore un peu, supplia Jero avec un faux air de chien battu, tentant de la retenir

— Il faut garder des forces pour la nuit prochaine, dit-elle, mutine. Et je meurs de faim ! Allez, debout !

Elle se leva et s'habilla bien vite, prit un bol d'eau, attrapa ce qui ressemblait à un petit pain récupéré la veille parmi les victuailles, et sortit.

— Bonjour Randa, bonjour Lizzie, vous avez bien dormi ?

— Nous on est levées depuis longtemps, remarqua Lizzie sur un ton de reproche. Nola est allée traire les chèvres avec Maman, mais nous on est trop petites. Maman dit que c'est dangereux. Et elle dit aussi que la rivière c'est dangereux, que les garçons jouent à des jeux dangereux, tout est dangereux pour elle ! On n'a rien le droit de faire depuis qu'on est arrivées ici !

— Ta maman s'inquiète pour vous, c'est normal. Et elle a raison, la vie est pleine de dangers. Mais on peut faire plein de choses quand même, cueillir des fleurs c'est une bonne idée. Mais on ne va pas s'éloigner, car si en rentrant elle ne vous trouve pas, elle se demandera où vous êtes passées et risque de s'inquiéter.

— Et on se fera encore disputer, enfin surtout moi, parce que Randa est trop petite, elle ne se fait jamais disputer, c'est injuste.

Neala sourit devant les revendications rebelles de Lizzie. Celle-ci avait déjà un sacré caractère.

— Près du grand arbre au bout de la berge j'ai repéré des pissenlits, certains sont déjà en fleur mais les autres, on peut les ramasser pour les manger, c'est très bon. Je vais chercher mon couteau.

Quand Margie et Nola revinrent avec deux bols, un grand et un plus petit, de lait tiède, Neala et les petites avaient récolté un petit panier de salade.

— Qu'est-ce que vous faites dehors les filles ? gronda Margie.

Lizzie jeta un regard suppliant à Neala.

— Euh, c'est moi qui leur ai proposé de ramasser quelques salades, répondit Neala. Ça ne te dérange pas, j'espère ?

— Tant qu'elles sont avec toi il n'y a pas de problème. Ils sont très beaux ces pissenlits !

— Si tu les aimes, ils sont à toi, proposa Neala. Et j'ai quelques petits pains de hier aussi.

— Partageons, je te donne un peu de lait, et je prends des petits pains et de la salade, comme ça tout le monde aura un bon repas.

— Bonne idée !

Les deux femmes firent l'échange, et Neala rentra chez elle.

Un peu déçue de trouver la cabanette vide, elle mangea quelques feuilles de salade, but un peu de lait accompagné d'un petit pain, puis partit retrouver Malis.

Celle-ci était en pleine discussion avec Marko et d'autres villageois au sujet des nouvelles terres à défricher.

Neala ne souhaitait pas prendre part aux débats, elle sortit discrètement de la pièce.

Désœuvrée, elle décida d'aller à la rivière. Elle prit les vêtements et les plats à laver et se mit à chercher la meilleure crique pour pouvoir se baigner sans risque. Elle remonta la rivière un moment, jusqu'à trouver l'endroit parfait. Elle se déshabilla, et mit un pied dans l'eau, elle était glacée. Mais encouragée par la perspective d'un bon bain revigorant, elle persévéra. Une fois dans l'eau jusqu'à la taille, elle se laissa couler rapidement et s'immergea entièrement. Elle ressortit presque aussi vite et secoua sa crinière flamboyante dans le soleil de printemps.

— Quel spectacle magnifique ! entendit-elle depuis la berge. Je savais que je te trouverais dans les parages.

Elle aperçut Jero se déshabillant, il plongea dans l'eau en deux bonds.

— C'est froid ! s'exclama-t-il.

— Oui, très, je ne vais pas traî-traîner, dit-elle en claquant des dents.

— Même pas un petit câlin ? demanda-t-il en se glissant tout près d'elle.

— N-n-non, sauf si tu-tu ve-veux faire un cal-lin à un gla-glaçon !

Elle l'embrassa du bout de ses lèvres bleuies et sortit vivement de l'eau. Elle se rhabilla rapidement et, pour se réchauffer, se mit à frotter vigoureusement les vêtements sales qu'elle avait emportés.

Il sortit juste après elle, son corps superbe tonifié par le froid mordant. Il resta debout à quelques pas d'elle, offert à la caresse du timide soleil.

— Que fais-tu ? interrogea-t-elle en levant les yeux vers lui, tu as décidé de mourir de froid ?

— J'attends que tu te jettes sur moi, lança-t-il avec un clin d'œil appuyé.

— Tu vas attendre un moment, pouffa-t-elle. J'ai encore tellement froid que j'ai du mal à bouger !

— Alors viens donc te réchauffer.

Il fondit sur elle.

— Non ! protesta-t-elle en riant et en le repoussant, tu es tout gelé !

— Bon j'ai compris, je me rhabille, mais tu ne perds rien pour attendre !

Ils terminèrent de laver les plats et s'assirent face à la rivière, sur les galets à peine réchauffés par le soleil.

— Penses-tu que nous allons nous établir ici ? demanda-t-il après un long silence de contemplation.

— Qu'en penses-tu, toi ?

— Je ne sais pas, l'endroit est agréable, il y a nos amis, nous avons un petit chez nous mais…

— Mais j'aurais du mal à me sentir chez moi, compléta-t-elle.

— Oui, moi aussi, et je ne sais pas expliquer pourquoi.

— Quand j'étais chez Vamer, il m'a parlé d'autres monuments, des Passages, comme ceux de mon village.

— Ah bon ? dit Jero, surpris et intéressé. Je pensais qu'il n'y en avait que dans ton village.

— Il m'a parlé d'un endroit très au sud d'ici et…

— Et tu voudrais y aller.

— Je t'avoue qu'il a piqué ma curiosité. Mais je n'ai aucun moyen de vérifier s'il a dit la vérité ou s'il m'a menti

— Alors allons-y, comme ça nous verrons par nous-mêmes !

— Quand je dis très au sud… C'est de l'autre côté de la mer.

— Ah… Eh bien on a déjà traversé la mer, toi et moi. Et on a survécu.

— Mais c'était terrifiant ! J'ai vraiment cru mourir ce jour-là, avec tous ceux qui m'accompagnaient !

— Plus de peur que de mal, finalement, s'amusa-t-il gentiment. Et je suis persuadé qu'il y a des endroits plus pratiques que d'autres pour traverser.

— Oui, Vamer m'a parlé de Souton. C'est plein est, par rapport à Exton.

— Ce Vamer t'a raconté beaucoup de choses finalement.

— Je crois qu'il était persuadé que je ne quitterais pas son refuge vivante. Alors il a effet beaucoup raconté, enfin, quand il n'était pas sous l'emprise de boisson fermentée. C'était un homme détestable par bien des côtés, mais il avait de grandes connaissances sur les lieux et les humains, sur les animaux, les plantes, le temps. C'est juste dommage qu'il n'ait pas utilisé ses connaissances à bon escient. Il avait aussi beaucoup voyagé avant de se terrer sur son plateau venteux. Il m'a parlé d'un fabuleux passage à l'intérieur duquel chaque pierre était gravée. Et juste avant ma capture, j'avais fait un rêve étrange avec un monument couvert de gravures.

— Cela fait beaucoup de coïncidences je trouve.

— Mais je ne suis pas prête à partir. Je voudrais d'abord profiter de ce moment de calme pour être avec toi, et avec nos amis. C'est tellement beau de les voir devenir si proches jour après jour !

— Oui, et ils se transforment l'un au contact de l'autre. Quand je pense qu'au début Malis la timide osait à peine m'adresser la parole !

— Et Marko avec sa voix fluette qui tremblait devant son père, c'est tout de même incroyable qu'il ait fini par l'affronter.

Ils restèrent un moment perdus dans leurs souvenirs.

— Je sais qu'un jour la Source de Vie me fera reprendre la route. J'en suis convaincue maintenant, d'autant plus que tu as le même sentiment, notre destin n'est pas ici. Pour l'instant, vivons ce que nous avons à vivre.

— Ça me va.

Les jours suivants se déroulèrent dans une ambiance paisible. Le soleil était toujours de la partie, et c'était assez étonnant pour cette période de l'année habituellement pluvieuse et humide. Neala passait beaucoup de temps avec ses petites voisines, Randa ne la lâchait pas d'une semelle. Les fillettes l'accompagnaient en forêt, au bord de l'eau pour faire la vaisselle, quelquefois chez Marko et Malis. Souvent Nola restait auprès de sa mère pour l'aider, mais les petites étaient plus une charge pour Margie, et elle était ravie de les confier à Neala.

Jero, lui, passait la plupart de ses journées à l'atelier de taille ou auprès de Marko, pour échanger des idées sur les projets du village ou visiter les chantiers déjà lancés. Le défrichage des nouvelles parcelles était bien entamé.

— On va pouvoir commencer à semer dans deux ou trois jours ! s'enthousiasma Marko alors que Neala était venue lui rendre visite près des nouveaux champs, Randa dans ses bras et Lizzie lui tenant la main.

Au moment où il dit cela, elle ressentit comme un coup de poing dans la poitrine. Elle dut poser Randa au sol.

— Ça va Neala ? s'inquiéta-t-il. Tu es toute pâle !

— Ce n'est rien, le rassura Neala. C'est déjà passé.

— Tant mieux. Donc ici nous mettrons l'orge, ici le blé, et là je pensais essayer quelques carottes dont nous avons gardé les graines. Nous verrons !

Neala l'écoutait à moitié. Cette réaction avait été surprenante. Toute à la joie de ses retrouvailles avec Jero, ces derniers temps elle s'était rarement connectée à la Source de Vie pour un de ses voyages intérieurs. Mais elle devait comprendre si cette réaction n'était qu'un accident, ou s'il y avait un signe à interpréter.

Prétextant devoir ramener les petites à leur mère, elle laissa Marko à son chantier et prit le chemin de la berge et de leurs cabanettes, toujours sous le coup d'une vague sensation de malaise.

Elle descendit la petite pente menant à la berge en contrebas, précédée par les fillettes se précipitant chez leur mère pour leur ramener un bouquet de pâquerettes. Là, son regard fut attiré par la large rivière.

Pour le première fois, elle la trouvait menaçante. Le niveau de l'eau se trouvait pourtant bien en dessous de la berge, et les fillettes savaient qu'elles ne devaient en aucun cas s'en approcher. Elles respectaient cette règle à la lettre. Alors que se passait-il ?

Elle balaya ses sombres appréhensions d'un revers de la main et rentra chez elle pour préparer de quoi manger.

Le soir venu, elle profita de l'endormissement prématuré de Jero pour se connecter à la Source de Vie. Elle attendit que la respiration de son homme devienne régulière et tranquille, puis vint s'installer en tailleur près des braises de leur foyer, le regard perdu dans le rougeoiement de l'âtre. Elle laissa son esprit vagabonder, et après avoir ignoré les quelques pensées d'ordre domestique tentant d'entraver son voyage, elle s'abandonna à l'expérience. Elle avait au préalable mis l'accent sur une simple question : que signifiait la sensation désagréable ressentie en discutant avec Marko ?

Alors elle laissa arriver les images.

D'abord il lui sembla voir une dispute, des gens mécontents. Puis elle aperçut un éclair dans la nuit. Puis de l'eau, partout, qui avait tout envahi. Le froid glacial qui lui coupait le souffle. Et, comble de l'horreur, elle se retrouvait couverte de boue avec un bébé sans vie dans les bras. Autour d'elle des cris, des pleurs, de la boue, partout. Le chaos.

Neala sortit de sa torpeur avec le cœur qui battait à toute vitesse et la sensation d'avoir des cailloux dans le ventre. Qu'est-ce que tout cela signifiait ? L'image du bébé sans vie était la plus terrible. Elle essaya de contrôler sa respiration pour se calmer, mais c'était trop. Elle laissa couler des larmes de tristesse.

Bien plus tard, elle parvint à s'apaiser et à commencer à réfléchir à la suite. Si elle essayait de mettre ensemble tous les morceaux, elle comprenait qu'une catastrophe était imminente. Elle ne pourrait pas l'empêcher, personne ne pouvait stopper les desseins de la Source de Vie. En revanche, elle pouvait essayer de limiter les effets. Elle devait parler à Malis et Marko aussi vite que possible. Et à Jero aussi. Arriverait-elle à les convaincre ?

Épuisée par ses réflexions et ses visions cauchemardesques, elle retourna s'allonger au chaud près de Jero et vint se presser contre lui, enfin tranquillisée par sa présence rassurante et sereine.

Cependant dès le lendemain, elle lui fit part de ses craintes.

— Je sais que Marko a prévu de semer très vite, mais je pense qu'il devrait attendre.

— Pourquoi ? demanda Jero étonné. Les gelées sont terminées, le sol est assez humide et prêt à recevoir le grain.

— J'ai eu des... C'est trop tôt, c'est tout.

— Tu dois m'en dire plus si tu veux qu'on essaie de le convaincre d'attendre.

— Ce n'est pas aussi clair que ça, mais je crois qu'il va y avoir de terribles orages.

— Des orages ? rit Jero. Mains nous ne sommes pas à la fin de l'été, quand la terre est chaude et que l'air se rafraîchit d'un coup.

— Je sais que ça peut paraître surprenant, mais s'ils sèment maintenant et que l'eau emporte tout, ils n'auront pas de récolte, s'agaça Neala devant l'attitude désinvolte de son compagnon. Mes visions ne m'ont jamais trompée.

— D'accord, dit Jero d'un ton conciliant. Est-ce qu'il y a autre chose que tu ne me dis pas ?

— J'ai eu… une autre image, terrible… J'avais un bébé mort dans les bras, tout était plein de boue…

— Est-ce que ce serait possible que tes images se soient mélangées avec les images du passé ? demanda-t-il doucement, sachant qu'il s'aventurait en terrain miné.

— J'y ai pensé, mais je ne crois pas, dit-elle en secouant la tête. Ce n'était pas Amalia.

— Mais ces images, on n'a aucune idée du lieu ou du moment où elles vont se produire, n'est-ce pas ?

— C'est vrai, concéda-t-elle. Mais quand je suis allée voir Marko hier, j'ai eu une sensation très étrange au moment où il parlait de semer. Il faut attendre.

Jero la regarda longuement avant de parler.

— Très bien. Nous irons le voir.

Un peu plus tard, ils trouvèrent Marko et Malis près des nouveaux champs, entourés de plusieurs villageois. En s'approchant, Neala ne put s'empêcher de réprimer un frisson en voyant le petit ruisseau tranquille qui bordait le plus grand des champs. Pourtant il ne menaçait en rien ni les hommes, ni les terres. Au contraire, il apportait une fraîcheur bienvenue sans cette chaleur anormalement élevée pour le début du printemps.

— Bonjour Jero et Neala, vous tombez bien ! s'écria Marko. Nous étions justement en train de décider pour le début des semailles. La température est bien montée, et nous pensons qu'il est temps de commencer, aujourd'hui ou demain.

Neala se mordit la lèvre.

— Marko, Malis, est-ce qu'on peut discuter un peu ? intervint Jero.

Tous les quatre s'éloignèrent de quelques pas. Puis Neala prit la parole à voix basse.

— Marko, je pense que vous devriez attendre un peu, pour semer.

— Mais pourquoi ? La terre est parfaite, et si on attend trop elle sera trop sèche pour démarrer la germination dans les meilleures conditions.

— J'ai eu des… des images.

Malis s'approcha, son visage voilé d'une soudaine inquiétude.

— Il va pleuvoir… Beaucoup.

— Et alors ! se réjouit Marko. Tant mieux ! C'est tout à fait ce qu'il faut pour faire de belles plantes, de l'eau, de la chaleur, c'est parfait !

— Marko, laisse-la parler, supplia Malis.

— Merci Malis. Quand je dis beaucoup, c'est en fait… beaucoup trop. Il va y avoir des dégâts. Et si toutes les graines partent avec l'eau, tu n'auras pas de récolte. Je pense aussi que certaines habitations sont en danger près de la rivière.

— Mais qu'est-ce que tu racontes, s'emporta Marko. La rivière n'est jamais montée aussi haut, sinon personne n'aurait construit ces cabanes !

— Je comprends tes réticences, et je ne sais pas t'expliquer comment ça va arriver. Je vois bien que le niveau de l'eau est très bas. Mais les images que je reçois de la Source de Vie ont toujours eu une réalité, à un moment ou à un autre. Je voulais juste te prévenir. Tu fais comme tu le sens, c'est toi qui diriges ce village maintenant.

Le jeune homme la considéra longuement, il regarda les champs, l'attroupement qui s'était créé. Il devait prendre une décision. Et quelle qu'elle fût, il y aurait des déçus. Il soupira.

— Je vais parler à mes camarades. On va retarder de deux ou trois jours. Mais pas plus. Je vais essayer de leur expliquer.

Il leva les yeux vers le ciel.

— Toutefois je vais avoir du mal à les convaincre que des trombes d'eau vont nous tomber sur la tête, il n'y a pas l'ombre d'un nuage !

Dépité, il rejoignit le groupe de villageois, suivi de Malis.

Jero et Neala restèrent en retrait, mais ils ne tardèrent pas à entendre les protestations s'élever. Pourtant Marko réussit à faire entendre sa voix, et après avoir promis à tous de se retrouver dans deux jours pour décider de la suite, le groupe se dispersa.

— Bien, dit-il en retournant vers ses amis, puisqu'on ne sème pas aujourd'hui, profitons-en pour réparer les toitures qui fuient, en prévision de cet orage formidable !

Neala ne sut si c'était de l'ironie ou du pur pragmatisme, c'était probablement un peu des deux, mais elle s'en contenta.

Deux jours plus tard, la situation n'avait pas changé. Le ciel était toujours d'un bleu insolent, et les gens étaient, cette fois-ci, bien décidés à semer. Certains avaient d'ailleurs apporté les jarres pleines de grains de la récolte précédente avec eux.

Neala avait rejoint Marko près du premier champ. Elle s'arrêta à quelques pas, et dès que leur regards se croisèrent, elle fit non de la tête. Marko était au milieu des hommes, manifestement contrarié. Jero était resté à l'atelier de taille, Malis chez elle. Il n'avait personne pour contenir l'ire des villageois. Mais il faisait confiance à Neala.

— Nous devons encore attendre, dit-il d'une voix ferme.

— Mais pourquoi ? s'éleva une voix.

— Pourquoi est-ce cette étrangère qui décide du jour des semailles ? s'énerva un autre.

— Qu'est-ce qu'elle en sait, elle, du meilleur jour pour semer ? s'agaça un troisième.

Puis tout le monde se mit à parler en même temps. La colère grondait.

— Silence ! s'écria Marko. Attendons demain. Si demain il n'y a aucun signe annonciateur de pluie, nous sèmerons.

— Mais la terre commence à s'assécher, objecta un des hommes. Demain elle sera encore plus dure !

— Si elle est trop dure, on puisera l'eau du ruisseau.

Je doute que vous en ayez besoin, marmonna Neala entre ses dents, à l'écart du groupe.

Elle préférait ne pas intervenir. C'était déjà assez difficile pour Marko, elle ne voulait surtout pas donner l'impression de contester son autorité.

D'après Malis, il n'y avait jamais eu de personne qui communiquait avec la Source de Vie, ou autre puissance, à Exton. Damin avait l'habitude de prendre ses décisions tout seul, sans consulter personne. Et Marko, s'il préférait demander conseil à la communauté, n'était pas familier des mises en garde irrationnelles de la Source de Vie. Le sol est prêt, il fait beau, on sème. C'était très simple. Les visions de Neala le mettaient clairement en difficulté. Cependant, sans trop se l'expliquer, il continuait à lui faire confiance.

Le lendemain pourtant, l'ambiance avait changé. Les gens étaient clairement énervés de ne pouvoir faire ce qui leur semblait rationnel et sensé. L'air s'était encore réchauffé, mais même s'il n'y avait toujours pas de nuages, l'atmosphère s'était alourdie. Était-ce lié aux regards de biais que lançaient les villageois sur son passage ? À leur agacement de ne pas avoir le contrôle ? Ou était-ce vraiment l'orage qui approchait ?

Toujours est-il qu'en arrivant près des champs ce matin, Marko était d'une humeur massacrante. Il s'approcha de Neala qui scrutait l'horizon.

— J'imagine qu'on ne plante toujours pas aujourd'hui ? demanda-t-il, excédé.

Elle le regarda droit dans les yeux.

— La tempête est proche. Même toi tu la sens. Tout bouillonne.

— Je sens surtout que je ne pourrai pas contenir les gens plus longtemps, railla-t-il.

— Retrouvons-nous demain au même endroit.

Il leva les yeux au ciel.

— Demain, toujours demain ! Ce n'est pas toi qui vas affronter ces gens mécontents !

— Demain, si besoin, je leur parlerai. Mais je ne pense pas que ce sera nécessaire.

Les graviers qu'elle avait dans le ventre depuis plusieurs jours s'étaient transformés en cailloux. L'échéance approchait, elle le savait.

— Et je pense que les personnes qui habitent près de l'eau devraient s'en éloigner.

— Il n'en est pas question ! s'indigna-t-il. J'ai toujours vu ces cabanes-là, il ne s'est jamais rien passé, et je ne vais pas commencer à affoler tout le monde ! Alors s'il pleut cette nuit c'est très bien, et s'il ne pleut pas c'est très bien aussi. On plantera demain de toute façon.

— Comme tu voudras, acquiesça-t-elle.

Et tandis qu'elle s'éloignait, elle entendit gronder l'incompréhension et la colère au moment où il annonça que les semailles n'auraient lieu que le lendemain.

En retraversant le village elle croisa Malis.

— Bonjour Neala, tu crois toujours que…

— Tu sens cette atmosphère pesante ? la coupa Neala.

— L'air est devenu lourd en effet, mais ce n'est pas inhabituel en cette saison, protesta la jeune fille. Les gens sont impatients de commencer à semer, ils disent qu'avec cette chaleur, la terre sera bientôt trop sèche pour recevoir les grains. Certains se sont plaints auprès de Marko, ils ne comprennent pas pourquoi il se laisse dicter sa conduite par une étrangère qui ne connaît rien à leur terre.

— Crois-moi, dans très peu de temps plus personne ne s'inquiétera de la sécheresse, souffla Neala.

— Je te fais confiance, je connais l'étendue de ton pouvoir. Mais les gens qui ne te connaissent pas sont plus sceptiques…

— Je comprends. Cette attente ne durera pas. Marko était furieux tout à l'heure, il a dit qu'il démarrerait les semailles demain.

Devant la moue de Neala, Malis termina le propos de son amie.

— Et tu ne penses pas que cela arrivera… Ce sera si terrible ?

Neala hocha la tête. Malis poursuivit, inquiète.

— Vous vivez près de l'eau, ne devriez-vous pas vous éloigner de la rivière, au moins pour un temps ?

— Marko ne veut pas qu'on alerte les gens. Il dit que l'eau n'a jamais envahi les berges hautes. Et Margie ne bougera pas, elle n'a nulle part où aller. Je préfère rester auprès d'elle et de ses filles. En revanche est-ce que tu voudrais bien, discrètement, garder chez toi quelques objets et remèdes ? Je préférerais les savoir en sécurité.

— Bien sûr, amène tout ce que tu veux !

Neala apporta chez Malis sa besace remplie d'herbes médicinales et de bols d'onguents, la besace de Jero, son arc et son carquois, leurs couteaux préférés ainsi que quelques fourrures.

Sur la fin de l'après-midi, le ciel s'assombrit d'un coup.

Chacun expédia ce qu'il était en train de faire pour rentrer se mettre à l'abri avant ce qui était pressenti comme une grosse averse.

Quand Jero rentra, il trouva Neala sur le seuil de la cabanette, scrutant le ciel.

— On dirait que c'est pour ce soir, constata-t-il simplement.

Neala se mit à rire.

— Rien ne t'effraie, n'est-ce pas ?

— Tant que je suis avec toi, non, affirma-t-il en l'embrassant. Et après tout ce qu'on a traversé, ce n'est pas une pluie de printemps qui va m'impressionner !

— Tu sais très bien que ce qui se prépare est bien plus qu'une simple pluie.

— Un orage ? Ce ne sera ni le premier, ni le dernier. Même si je reconnais que le ciel est vraiment très menaçant, dit-il en se retournant en amont de la rivière.

D'énormes nuages noirs s'étaient en effet formés et bouchaient complètement l'horizon au nord.

— Rentrons, de toute façon il n'y a rien que l'on puisse faire pour empêcher tout ça. Alors allons manger ou... J'ai une suggestion pour s'occuper.

En prononçant ces mots il l'attrapa par la taille et l'attira à l'intérieur. L'air chargé d'électricité avait fait monter le tension d'un cran et l'intensité de leurs ébats s'accrut avec les premiers coups de tonnerre. Le paroxysme fut atteint alors que les premières gouttes vinrent se fracasser sur la toiture de joncs.

Épuisés et couverts de sueur, ils s'écroulèrent dans les bras l'un de l'autre en riant, rassasiés et heureux.

— Finalement, ce ne sera peut-être qu'un bel orage, murmura Neala en s'assoupissant au son de la forte pluie qui tambourinait au-dessus de leurs têtes.

Mais elle eut beau essayer de l'ignorer, elle entendait bien que l'intensité montait crescendo au fur et à mesure de l'avancée de la nuit. Le sommeil de Jero ne semblait absolument pas perturbé. Un peu dépitée, elle se leva, passa sa tunique et son capuchon et observa par la porte.

Il faisait nuit noire quand le ciel n'était pas zébré d'éclairs. Et La nuit noire, malgré le vacarme étourdissant des trombes d'eau qui tombaient et du vent qui hurlait, était bien moins inquiétante que le spectacle offert à la lueur d'un éclair. Les rideaux d'eau tombaient quasiment à l'horizontale, le vent emportait tout sur son passage, bottes de joncs de toits, branches d'arbres… C'était effrayant.

Et la rivière, d'ordinaire si tranquille, bouillonnait de flots furieux.

Neala profita d'une série d'éclairs pour vérifier le niveau. Il avait légèrement monté, mais il n'y avait pas de menace immédiate.

Pourvu que tu aies raison, Marko, murmura Neala à voix basse.

Constatant que les cabanes sur les berges tenaient solidement debout, Neala retourna se coucher. Elle perçut le grognement de mécontentement de Jero lorsqu'elle se glissa, trempée de pluie glacée, contre lui, mais il ne s'éveilla pas pour autant.

Elle eut du mal à se rendormir, les sens en alerte. Cependant la fatigue de la journée fut la plus forte, et elle finit par s'assoupir dans un demi-sommeil agité.

Et soudain, un craquement sinistre la fit sortir brutalement de son sommeil.

Elle s'assit d'un bond.

— Jero lève-toi, il se passe quelque chose d'anormal !

Elle-même se mit debout dans la précipitation.

— Qu'est-ce que… il pleut, c'est tout, maugréa-t-il. Viens donc te coucher.

— Non ce bruit n'est pas normal, dit-elle en remettant son capuchon encore trempé. On doit partir d'ici. Je vais chercher

Margie et ses filles. Habille-toi et suis-moi, elle va avoir besoin de nous !

Elle sortit au milieu de la tempête et, devant le désastre qui s'annonçait, elle se mit à crier.

— Jero c'est terrible ! Viens vite !

Un éclair lui avait fait entrevoir une vision d'horreur.

Sous la pression du vent et des flots déchaînés, l'énorme arbre qui trônait majestueusement en amont sur la berge était désormais couché et ses racines menaçaient à tout moment de s'arracher, emportant sur leur passage la cabanette de Margie, puis celle la leur. Ce n'était qu'une question de secondes.

Elle se précipita vers la cabane de ses voisines.

— Margie ! Margie ! Tu dois partir immédiatement avec tes filles !

Margie sortit, hébétée.

— Quoi ? Mais qu'est-ce que…

— Vite ! Réveille-les et remontez au village, tout va être emporté !

Margie se précipita à l'intérieur, suivie de très près par Neala.

Leurs voix étaient couvertes par l'affreux rugissement du vent, par les flots charriés par la rivière transformée en fleuve furieux, et par les racines qui craquaient une à une. Quand il n'y avait pas d'éclair on n'y voyait absolument rien.

— Nola ! Lizzie ! Randa !

— Je suis là répondit Lizzie en premier.

— Et moi ici, dit en écho Nola.

Entre temps Jero était arrivé.

— Tu prends les deux grandes et avec Margie vous quittez cette berge, j'attrape Randa et je vous rejoins en haut !

— D'accord ! s'écria Jero. Ne traîne pas !

— Randa ! Randa !

Où était donc passée cette gamine ? Elle n'était pas dans la maison.

Neala sortit et un éclair lui permit d'apercevoir Jero, Lizzie dans les bras, qui poussait Margie et Nola en haut de la berge, à l'abri.

Elle continua à appeler.

— Randa ! Randa !

Et soudain, la vision de cauchemar.

Au moment où le ciel se zébrait d'une série d'éclairs, elle vit le grand arbre se détacher du sol. Derrière lui s'était accumulé tout un tas de branches et d'autres arbres, arrachés eux aussi des berges en amont. Et au-devant de cet arbre se trouvait, seule et sans défenses… Randa !

— Randa ! hurla-t-elle de désespoir.

Mais c'était trop tard. La petite avait été entraînée dans la chute de l'arbre. La cabane de Margie subit le même sort en quelques secondes.

— Neala, remonte immédiatement ! ordonna Jero. Tu ne peux plus rien faire !

Mais quelque chose vrilla dans la tête de Neala. Elle refusait de se déclarer vaincue. D'autant qu'il lui semblait toujours entendre les cris d'effroi de la petite.

Elle regarda Jero qui continuait à hurler, pressentant ce qu'elle voulait faire, puis sans plus d'hésitation, elle se jeta dans les flots déchaînés à la suite du grand arbre.

L'eau glacée la surprit à peine, tant elle était déjà trempée par la pluie battante.

Elle mit de côté toute réflexion parasite ou questionnement raisonnable et s'agrippa de toutes ses forces à l'immense tronc. Elle remonta peu à peu vers la couronne, buvant la tasse régulièrement dans les vagues créées par le courant. Elle continuait d'espérer. Enfin elle atteignit les premières branches et recommença à appeler.

— Randa ! Randa !

Un coup d'œil rapide au-dessus de sa tête lui confirma ce que son cerveau avait enregistré juste avant qu'elle ne saute : la nuit était enfin en train de se terminer, les premières lueurs de l'aube commençaient à poindre.

Soudain, au milieu du tumulte assourdissant des flots et des arbres qui se fracassaient entre eux et contre les berges, elle entendit des pleurs. Était-ce vraiment possible ?

— Randa ? Tu m'entends ?

Les cris se firent plus précis.

— Randa c'est moi ! Accroche-toi, je viens te chercher !

Cet arbre était décidément immense et les jeunes feuilles l'empêchaient de voir ce qui se passait plus haut. Mais elle savait qu'elle n'avait pas rêvé.

— Randa ! Où es-tu ?

Une toute petite voix se fit entendre.

— J'ai peur !

— Je sais ma chérie que tu as peur, mais j'arrive. Surtout accroche-toi à l'arbre, ne lâche pas tes mains !

Neala progressa entre les branches et enfin, elle l'aperçut. Une pauvre poupée de chiffons ballottée par les flots sans pitié, voilà à quoi elle ressemblait.

— Je te vois ! Ne bouge pas, j'arrive !

Encore trois branches, puis deux, puis enfin ! Elle put attraper le petit corps glacé de Randa.

— Tout va bien, tout va bien ma belle, dit Neala en la serrant très fort.

— Ma... Ma... Maman... Je veux voir Maman ! pleurait la petite fille en claquant des dents.

— Ta maman est au village avec tes sœurs, elles vont bien. On va aller les retrouver.

Mais c'était plus facile à dire qu'à faire.

L'arbre était tellement grand qu'il s'accrochait régulièrement à d'autres arbres ou obstacles près des berges, mais malgré ces ralentissements il descendait la rivière à vive allure.

Il allait falloir faire vite si elles ne voulaient pas se retrouver au milieu de la mer !

Heureusement quelques instants plus tard les racines s'emmêlèrent dans un tas de branchages près de la berge. C'était l'occasion à ne pas manquer.

— Randa, on va sauter dans l'eau pour monter sur la berge. Tu vas t'accrocher à moi le plus fort possible, et je vais nager pour nous sauver toutes les deux. Tu t'accroches hein ? Allez, on y va !

C'était de la folie. Mais c'était leur seule chance. Le ciel s'éclaircissant, Neala voyait bien que toutes les plages de galets bordant habituellement la rivière avaient disparu. Il fallait coûte que coûte retrouver la terre ferme.

Alors profitant du court répit de l'enchevêtrement, elle s'élança avec Randa dans les bras.

Était-ce la fatigue ou la peur d'échouer ? L'eau lui parut bien plus froide, les vagues les submergeaient et elles risquaient à tout moment de se faire assommer par les nombreux obstacles emportés par les flots.

— Tiens-toi bien Randa !

Le conseil était inutile, la petite fille était tellement agrippée à Neala qu'elle empêchait presque tout mouvement.

Mais la jeune femme était déterminée et ses gestes vigoureux lui permirent de se rapprocher peu à peu de la berge. L'effort à fournir était presque surhumain. Et elles commençaient à se refroidir. D'ailleurs avec angoisse elle sentit peu à peu Randa desserrer son étau.

— Accroche-toi Randa ! cria-t-elle en s'étouffant à moitié sur une gorgée d'eau sale qu'elle venait encore d'avaler.

La fillette buvait beaucoup d'eau et s'épuisait, Neala avait du mal à lui maintenir la tête hors de l'eau.

— On y est presque, courage !

La berge se rapprochait, mais pas assez vite. Elle essaya d'accélérer encore ses mouvements mais fut prise d'une crampe au mollet. Elle jura entre ses dents, ignora la douleur et continua sa progression.

Enfin les premiers arbrisseaux firent leur apparition. Elle put s'agripper à l'un d'eux, espérant de toutes ses forces qu'il ne s'arracherait pas sous son poids. Elle souffla quelques secondes et constata avec horreur que Randa avait perdu connaissance. Son petit corps n'offrait désormais aucune résistance.

— Tiens bon Randa, je t'en supplie !

Tant bien que mal elle réussit à attraper un autre petit tronc. Le courant était très violent, même si près de la berge. Si elle lâchait, elles repartiraient dans les flots.

Enfin elle sentit la terre ferme sous ses pieds. Mais les bords boueux étaient tellement glissants que chaque pas était une épreuve. Randa ne réagissait toujours pas.

Neala, qui avait maintenant de l'eau jusqu'à la taille, la mit en travers de son épaule pour libérer ses bras et faciliter sa progression.

Elle devait d'abord sortir de l'eau, elle réfléchirait plus tard.

Encore un pas, un autre, elle avait maintenant de l'eau jusqu'aux cuisses.

Et le courant menaçait toujours de la déséquilibrer, d'autant qu'elle venait d'engager ses dernières forces dans la bataille. Et sentir le poids inerte de Randa la décourageait au plus haut point.

A quoi bon ? se dit-elle. Autant se laisser couler, puis qu'elle n'avait pas réussi à sauver la petite.

Elle chassa une dernière fois ces pensées destructrices fit un dernier effort pour s'extirper de l'eau glacée et s'écroula sur la terre détrempée.

— Elles sont là !

Au bout de combien de temps entendit-elle la voix de Malis ? Elle n'en eut aucune idée.

Elle s'était assise sous la pluie qui avait enfin baissé d'intensité, et elle pleurait doucement en berçant Randa.

— Neala ! s'écria Jero. J'étais si inquiet, quelle folie de te jeter dans cette rivière ! Tu vas bien ?

— C'est trop tard, Jero, je suis arrivée trop tard. Randa est morte par ma faute…

Neala sanglotait sans répit.

— Tu as fait tout ce que tu as pu, Neala, lui dit Jero d'un ton apaisant. Et même au-delà, tu aurais pu mourir toi aussi.

— Mais j'aurais préféré ! s'énerva la jeune femme, au paroxysme de son amertume. J'ai échoué une fois de plus à protéger une fillette. Comme pour Amalia, je n'ai pas pu la protéger, j'aurais dû…

— Neala, interrompit Marko qui était arrivé avec Malis et Jero, s'il y a une personne qui aurait pu éviter ce désastre, c'est moi, et seulement moi. Je ne t'ai pas écoutée, tu savais qu'il y avait un risque pour les maisons sur les berges, et je n'ai pas voulu l'entendre. Je m'en veux terriblement.

— Allons Neala, rentrons au village, tu dois te mettre au chaud, proposa Jero.

Elle leva les yeux plein de larmes. Et pour la première fois, elle observa la scène. Le jour était presque levé, ils étaient tous les trois debout près d'elle, l'air désolé et triste, trempés jusqu'aux os.

Et elle, assise en tailleur, berçant le corps froid de la pauvre petite Randa que malgré ses efforts et malgré la persévérance de la fillette, elle n'avait pas pu sauver. Elle était trempée, couverte de boue de la tête aux pieds, et ce froid mordant l'envahissait à présent sans répit.

— Pourquoi ? dit-elle en regardant droit devant elle, puis en s'adressant au ciel, pourquoi est-ce que ça doit se terminer comme ça ? Dois-je encore accepter ce que je ne peux pas changer ?

Une voix puissante résonna alors dans sa tête.

— Es-tu sûre que tu ne peux rien changer ?

Ama. Il y avait si longtemps qu'elle n'avait pas entendu sa grand-mère !

— Mais que dois-je faire, Ama ? s'écria-t-elle. Guide-moi !

— Allons, tu dois venir avec nous à présent, insista Jero, mal à l'aise avec les derniers propos de Neala.

— Attends !

Alors elle se mit à examiner fébrilement Randa. Elle ne respirait pas, et il n'y avait pas de pouls. Ou était-il seulement trop faible ?

Elle se mit à retourner la fillette dans tous les sens.

— Neala que fais-tu ? s'inquiéta Malis qui pensait voir son amie devenir folle.

Alors Neala allongea Randa dans la boue, et se mit à lui appuyer violemment sur le thorax à intervalles réguliers.

Jero s'apprêtait à intervenir, mais Malis le retint sans bruit, concentrée sur les gestes de celle qui lui avait tout appris.

Et d'un coup, Randa se mit à tousser et à cracher de l'eau, beaucoup d'eau.

Puis presque immédiatement, elle se mit à pleurer.

— Randa !! Oh ma belle tu nous as fait si peur !!

Neala la prit dans ses bras et la serra jusqu'à l'écraser.

— Je suis tellement heureuse ! Merci Ama !

Neala pleurait de joie à présent, Jero vint la rejoindre sur le sol détrempé pour la prendre dans ses bras, pendant que Malis se jetait dans les bras de Marko.

Tout le monde pleurait, et le ciel, pour célébrer cette renaissance, avait lui décidé d'arrêter de se déverser sur leurs têtes.

Après ce moment de liesse, tous s'en retournèrent au village, trempés et épuisés, mais heureux comme jamais.

Ils furent accueillis par les cris de joie de Margie, Nola et Lizzie qui n'en revinrent pas de retrouver la petite Randa vivante.

— Oh merci Neala ! s'écria Margie en la déchargeant de son petit fardeau, tu as risqué ta vie pour elle, j'ai vraiment cru qu'elle était perdue à jamais, c'est extraordinaire ce que tu as fait !

— Je suis tellement heureuse, Margie, de te la remettre en vie ! Mais elle est gelée et très affaiblie, il faut vite la mettre au chaud.

— Venez chez nous, proposa spontanément Nadina qui était venue accompagner Margie. De toute façon vous n'avez plus de maison…

— C'est vrai, soupira Margie. Tout a été emporté sur la berge. Il ne reste plus rien.

Ce n'est qu'à cet instant que Neala commença à observer autour d'elle.

Le village était dans un terrible état de désolation.

La plupart des maisons avait souffert, les sols s'étaient transformés en torrents de boue, les arbres bordant la rivière avaient été arrachés et l'eau avait envahi les berges, emportant tout sur son passage.

— Donc nous n'avons plus de maison non plus, dit-elle tristement à Jero.

Il la prit dans ses bras pour tenter de la réconforter.

— Venez vous reposer dans notre cabane, offrit Malis. Je crois que tout le monde doit d'abord se remettre de ses émotions, dormir un peu, manger, on avisera après.

— Je vais d'abord aller faire le tour du village, constater les dégâts, voir qui a besoin de quoi. Je vous rejoindrai plus tard, promit Marko.

Malis l'embrassa et accompagna ses amis dans son foyer.

A peine arrivée, Neala se débarbouilla rapidement et s'écroula sur une paillasse tout près du feu, la tête sur les genoux de Jero. Ses dernières pensées avant de de s'endormir d'un sommeil sans rêves furent pour remercier Ama. Sans son insistance, elle aurait laissé mourir Randa sans avoir rien tenté. Maintenant la petite fille était sauve, et cette information déclencha un immense sourire de gratitude.

Quand elle s'éveilla au milieu de la journée, tout son corps la faisait souffrir, comme si elle avait été rouée de coups.

Et ce froid qu'elle ressentait la dévorait de l'intérieur.

Constatant que la cabane était vide, elle chercha quelque chose à manger et trouva un reste de soupe sur le feu. Reconnaissante, elle se remplit un bol, espérant que cela allait l'aider à se réchauffer. Le bol chaud commença à faire son effet sur ses mains gelées, et au bout de quelques temps après avoir avalé la soupe, une douce chaleur envahit son estomac et se diffusa à tous ses membres.

Ayant retrouvé sa mobilité et son énergie, elle mit son capuchon séché près du foyer et alla faire le tour du village.

Le soleil était en partie revenu, il restait dans le ciel lessivé quelques nuages hauts et non menaçants.

Comment était-ce possible d'avoir essuyé un tel déluge la veille et d'avoir un ciel si léger et innocent le lendemain ? C'était comme si ce ciel s'excusait de ses débordements de la nuit passée.

Mais si l'ordre semblait revenu dans le ciel, le village, lui, était dévasté.

Alors que les habitants avaient commencé à réparer les toits de joncs, le sol entre les maisons n'était plus qu'un amas de boue humide et collante. Hommes et bêtes restaient englués dans cette matière poisseuse qui avait tout envahi.

Neala prit la direction des champs. Le paysage était encore plus désolé.

Les ruisseaux innocents bordant les champs la veille s'étaient transformés en torrents de boue et avaient emporté toute la bonne terre récemment travaillée.

L'eau avait cependant commencé à s'évacuer, laissant derrière elle des traînées de limon.

Marko, Jero et une poignée d'hommes étaient en train d'évaluer les ravages causés par les crues soudaines, dépités.

— Je n'ai jamais vu cela, observa le jeune homme, désespéré devant de tels dégâts.

— Moi non plus, dit un autre homme. Et je suis bien plus âgé que toi.

— Heureusement que nous n'avions rien planté…. Toutes les graines seraient parties avec l'eau ! Neala, dit-il en l'apercevant, comment as-tu su ? Je n'aurais jamais pensé cela possible. De tous les hommes qui sont ici, personne n'avait jamais vu ça !

— Quelquefois la Nature nous rappelle à l'ordre, dit simplement la jeune femme. Mais parfois la Source de Vie a la bonté de nous prévenir, si on l'écoute.

— Et je ne t'ai pas écoutée…

— Mais si, se récria-t-elle, la preuve c'est que vous n'avez pas démarré les semailles, votre récolte est sauvée !

— Tu m'avais dit que les berges étaient dangereuses, mais je n'ai pas voulu te croire. Et par ma faute, une femme et ses deux garçons ont été emportés dans leur maison. Elle vivait sur la berge aussi.

Neala se rappela avec effroi qu'il y avait en effet une cabane un peu plus haut sur la berge.

— Mais je pensais qu'ils nous auraient entendus quand on a crié pour appeler Margie, et qu'ils se seraient enfuis ! Quel drame affreux…

— On n'a pas retrouvé leurs corps, mais tous les trois ont disparu. On ne peut qu'imaginer qu'ils ont été noyés.

— C'est terrible, j'aurais dû…

— Neala, non, coupa Jero. Tu ne vas pas te sentir responsable de cela aussi. Tu as sauvé Margie et ses filles, et tu nous as sauvés, nous. Tu ne pouvais pas être partout.

— Et s'il y en a un qui doit se sentir responsable ici, c'est moi, dit Marko avec une immense peine dans son regard. J'aurais dû t'écouter et reloger les habitants de la berge.

— C'est très difficile de croire les mots d'une inconnue qui n'est pas familière de la région, quand ton expérience et ton entourage te disent qu'il n'y a aucun risque, dit-elle doucement. Se confronter avec ses propres croyances est ce qu'il y a de plus compliqué. Malgré tout, tu m'as fait confiance et tu as sauvé la récolte, et ton village de la famine. Je suis très triste pour cette femme et ses garçons, mais il faut accepter ce qu'on ne peut pas changer.

Elle posa délicatement sa main sur le bras tremblant de Marko.

— Et maintenant, il faut se mettre au travail, dit-elle, résolue. La chaleur va revenir, et les sols vont se dessécher rapidement. La couche de limon déposée par les flots est très fertile, si vous plantez rapidement tous vos efforts ne seront pas perdus. Et si tu le souhaites, demain soir nous ferons une cérémonie en l'honneur de nos trois disparus, pour les accompagner vers la Source de Vie.

— Tu as raison, dit Marko en se reprenant. La vie doit continuer.

La jeune femme lui sourit, adressa un signe de la main aux autres hommes et alla rejoindre Margie et ses filles chez Nadina.

Dès qu'elle passa le seuil de la porte les trois petites se jetèrent sur elle.

— Comment vous sentez-vous mes chéries ?

— Vivantes, dit Margie avec un grand sourire, malgré sa fatigue.

— J'ai encore très froid, s'exclama Randa. Mais Maman dit que j'ai été très courageuse !

— Oh ça oui, tu as été formidablement courageuse, confirma Neala en prenant la fillette dans ses bras.

— Mais moins que toi, parce que moi je ne me serais jamais jetée à l'eau. J'ai eu tellement peur ! Et de toute façon je ne sais pas nager.

— Nous non plus, renchérit Lizzie. Aucune de nous ne sait nager.

— Alors dès que l'été reviendra, vous devrez apprendre, car cela pourrait vous sauver la vie.

— Tu nous apprendras ? demanda Nola.

Neala ressentit immédiatement une sorte de crampe dans son ventre. Elle ne pouvait pas s'engager sur quelque chose qui n'allait pas arriver.

— Moi ou quelqu'un d'autre, cela n'a aucune importance, balaya-t-elle d'un revers de la main.

— Je pourrais vous apprendre, si vous voulez, proposa Nadina. J'ai appris très jeune et j'aime beaucoup nager dans la rivière, enfin quand elle est calme, bien sûr !

Tout le monde se mit à rire.

Neala prit congé et alla justement voir l'état de la rivière.

Le niveau avait déjà commencé à baisser, mais restait très élevé.

De la vie sur la berge il ne restait rien, pas même les pierres qui formaient la base des cabanes. L'immense arbre n'était plus qu'un souvenir. En s'approchant, Neala comprit ce qui s'était passé. Des tas de branches s'étaient accumulés derrière cet arbre, créant une sorte de barrage. Puis, quand les racines avaient lâché, cette énorme masse de végétaux avait cédé, libérant le mur d'eau formé en amont, emportant tout sur son passage.

Quand elle regardait les flots toujours bouillonnants et charriant boue et branches, elle se demanda comment elle avait pu se jeter dans un tel danger. Un sourire furtif passa sur ses lèvres. Le sauvetage de Randa avait été un succès, et c'était la seule chose qui comptait. Si cela avait été à refaire, elle aurait fait la même chose. Et si elle avait pu aussi sauver cette femme et ses fils…

— Tu n'aurais pas pu faire plus, dit Jero qui venait d'arriver derrière elle, les yeux rivés sur les flots sombres et menaçants.

Il vint placer ses grandes mains sur les épaules frêles et frissonnantes.

Elle se retourna et vint se lover dans ses bras.

— Et maintenant, qu'allons-nous devenir ? Nous n'avons plus de foyer…

— Je pense que Malis et Marko pourront nous héberger le temps de reconstruire une cabane.

— En fait je ne suis pas sûre d'avoir envie de rester. J'aime beaucoup Malis et Marko, mais… Je vois bien que mes visions et autres messages de la Source de Vie dérangent. Il s'en est fallu de peu, un peu plus tôt, pour que les hommes près des champs me reprochent ce qui est arrivé. Comme si mes visions déclenchaient les événements. Je l'ai vu dans leur regard, que je n'étais pas la bienvenue. Marko, lui, a compris. Mais les hommes de son village ne sont pas aussi ouverts d'esprit. Je ne me sens plus à mon aise ici.

— J'aimerais pouvoir te dire que tu as tort, que tu te fais des idées. Mais les commentaires entendus après ton départ n'étaient pas plaisants.

— J'ai toujours été à part, souvent rejetée, en raison de ma position de Gardienne du Passage et de ma connexion avec la

Source de Vie. Mais au moins dans mon village, j'étais respectée. Et je me sentais chez moi. Ici je ne pourrai jamais me sentir chez moi, et si en plus je dois faire l'objet d'animosité, je préfère partir. De toute façon je sais que mon voyage n'est pas terminé. Je suis très curieuse de découvrir ce monument dont Vamer a parlé. Et j'ai promis à Deirdre de passer voir sa mère à Souton. C'est sur le chemin, de toute façon. Et… Et toi, qu'en penses-tu ? finit-elle par demander, pleine d'appréhension.

— Quand partons-nous ? interrogea-t-il simplement, le sourire aux lèvres.

Rassurée, elle l'embrassa longuement.

— Le temps de préparer notre voyage, disons dans deux jours, ça te va ?

— Du moment que je suis avec toi, tout me va !

Ils retournèrent chez leurs amis, la main dans la main.

Annoncer leur départ ne fut pas chose facile.

Malis ne voulait pas les voir partir, et Marko savait que, par ses doutes et sa défiance, il avait au moins en partie provoqué cette décision beaucoup trop soudaine à son goût.

— Les amis, expliqua Neala. Nous vous apprécions énormément et nous vous remercions de nous avoir accueillis, à Plymo et à Exton. Et je ne vous remercierai jamais assez de m'avoir sortie des griffes de Vamer et de ses monstres. Je n'oublierai jamais ce que vous avez fait pour moi. Mais nous sentons qu'il est temps pour nous de poursuivre notre route. Peut-être qu'un jour nos chemins se recroiseront. Notre intention est d'aller ici.

Elle expliqua ce que lui avait raconté Vamer sur Gveris.

— Je ne sais pas si nous resterons là-bas, ou si ce ne sera qu'une étape. Sachez que nous avons passé de merveilleux moments en votre compagnie.

— Vous serez toujours les bienvenus, dit Marko la voix étranglée par l'émotion. C'est grâce à vous que j'ai trouvé la force de défier mon père et de m'imposer.

— Et c'est grâce à vous que j'ai quitté une vie qui ne me convenait pas, chez les prêtresses du Soleil, dit Malis en sanglotant.

— Je pense que nous avons tous les quatre grandi au contact les uns des autres, résuma Jero sagement. Et tous ces moments passés ensemble resteront gravés dans nos mémoires.

Tous se donnèrent l'accolade, passant du rire aux larmes, puis de nouveau au rire.

— Quand souhaitez-vous partir ? finit par demander Malis, s'essuyant les yeux mais gardant son pragmatisme.

— Il nous faudrait refaire des besaces, des couvertures, récolter de la nourriture… commença Jero.

— En fait, dit malicieusement Neala, nos besaces sont ici. Avec nos couteaux, sagaies, des couvertures et habits de rechange. Je les avais apportées hier, au cas où…

— Tu m'impressionneras toujours ! s'écria-t-il en la serrant dans ses bras.

— Donc tu n'avais pas si confiance en mon expérience que ça, dit Marko, sarcastique.

— Désolée Marko, répondit-elle en souriant, mais la Source de Vie ne m'a jamais trompée. Parfois je ne suis pas sûre de bien interpréter tous les messages, mais là c'était très clair. Alors je n'ai pas voulu te vexer en m'opposant à toi directement, mais j'ai pris quelques précautions…

— Et tu as bien fait, acquiesça le jeune homme. J'aimerais avoir les mêmes certitudes que les tiennes !

— Je te rassure, ces signes sont très nébuleux pour moi aussi, remarqua Jero. Mais j'ai appris à faire confiance à la Gardienne du Passage !

— Nous vous aiderons à trouver de la nourriture pour votre voyage, et compléter ce que vous avez perdu dans l'inondation, offrit Marko.

— C'est adorable de votre part. Nous voudrions partir dans deux jours.

— Nous nous assurerons que tout sera prêt. Bon, toutes ces émotions m'ont donné faim, est-ce qu'on peut manger ? s'impatienta Malis.

Neala lui jeta furtivement un drôle de regard. Puis tous éclatèrent de rire avant de s'installer auprès du foyer pour un bon repas chaud.

Le lendemain, Marko et la plupart des villageois avaient convenu de se retrouver pour semer le blé, l'orge et les autres graines, y compris celles des carottes sauvages, mises de côté.

Neala et Jero, eux, se concentrèrent sur leurs préparatifs de voyage. Ils ramassèrent des noisettes et autres noix, firent cuire des galettes de céréales, récupérèrent une couverture de fourrure pour remplacer celle qui avait été emportée par les flots et prirent plusieurs fromages chez Nadina. Ils en profitèrent pour aller faire leurs adieux à Margie et à ses filles.

La petite Randa fut très triste d'apprendre le départ de sa protectrice et sauveuse. Et alors que Nola et Lizzie sanglotaient bruyamment, Randa se contenta de verser de grosses larmes sans bruit, tout en regardant Neala de ses grands yeux bleus. Aucun son ne sortait de sa bouche, ce qui était très inhabituel pour cette petite fille vive et espiègle. Et le spectacle de ces larmes silencieuses, roulant sur les jolies joues roses de la fillette, fendit le cœur de la jeune femme.

Elle prit la petite dans les bras, lui murmura que jamais elle ne l'oublierait, et lui offrit un joli collier fait d'un fin lien de cuir sur lequel était accroché un très beau coquillage percé qu'elle avait ramassé sur une plage à Plymo.

Elle attacha le collier au cou de la fillette qui, ravie, sécha ses larmes.

Elle donna un collier similaire à chacune des grandes sœurs, souhaita un beau bébé à Margie et quitta la maison, après avoir remercié Nadina et Banou d'avoir accueilli la famille sans logis.

Le soir, tout le village se retrouva près de la rivière pour une cérémonie en l'honneur de la famille disparue. Chacun put ainsi constater les dégâts causés par la rivière en furie.

Au moins, se dit Neala, tous se souviendront de ce désastre, et plus personne ne construira de cabane aussi près de l'eau. Du moins l'espérait-elle. Même si au fond d'elle, elle savait : les humains oubliaient…

Ils avaient décidé de partir tôt le lendemain.

Dès les premières lueurs de l'aube, ils avalèrent un copieux repas froid, puis ramassèrent besaces et sagaies, et embrassèrent une dernière fois leurs amis.

En serrant Malis dans ses bras, Neala lui parla à voix basse.

— Quand Margie sera prête à avoir son bébé, reste auprès d'elle. Pour deux raisons. D'abord parce que tu es une guérisseuse, et que tu sauras trouver les gestes et le remèdes pour l'aider. Ensuite… Parce que ce sera bientôt ton tour.

— Oh Neala je suis si contente ! murmura la jeune femme, émue aux larmes. J'espérais mais… Je suis terrorisée aussi !

— Tout ira bien. Je te souhaite une belle et longue vie avec tous ceux que tu aimes.

— Moi aussi Neala, je te souhaite le meilleur. Merci pour tout !

Les deux femmes s'étreignirent une dernière fois, et les deux voyageurs s'en allèrent vers l'est, en direction de Souton.

Chapitre 6

Passés les premiers moments de tristesse d'avoir quitté leurs amis, et les ruminations sur leurs derniers jours à Exton, Jero et Neala réalisèrent à quel point ils étaient ravis de se retrouver seuls et libres.

Ils pouvaient passer de longs moments à marcher côte à côte sans rien dire, juste remplis du bonheur de cheminer ensemble. Puis, parfois, au détour d'un chemin, l'un deux prenait la parole et interpellait l'autre sur tout ce qui lui passait par la tête. Les conversations devenaient animées, parfois passionnées, ils pouvaient débattre longuement, chacun défendant son point de vue tout en écoutant l'autre, mais finissant toujours par trouver un compromis, par comprendre et respecter les arguments de l'autre.

Pas un sujet n'était épargné, leur soif d'échanger semblait inextinguible.

Leurs journées étaient aussi ponctuées de très beaux moments de contemplation, devant un paysage à couper le souffle, le chant d'un oiseau, deux papillons se faisant la cour.

Le printemps était magnifique et tout était propice à émerveillement.

Ils longèrent la plupart du temps la côte sableuse. Ils eurent rarement à contourner des amas rocheux et falaises.

Quelques villages de pêcheurs se trouvaient à proximité de plages et ils échangèrent parfois des poissons avec un peu de sel qu'ils avaient récolté sur les rochers.

Mais la plupart du temps, ils ne se mêlèrent pas à leurs semblables.

Si un endroit leur plaisait, près de la mer ou dans une forêt, ils restaient deux ou trois nuits, pour profiter de leur tranquillité pour se reposer, trouver de quoi manger, se baigner dans une rivière, faire l'amour.

Ils n'étaient pas pressés, personne ne les attendait.

Le soleil était toujours plus haut dans le ciel, et si parfois une averse éclatait, la température devenait de plus en plus douce. Les arbres avaient revêtu leur plus beau feuillage et partout, la vie explosait.

Neala avait vraiment l'impression de vivre une parenthèse extraordinaire dans son existence, une trêve dont elle n'aurait jamais osé rêver.

Pourtant, au fur et à mesure des jours passés, ils croisèrent de plus en plus de monde.

Plus ils approchaient de Souton et plus la population devenait dense.

Alors que les premiers jours de leur voyage ils ne croisaient pas plus d'une ou deux personnes par jour, ils pouvaient rencontrer à présent des dizaines de personnes allant et venant, affairées avec leurs bêtes ou chargés de larges vases de denrées à échanger avec un village voisin.

Mais ce qui marquait le plus les jeunes gens, c'étaient les fortifications dont les villages étaient désormais affublés.

— Voilà ce que Celima voulait faire, expliqua Neala en arrivant près d'un village nommé Viemo.

— C'est étrange tout de même, constata Jero. Pourquoi faire d'aussi grands murs et fossés autour d'un village ?

— Pour le protéger. C'était ce qu'elle nous avait dit. Elle nous avait fait déplacer des montagnes de terre et de cailloux, prétextant que cela empêcherait des envahisseurs venus des contrées sauvages de piller le village et de nous enlever.

— Celima avait peur de se faire enlever ? railla Jero, ou en rêvait-elle ?

— Tu n'es pas gentil avec elle, pouffa la jeune femme. Je pense qu'elle était sincèrement inquiète. Beaucoup d'histoires circulaient autour de ces razzias.

— Mais je doute qu'un fossé et un mur de terre bloquent des meutes d'envahisseurs…

— Elle espérait pouvoir les ralentir, le temps pour donner l'alerte au village.

— Et qu'aurait fait le village ? Chacun aurait essayé de sauver sa peau, ou de s'enfuir avec sa famille avant l'arrivée de ces sauvages.

— Tu penses vraiment que si un groupe hostile arrivait chez les prêtresses, personne du village ne viendrait les aider ?

— Les prêtresses, comme tu les appelles, vivent en autarcie. Elles ne veulent pas se mélanger aux autres, elles limitent drastiquement les relations. Avec ce comportement hautain et dédaigneux, pourquoi des villageois voudraient sacrifier leur vie pour les sauver ?

— Tu exagères, les prêtresses soignent les villageois et les invitent régulièrement pour les cérémonies. Les villageois y sont très attachés.

— Je n'en suis pas si sûr. J'ai passé plusieurs lunes avec eux, j'ai assisté à beaucoup de discussions au sujet des prêtresses. Certains villageois les craignent, surtout la commandante Celima. Mais entre craindre et respecter, ce n'est pas la même chose.

— Tu as probablement raison. Mais penses-tu alors que les prêtresses sont vraiment en danger, par les temps qui courent ?

— Elles ont choisi de vivre en autarcie, loin de toute organisation classique. Elles doivent donc assumer toutes les fonctions, y compris celles de leur défense.

— Mais ce sont… des femmes !

— Et alors ? ricana Jero. Tu es une femme aussi, et tu sais te défendre ! Et Malis aussi !

— Mais face à un colosse qui est deux fois plus lourd que moi, je ne fais pas le poids.

— Il y a plein de façons différentes de se défendre. Apprendre à tirer à l'arc, à lancer une sagaie, à utiliser un couteau par exemple. Si les temps deviennent incertains, alors tout le monde doit apprendre à se débrouiller, surtout quand on a décidé, comme Celima, de vivre loin du monde. Tu ne peux pas vivre isolé de tous et attendre qu'en cas de problème, on viendra te sauver. Celima a fait son choix, et elle doit l'assumer.

— Oui, soupira-t-elle. Elle a fait des choix parfois étranges… Mais son plus gros problème est qu'elle refuse d'écouter les autres. Alors ce n'est pas moi qui irais lui dire que sa stratégie n'est pas bonne et qu'elle doit former ses prêtresses au combat ! De toute façon elle ignorerait tous mes propos.

— Je n'en suis pas si sûr. Même si elle n'a jamais voulu le montrer, je crois que tu avais une certaine influence sur elle.

— Qu'est-ce qui te fait dire ça ?

Il la regarda, et prit un ton moqueur.

— Parce que tu influences tous ceux qui croisent ta route !

Neala fit mine de le frapper sur le bras et tous deux éclatèrent de rire.

Après un long moment de silence, la jeune femme reprit.

— Deirdre était inquiète aussi à propos de ces attaques. Est-ce tu crois qu'il y a vraiment un risque ? Ou est-ce que les gens créent ces protection seulement par peur ?

— Au contraire de ma région, pauvre et peu peuplée, il y a beaucoup plus de gens par ici. Et plus de gens, ça veut dire plus de richesses : plus de blé, plus de bêtes, plus de peaux, et plus de femmes aussi.

— Tu nous considères donc comme de la richesse ? demanda-telle, malicieuse.

— Parfois pour votre plus grand malheur, oui, murmura-t-il entre ses dents.

— Comment cela ? demanda-t-elle d'un ton grave, voyant qu'il n'avait pas du tout envie de plaisanter.

— Certains hommes se déplacent en bande, voire, devrais-je dire, en troupeau. Et ils n'ont rien à perdre. Pas de famille, pas de biens. Alors ils prennent par la force tout ce qui se trouve sur leur chemin, y compris les femmes. Les femmes, surtout les jeunes, sont une richesse car au-delà de les utiliser pour assouvir leurs envies sexuelles, les hommes savent que ce sont elles qui portent les enfants. Alors certains hommes enlèvent les jeunes femmes à leur famille, et les forcent à devenir leurs compagnes, malgré elles.

— C'est horrible, on m'en avait déjà parlé, mais tu en parles comme si tu l'avais vécu.

— J'ai en effet vu cela dans le sud de ton île. Un des villages que j'avais traversé avait fait l'objet d'une razzia. Beaucoup d'hommes, d'enfants et de personnes âgées avaient été tués et laissés sur place. Mais plusieurs jeunes femmes avaient disparu et leurs corps n'ont jamais été retrouvés. Les survivants ont raconté des scènes atroces de ces femmes emmenées de force. Personne ne les avait revues. Alors dans ce cas, je peux comprendre que les gens aient envie de se protéger.

— Oui, je comprends aussi. Je regarderai les murs et les fossés d'un autre œil dorénavant.

Jero la prit dans ses bras. Le souvenir de son enlèvement par les deux brutes de Vamer était encore très présent.

— J'aimerais pouvoir te dire que ça ne t'arrivera jamais, dit-il, le regard au loin. Mais on sait tous les deux que je ne peux malheureusement pas te protéger de tout.

— Nous veillons l'un sur l'autre, et c'est le plus important. Et du moment que tu ne m'oublies pas et que finalement, tu viens me chercher, tout va bien.

Ils se sourirent tendrement.

Le chemin qu'ils parcouraient jusqu'à Souton n'avait pas fait oublier à Neala sa quête.

Vamer lui avait en effet parlé, lors d'un moment de lucidité et de relative tranquillité, des nombreux monuments mégalithiques parsemant le sud de la grande île où ils se trouvaient. Dès qu'ils apercevaient une colline, ils grimpaient au sommet pour tenter d'apercevoir un de ces couloirs de roche, la plupart du temps recouverts de terre mais laissés ouverts.

Aucun d'entre eux n'était bien sûr aussi grand que celui du village de Neala.

Ceux qu'ils rencontraient comportaient une dizaine de gros rochers tout au plus, murs et plafond compris.

Mais ces monuments de pierre étaient étonnants par leur position quasiment prévisible, bien souvent en hauteur sur les collines mais rarement au sommet, pour éviter d'être trop exposés aux vents. En revanche ils étaient rarement visibles depuis les chemins créés par le passage des hommes et des bêtes, car ces chemins serpentaient plutôt entre les collines, au plus proche des rivières.

Chaque fois qu'ils trouvaient un de ces couloirs, ils exultaient de joie. Alors que ni l'un ni l'autre ne s'y était vraiment intéressé jusque-là, toute nouvelle découverte faisait désormais l'objet d'une étude détaillée. Ils observaient si les pierres avaient été taillées, s'il y avait de gros blocs à proximité ou avaient-ils été transportés de beaucoup plus loin. Ils essayaient d'imaginer comment ces rocs avaient été agencés, combien d'hommes avait nécessité la construction et surtout, quelles techniques avaient été employées. S'en suivaient des débats houleux sur les hypothèses et les potentielles preuves de la façon dont ces monuments avaient été érigés.

— Je suis tellement désolée de ne pas avoir demandé plus de détails à ma grand-mère, se lamentait Neala. Depuis ma plus tendre enfance j'ai vu ces énormes rocs très régulièrement, sur la colline au-dessus de mon village, mais ils étaient en place depuis longtemps. D'aussi loin que je me souvienne, je les ai toujours vus formant ce très long passage. La seule chose à laquelle j'ai assisté, c'est le remplissage entre le couloir et le mur arrondi qui encerclait l'édifice. Et la quantité de cailloux et de terre pour combler ce vide, puis recouvrir le passage, était tout simplement faramineuse !

— Tu as une idée du nombre de personnes qui y ont travaillé ?

— Ce monument s'est construit sur de nombreuses années. Et certaines saisons étaient plus propices que d'autres, les hommes n'étaient pas constamment sur le chantier. Il fallait aussi assurer la survie du village, le travail des champs et les récoltes, la construction des cabanes, des outils, et tout le reste. Toutes ces tâches qui demandent beaucoup de force, en somme. Celima peut dire ce qu'elle veut, et je reconnais que les prêtresses sont très volontaires. Mais la plupart du temps, les femmes n'ont pas autant de force physique que les hommes. Évidemment il y a toujours des exceptions !

— Oui, dit Jero en riant, je me souviens de la sœur de mon père, elle était très impressionnante ! Beaucoup d'hommes n'avaient pas la moitié de sa carrure et de sa force, elle tenait tout le monde en respect, même les anciens.

— Son compagnon devait être ravi d'avoir une femme aussi puissante pour travailler à ses côtés.

— Elle n'en a jamais eu. Quand on a un physique hors normes…

— Je sais, la coupa Neala. Quand on ne correspond pas aux standards, on est mis de côté.

Elle se rembrunit.

— Hey, l'interpella Jero en prenant son visage dans ses mains. Tu es la plus belle femme que j'aie jamais vu ! Alors peut-être que tu ne corresponds pas aux standards de ton village, mais à moi tu me plais énormément. Et même si tu étais la plus laide du monde, je voudrais quand même être à tes côtés. Pour tout un tas d'autres raisons…

Il se pencha vers elle et l'embrassa goulûment.

— Ah les hommes, vous ne pensez qu'à ça ! dit-elle en le repoussant gentiment.

— C'est faux ! Même si tu ne voulais pas être ma compagne je voudrais rester près de toi. J'adore tous les moments que l'on passe ensemble, nos discussions, notre façon bien à nous de se comprendre, je n'ai jamais vécu ça avec une autre femme.

— Même pas avec Sonja ? demanda-elle, un brin provocatrice.

— Certainement pas avec elle, non. C'était une très belle femme, mais tellement amère et jalouse de tout que je n'avais aucun plaisir à discuter avec elle. Ce n'étaient que des remontrances, des critiques sur les uns et les autres, elle n'avait rien d'intéressant à dire. Je m'en veux terriblement d'avoir mis autant de temps à le comprendre.

— Tu penses qu'elle était aigrie parce qu'elle n'avait pas d'enfant ?

— Ça n'a pas dû aider. Elle était obnubilée par son désir d'enfant, et elle désespérait chaque fois qu'elle saignait. Mais je connais beaucoup de femmes sans enfant qui sont très agréables et sympathiques, ce n'est pas un prétexte pour se comporter mal.

— Elle a quand même dû souffrir de cette situation.

— Et voilà que tu la défends maintenant ! Après tout le mal qu'elle t'a fait !

— Elle ne m'a fait aucun mal personnellement. Mais elle a influencé son entourage pour se débarrasser de moi.

— Mais c'est pareil ! Elle a manipulé tout le monde pour arriver à ses fins.

— Tu dis ça comme si c'était la seule responsable de mon éviction de votre village. Mais personne ne s'est opposé à elle, je te rappelle. C'est un peu facile de lui faire porter l'entière responsabilité de mes malheurs.

— Et je m'en voudrai toujours, dit-il entre ses dents, le regard perdu dans l'horizon.

Il se retourna vers elle.

— J'ai fait preuve de faiblesse. Je sais que ma sœur et mon père ont été bien plus solides que moi.

— Mais ils ne vivaient pas avec toi sous le même toit que ta douce…

— C'est vrai, dit-il avec un pauvre sourire.

— Allons, c'est le passé tout ça. On ne peut pas y revenir dessus. En revanche je crois qu'il est très important que chacun prenne la responsabilité de ce qui s'est passé. Personne n'est victime dans cette histoire. On a tous fait des choix. Et moi la première. J'ai décidé de venir dans ton village en ne sachant absolument pas à quoi m'attendre. J'ai failli mourir plusieurs fois sur le chemin, et j'ai mis Amalia en danger. Quand j'ai été bannie de mon village, j'aurais pu décider de rester à proximité, j'aurais été bien plus en sécurité. Mais j'ai décidé de venir te retrouver, à mes risques et périls. Et, malgré tout ce qui s'est passé, je ne regrette rien.

Elle planta son regard vert printanier dans le bleu de la couleur du ciel de son compagnon.

Ils se contemplèrent un moment, puis Jero la prit dans ses bras, et l'enserra longuement.

— Bon, on continue d'étudier ce mini passage ? dit-il enfin en relâchant son étreinte.

Les jours passaient dans la douceur du début de la saison chaude, l'excitation des retrouvailles et la paix de la contemplation des paysages sans cesse renouvelés.

Ils savaient que leur prochaine destination était Souton, mais il n'y avait aucune urgence à se dépêcher d'y arriver. Personne ne les attendait, personne ne comptait sur eux.

De temps en temps ils s'arrêtaient près d'un village et échangeaient quelques soins ou quelques travaux contre un peu de nourriture. Ils dormirent bien plus souvent à la belle étoile qu'à l'abri sous un toit, mais ils n'en avaient cure. Rien ne pouvait les contrarier, ni les pluies soudaines, ni le vent frais, ni le ventre parfois vide.

Un soir, cheminant dans une forêt peu dense loin de la côte, ils aperçurent un grand village à l'orée du bois. Affamés, ils décidèrent de tenter leur chance.

— Bonjour, lança gaiement Jero au petit groupe qui s'échinait sur un arbre à terre. Auriez-vous besoin d'aide ?

Il y avait là trois femmes et deux hommes, un assez âgé et un adolescent.

— Ce ne serait pas de refus, répondit l'homme le plus âgé. Cet arbre a été abattu il y a plusieurs jours, et nous devons récupérer les plus belles parties pour la construction avant qu'il ne soit dévoré par la vermine.

— Vous avez une hache pour moi ? Je n'ai que mon couteau et ma sagaie.

— Voici la mienne, proposa une femme d'âge mûr, en sueur et le visage rougi par l'effort. Je vais m'occuper des branches plus petites.

— Je viens t'aider, lui offrit Neala.

Ils travaillèrent ainsi jusqu'à la tombée de la nuit.

— Est-ce que tu pourrais nous aider à ramener ce gros tronc au village ? demanda le vieux à Jero.

— Bien sûr !

— Et nous prendrons les branches pour le feu, dit la femme rougeaude.

Le retour au village fut laborieux, et Jero ne fut pas fâché de déposer enfin ce lourd tronc sur la place au milieu du village.

— Les hommes s'en occuperont demain, expliqua le vieux. Ce tronc servira à refaire la toiture d'une des maisons. Beaucoup ont souffert pendant la dernière tempête, le vent a soufflé comme jamais, et des trombes d'eau se sont abattues sur nos têtes.

D'un air interrogateur, Neala regarda Jero et tous deux se demandèrent s'il s'agissait de la même tempête qui avait dévasté Exton.

— Voulez-vous rester avec nous pour la nuit ? demanda l'homme. Vous nous avez bien aidés, et nous serions contents de partager notre repas avec vous.

— Avec plaisir ! s'écrièrent d'une voix les voyageurs.

Ils suivirent le vieil homme, appelé Polo, et la femme, Nari, qui s'avéra être sa fille. L'adolescent faisait aussi partie de la famille, mais appelait Nari par son prénom, ce devait donc être un neveu ou un cousin.

Après un débarbouillage rapide au ruisseau près du village, Neala et Jero vinrent rejoindre leurs hôtes dans une petite cabane au toit de chaume.

Nari avait fait réchauffer un ragoût préparé la veille par sa sœur, et un plat de blé concassé cuit à l'eau.

Neala et Jero firent honneur aux délicieux plats, ils n'avaient en effet rien mangé de consistant depuis au moins deux jours.

Ils bavardèrent gaiement avec leurs hôtes, leur racontant quelques étapes de leur périple, omettant le séjour chez les prêtresses.

Étrangement, ce fut Nari qui mentionna les prêtresses.

— Si vous venez du nord, vous êtes probablement passés par le village des prêtresses ?

Neala feignit l'étonnement.

— Le village des prêtresses ?

— Oui, c'est un village à deux ou trois jours de marche d'ici. C'est un point de rassemblement pour beaucoup de villages alentour. En effet aux grands événements du soleil, ce village, composé exclusivement de femmes, organise des cérémonies en l'honneur du soleil. C'est d'ailleurs pour cela qu'on les appelle les prêtresses du Soleil.

— Les grands événements du soleil ? demanda Jero, intrigué.

— L'année est marquée par quatre grands événements. Elle démarre quand les jours sont les plus courts. C'est la fête du froid. Ensuite, quand la durée du jour est équivalente à celle de la nuit, il y a la fête de de saison intermédiaire d'entrée dans la saison chaude. Puis, le jour le plus long, ou la nuit la plus courte, comme vous voulez, c'est la fête du chaud. C'est la plus importante. Les gens affluent de tout le pays pour y participer. Et enfin, quand de nouveau la durée du jour est équivalente à celle de la nuit, c'est la deuxième fête intermédiaire, d'entrée dans la saison froide.

— Et vous-mêmes, vous allez au village des prêtresses pour toutes ces cérémonies ?

— Moi j'y vais au moins une fois dans l'année, pour celle d'été, répondit Polo. Et pour les autres, cela dépend des travaux en cours.

— Mais c'est toujours un bon moment d'aller là-bas, reprit Nari. C'est l'occasion de revoir des membres de sa famille qui se sont éloignés, d'échanger des biens, des objets ou des animaux. Et aussi pour les jeunes gens, de trouver un ou une partenaire !

Un sourire nostalgique vint éclairer son visage pataud.

— Est-ce que tu as toi-même rencontré ton compagnon lors d'une de ces fêtes ? s'aventura Neala.

— Oui, répondit Nari en soupirant, la tête pleine de souvenirs. Oh c'était il y a très longtemps, vous vous en doutez !

Tout le monde se mit à rire gentiment.

— Mais je m'en souviens comme si c'était hier, reprit-elle. Hento était un beau jeune homme, fort et solide, et moi je n'étais qu'une toute jeune fille frêle et timide. Il m'a plu tout de suite, mais mes parents ont estimé que j'étais trop jeune pour fonder un foyer. Je n'avais même pas encore saigné !

A ces mots, Neala avala péniblement sa salive. Les souvenirs de sa terrible expérience avec Dugal remontaient dans sa mémoire.

— Mais Hento, qui m'avait remarquée, a patienté. Et l'année suivante, il m'a dit qu'il voulait être mon compagnon. Et mes parents, se remémora-t-elle avec un regard de reconnaissance en direction de son père, ont accepté. Alors il est venu vivre dans notre village, et j'ai été très heureuse, jusqu'à sa mort il y a quelques années.

— Et tu n'as pas retrouvé de compagnon ?

— Non, je suis une vieille femme maintenant ! rit-elle. Personne ne voudrait de moi !

— C'est faux, s'insurgea Neala. Tu es une femme courageuse et travailleuse, et je suis certaine que si tu le souhaitais, tu pourrais trouver un nouveau compagnon, qui se sentirait seul lui aussi.

— Mais je ne me sens pas seule, se défendit Nari. Je vis avec mon père, ma sœur et sa famille…

— Ce n'est pas pareil, la coupa Polo, et tu le sais très bien. Moi-même je t'ai encouragée à trouver un nouveau partenaire. Tu n'as pas d'enfants, et tu pourrais être heureuse et rendre heureux un homme.

— Mais je dois m'occuper de toi !

— Notre père s'occupe très bien de lui-même, lui fit remarquer sa sœur. Et moi je suis là, aussi.

Nari se retrouva prise au dépourvu.

— Alors peut-être qu'au prochain rassemblement tu seras un peu plus attentive aux hommes célibataires, dit Neala avec un clin d'œil.

— Aux vieux célibataires, tu veux dire ? s'esclaffa Nari. En fait, dit-elle sur un ton plus sérieux, je ne suis pas retournée à un rassemblement depuis la mort d'Hento. Et je ne sais pas quand aura lieu la prochaine célébration. Celle d'hiver a apparemment été très chaotique. Ceux qui y sont allés ont raconté que la grande prêtresse, Celima, semblait à moitié folle. Elle vociférait contre tout le monde, faisant peur aux villageois et à ses propres prêtresses. Il paraît que la moitié sont déjà parties. Elle est devenue invivable, depuis qu'on l'a trahie.

— Trahie ? frémit Neala. C'est-à-dire ?

— Elle a dit que des prêtresses se seraient enfuies en emportant avec elles des trésors, des bijoux et des peaux, saccageant les maisons, les jardins et les champs, laissant la communauté dans la misère.

— Quelle menteuse, ne put s'empêcher de grommeler Neala entre ses dents.

— Mais personne ne la croit, continua Nari. Les prêtresses n'ont jamais eu de bijoux, et s'il est vrai que deux femmes se sont enfuies car elles ne supportaient plus ses brimades et son autorité, elles n'ont rien emporté, d'après une de mes amies vivant au village voisin. L'une d'elle est même partie complètement nue !

A ce souvenir, Neala ne put s'empêcher de sourire. Puis sa curiosité reprit le dessus.

— Alors pourquoi Celima fait-elle courir ces bruits, s'enquit-elle, d'un ton le plus neutre possible.

— Elle veut probablement justifier son humeur exécrable et son contrôle encore plus accru sur les prêtresses. En tout cas, la vie pour ces femmes est devenue tellement difficile que la communauté s'est disloquée. Mais cette commandante ne peut s'en prendre qu'à elle-même. Et pour l'instant, il n'y a plus de cérémonie.

— Et… Le soleil continue à se lever ? demanda Neala, avec une pointe de sarcasme.

— Bien-sûr, que le soleil se lève et se couche, comme ce qu'il a toujours fait et comme il fera toujours, dit Nari, pragmatique. Moi personnellement, les cérémonies ça ne m'a jamais intéressée.

Mais les rassemblements, ces moments de brassage et de partage, ça me manque beaucoup. Et il paraît que Celima a commencé un énorme chantier de cercles de pierres taillées. C'est devenu tellement important pour elle qu'elle essaie de convaincre des hommes de les aider. Certains ont accepté, et d'après ce qu'on m'a raconté, cela va être grandiose ! Et j'ai bien envie de voir ça. Alors vous avez raison, pour le prochain rassemblement, j'irai !

Tout le monde battit des mains, ravis de la décision de Nari.

Neala appréciait beaucoup cette femme, travailleuse et enthousiaste, qui connaissait un tas de choses sans jamais être prétentieuse. Son physique était certes peu avantageux, mais sa sagesse terre à terre et son courage en faisaient une femme sympathique et solide. Elle lui rappelait son amie Juni.

La conversation dura encore un moment, mais Neala n'écoutait plus que d'une oreille distraite. Sa rencontre avec Nari l'avait renvoyée dans le village de son enfance, et sa nostalgie avait pris le pas sur l'ici et maintenant. Et savoir que Celima avait commencé le chantier du cercle de pierres taillées la surprenait et l'émouvait.

Enfin, Polo décida qu'il était temps de se reposer, la journée du lendemain promettant d'être longue et intense.

Jero et Neala restèrent quelques jours avec Nari, Polo et leur famille, puis reprirent la route en direction de Souton.

Nari avait rempli leurs besaces de vivres et Polo leur avait indiqué le chemin le plus direct pour Souton. Et Nari avait promis d'aller au prochain rassemblement du village des prêtresses. Elle avait suggéré à ses invités de se joindre à eux pour la cérémonie de la saison chaude, mais Neala avait décliné, prétextant qu'ils étaient attendus à Souton. Elle ne voulait surtout pas retourner chez les prêtresses du Soleil pour donner à Celima l'occasion de se déchaîner sur elle et lui reprocher tous ses malheurs.

— Finalement, dit-elle tristement, alors qu'ils venaient de quitter Nari, Celima avait raison. Ma venue a détruit la communauté des prêtresses. Elle en avait eu l'intuition, et l'avait visualisé lors d'une de ses transes.

— Mais tu n'es pas responsable de ce déclin ! s'agaça Jero. Elle a mis en œuvre tous les ingrédients de la révolte, ou de la désertion. Tant d'intransigeance avec les prêtresses, alors qu'elle-même transgressait volontiers les règles qu'elle avait imposées, cela ne pouvait que mener à l'explosion du groupe.

— Tu as raison, c'était injuste. Elle était injuste.

— Et tu as bien entendu Nari, avant l'arrivée de Celima il n'y avait pas tous ces interdits. Les prêtresses communiquaient avec les gens du village voisin, échangeaient des biens et des services. Elles n'avaient pas ce statut hautain et dédaigneux que Celima a instauré année après année. Nari elle-même avait eu beaucoup d'échanges, au cours des divers rassemblements, avec ces femmes par ailleurs très savantes.

— Oui, et elle reconnaissait avoir beaucoup appris à leur contact. Quel dommage tout de même, toute cette connaissance qui a arrêté de se partager !

— C'était une façon pour Celima de garder son pouvoir. Mais cela n'aura pas marché sur le long terme.

— J'espère juste que celles qui restent vont se réorganiser, et que Celima va retrouver sa raison.

— Tu ne m'avais pas dit que sa mère avait fini comme une vieille folle, seule au fond de la forêt ?

— C'était ce que Deirdre avait laissé sous-entendre. Mais est-ce que la folie se transmet entre les parents et les enfants ?

Jero ne répondit pas. Chacun plongea dans ses pensées, réfléchissant sur ce qu'ils venaient d'échanger.

Les journées suivantes défilèrent dans une certaine monotonie. Le temps était devenu maussade, et Neala avait maintenant hâte d'arriver à Souton et de parler avec Tali, la mère de Deirdre. Elle avait en effet promis à son amie que si elle passait par Souton, elle essaierait de convaincre sa mère de faire la paix avec elle. Et elle savait que ce ne serait pas une tâche aisée.

Ils ne croisèrent que peu de monuments de pierre sur leur chemin. L'envie de voir de leurs propres yeux l'immense monument à l'intérieur gravé, décrit par Vamer, s'intensifiait jour après jour. Pour couronner le tout, le chemin était désormais moins agréable, soumis aux vents et la zone devenait hostile, marécageuse et infestée d'insectes.

Un matin enfin, après avoir dormi à l'aplomb d'une petite falaise pour se protéger de la forte pluie, et avoir marché sous une bruine froide, les voyageurs atteignirent Souton.

C'était un gros village bâti sur les rives d'une large rivière au bout de laquelle, d'après la description détaillée de Polo, se trouvait la mer.

Celui-ci n'avait jamais traversé cette mer pour savoir ce qui se trouvait de l'autre côté. En revanche il savait, par des récits de certains de ses compagnons plus aventuriers, qu'on pouvait, pendant la belle saison, prendre une grosse barque pour descendre la rivière jusqu'à l'embouchure, puis que par vent du nord, les courants emportaient les barques vers les côtes du sud. Il avait même dessiné grossièrement avec un bâton dans la poussière du sol le trait de côte où ils se trouvaient, il avait positionné Souton et la côte de l'autre côté de la mer. Sur le dessin, tout paraissait simple. Mais par expérience, tous deux savaient l'entreprise risquée.

C'est donc un peu soucieux de toutes ces étapes à venir qu'ils rentrèrent dans Souton, trempés jusqu'aux os et peu reposés.

Neala demanda à la première personne qu'ils croisèrent s'ils connaissaient Tali, et sa fille Deirdre.

— Tu trouveras la maison de Tali près de la berge, à côté de l'enclos des chèvres. En revanche tu ne verras pas sa fille, elle est morte.

Le cœur de Neala se serra violemment à cette annonce. Elle remercia néanmoins la femme pour leur avoir indiqué le chemin, fit quelques pas et s'arrêta.

Que s'était-il passé ? Deirdre avait-elle eu une mauvaise fièvre après son accouchement ? Un accident ? Est-ce que Tanea avait survécu ?

— C'est terrible ! dit-elle le visage couvert autant de larmes que de pluie. Pauvre Deirdre !

— Et pauvre Pat aussi, dit tristement Jero. Il adorait sa compagne, J'ai passé plusieurs lunes avec eux, ils étaient tellement heureux tous les deux, j'en arrivais presque à être jaloux quelquefois.

Il prit Neala dans ses bras et elle s'abandonna à son étreinte, secouée de sanglots et vaincue de chagrin.

— Tout ce chemin… Pour dire quoi… à sa mère ? Peut-être qu'elle n'a… jamais revu… sa fille, elles étaient… fâchées. Que c'est triste !

Elle ne pouvait s'arrêter de pleurer, comme si la fatigue et les difficultés de ces derniers jours de voyage venaient de s'abattre d'un coup sur ses épaules.

Après un long moment, elle se calma.

— Que penses-tu que nous devrions faire ? Aller voir Tali quand même ? Pour savoir ce qui s'est passé et lui dire combien sa fille avait été importante pour nous ? Que c'était notre amie ?

— De toute façon nous n'avons nulle part où aller. Et peut-être que Tali pourra nous indiquer à qui s'adresser pour traverser la mer.

— Oui, bonne idée. Et j'avais promis à mon amie d'aller voir sa mère. Alors allons-y.

Ils traversèrent le village et arrivèrent sur la rive, près de l'enclos des chèvres. Il y avait trois petites cabanes presque collées les unes aux autres.

— A ton avis on commence par laquelle ?

— Il y a des femmes qui discutent sur le côté, allons les voir.

— Bonjour, les interpella Neala, nous cherchons Tali.

Une des femmes s'avança, comme énervée d'avoir été dérangée. Elle avait de longs cheveux gris attachés en une tresse épaisse, le visage dur et les traits sévères.

— Et qu'est-ce que vous me voulez ?

— Nous sommes… des amis de votre fille, de Deirdre.

— Je n'ai pas de fille ! tonna-t-elle.

— Ah désolée, nous avons dû nous tromper de Tali. Connaissez-vous une autre Tali qui aurait une fille appelée Deirdre ? demanda innocemment Jero.

— Il n'y a jamais eu de Deirdre ici, passez votre chemin, étrangers !

Jero et Neala se regardèrent, interloqués. Sous ses traits rêches et en faisant abstraction de ses cheveux gris, cette femme était le portrait craché de Deirdre.

Mais manifestement elle ne voulait pas entendre parler de sa fille.

Ses deux amies protestèrent à voix basse.

— Enfin Tali, tu ne peux pas mentir de la sorte !

— Ces deux étrangers ont l'air inoffensifs et très déçus.

— S'ils sont des amis de ta fille, ce serait peut-être le moment pour toi de renouer avec elle.

— Vous m'agacez toutes les deux ! s'énerva Tali. Ma fille m'a déshonorée, et je ne veux plus entendre parler d'elle.

Neala eut peur de comprendre. Comment était-ce possible que la première habitante qu'ils avaient croisée avait mentionné le décès de Deirdre, alors que sa mère ne semblait pas au courant ? Ou alors est-ce que quand elle avait dit que Deirdre était morte, cela signifiait en réalité morte pour le village ?

Elle voulut en avoir le cœur net.

— Tali, depuis quand n'as-tu pas eu de nouvelles de votre fille ?

— Je n'ai pas de fille, je viens de te dire !

— Tali… insista une de ses amies.

— Cela fait au moins deux ans, se radoucit Tali. Depuis qu'elle s'est enfuie du village des prêtresses pour partir avec ce moins que rien !

— Pat, l'interrompit Jero. Il s'appelle Pat, et ce n'est pas un moins que rien. C'est quelqu'un de très bien.

Tali s'apprêta à crier quelque chose, puis se retint.

— Qu'est-ce que ça change ? dit-elle dans un souffle résigné. Pour moi elle est morte.

Alors Neala comprit. Ce qu'elle avait pris pour l'annonce du décès de son amie n'était en fait que le reflet de la relation mère-fille. Tali considérait que sa fille était morte, mais il n'en était rien. Elle prit une profonde inspiration, puis une expiration de soulagement.

— Tali, nous sommes des amis de ta fille, et nous avons un message pour toi.

La mère de Deirdre les considéra tous les deux. Puis elle céda.

— Venez discuter à l'intérieur, nous serons au chaud et à l'abri.

Et elle les entraîna vers la première cabane.

Le foyer dégageait une douce chaleur réconfortante pour les voyageurs trempés et transis de froid.

Elle les fit s'asseoir sur un gros rondin de bois, face au foyer.

Elle mit un reste de gruau clair à réchauffer, puis remplit deux bols et leur tendit. Tout cela se fit sans un seul mot prononcé. La tension était palpable, mais personne ne voulait entamer la discussion.

Ce ne fit qu'au moment où Tali leur remit le bol bien chaud que Neala prononça un merci de gratitude. Mais le silence retomba très vite. Le gruau avalé, Tali s'assit en face d'eux et enfin, rompit le silence.

— Ma fille aurait pu devenir une grande guérisseuse respectée de tous, une formidable Prêtresse du Soleil. Elle était très appréciée de leur commandante, Celima, et elle aurait pu devenir sa seconde, voire même remplacer Celima, un jour. J'étais très fière d'elle. Rares sont les jeunes filles acceptées chez les prêtresses. Elles doivent avoir le Don. Et ma fille l'avait. Mais cette idiote a préféré une vie de dur labeur et de misère auprès d'un homme du peuple, banal et sans ambition. Elle a été chassée de la communauté, son comportement m'a valu des moqueries et des critiques, et je n'ai plus de nouvelles depuis.

Neala réfléchissait. Les mots fierté et ambition la déstabilisaient.

En tant que parent, ne voulait-on pas simplement que ses enfants soient heureux ?

Que signifiait être fier de ses enfants ? Est-ce que les parents étaient en droit de s'attribuer les réussites ou les échecs de leurs enfants ?

Les questions défilaient à toute vitesse dans sa tête.

— Qu'entends-tu par ambition ? finit-elle demander.

— Si elle était restée chez les prêtresses elle aurait pu avoir une vie plus facile, du respect et de la reconnaissance pour son statut particulier, pour les soins qu'elle aurait pu donner. Mais là, rien de tout ça. Son attitude a fait d'elle une paria.

Ces mots mirent Neala en colère. Et malgré elle, elle haussa le ton.

— Une vie facile ? Chez les prêtresses ? Mais qu'est-ce qui te fait croire ça ?

— Quand j'ai amené ma fille chez les prêtresses, Celima m'a dit que les prêtresses étaient très bien traitées, qu'elles avaient une vie faite de cérémonies et de de chants, et que le village voisin se chargeait de les nourrir et de leur fournir tout ce dont elles avaient besoin, contre quelques soins.

— Mais c'est faux ! s'écria Neala en se levant d'un bond, choquée d'entendre un tel discours. Les prêtresses travaillent autant, si ce n'est plus, que n'importe quelle villageoise ! Du matin au soir elles enchaînent le travail dans les champs, les soins aux animaux, la préparation des repas, la lessive, et tout ce qui constitue le quotidien, et en plus elles construisent elles-mêmes les cabanes, enclos, voire les murs inutiles exigés par les lubies de Celima ! Tout cela bien-sûr en restant isolé de tout le monde... Cette vie-là est débilitante !

— Mais elle m'avait dit que...

— Et as-tu seulement vérifié auprès de Deirdre ?

— Ne prononce pas son nom ! On ne prononce pas le nom des morts ! rugit Tali en se levant à son tour.

— Mais elle n'est pas morte ! Ta fille est une personne merveilleuse, intelligente et courageuse, et elle a justement décidé de prendre le risque de quitter une vie qui ne lui convenait pas, tout en sachant ce qu'elle perdait, pour vivre une vie épanouissante d'amour et d'humanité. C'est mon amie, et je suis très contente de l'avoir connue.

— Notre amie, rectifia Jero qui ouvrait la bouche pour la première fois. Deirdre et Pat sont nos amis.

Tali ne le reprit pas. Elle faisait face à Neala, donnant le spectacle de deux louves enragées. Chacune jaugeait l'autre, prête à mordre.

Neala ne supportait pas d'entendre dire du mal de son amie, et elle supportait encore moins les mensonges de Celima. Et de comprendre que cette dernière manipulait toute la région, en faisant passer sa communauté pour un modèle de vie harmonieuse et épanouissante, la rendait folle de rage.

Mais respiration après respiration, elle commença à se calmer.

— As-tu au moins parlé avec Celima, depuis qu'elle a chassé ta fille ?

— Non. Je n'ai pas eu à le faire. Des gens de mon village sont allés au dernier rassemblement d'été, et m'ont rapporté les informations qui circulaient. Pourquoi aurais-je dû me rabaisser pour défendre ma fille ? Celima était affreusement en colère, d'après des personnes qui la connaissent.

— Ce que je ne comprends pas, c'est comment ils ont pu le savoir, sachant que Celima ne communique soi-disant avec personne en dehors de la communauté ?

— Oh ! Mais Celima n'applique pas cette règle de façon aussi rigoureuse, et elle est régulièrement en contact avec certaines personnes.

— Tu vois, tu viens de dire quelque chose d'intéressant. Celima ne respecte pas cette règle de communication. Et crois-moi, ce n'est pas la seule règle qu'elle ne respecte pas. Comment peut-on faire confiance à une personne qui ne respecte pas les règles qu'elle a imposées elle-même ? Cela fait partie des choses qui ont dérangé ta fille. Au-delà de son attirance pour Pat, d'autres raisons ont fait qu'elle a voulu quitter les prêtresses. Avant de la condamner de façon aussi définitive, tu devrais peut-être chercher à comprendre ce qui s'est passé.

Neala se rassit. Et Tali fit de même peu de temps après. Elle prit son visage dans sa main et posa les coudes sur les genoux, pensive. Puis elle releva la tête, et murmura.

— Pourquoi venez-vous me voir, tous les deux ?

Neala prit une profonde inspiration.

— Je suis Neala, et voici mon compagnon Jero. Nous venons du nord. J'ai passé quelques lunes chez les prêtresses. Ce don, dont tu parles, Celima l'a immédiatement reconnu en moi. Je suis une guérisseuse, mais pas seulement. Je suis la Gardienne du Passage.

Tali ne posa pas de questions, mais ce titre l'impressionna. Neala reprit.

— Quand je suis arrivée chez les prêtresses, une jeune fille m'a parlé de ta fille, malgré les dangers que cela représentait pour elle. J'avais vraiment envie de rencontrer Deirdre. Et l'occasion s'est présentée quand Pat est venu me trouver, pour lui demander d'examiner ta fille, qui était mal en point. Il était hors de question de prévenir Celima, Deirdre craignait qu'elle ne cherche à l'empoisonner.

Tali mit ses deux mains sur son front, prise d'effroi.

— Deirdre avait ses raisons de croire Celima capable de cela, crois-moi. Cette commandante ne supporte pas la défiance, et elle ne tolère aucune remise en cause de son autorité. Mais avec ta fille nous nous sommes débrouillées pour nous rencontrer, avec la complicité de Pat. Et au fur et à mesure de nos échanges nous sommes devenues amies.

— Et… comment va-t-elle ?

Jero et Neala se regardèrent en souriant.

— La dernière fois qu'on l'a vue, je venais de l'aider à mettre au monde une magnifique petite fille

— Oh ! s'écria Tali, émue. C'est merveilleux !

— La naissance a été compliquée. Elle a failli y laisser la vie. Mais ta fille a été très courageuse, et la petite Tanea est magnifique. Quand nous sommes partis, elle m'a fait promettre que si je passais vers Souton, j'irais te voir pour te parler d'elle. Elle a besoin de toi, Tali. Tu as la chance d'avoir ta fille… Ne gâche pas ce plaisir.

Les derniers mots s'étranglèrent dans la gorge de Neala.

Jero prit la suite peu après.

— Ta fille a la chance d'avoir un compagnon valeureux, travailleur, et qui l'adore. Et ce n'est pas une paria. Ils sont très bien intégrés au village, même si au début les gens regardaient Deirdre avec méfiance. J'ai passé beaucoup de temps chez eux, ils m'ont accueilli avec chaleur et bienveillance, alors qu'ils ne me connaissaient pas. J'ai travaillé à leurs côtés et je garde de très bons souvenirs de mon séjour avec eux. Pat est prêt à tout pour rendre sa compagne heureuse. Mais il y a une chose qu'il ne peut pas faire, c'est la rapprocher de sa mère. Et toi seule peux faire évoluer la situation.

De grosses larmes coulaient à présent sur les joues de Tali.

— J'ai été tellement… déçue quand des personnes de mon entourage m'ont raconté ce que Deirdre avait fait. Je pensais vraiment qu'elle avait abandonné une vie de rêve pour une amourette sans lendemain. Mais je réalise que ce n'est pas le cas. J'ai été aveuglée par les beaux discours de Celima, puis par les médisances des gens de mon village. Je pensais que si je prenais mes distances avec ma fille, tout le monde oublierait ce qui s'était passé. Et que je pourrais de nouveau marcher la tête haute. Mais je comprends maintenant que marcher la tête haute, c'est retrouver ma fille, et accepter ses choix, lui faire confiance dans ce qu'elle a décidé. Après tout, c'est la personne la mieux placée pour décider pour elle-même, non ?

— Oui, Tali, c'est exactement cela. Et ne plus laisser des gens mal intentionnés se mettre en travers de votre relation.

— Cette Celima…

— Tout cela ne lui a pas porté chance, dit Jero.

Et il lui rapporta la conversation qu'ils avaient eue quelques jours plus tôt.

— Je vais aller voir ma fille, décida subitement Tali. Et ma petite-fille. J'ai assez perdu de temps comme ça.

— Euh, tu comptes partir immédiatement ?

— Non, dit-elle en souriant. J'irai pour la prochaine cérémonie, celle du début de l'été. C'est dans moins de deux lunes.

A ces mots Neala ressentit comme un coup de poing dans le sternum. Cela faisait donc presque une année qu'elle était arrivée dans la région ?

La cérémonie de l'année précédente, elle s'en souvenait parfaitement. Les loups l'avaient guidée jusque chez les prêtresses, et elle était tombée en transe au beau milieu du cercle de poteaux, sous le regard ahuri d'une foule compacte. Elle n'avait vu personne, plongée dans son monde intérieur, toute vibrante de la puissante connexion établie avec la Source de Vie dans ce lieu hallucinant.

— Vous pourriez venir avec moi ! s'enthousiasma Tali. Comme ça vous reverriez Deirdre !

— Je… ne pense pas que ce soit une bonne idée, dit Neala. Je suis partie en très mauvais termes avec Celima, qui m'accuse de tous les maux. Je ne tiens pas à attiser sa colère. Tu embrasseras ta fille et ta petite-fille pour nous.

— Et Pat ! ajouta Jero. Laisse-lui une chance. Et quand tu apprendras à le connaître, tu l'apprécieras énormément.

Tali soupira, puis sourit.

— Et vous, qu'allez-vous faire ? Retourner vers le nord ?

— Non, plutôt l'inverse. Nous souhaiterions traverser la mer pour aller vers les terres du sud. Sais-tu à qui nous pourrions nous adresser ?

Tali les regarda avec des grands yeux, et comprit qu'il ne servirait à rien de les faire changer d'avis. Ces deux-là avaient l'air tellement déterminés !

— Je vous amènerai demain voir les pêcheurs du village. Mais pour ce soir, je vous invite à dormir ici.

Ravis de pouvoir passer une nuit au sec, Jero et Neala acquiescèrent d'une voix.

— C'est très gentil à toi !

Tali tint sa promesse, elle se leva très tôt le matin et revint chercher les voyageurs pour les présenter à un groupe de trois hommes assis réparant des filets.

— Bonjour, lança Tali. Voici les deux personnes dont je vous ai parlé.

— Alors comme ça vous voulez aller jusqu'aux terres du sud ? demanda, espiègle, un homme guère plus âgé que Jero en se relevant.

Il était légèrement plus petit que Jero, mais d'une carrure impressionnante. Ses yeux noisette brillaient dans la lumière matinale et sa peau, soumise à la fréquente réverbération du soleil sur l'eau, était bien plus halée que les personnes qui travaillaient dans les champs.

Ses compagnons, un jeune homme tout juste sorti de l'adolescence, et un homme bien plus âgé, ne relevèrent même pas la tête.

— Oui, nous voulons traverser la mer, répondit Neala.

L'homme planta ses yeux vifs dans ceux de la jeune femme.

— Et qu'est-ce que vous pensez trouver là-bas que vous n'auriez pas ici ? poursuit-il.

Sa question déstabilisa Neala. Elle n'avait pas envie d'expliquer les raisons de leur traversée. Il ne la laissa néanmoins pas répondre et continua son interrogatoire.

— Vous vous doutez que la traversée est dangereuse, mais une fois sur place, savez-vous où vous avez l'intention d'aller ?

Avant même qu'elle n'ait ouvert la bouche, il reprit son monologue en s'adressant toujours à elle en souriant.

— Les villages du bord de mer sur la terre du sud sont plutôt méfiants, voire hostiles. Certains voyageurs se sont fait tuer en s'approchant des fortifications. Ils craignent les pillards. Connaissez-vous des personnes sur la côte ?

Il ignorait toujours Jero, qui commençait à s'impatienter.

— Parce que si vous n'êtes pas attendus, vous ne serez pas bien reçus. Vous aurez même peut-être à vous défendre, et...

— Bon, ça suffit, coupa Jero, agacé. Nous voulons juste savoir si un de vos bateaux pourrait nous emmener. Pour le reste, on se débrouillera.

— Comme vous voudrez. Vous aurez été prévenus.

— Alors ? Cette traversée ? C'est possible ?

Neala regardait, décontenancée, les deux hommes se toiser. Leur attitude était pour le moins étrange. Ils ne se connaissaient pas mais semblaient déjà se détester.

Après un long silence, le pêcheur, dans un sourire narquois, se décida.

— Nous avons prévu de partir avant la prochaine pleine lune pour aller pêcher dans le sud. Les eaux y sont plus poissonneuses, surtout en cette saison. Si d'ici là vous n'avez pas changé d'avis, nous vous emmènerons.

— Merci ! s'écria Neala, ravie de la tournure des événements et espérant voir la tension retomber. Nous ne changerons pas d'avis.

— Très bien. Au fait, mon nom c'est Scotan. Le jeune c'est Tom, et le moins jeune c'est Grego.

— Neala.

— Jero.

— Je ne sais pas encore quel jour nous partirons. Il nous faut un temps complètement dégagé pour partir. Même s'il ne pleut plus aujourd'hui nous n'avons pas de visibilité. Revenez demain matin dès le lever du soleil près des embarcations. Et on verra.

— Merci Scotan, dit Tali qui n'avait pas prononcé un seul mot depuis le début de l'échange. Viens donc manger avec nous à la fin de ta journée.

Scotan regarda Neala un peu trop longtemps avant de répondre.

— Je viendrai.

Tali et ses visiteurs s'en retournèrent vers la cabane.

— Comment pourrait-on t'aider, ou aider le village ? interrogea Neala, désireuse de se rendre utile.

— Tu es guérisseuse, non ?

— Oui, et Jero est un très habile tailleur de silex.

— Alors allez à la maison commune du village. On vous trouvera quelque chose à faire jusqu'à votre départ. Et vous pourrez dormir chez moi.

— C'est très aimable à toi.

— C'est normal, tu t'es occupée de ma fille pour la naissance de son bébé, c'est grâce à toi si elle est encore en vie. Alors je vous dois bien ça, à toi et à ton compagnon.

Tali les emmena à la maison commune, expliqua seulement que ces voyageurs cherchaient à rendre service contre un toit et un repas. Elle retourna ensuite vaquer à ses occupations.

Neala passa la journée à soigner plusieurs villageois, et Jero à dégrossir des silex qui deviendraient des haches bien tranchantes.

Quand le jour commença à s'assombrir, tous deux retournèrent chez Tali, exténués et affamés.

En entrant dans la cabanette ils aperçurent Scotan, déjà attablé. Sa main gauche était grossièrement emballée dans une peau d'agneau.

— Neala, tu tombes bien. Est-ce que tu pourrais regarder la main de Scotan ? Il vient de me raconter qu'il s'est blessé un peu plus tôt. Et pendant ce temps, Jero m'aidera à chercher du bois.

Scotan regardait Neala tout en souriant légèrement, le regard perçant.

De mauvaise grâce, la jeune femme s'installa près de lui tout en lui demandant de montrer sa blessure. Il défit la peau d'agneau et présenta sa main.

Au moment où Neala prit délicatement cette grande main vigoureuse entre ses deux mains fines pour pouvoir l'examiner, le souffle lui manqua. Ce doux contact avec la main chaude de Scotan la fit frémir malgré elle.

Mais que lui arrivait-il ? Elle touchait des gens toutes la journée, jamais un contact ne lui avait provoqué cet effet-là. Mal à l'aise, elle essaya de se concentrer sur la blessure de son œil expert. Elle fit tourner légèrement la main de Scotan pour observer l'étendue de la blessure à la lueur du foyer tout proche. C'était une entaille peu profonde mais assez longue, et surtout elle était encrassée. Elle leva les yeux pour s'adresser à lui. Et quand leurs regards se croisèrent, Neala sentit son cœur s'emballer dans sa poitrine.

Il la regardait avec une telle intensité qu'elle mit un temps fou à prononcer quelques mots. Elle lâcha la main chaude.

— Il faut… Ta blessure n'est pas grave, mais il faut la nettoyer.

— Je te fais confiance, tu sais ce qu'il y a à faire. Tali m'a dit que tu étais guérisseuse.

— Je… Je vais chercher de l'eau, et le reste.

Elle se leva précipitamment, les joues en feu.

Elle sentait le regard de braise de Scotan la suivre dans la cabanette. Elle s'en voulait terriblement d'être aussi perturbée par cet homme avec qui elle n'avait pas échangé plus de quelques mots.

Une fois équipée de tout le matériel nécessaire, elle revint s'asseoir le plus loin que lui permettaient les soins qu'elle s'apprêtait à donner. Elle nettoya la plaie avec de l'eau claire, puis la badigeonna avec un baume à base de genévrier conservé à cet effet.

Il la regardait faire sans rien dire. Une fois ou deux, il se mordit la lèvre, sans se plaindre.

Ce silence entre eux était pesant, mais le plus déstabilisant pour Neala était sa propre attitude. Pourquoi était-elle aussi troublée par cet homme ? Certes il était très séduisant, avec ses yeux pétillants et son visage rieur. Il devait probablement plaire aux femmes. Mais elle, elle n'avait jamais regardé qu'un seul homme, et c'était Jero. C'était la première fois qu'un autre homme la mettait en émoi.

Pour ne rien en laisser paraître et mettre fin à ce silence gênant, elle commença à parler, tout en appliquant le baume et en évitant de croiser son regard.

— Comment t'es-tu fait cela ?

— Je réparais les filets, j'ai voulu trancher une grosse corde, mais j'étais perdu dans mes pensées, pas assez concentré sur ce que je faisais.

— Est-ce la perspective de la traversée prochaine qui te préoccupe ?

— Ça non ! dit-il en riant doucement, j'ai l'habitude. Non, ce qui m'a perturbé, c'est une rencontre que j'ai faite aujourd'hui.

Dans un défaut de vigilance, Neala leva les yeux vers lui et de nouveau, leurs regards se croisèrent. Elle détourna vivement le regard mais c'était trop tard. Ce qu'elle avait lu dans le sien en un tout petit instant, c'est qu'il était au moins autant troublé qu'elle.

Heureusement ce fut le moment que choisirent Tali et Jero pour revenir.

— Voilà, s'écria Neala d'une voix forte pour masquer son émotion en se levant. Tu protèges ta main quand tu travailles pour éviter de salir la plaie, tu nettoies deux fois par jour avec de l'eau propre et tout va rentrer dans l'ordre très vite.

— Merci Neala.

Sa voix était grave et chaude comme une caresse, ce qui n'arrangeait rien.

— Tali je t'aide pour le repas ? demanda la jeune femme pour sortir de sa torpeur.

— Volontiers ! Le ragoût est prêt, il ne reste plus qu'à servir, les bols sont là.

Contre toute attente, le repas fut animé et agréable.

La tension, évidente dans l'échange entre les deux hommes le matin, avait diminué, au moins en apparence, et ils bavardaient maintenant de façon courtoise, presque amicale. Tali était enchantée d'avoir de la visite et posait mille questions sur les endroits visités par les deux hommes, les us et coutumes des différentes régions, les paysages rencontrés.

Les deux hommes répondaient avec plaisir mais rapidement, Neala se demanda quel était ce jeu entre eux. C'était à celui qui avait vu le plus beau pays, la plus grande montagne, traversé la tempête la plus terrible… Avaient-ils conscience qu'ils étaient en train de se livrer une bataille sans merci pour avoir l'attention et l'admiration de Tali ? Mais au bout d'un moment, elle se posa la question : était-ce l'admiration de Tali qu'ils recherchaient ? Ou… La sienne ?

Elle ne dit quasiment pas un mot de la soirée, gênée de cette débauche de vantardise.

Au cours de la conversation, Jero demanda d'un ton enjoué :

— Et ta compagne te suit dans toutes tes aventures ?

— Ma compagne ? répondit Scotan surpris. Je n'en ai pas.

Tali leva les yeux au ciel, amusée.

— Tu devrais dire la vérité.

— Disons que je n'ai pas de compagne attitrée, dit Scotan d'un air malicieux en regardant Neala du coin de l'œil pour évaluer sa réaction.

— Disons plutôt que tu as beaucoup de compagnes attitrées, c'est plus proche de la réalité ! railla Tali.

— Je veux garder ma liberté, c'est tout.

— C'est sûr ! Une compagne occasionnelle dans chaque village où tu passes, et probablement des enfants dans toute la région !

— Tu exagères Tali ! Mais si une femme me plaît, et me fait comprendre que je lui plais aussi, je ne vois pas pourquoi je me gênerais.

— Même pour les compagnes des autres hommes, d'ailleurs.

— Est-ce ma faute si je les attire comme des mouches ?

Neala écoutait ses propos avec un certain dégoût. Cet homme avait parfaitement conscience de son charme, il en usait et en abusait très probablement.

— Tu les attires, tu leur dis surtout ce qu'elles veulent entendre, tu leur promets monts et merveilles, puis tu les abandonnes.

— Tali enfin, quelle réputation tu me fais ?

— Ai-je tort ? Veux-tu que je te liste les femmes que tu as séduites puis laissées, rien que dans le village ? dit-elle en riant.

Manifestement Tali connaissait les frasques de cet homme, mais elle ne lui en tenait pas rigueur, cela avait même l'air de l'amuser. En revanche Scotan semblait mal à l'aise avec de tels propos, et changeant de sujet il s'adressa à Neala pour lui demander quels étaient leurs projets, une fois la traversée effectuée.

— Nous voulons aller voir un monument fait par les hommes deux rangées de grands rochers qui forment un passage et qui sont entièrement gravés. C'est le but de notre voyage. Il se trouve dans une région… Je vais te le dessiner, ce sera plus simple.

La jeune femme prit une brindille et reproduisit grossièrement le dessin de Vamer, avec la côte sud où ils se trouvaient, la côte nord où ils allaient arriver après la traversée, puis la côte sud où Vamer avait indiqué le monument. Pour mieux voir le dessin, Scotan se rapprocha d'elle.

— Il se trouve à Gveris, un village situé à l'intérieur d'un renfoncement de la mer, comme si c'était une mer intérieure, mais ouverte au sud. Y es-tu déjà allé ?

— Hmmm, réfléchit Scotan. J'ai eu l'occasion de voir un très grand monument comme celui que vous décrivez, mais avec plusieurs passages, et pas de gravure. Il se trouve sur une presqu'île près du village de Barnu, sur la côte nord.

Il montra l'endroit approximatif du monument, son bras effleurant au passage celui de Neala, puis reprit.

— Mais j'ai entendu parler de celui que vous décrivez. Des gens font régulièrement le trajet entre Barnu et Gveris. Si vous trouvez le premier, vous n'aurez qu'à suivre le chemin qui traverse la forêt quasiment du nord au sud, puis les gens du coin vous guideront jusqu'au passage gravé.

Il dessina le chemin sur la carte improvisée.

— Et comment va-t-on à ton monument de Barnu ?

— Quand on traverse la mer, on ne maîtrise toujours pas l'endroit où on accoste. Mais on devrait arriver par là.

Il rajouta une sorte de terre avancée vers la mer, sur son dessin.

— C'est l'endroit le plus rapide pour traverser, d'ici. Sinon il existe un endroit encore plus court, mais c'est à une lune de marche d'ici, vers l'est. Et il vous faudra plus d'une lune de marche sur la terre du sud, en direction de l'ouest, pour arriver au monument à plusieurs passages.

Neala consulta Jero du regard, qui répondit d'un signe de tête négatif à sa question silencieuse.

— Nous souhaitons traverser ici.

— D'accord, alors pour vous, quel que soit l'endroit où on vous déposera, vous suivrez la côte en direction du soleil couchant. Ce sera d'abord vers le sud, le long de cette pointe, puis vers l'ouest. Quand vous arrivez à l'endroit des rochers roses, vous savez que vous avez encore deux jours de marche, et vous serez arrivés à Barnu !

— C'est très clair, merci beaucoup Scotan !

— Mais avec plaisir, Neala.

— Bon, dit Tali en se levant à son tour. Il se fait tard, et…

— Nous ne partirons pas demain, informa Scotan. Nous devons attendre le vent du nord pour partir, et ce soir le vent du sud s'est levé. Il va probablement durer plusieurs jours.

— Et ta main doit guérir avant de prendre la mer, c'est plus prudent. Neala viendra te voir demain pour te soigner, décida Tali, péremptoire. Allez, au lit tout le monde !

Scotan s'en alla, et les voyageurs retrouvèrent la maigre paillasse que Tali leur avait octroyée la veille.

Neala eut du mal à trouver le sommeil. Elle repensait à sa journée, aux descriptions faites par Scotan, à leur future traversée, et aussi à Scotan et ses yeux pétillants lui donnant l'impression de la transpercer à nu... Elle essaya de chasser ces images de son esprit, sans succès. Elle se mit alors sur le dos et essaya de se connecter à la sagesse de la Source de Vie. Mais tout ce qu'elle crut entendre, ce furent les ricanements un peu moqueurs de sa grand-mère.

Le lendemain, Jero fut d'humeur massacrante. Lui d'ordinaire si posé et constant, semblait agacé par tout ce qui arrivait. Quand, à la demande de Tali, ils allèrent chercher du bois dans la forêt proche, il s'énerva encore plus.

— Ce village ne me plaît pas, il me tarde de partir d'ici.

— Tali est très gentille de nous accueillir, et tu as entendu ce qu'a dit Scotan, nous ne pouvons pas prendre la mer avec ce vent du sud.

— Oh ça, j'ai bien entendu ce qu'il a dit ! De l'esbroufe toute la soirée, il a tout vu, tout connu...

— Et tu n'étais pas en reste, je crois ! On aurait dit deux grands cerfs qui s'affrontaient !

— Et toi, tu étais la biche au milieu, c'est ça ? cracha-t-il.

— Mais qu'est-ce qui te prend ?

— Tu crois que je n'ai pas vu votre manège ? Pars avec lui, s'il te plaît tant que ça !

— Mais... Jero !

Il s'en était retourné d'un pas rageur vers le village, laissant Neala pantoise au milieu de la clairière.

Elle refusa néanmoins de le suivre. Elle préférait le laisser se calmer. C'était la première fois qu'il lui faisait une telle scène, et elle ne savait comment se comporter.

Elle prit le temps de faire de longues respirations, profitant de la nature exubérante à ce moment de l'année, puis rassembla tranquillement un petit tas de branches. Ce faisant, elle se dit qu'elle allait en profiter pour ramasser quelques herbes et écorces pour compléter sa panoplie de guérisseuse.

Elle ne vit pas le temps passer, observant la faune et la flore locale, ramassant ce qui l'intéressait et appréciant, pour une fois, sa solitude.

Elle ne rentra qu'en fin de journée, son chargement de bois dans les bras.

— Eh bien, il t'en a fallu du temps, pour ramasser quelques branches ! se moqua Tali.

— J'ai pris des plantes pour mes remèdes aussi, se sentit-elle obligée de justifier. Où puis-je faire sécher celles-ci ?

Elle disposa les herbes sur un panier plat près du foyer, puis, constatant que Jero n'était pas rentré, elle reprit sa besace.

— Je vais soigner la main de Scotan. Je reviens juste après pour t'aider pour le repas. Peux-tu m'indiquer où je peux le trouver ?

Avec les explications de Tali, elle le trouva chez lui. Il était assis en tailleur sur le sol de terre battue et réparait des paniers à poissons.

— Tiens, voici notre belle étrangère. Entre donc !

Neala ne fit aucun commentaire, elle pénétra dans la cabane en désordre et, sans sourire, elle s'assit près de lui et lui demanda de montrer sa main.

— Qu'est-ce qui t'arrive aujourd'hui ? ironisa-t-il devant son air maussade. Tu as l'air contrariée. C'est ton compagnon qui t'a mise en colère ?

— Non, se défendit-elle, pourquoi dis-tu cela ?

— Il avait l'air passablement agacé hier soir, à la fin de la soirée. Je suis sûr qu'il était désagréable aujourd'hui.

— Pas du tout, mentit-elle.

Les interrogations dans sa tête fusaient. Comment cet homme pouvait-il percevoir aussi facilement les émotions et ressentis des autres ?

— Je suis observateur. C'est une de mes principales qualités. Alors tu peux me raconter ce que tu veux, je sais qu'en ce moment même tu es surprise par mes remarques.

Il avait un sourire légèrement narquois sur les lèvres, ce qui le rendait encore plus charmant.

— Tu me montres ta main ? Je dois retourner aider Tali.

— Tali sait se débrouiller seule, elle est très indépendante. Comme toi, d'ailleurs !

— Qu'est-ce qui te fait dire ça ?

— Tu n'as besoin de personne. Tu es libre et indépendante, comme moi. Et tu es surtout absolument magnifique. J'espère que ton Jero s'en rend compte et te le dit souvent.

— Laisse donc Jero tranquille. Je peux voir ta main maintenant ?

Il tendit sa main gauche emmaillotée dans la peau d'agneau.

— Est-ce que tu peux retirer le pansement ?

— J'espérais que tu le ferais.

Elle le fusilla du regard.

— Ça va, je le fais !

A contrecœur il retira la bande de peau et lui présenta sa main.

Elle n'eut d'autre choix que prendre sa grande main entre les siennes pour regarder la blessure de plus près. De nouveau, ce contact la troubla. Elle avala péniblement sa salive et décida qu'elle devait apporter les soins au plus vite et s'éloigner de cet homme qui lui faisait perdre la tête.

Mais en même temps, sa volonté était comme atténuée par le contact de leurs mains. Il était bien trop proche, elle pouvait sentir l'odeur de son corps et sa chaleur ; et elle ne pouvait ignorer son regard pénétrant.

Elle avait beau se répéter comme un mantra que cet homme était dangereux, qu'il ne pouvait rien lui apporter de bon, qu'il ne la respecterait pas, elle se sentait irrévocablement attirée par lui.

Évidemment il devait le sentir, mais il ne tenta rien. Il la laissa nettoyer la blessure sans ajouter de commentaire. Elle appliqua le même onguent que la veille, puis s'apprêta à se lever.

— Je dois y aller.

— Je comprends.

Mais elle ne se leva pas tout de suite. S'éloigner était un supplice. Le conflit entre sa tête et son corps était douloureux. Elle réussit à s'arracher de cette bulle dans laquelle ils s'étaient trouvés si bien.

— Tu reviens demain ?

— Je… Je ne sais pas.

— Ma main a encore besoin de soins, non ?

— Oui mais…

— Alors reviens demain.

Elle ne dit plus rien, le regarda une dernière fois, et sortit.

L'ambiance était lourde chez Tali, malgré les efforts de celle-ci pour dérider Jero. Il n'adressa pas la parole à Neala de la soirée et répondit à Tali uniquement par monosyllabes, puis, prétextant la fatigue, alla se coucher dès le repas avalé.

Les deux femmes restèrent en tête-à-tête près du foyer, à réparer quelques petits paniers de jonc. Elles n'osèrent parler, se sachant écoutées.

Le lendemain, Jero partit très tôt rejoindre le chef du village et d'autres hommes pour un chantier de réparation de toit. Il s'y était engagé la veille, le vent soufflant toujours depuis le sud empêchant la traversée.

Triste et désœuvrée, Neala partit se ressourcer dans la forêt, espérant trouver des noisettes ou des fraises à faire sécher pour emmener avec eux lors de leur prochain départ.

Alors qu'elle venait de trouver enfin un bosquet de noisetiers, une voix la fit sursauter.

— Tiens, notre voyageuse du nord. Tu te promènes ?

Elle se retourna vivement pour tomber nez à nez avec Scotan.

— Tu m'as fait peur ! Je prépare des provisions, pour la traversée prochaine.

— Sage précaution, il y a peu de forêts sur la côte nord, et peu de villageois disposés à sympathiser avec des étrangers.

Lui-même avait un panier rempli de lianes de clématites.

— Et toi, que ramasses-tu ?

— Ces lianes vont me permettre de faire de solides liens, une fois que je les aurai tressées. On en a toujours besoin, sur nos embarcations. Et sinon, dit-il en posant son panier, ton compagnon est toujours en colère ?

Cette question mit Neala sur la défensive. Elle ne voulait rien partager avec cet homme, et surtout pas montrer la moindre faiblesse. En même temps, elle se sentait si seule et désemparée devant l'attitude de Jero…

— Il lui tarde de partir. Il s'ennuie ici et perd patience. Mais tout rentrera dans l'ordre quand on aura traversé la mer.

— En es-tu si sûre ? demanda Scotan en la dévisageant.

— Qu'est-ce que tu sous-entends, s'agaça-t-elle. Tout se passait très bien jusqu'à ce que l'on arrive ici. Il a juste l'impression de perdre son temps, nous avons décidé d'aller au monument gravé, et nous ne pouvons pas bouger pour l'instant, alors il se sent coincé.

— Et toi ?

— Moi ? Bien sûr que j'ai envie de voir ce monument gravé !

— Ce n'est pas ma question. Est-ce que tu te sens coincée ici, toi aussi ?

Il la regardait avec insistance, essayant de la pousser dans ses retranchements.

— Assieds-toi.

Elle obéit et s'assit près de lui, regardant loin devant elle. Elle se sentait perdue. Jusqu'à maintenant Jero avait été le seul homme à l'attirer, et elle n'aurait jamais envisagé qu'il pût en être autrement. Mais maintenant le doute s'était insinué en elle. Son corps la trahissait, elle sentait les battements désordonnés dans sa poitrine, et aussi le léger tremblement de ses mains. Les silences et reproches de Jero de ces derniers jours n'arrangeaient rien. Elle se sentait rejetée, délaissée.

Et cet homme tout près d'elle lui accordait beaucoup d'attention. Beaucoup trop.

— Rien ne t'oblige à partir si tu n'en as pas envie.

— Mais c'est ma volonté de partir, se désespéra-t-elle. C'est profondément ce que je veux ! Même si Jero ne voulait pas venir, j'irai quand même ! J'ai beaucoup voyagé toute seule tu sais, alors ça ne m'effraie pas. Et d'abord, pour quelle raison resterais-je ici ?

Il tourna son visage vers elle.

— Peut-être pourrais-je te convaincre ?

— Toi ? répondit-elle du tac au tac, mais pourquoi voudrais-tu que je reste ? On se connaît à peine !

— Mais tu ne peux pas nier qu'il se passe quelque chose entre nous. Quelque chose de très fort. Je n'ai jamais ressenti ça avant. Tu le sens aussi, n'est-ce pas ?

Neala n'osait respirer. Quoi qu'elle dise, elle était perdante. Soit elle niait l'évidence, et ce serait d'une grande malhonnêteté, soit elle reconnaissait cette attirance, et l'engrenage dans lequel elle risquait de tomber lui donnait déjà le vertige.

Alors elle prit la résolution de s'éloigner au plus vite. Elle se leva en attrapant son panier.

— Je dois retourner voir Tali.

— Mais… Et tes noisettes ?

— Je reviendrai à un autre moment.

— Tu te souviens que tu dois soigner ma main ce soir ?

— Tu n'auras qu'à passer chez Tali, dit-elle sans se retourner, déjà en chemin.

Le trajet du retour lui parut trop court pour avoir eu le temps de mettre de l'ordre dans ses pensées.

Pourquoi se sentait-elle si bouleversée par cet homme ? Elle n'arrivait toujours pas à comprendre.

Elle passa le reste de la journée à moudre des grains de blé jusqu'à en faire une farine très fine, passant ses nerfs sur la pierre à meuler.

— Dis donc, je n'ai jamais vu un grain aussi finement moulu, s'étonna Tali. Est-ce que c'est comme ça que l'on fait dans ton village ?

En regardant son travail, Neala se mit à rire.

— Pas vraiment, non. Mais on pourrait essayer de faire des galettes plus aplaties, elles cuiront plus vite.

— Bonne idée !

Tali profita de l'absence de Jero pour essayer de comprendre son attitude.

— Est-ce que ton compagnon est toujours aussi peu bavard ?

— En général il est bien plus loquace, mais il me semble contrarié. Cela lui passera.

— Laisse-moi deviner… C'est ce coquin de Scotan, non ?

Elle se mit à rire.

— C'est un séducteur, méfie-toi de lui.

Neala rougit, incapable de dire un mot ou de démentir, et elle détourna l'attention.

— On fait cuire ces galettes ? Peut-être que cela redonnera le sourire à Jero !

A la tombée de la nuit, Jero rentra, couvert de poussière et visiblement fatigué.

— Tu devais passer voir Scotan, non ? dit-il en préambule à Neala. Il m'a dit que sa plaie s'était rouverte. Il t'attend.

Puis il s'assit lourdement près du foyer, l'air triste, sous les yeux médusés de Neala et Tali.

Non mais est-ce qu'il le fait exprès ? se dit la jeune femme. Il me pousse littéralement dans ses bras ! Essaie-t-il de me tester ? Ou de se débarrasser de moi ?

Elle ne savait plus que penser. Elle regarda Tali, décontenancée.

— Vas-y, dit celle-ci. Mais ne traîne pas, les galettes seront vite prêtes, et elles seront meilleures chaudes.

La guérisseuse prit sa besace et sortit.

Scotan était chez lui et l'accueillit avec un large sourire.

— Ah, enfin ! C'est bien que tu sois venue, je crois que ma blessure s'est rouverte.

— Je suis venue parce que Jero me l'a demandé, dit-elle, irritée. J'espère que je ne viens pas pour rien. Fais-moi voir ta main.

Elle s'assit près de lui et commença à retirer le bandage de façon un peu brusque.

— Aïe ! s'écria-t-il.

— Tu exagères un peu, non ?

— Je préfère quand tu es plus douce avec moi.

— Mais je n'ai pas envie d'être douce avec toi ! Je veux te soigner le plus rapidement possible et rentrer chez Tali.

— Pour retrouver ton homme qui t'attend avec impatience, c'est ça ? grimaça-t-il.

Elle ne répondit pas.

— Ta blessure est bien propre, elle ne s'est pas rouverte. Je vais la nettoyer une dernière fois, demain matin tu pourras retirer le bandage. Elle séchera plus rapidement.

Elle exécuta rapidement les gestes qui soignent et remit la bande d'agneau.

— Voilà. Je vais y aller, on se reverra donc pour la traversée.

Elle fit mine de se lever. Dans sa tête elle était désorientée.

Scotan dut sentir cette confusion, et de sa main valide, il lui attrapa le poignet, sans agressivité mais l'encourageant à rester près de lui.

— Neala…

Puis il prit son visage dans sa main valide, la regarda longuement dans les yeux, et approcha ses lèvres de celles de Neala. Son baiser, délicat au départ, se fit rapidement plus insistant.

Elle y répondit d'abord avec volupté, presque avec désespoir. Son corps ne lui répondait plus, toute volonté l'avait quittée.

Mais alors que les mains de Scotan devenaient très vite entreprenantes, se promenant sur ses hanches et remontant jusqu'à sa poitrine, un semblant de conscience réapparut.

Mais que suis-je en train de faire ? se dit-t-elle, horrifiée.

Je n'aime pas cet homme, et son contact, que j'ai presque espéré pendant des jours, me déplaît, voire me répugne.

Alors elle le repoussa de ses deux mains et se leva précipitamment, le souffle court.

— Je… Ce n'est pas une bonne idée. Je ne veux pas, je…

— Qu'est-ce qui t'arrive ? Tu avais l'air d'accord, et je n'ai jamais forcé personne tu sais.

— Je dois y aller.

Elle avait presque atteint la porte quand elle l'entendit.

— Mais ne t'enfuis pas comme ça, on peut se retrouver demain et prendre le temps !

— Ni demain, ni jamais !

Elle l'entendit rire.

— Tu sais, les autres femmes sont contentes de passer un moment avec moi, tu devrais essayer !

Elle s'enfuit en courant, à présent dégoûtée.

Mais ce n'était pas de Scotan qu'elle était dégoûtée, c'était d'elle-même. Comment avait-elle pu céder à cette séduction grossière ? Qu'avait-elle trouvé d'attirant chez cet homme ? C'était à n'y rien comprendre.

Elle remit un peu d'ordre dans ses longs cheveux bouclés, reprit quelques profondes respirations et arriva chez Tali le visage le plus neutre possible.

— Voilà, dit-elle en arrivant. La main de Scotan est presque guérie, je n'aurai plus besoin d'y retourner.

— Parfait, tes galettes fines sont prêtes, on peut manger.

— Et a-t-il dit quand on pourrait voyager ? interrogea Jero en sondant Neala de ses yeux bleu acier.

— Pas demain. Mais j'espère que ce sera le plus rapidement possible, dit-elle en lui lançant un regard de défi.

Il l'avait ignorée depuis plusieurs jours, et enfin il réalisait son existence ? Son attitude de rejet l'avait déstabilisée. Et si elle ne blâmait pas Jero pour ce qui avait failli arriver, elle était malgré tout en colère contre lui.

Ils mangèrent dans une relative bonne humeur, Jero ayant recommencé à parler, et Neala ayant retrouvé sa clarté d'esprit. Ils s'accordèrent sur le programme du lendemain, qui serait essentiellement consacré à la recherche de vivres pour le prochain départ.

Le vent du sud persistait, amenant un air réchauffé mais humide. Le soleil ne se montrait que rarement depuis des jours, comme si la saison chaude refusait de s'imposer. Ce temps triste ajoutait à l'impatience de Jero et Neala, mais ils purent en profiter pour refaire le stock de vivres, comme convenu ce jour-là.

L'humeur de Jero n'était pas vraiment revenue au beau fixe, mais au moins ne l'ignorait-il plus. Neala ne força pas la conversation, le laissant digérer ses ruminations.

Elle-même s'interrogeait toujours sur cet homme qui l'avait tant troublée. Était-ce parce qu'elle s'était sentie désirable dans ses yeux ? Elle n'y était pas habituée. Depuis toute petite elle s'entendait dire qu'elle était laide, que son physique ne collait pas à la norme de sa région. Jero l'avait trouvée belle, mais Jero n'avait pas les mêmes références que les gens de son peuple. Il avait beaucoup voyagé, et la diversité ne l'effrayait pas.

Peut-être que les voyages de Scotan lui avaient aussi ouvert l'esprit, et élargi ses critères de beauté. Ou peut-être était-ce les quelques mots qu'il avait prononcés à son endroit qui l'avaient interpellée, la faisant se sentir unique. En tout cas il avait su éveiller un intérêt très particulier chez elle, et la pousser à des actes dont elle ne se serait jamais su capable.

Chacun était perdu dans ses pensées en quittant la forêt, les besaces pleines de noisettes et autres denrées.

D'un accord tacite, ils passèrent près des embarcations pour savoir si enfin, ils pourraient partir le lendemain. Ils avaient peu d'espoir, le temps était aussi morose que la veille.

Sur place, ils virent Grego et Tom, occupés à quelque réparation.

— Bonjour, savez-vous où se trouve Scotan ? lança Jero. Nous voulons savoir si le départ est prévu pour demain.

— Oh je ne pense pas, dit Grego en secouant la tête. Notre ami a de la visite, il va être bien occupé.

Ce disant, il fit un clin d'œil à Tom et partit d'un rire gras.

— Je vais aller lui poser la question directement, dit Jero en haussant les épaules.

— Je te le déconseille, avertit Grego. Il est en bonne compagnie, une de ses nombreuses amies vient d'arriver au village et il nous a demandé de ne pas le déranger jusqu'à demain. Cependant, si tu veux mon avis, le ciel rose de ce soir nous annonce du vent pour les jours qui viennent. Demain ce ne sera pas suffisant, mais tenez-vous prêts pour le jour suivant !

— Merci Grego, on passera demain en fin de journée. D'ici là, j'espère que votre ami se sera lassé de sa conquête, railla Jero.

— Lui, se lasser des belles femmes ? Jamais !

Les deux pêcheurs éclatèrent de rire.

Neala était mortifiée. Elle sourit pour faire bonne figure, mais au fond d'elle elle se sentait profondément humiliée. Qu'est-ce qui avait pu lui faire croire que Scotan la traiterait de façon différente ? Ah elle avait eu l'impression que ses mots l'avaient rendue unique, la belle affaire ! Il devait avoir un discours bien rôdé, et toutes succombaient ! Comment avait-elle pu être aussi naïve ? Pourtant dès le premier jour Tali l'avait mise en garde, il disait ce qu'elles avaient envie d'entendre. Mais sur le moment elle n'y avait pas prêté attention, elle avait, volontairement ou non, éludé cette recommandation.

En arrivant chez Tali, elle prétexta vouloir aller se soulager dans la fosse d'aisance près de la berge pour s'asseoir contre un arbre, seule, un long moment. Elle prit des genoux dans ses bras et commença une profonde réflexion.

Elle s'en prit d'abord violemment à elle-même, pour sa naïveté et sa candeur. Puis elle se mit à regretter que, du fait de son physique particulier, ni sa grand-mère Ama, ni sa sœur Seena, n'aient pris la peine de la mettre en garde contre les beaux parleurs. Elles devaient sûrement me croire protégée, se dit-elle. Puis, petit à petit, elle se mit à rire. D'elle-même, de la situation. Après tout, il n'y avait rien de grave, elle avait juste pris une bonne leçon. Et elle avait aussi appris que si Jero était le seul homme avec qui elle avait envie de partager sa vie, elle pouvait être séduite, au moins superficiellement, par un autre homme. C'était une découverte déstabilisante, mais cela lui permettrait d'être plus vigilante, dans l'éventualité d'une prochaine fois.

Dans sa réflexion, elle dut admettre que l'attitude de Jero avait favorisé cette situation. Il avait très probablement senti dès le premier jour l'attirance réciproque entre Neala et Scotan, et cela l'avait profondément vexé. Il était devenu désagréable et agressif, la mettant de côté et, ce faisant, la poussant presque dans les bras de ce séducteur.

Finalement, se dit-elle, il a été bien plus réaliste que moi. Je n'ai rien vu venir, alors que lui avait tout compris depuis le début. Il a surtout très rapidement percé à jour Scotan, voilà pourquoi il était autant sur la défensive...

Elle remit de l'ordre dans ses pensées, se répéta qu'il n'y avait rien de grave, et, en souriant, remercia la Source de Vie pour cette expérience finalement formatrice. Elle crut entendre un petit rire venant de l'au-delà, qui aurait bien pu appartenir à sa grand-mère.

— Tu vois, Ama, j'ai encore beaucoup à apprendre, murmura-t-elle le sourire aux lèvres.

Puis elle se leva et retourna chez Tali apaisée, le cœur léger.

La cabane était sens dessus dessous.

— Que se passe-t-il ici ? demanda-t-elle en passant la porte.

— J'ai décidé d'aller voir ma fille plus tôt que prévu. Je partirai après-demain. Je prépare mes affaires de voyage, et si j'en crois le ciel, vous n'allez pas tarder non plus.

— C'est ce qu'ont dit les pêcheurs, confirma Jero. Enfin, Grego et Tom, nous n'avons pas vu Scotan.

— Ah oui, ce garnement avait à faire j'imagine. Je l'ai aperçu avec une femme un peu plus tôt. Celui-là n'arrête pas !

Neala détourna la tête pour ne pas montrer son rouge aux joues. Puis elle marmonna entre ses dents.

— Du moment qu'il nous emmène pour traverser la mer, c'est tout ce qu'on lui demande.

— Et pour ça, vous pouvez lui faire confiance. C'est un excellent navigateur. Bon, Neala à ton avis de quoi va avoir besoin Deirdre, pour son bébé ?

Ravie du changement de sujet, la jeune femme fit une liste détaillée de tout ce qui pourrait manquer à son amie, restée dans le village proche de la communauté des prêtresses.

La soirée passa rapidement, et avant d'aller se coucher tous sortirent observer le ciel. Enfin on pouvait voir les étoiles, même s'il n'était pas encore complètement dégagé. Et le premier quartier de lune éclairait les environs d'une belle lumière pleine de promesses.

Effectivement le temps avait changé. L'air était plus frais, mais le ciel semblait lavé de ces derniers jours de bruine et de grisaille. L'humeur de tous s'en trouva améliorée, et Jero retrouva enfin son entrain.

Il lui restait une journée pour finaliser les couteaux de silex que Scotan et ses compagnons avaient demandé, en contrepartie de la traversée, quand Jero leur avait proposé de fabriquer des outils.

Il partit tôt et ne revint pas avant la tombée du jour. Neala s'occupa des dernières provisions et prit le temps de coudre une jolie tunique de peau d'agneau pour la fillette de Deirdre.

Scotan passa chez Tali juste après le retour de Jero.

— Alors, prêts pour le grand départ ? Rejoignez-nous aux embarcations demain dès le lever du soleil. Nous devons profiter des vents favorables.

— Dis-moi, es-tu sûr qu'il n'y aura pas de… tempête ? s'inquiéta Neala, se remémorant sa première traversée très mouvementée.

— Ah ah ! En mer on ne peut jamais être sûr de rien, jeune fille ! C'est ce qui me fascine, c'est elle qui décide ! Si notre destinée est de mourir noyés demain, eh bien soit, je m'y soumettrai ! De toute façon je n'aurai pas le choix.

— Mais je n'ai pas spécialement envie de mourir demain…

— Tu dois vivre chaque jour comme si c'était le dernier, conseil de Scotan. Et demain sera un autre jour ! Mais rassure-toi, je n'ai pas prévu de mourir demain. La mer sera calme, et si nous ramons assez vite, nous serons de l'autre côté avant la tombée de la nuit. Les journées sont longues en ce moment. Jero, ajouta-t-il avec un clin d'œil entendu, ne t'épuise pas trop avec ta belle cette nuit, tu auras besoin de toutes tes forces pour ramer, à demain ! Au revoir Tali, embrasse Deirdre pour moi !

Et il tourna les talons.

Cet homme ne doutait vraiment de rien. Mais au lieu d'agacer Neala et Jero, cela les fit rire.

— Je suis tellement contente de partir demain !

— Moi aussi.

Il la prit par la taille et l'embrassa longuement.

La nuit fut courte, d'abord parce que par défi, ils désobéirent à Scotan et profitèrent des ronflements de Tali pour retrouver leur complicité sous leurs couvertures, et aussi parce que le jour se levait désormais très tôt. Ils rassemblèrent leurs paquetages préparés la veille, et remercièrent chaudement Tali pour son hospitalité. Jero lui offrit un très beau couteau parfaitement affûté, emmanché dans un bois de cerf épais. Émue, elle les remercia de lui permettre de renouer avec sa fille et de rencontrer sa petite-fille Tanea.

Tous s'embrassèrent, puis les deux voyageurs retrouvèrent les pêcheurs.

Neala n'en menait pas large. Elle n'aimait pas naviguer, son expérience avec Frego avait failli tourner à la catastrophe. Elle voyageait alors avec sa petite Amalia et son chien Feu, et tout le monde avait survécu par miracle. Mais aujourd'hui ?

Indifférente aux plaisanteries graveleuses des marins, elle toucha une dernière fois la terre ferme de ses mains, et monta avec circonspection dans l'embarcation qui lui semblait ridiculement petite pour emmener sept personnes, deux autres marins s'étant greffés au groupe.

Mais elle ne dit rien, s'assit au milieu de la planche qui servait de banc, entre Jero et Tom. Elle fit une prière silencieuse à la Source de Vie alors que l'embarcation quittait la grève pour les emmener vers un nouveau monde.

Chapitre 7

La traversée fut particulièrement tranquille, voire agréablement monotone.

Après avoir suivi le fleuve bordant Souton, ils étaient arrivés dans l'embouchure au milieu de la matinée, puis le vent et les courants favorables avaient largement contribué à leur progression rapide. Les hommes ramèrent presque toute la journée, se relayant à tour de rôle pour reposer leurs bras tétanisés. Neala ne rama que très peu, remplaçant une fois Jero, une fois le jeune Tom, tout déplacement dans la barque bien chargée étant assez risqué. Elle distribua cependant les vivres embarquées par Scotan entre tous les membres d'équipage, au fur et à mesure de la journée.

Enfin, alors que le soleil allait disparaître à l'horizon, ils aperçurent la terre.

Le soulagement était visible sur le visage de Neala, resté tendu depuis le petit matin.

Le vent avait baissé d'intensité, rendant les derniers efforts plus pénibles, mais permettant un meilleur contrôle pour longer la côte et faciliter le débarquement.

Alors que les dernières lueurs du jour laissaient deviner des falaises au loin, une minuscule plage fit son apparition.

— Ce sera parfait pour la nuit, décréta Scotan.

Enfin, la barque toucha terre. Neala en aurait pleuré de gratitude.

Elle sauta dès qu'elle put, ravie de sentir du solide sous ses pieds, malgré la température bien fraîche de l'eau.

— Je suis si contente ! s'écria-t-elle. Merci Scotan, merci à vous tous !

Les hommes se mirent à rire de la voir si enthousiaste. Jero la regardait, attendri.

— J'aimerais bien savoir ce qui s'est passé avant, pour que tu aies été si inquiète depuis ce matin. Si les conditions n'avaient pas été bonnes, on n'aurait pas pris la mer ! assura Scotan.

— Mais quelquefois les conditions sont bonnes le matin, et se dégradent, dit-elle, les yeux dans le vague, se remémorant sa traversée avec Frego, des années plus tôt.

— Et si la mer donne beaucoup, elle reprend parfois, et de façon cruelle, renchérit Jero, plein de tristesse en pensant à son jeune frère.

— Si vous ne pensez qu'aux catastrophes, c'est sûr qu'elles vont arriver ! Allons, réjouissons-nous de cette belle journée que nous venons de passer, allumons un grand feu pour nous réchauffer, et je ne sais pas vous, mais une bonne nuit de sommeil me fera le plus grand bien.

— Bonne idée ! acquiesça Grego

— Je vais chercher du bois, proposa Tom.

— Je viens avec toi, dit Neala.

Bientôt, un bon feu de joie dansait sur la plage de galets fins. Ils partagèrent un repas à base de galettes et de fromage de chèvre, puis chacun s'enroula dans sa couverture.

Ne sachant pas exactement où ils avaient débarqué, ils décidèrent de monter la garde à tour de rôle pour la nuit. Trop excitée pour s'endormir, Neala proposa de prendre le premier tour.

Le seul bruit était celui du ressac, le ciel dégagé était constellé d'une myriade d'étoiles, la lune n'était pas encore levée.

Elle ressentait un calme et un bien-être étranges, au regard de la situation. Elle ne connaissait rien de cette nouvelle terre, ni de ses surprises, ni de ses dangers.

Et pourtant, elle se sentait si bien, en paix.

Elle resta éveillée une bonne partie de la nuit, à la fois vigilante et méditative, en constant lien avec la Source de Vie. Elle sentait que venir sur cette terre avait été la bonne décision. Par des détours et subterfuges abracadabrantesques, la Source de Vie l'avait guidée jusqu'ici. Elle se sentait dans une telle confiance, rien n'aurait pu la déstabiliser. Elle sourit en regardant Scotan dormir, son attirance irrationnelle pour lui n'étant désormais plus qu'un vague souvenir.

Puis elle se retourna vers Jero, pour qui son amour semblait s'être décuplé. Elle mourait d'envie de le rejoindre sous sa couverture et de se serrer contre son corps ferme et chaud, mais elle savait qu'elle devrait attendre. Alors le moment venu, elle se contenta de presser son épaule doucement pour le réveiller, il mit quelques instants à se rappeler où il était et pourquoi elle le réveillait. Il s'assit, encore hébété de sommeil, lui grogna qu'elle pouvait prendre sa place plus proche du feu, puis se leva pour s'éveiller complètement.

Elle s'allongea dans la place encore chaude, s'emmitoufla dans sa couverture. La dernière image qu'elle contempla fut celle de la lune qui venait de se lever.

Les premiers rayons de soleil vinrent réchauffer les voyageurs. Scotan avait pris le dernier tour de garde et avait laissé le feu, inutile à présent, s'éteindre doucement.

Les hommes se levèrent les uns après les autres, encore ensommeillés. Neala était déjà allée se barbouiller et se désaltérer dans un ruisseau tout proche. Tout le monde alla boire et remplir sa gourde de peau dans l'eau fraîche de ce ruisseau inespéré.

Puis vint le moment des adieux.

Les hommes de Souton allaient retourner en mer pour jeter leurs filets, sans trop s'éloigner de la côte pendant un jour ou deux. Puis, dès que les vents le permettraient, ils retourneraient dans leur village.

Il était temps pour Jero et Neala de poursuivre leur route. Scotan fit un dernier dessin dans le sable, après s'être repéré en montant sur une petite falaise toute proche.

— Longez la côte vers le soleil couchant aujourd'hui. Puis le chemin descend vers le sud environ deux jours, toujours le long de la mer. Ensuite, ce sera quelques jours toujours le long de la mer, mais en direction du couchant, jusqu'aux cailloux roses. Puis quand vous aurez vu ce monument avec plusieurs passages, bifurquez plein sud dans les terres. Une fois la mer en vue, longez la côte vers le sud. On m'a dit qu'il y avait de surprenants alignements de pierres levées. Et quand vous serez là, vous trouverez votre monument gravé peu de temps après, sur une presqu'île dans la baie, à Gveris. Jero, mes compagnons et moi nous te remercions pour les très beaux couteaux. Et toi, magnifique Neala… Je te souhaite bon vent !

Il agrémenta ses mots d'une œillade amusée et d'un sourire éclatant, faisant rougir la jeune femme.

Pas rancunier, Jero passa cependant un bras protecteur autour de ses épaules.

— Ne t'en fais pas, j'en prendrai soin.

— Je n'en doute pas !

— Merci Scotan.

— Merci à vous tous ! s'écria Neala en se retournant, alors qu'elle s'était déjà éloignée de quelques pas. Bon retour chez vous !

Tous agitèrent la main pour se dire au revoir, puis les deux voyageurs prirent la direction de l'ouest.

Tous deux marchaient depuis des heures. La température avait légèrement baissé. Le soleil était désormais voilé de brume, et bientôt un crachin s'invita au voyage.

— Il nous faudra trouver un abri pour la nuit, suggéra Neala. Je pensais que la saison chaude avait commencé, mais manifestement pas dans cette région !

— Tu as raison. En revanche Scotan nous a conseillé d'éviter les villages sur cette côte.

— Mais il n'y a rien pour s'abriter, ni même se nourrir. Cet endroit est presque aussi désolé que la côte qui mène à ton village !

— N'exagère pas, rit-il. Il fait beaucoup moins froid ici, et si on s'éloigne un peu de la mer, on aperçoit des forêts. On devrait tenter notre chance.

Ils rentrèrent un peu dans les terres et furent ravis de de trouver une anfractuosité dans un ensemble de rochers qui pourrait les protéger de la bruine et du vent désormais levé.

Ils se restaurèrent de quelques galettes et noisettes et s'endormirent bien vite, lovés dans les bras l'un de l'autre.

Les jours suivants furent monotones.

Ils évitaient les villages fortifiés de murs et pieux de bois qu'ils croisaient, marchaient pour ne pas perdre de vue la mer grise trop longtemps, se nourrissant en économisant les vivres et parlant peu. Ce temps froid et humide n'encourageait pas les longues discussions, chacun restant dans sa bulle.

Puis le temps changea. En fait il changea plusieurs fois par jour. Alors qu'ils s'étaient habitués à la pluie et au gris, ils pouvaient désormais, dans la même journée, voir se succéder un grand ciel bleu, une averse subite, un crachin tenace, un brouillard épais, puis le cycle se répétait.

Ils avaient pris l'habitude de se dire : on fera une pause quand le soleil sera de retour, ou encore, on s'arrête pour la nuit dès que la bruine commence.

Ces variations incessantes les amusaient. Les températures devenaient plus agréables, jour après jour. Et ils avaient même pu trouver des racines comestibles, des framboises, et Jero avait planté une de ses flèches acérées dans un beau lièvre, un soir.

Ils avançaient courageusement, jour après jour.

Leur stock de noisettes était épuisé depuis longtemps. Cette côte ennuyeuse ne semblait plus finir.

Le brouillard était très dense quand ils s'étaient levés ce matin, et le bruit des vagues les guidait bien plus que la vue. Alors qu'ils marchaient depuis un long moment, le pied de Neala heurta un beau caillou aux nuances rosées.

— Regarde ! jubila-t-elle en saisissant dans sa main le granit de la taille d'une pomme. Tu crois que cela pourrait être les pierres roses dont parlait Scotan ?

— C'est difficile à dire, avec ce brouillard.

Ils s'arrêtèrent un moment, essayant de se repérer. Le brouillard semblait se dissiper.

Et soudain, comme par enchantement, le soleil fit son apparition. La nappe de brume, recouvrant tout quelques instants plus tôt, disparut pour laisser la place à un paysage fabuleux.

— Oh ! s'exclama Jero. C'est vraiment magnifique !

Neala ne put prononcer un mot, émerveillée par ce qu'elle voyait.

Devant leurs yeux s'étalait une côte découpée de gros rochers de granit rosé, le soleil avait transformé la mer, jusque-là grisâtre, en une vaste étendue d'un bleu profond, contrastant avec le bleu incroyablement clair du ciel. Le spectacle était de toute beauté.

— Scotan s'était bien gardé de dire à quel point cet endroit était superbe !

— Il ne l'a peut-être jamais vu sous le soleil, ricana Jero. Nous aussi aurions pu passer à côté de cette vision extraordinaire.

— C'est vrai, nous avons beaucoup de chance ! Que dirais-tu de faire une pause pour admirer cette vue ?

— Avec plaisir !

Ils s'installèrent sur une petite colline toute proche et prirent le temps de graver dans leur mémoire ce moment inattendu. Seule une brise légère venait troubler la tranquillité des lieux. Quelques oiseaux de mer volaient tout près, leurs cris reflétant sans doute leur ravissement d'enfin voir loin devant eux. C'était une parenthèse enchantée.

Mais malheureusement, elle fut de courte durée. Le vent se leva et ramena les nuages et la pluie.

— Décidément, rit Jero, je suis toujours aussi surpris de la rapidité du changement de temps !

— Pourtant toi et moi avons été habitués à vivre proches de la mer, toi encore plus que moi. Mais nous avons rarement vu toutes les saisons dans une seule demi-journée !

— Nous devrions avancer. D'après Scotan nous devrions maintenant être au monument à plusieurs passages dans deux à trois jours.

— Allons-y. Et nous essaierons de trouver quelques fruits sur le chemin.

— Sur cette côte rocheuse balayée par les vents ? Tu es optimiste !

— Nous nous arrêterons un peu plus tôt pour la nuit. Et nous en profiterons pour voir ce que les bois alentour peuvent nous offrir.

— D'accord.

Finalement quelques racines et baies sauvages leur servirent de repas. Mais ils marchaient depuis de nombreux jours maintenant, et l'irrégularité de leurs repas consistants commençait à les épuiser.

— Quand nous serons vers ce monument, nous pourrions essayer de trouver de la vraie nourriture, suggéra Jero.

— Contre des services ou des soins ?

— Oui, par exemple. Scotan avait l'air de dire que les gens de ce village étaient un peu plus ouverts, ils ont l'habitude de recevoir des étrangers de toute la région.

— Ce monument doit être un point de rencontre important. Il me tarde de le voir.

Ils passèrent encore deux jours à marcher sous la bruine à nouveau installée.

Ils croisaient désormais de plus en plus de monde, mais ils avaient du mal à suivre les conversations.

Si l'accent entre le village de Neala et celui de Jero était différent, là on avait carrément l'impression d'une autre langue. Pourtant, mot après mot, leur oreille arrivait à déchiffrer certaines expressions.

Les gens qu'ils croisaient ne faisaient pas vraiment attention à eux, même si leur accoutrement était différent.

Les habitants portaient souvent des tuniques faites de grossiers tissages de laine, et étaient protégées par de grands capuchons de fourrure. Ils ne portaient pas de jambières, comme chez Jero. Peut-être était-ce seulement lié à la saison. Les températures n'étaient pas élevées, mais elles n'avaient rien de glacial comme à Elebana. Le souvenir du vent gelé du pays de Jero réussit à faire frissonner Neala.

Beaucoup de femmes qu'ils voyaient portaient de beaux colliers de coquillages. Leur chevelure était souvent coiffée en deux nattes, parfois remontées en chignon derrière leur nuque. Les hommes, eux, attachaient leurs cheveux dans le dos.

— Finalement, ils ne sont pas si différents de toi, s'amusa Neala. Ils sont juste beaucoup plus bruns, et plus petits, en majorité.

Jero détonnait, avec sa haute stature et ses longs cheveux blonds.

Mais c'est en arrivant près du village de Barnu qu'ils réalisèrent le brassage de la population.

Contrairement aux autres villages de la côte, celui-ci était facilement accessible. Il était entouré d'un grand fossé, mais un large passage permettait aux gens d'aller et venir à leur guise. Le village était grand, il semblait que beaucoup de personnes s'y arrêtaient, pour échanger des biens ou de la nourriture. Et parmi toutes les personnes croisées en s'approchant, Jero restait très grand, en comparaison avec les autres hommes. Mais ils aperçurent plusieurs personnes avec des chevelures auburn, et même deux femmes avec des yeux verts.

— Ça alors ! s'étonna Neala. Je me sens beaucoup moins spéciale, ici !

— Pour moi tu seras toujours spéciale, la rassura son compagnon en mettant sa grande main sur son épaule.

Ils étaient observés avec un mélange de curiosité et d'indifférence. Jero attirait les regards par sa taille et sa blondeur, et Neala par sa crinière flamboyante laissée en liberté. Mais personne ne tombait en arrêt devant eux. Ces villageois étaient habitués à la diversité.

— Ce doit être un lieu de passage intense, remarqua Jero. Au-delà des visages, si tu observes les vêtements et les objets portés, il y en a de toutes les formes et de toutes les matières.

— C'est très beau, s'émut la jeune femme. Tu penses que les gens viennent pour le monument ?

— Allons leur demander.

Il tenta de s'adresser à un homme âgé, qui le regarda avec frayeur et s'enfuit dès que Jero se planta devant lui.

— Ça commence mal.

Ils tentèrent d'approcher un groupe de trois femmes, pour le même résultat.

Jero aborda alors un homme d'environ son âge.

— Bonjour, lança-t-il. Nous cherchons un gros bâtiment…

L'homme recula, visiblement dérouté par ce géant blond qui lui parlait dans une langue inconnue.

Mais Neala lui fit un grand sourire, et essaya de mimer un gros bâtiment, avec ses bras grands ouverts. Puis elle montra des cailloux, en fit un petit tas, et rouvrit ses bras en grand.

Le regard de l'homme s'éclaira. Il leur indiqua la presqu'île que l'on apercevait face au village, et montra de la main le chemin qu'ils devaient emprunter, puis le virage à prendre, pour accéder au monument. Ses explications permirent aux voyageurs de se familiariser un peu plus avec l'accent.

Alors Neala demanda s'ils pouvaient trouver à manger, mettant ses doigts devant sa bouche et remuant ses mâchoires.

L'homme se montra instantanément plus méfiant.

Jero fouilla à regret dans sa besace et lui présenta une belle lame bien tranchante, à plat sur sa main pour éviter d'être menaçant. Il fit mine de lui donner la lame d'une main, et de son autre main répéta le geste de Neala.

L'homme comprit, regarda la lame de plus près et se détendit. Il leur fit signe de les suivre.

Il les fit pénétrer dans le village, un ensemble de petites maisons aux murs arrondis faits de pierres et de boue séchée, coiffés de toits de chaume.

Les gens allaient et venaient, sans vraiment prêter attention aux voyageurs. Des personnes s'interpellaient entre les maisons, des enfants couraient en riant, la vie battait son plein.

L'homme s'arrêta devant une des maisonnettes et leur fit signe d'attendre dehors. Il revint quelques instants plus tard avec une pile de galettes souples arrondies, un morceau de viande séchée et un beau fromage de chèvre frais. En apercevant les vivres, Neala crut défaillir. Toute cette nourriture la faisait tellement saliver qu'elle en avait mal à la gorge.

Ils remercièrent chaudement leur sauveur, qui les remercia à son tour pour le beau couteau avec en prime un magnifique sourire.

Neala et Jero retournèrent vers l'entrée du village et prirent la direction de la presqu'île. Ils ne voulaient pas manger au milieu de la foule, ils patientèrent avec difficulté en attendant de trouver un endroit pour s'asseoir.

Ils jetèrent leur dévolu sur une petite colline en face de la presqu'île. De là, ils avaient une vue splendide sur le monument.

Ils prirent une galette chacun, Jero ajouta un morceau de viande et plia sa galette avant de croquer dedans à pleines dents. Neala fit de même avec du fromage. La première bouchée leur déclencha un fou-rire de bien-être et de soulagement.

— C'est la meilleure galette de ma vie ! s'exclama Jero, la bouche pleine.

— Moi aussi ! Et le fromage est délicieux !

— Comment ont-ils réussi à les faire aussi fines et aussi souples ? J'aimerais beaucoup savoir. Les nôtres sont épaisses et impossibles à plier sans les briser en miettes.

— On pourrait leur demander, ou les regarder faire.

— L'homme n'avait pas l'air très enthousiaste à l'idée de nous faire rentrer chez lui.

— Cependant il a adoré ton couteau !

— Oui, je n'ai plus qu'à m'en refaire un... Dès que l'on trouvera de la pierre convenable.

— Tu crois qu'il y en a par ici ?

— Je n'en ai pas encore vu, depuis que l'on a traversé la mer. Mais on en dénichera à un moment.

Une fois rassasiés, ils prirent le temps d'observer le paysage, et l'imposant bâtiment juché sur la presqu'île.

— Il est très impressionnant... Même d'ici, apprécia Jero.

— Est-ce que tu aperçois les entrées des passages ?

— C'est difficile à dire, d'ici.

— Tu crois qu'ils nous laisseront entrer ?

— Nous verrons bien. Personnellement je n'y tiens pas. Mais en tant que Gardienne du Passage, je comprends ta curiosité. Tu veux y aller tout de suite ?

— Je crois que j'ai trop mangé. On se repose d'abord ?

— Oui bonne idée.

Ils s'allongèrent dans les herbes basses, face à la presqu'île. Le soleil était de sortie, il n'y avait qu'une brise légère, l'agitation du village était loin. Ils laissèrent vagabonder leurs esprits, émoustillés par ce lieu si particulier. Mais la fatigue du voyage et de la digestion eut rapidement raison d'eux, et ils s'assoupirent rapidement.

Quelques gouttes fraîches réveillèrent Neala.

— Et voilà, la parenthèse ensoleillée est terminée ! maugréa-t-elle en se relevant. Allons donc voir cet énorme bâtiment.

Une courte marche les mena jusqu'à la colline surmontée de l'énorme tas de pierres, qu'ils contournèrent par la gauche.

— C'est vraiment imposant, admira Jero. Je n'ose même pas imaginer combien de saisons et d'hommes il a fallu pour construire tout ça…

Neala ne disait rien. Elle se sentait envahie par une étrange et étouffante sensation.

Il n'y avait étonnamment personne autour de cette colline faite de la main de l'homme. Mais tout ce qu'ils voyaient pour l'instant, c'était un tas de cailloux.

— Faisons le tour, suggéra-t-il.

Elle le suivit de loin, de plus en plus mal à l'aise.

— Les passages sont de ce côté, viens !

La jeune femme s'arrêta, stoppée par une force invisible.

— Mais qu'est-ce que tu fais ? Il n'y a rien à voir, là où tu es ! On voit les entrées ici.

Alors qu'il s'impatientait, il revint sur ses pas pour la chercher. Et soudain il perçut son malaise. Il s'approcha doucement.

— Qu'est-ce qu'il se passe ?

— Je... Je ne peux pas avancer. Je sens une force qui me repousse.

Elle avait le visage blême et des gouttes de sueur qui perlaient sur son front.

— Reculons, proposa-t-il, inquiet de la voir si affectée.

Ils redescendirent la colline en direction de leur point d'arrivée.

Plus elle s'éloignait, et plus l'étau autour de sa poitrine se desserrait.

— Je suis désolée, je crois que je ne vais pas arriver à m'approcher. Les forces sont trop puissantes.

— Attendons un peu.

— Quand je suis arrivée chez les prêtresses, raconta-t-elle, j'ai été violemment attirée par le centre du cercle de poteaux de bois. L'énergie y était très forte, mais ce n'était rien comparé à l'énergie du champ situé à peine un peu plus bas. Quand j'y suis allée la première fois, j'ai eu des visions merveilleuses, de plusieurs cercles de pierres concentriques dont un était surmonté d'une sorte d'anneau, en pierre aussi. C'était fabuleux, je pouvais le voir évoluer à travers le temps, avec des gens qui venaient de partout pour se rassembler. C'était une bonne énergie, de celles qui redonnent force et courage. Ici, je sens tout le contraire. Je me sens repoussée et comme vidée de mes forces vitales.

— Essayons de faire le tour, mais sans nous approcher trop près. Je voudrais juste que tu voies tous ces passages. Je n'ai jamais vu ça !

Elle semblait cependant très réticente à aller plus loin.

— Viens, et si tu te sens mal, nous reculerons, je te le promets.

Dubitative, elle le suivit. Mais à peine fut-elle face aux premières ouvertures que le souffle lui manqua. Elle se mit à haleter, et prise de vertiges elle s'agrippa à Jero. Celui-ci perçut que sa main était glacée.

— Je ne peux pas… avancer. Ma tête tourne…

— Très bien, n'allons pas plus loin. Nous allons retourner là où tu te sentais mieux.

Il l'éloigna du monument et dès qu'elle lui fit un signe positif, il lui proposa de s'asseoir.

— C'est comme s'il y avait un mur invisible qui m'empêchait de passer. J'ai très envie de voir ces passages, mais je crois que ce ne sera pas possible pour moi. Vas-y, toi, et tu me raconteras !

— En es-tu sûre ? Je ne veux pas te laisser ici si tu te sens mal.

— Ici ça va, le rassura-t-elle avec un début de sourire. Du moment que tu ne m'obliges pas à venir avec toi, tout ira bien.

— Évidemment que je ne vais pas t'obliger ! Je peux très bien me passer d'aller plus loin.

— Mais je sais que tu en as envie. Tu seras mes yeux et mes oreilles.

— D'accord. Tu es sûre que ça va ?

— Oui ! Promis !

Elle le regarda se rapprocher du monument, puis elle le perdit de vue quand il le contourna pour se trouver face aux entrées.

Alors elle se mit en tailleur, posa ses mains sur ses genoux, et ferma les yeux pour intensifier sa connexion avec la Source de Vie.

Sa grand-mère, Ama, lui apparut tout de suite.

— Tu dois partir d'ici. Il n'y a rien de bon pour toi dans cet endroit. Pars. Maintenant.

Elle ouvrit les yeux subitement.

Jero n'était nulle part en vue, et des groupes de gens avaient envahi la colline.

Paniquée, elle se leva.

Elle ne pouvait pas partir sans Jero, mais elle ne pouvait pas rester non plus.

Les gens qui s'approchaient la regardaient d'une façon de plus en plus hostile, elle ne comprenait absolument pas ce qui était en train de se passer. Elle devait décider, vite.

Jero ne tarderait pas, et s'il ne la trouvait pas là où il l'avait laissée, il se douterait qu'elle avait repris la direction du village. Elle descendit de la colline, à contresens de la foule se déversant de plus en plus nombreuse.

Les gens la bousculaient et cette foule, de plus en plus compacte, menaçait maintenant de la renverser et de la piétiner. Folle d'angoisse pour Jero, elle réalisa qu'elle était elle-même en danger.

Comment des personnes si placides et pleines de vie le matin même pouvaient se transformer en cette troupe hargneuse et effrayante ? Et d'abord, s'agissait-il des mêmes personnes ?

Enfin elle put se mettre un peu à l'écart dans un bosquet d'arbres. Elle décida de monter dans le plus grand des chênes, afin de pouvoir intercepter Jero quand il s'en retournerait. Plus personne ne lui prêtait désormais attention, et elle en était soulagée.

De son poste d'observation elle pouvait voir la foule, toujours plus nombreuse, qui se dirigeait vers l'immense tas de pierres. Pas de trace de Jero.

Elle fut brusquement renvoyée des années en arrière, quand elle était enfant et qu'elle avait grimpé sur un arbre à toute allure pour échapper à une laie en furie. Ce souvenir la fit brièvement sourire.

Je préférerais avoir à faire à un troupeau de laies enragées plutôt qu'à tous ces gens ! se dit-elle.

Elle avait désormais mal aux yeux à force de scruter la foule pour repérer Jero.

Alors qu'elle commençait à désespérer, enfin elle l'aperçut. Il avait beaucoup de mal à avancer, à contre-courant du mouvement. Et rapidement elle réalisa les regards haineux qu'il attirait. Il fallait sortir de cette situation au plus vite.

Elle savait qu'il ne l'entendrait pas, dans la cohue.

Elle descendit de son arbre aussi vite qu'elle put et se jeta dans la foule. Heureusement pour elle, Jero était très grand et elle pouvait facilement le repérer. Malheureusement pour lui, il était très grand et attirait les regards malveillants comme un aimant.

Neala joua des coudes pour parvenir jusqu'à lui, et quand enfin il la vit, elle attrapa sa main pour ne plus la lâcher.

— Viens, cria-t-elle. Et elle l'entraîna vers le bosquet.

Ils se mirent à l'abri des regards, attendirent que les dernières personnes rejoignent la colline, et prirent la direction opposée sans courir, pour ne pas attirer l'attention, mais disparurent aussi vite que possible sans demander leur reste.

Ils savaient que le chemin à emprunter longeait tout d'abord la rivière se jetant dans la mer, dans le prolongement de la presqu'île. Ils le trouvèrent rapidement, et purent constater que, comme l'avait souligné Scotan, c'était effectivement une voie très utilisée. Le passage des hommes et des bêtes avait creusé la terre sur une bonne largeur, ils ne pourraient donc pas se perdre.

— De toute façon, se rassura Jero, on va plein sud pendant une demi-lune. Puis on longera la mer jusqu'à la baie.

— Pourquoi penses-tu que ces gens avaient l'air autant pressés et agacés ?

— Il devait probablement y avoir une cérémonie au monument de la presqu'île. Et ils ne comprenaient pas pourquoi nous n'allions pas dans la bonne direction.

— Tu crois que nous les avons vexés ? A en croire Scotan, les gens viennent de très loin pour voir ce bâtiment.

— Et nous nous enfuyons juste avant la cérémonie... Je comprends qu'ils l'aient mal pris !

— Mais j'étais très mal à l'aise. Cet endroit ne me plaisait pas du tout. Enfin, ne te méprends pas, le site était très beau, mais je sentais une énergie hostile, comme si cet endroit ne voulait pas de moi.

— Ne t'en fais pas, c'est loin maintenant.

— C'est dommage, j'aurais aimé assister à la cérémonie, je suis sûre que c'était très intéressant à voir.

Leur allure avait ralenti. Ils marchaient maintenant calmement le long de la rivière, et le cadre était particulièrement serein.

— Nous en verrons d'autres !

— Justement…

— Qu'est-ce qui te tracasse ?

— Imagine que… Quand j'arrive à Gveris, j'éprouve la même sensation. Te rends-tu compte de la déception que ce serait ?

— Bah nous irions ailleurs.

— Mais nous avons traversé le monde pour voir ce passage gravé ! Et si je ne peux pas m'en approcher, ce serait tellement triste ! Et que d'efforts pour… Pour rien.

— Ne dis pas ça. Nous n'y sommes pas encore, et voyager est toujours intéressant. Nous avons vu des paysages magnifiques, et nous nous sommes presque suffisamment habitués à la langue du pays pour pouvoir communiquer. Nous avons même de quoi manger pour plusieurs jours !

— J'aime ton optimisme, dit-elle en souriant.

— Tant que nous sommes ensemble, tout va bien !

— J'ai eu très peur de te perdre, sur cette colline.

Il s'arrêta, et la prit dans ses bras.

— Je suis là, c'était plus de peur que de mal.

— Mais Ama m'a dit…

— Ama a communiqué avec toi ? demanda-t-il, surpris.

— Oui, pour me dire de fuir.

— C'était très sage, mais ne penses-tu pas que c'était plutôt ton instinct qui t'encourageait à t'éloigner de cette foule hostile ?

Elle le regarda un moment, puis abandonna la partie, connaissant le scepticisme de son compagnon pour les messages de la Source de Vie.

— Certainement.

Elle n'avait pas la force de rentrer dans une explication qui, de toute façon, ne serait pas acceptée par l'esprit très terre à terre de Jero. Ils avaient maintes fois eu ce débat. S'il admettait parfois, et en général après coup, que Neala avait un accès particulier à des informations sur l'avenir, il ne souhaitait pas s'étendre sur la façon dont elle les obtenait. Il essayait toujours de trouver une explication rationnelle et logique, basée sur l'observation ou ses expériences antérieures. Mais ce qui relevait du non-physique était trop abstrait pour l'intéresser.

Neala avait depuis longtemps accepté leur divergence de système de croyances. S'ils adoraient débattre d'innombrables sujets, certains domaines étaient évités, sachant que chacun camperait sur ses positions.

Après tout, leur complémentarité venait aussi de leurs différentes visions du monde.

Ils cheminèrent jusqu'à la tombée de la nuit.

Ils n'avaient croisé que très peu de monde sur leur trajet, à croire que toute la région s'était donné rendez-vous à Barnu.

Ils trouvèrent un endroit pour établir leur campement pour la nuit, à bonne distance du chemin.

— Nous allons quand même faire du feu, même s'il ne fait pas si froid. Scotan a dit que la forêt de l'intérieur du pays, entre les deux mers, était truffée de loups.

— Les loups me font moins peur que les hommes, souligna Neala.

— On va éviter de les tenter quand même !

Alors qu'ils étaient allongés entre un monticule rocheux et un feu bien vif, Neala replongea dans ses inquiétudes moroses.

— Et si je suis repoussée par ce passage gravé, comme j'ai été repoussée par ce tas de pierres aujourd'hui, que ferons-nous ?

— Neala, tu t'angoisses pour quelque chose qui n'est pas encore arrivé, et qui n'arrivera probablement jamais ! Pense plutôt à cette belle forêt que nous allons atteindre bientôt. Scotan a dit qu'elle était magnifique, avec des arbres énormes comme il n'en avait jamais vu ailleurs !

— Et il a dit qu'il y avait beaucoup de petits passages aussi. Nous pourrions tenter de les repérer, comme quand nous sommes partis de Plymo !

— Voilà, et on verra bien si tu es repoussée par ces monuments. Je suis sûr que tout se passera très bien !

— J'espère que tu as raison.

Elle se cala tout contre lui, posa sa tête au creux de son épaule, et s'endormit rapidement.

L'aube arriva vite, les nuits continuant à raccourcir.

Ils firent une toilette sommaire à la rivière et mangèrent chacun une de ces excellentes galettes rondes et fines avant de se remettre en route.

La piste s'était rétrécie mais était toujours bien visible. Scotan ne leur avait pas menti. Ils savaient que bientôt ils atteindraient un massif rocheux peu élevé à traverser pendant un jour ou deux. La végétation avait d'ailleurs commencé à être plus clairsemée.

Bientôt il n'y eut plus qu'une herbe rase et quelques buissons épars, et des amas rocheux découpés par les vents. Le paysage était austère mais de toute beauté.

— Cela me rappelle chez moi, ne put s'empêcher de remarquer Jero.

— Heureusement le vent n'est pas aussi froid ici !

— On n'est pas au cœur de l'hiver non plus…

— C'est vrai. Je doute que l'on trouve quelque chose à manger. Et il n'y a visiblement pas de ruisseau non plus. Je suis contente que nos gourdes soient pleines et qu'il reste des galettes. C'est vraiment désertique par ici.

— Avançons le plus possible. Et si demain nous trouvons un endroit plus agréable nous nous arrêterons pour un jour ou deux.

— Très bonne suggestion !

Ils quittèrent enfin ce massif rocheux et ses terres désolées pour s'enfoncer dans une forêt épaisse et majestueuse.

— Regarde donc ces arbres ! s'exclama la jeune femme. Ils sont immenses ! Je n'ai jamais vu des chênes aussi grands, même chez moi !

— Dans tous mes voyages je n'ai jamais rien vu de tel non plus.

Ils marchèrent un moment, émerveillés et le nez en l'air.

Au bord d'une petite clairière, Neala s'approcha d'un de ces chênes pluri-centenaires, et ne put s'empêcher de mettre ses bras autour de l'énorme tronc. Elle posa sa joue tout contre l'écorce et ferma les yeux.

Alors qu'elle se laissait emporter par l'atmosphère mystérieuse du lieu, bercée par le chant des oiseaux et enveloppée d'un doux parfum de mousse fraîche, le flot de ses pensées s'interrompit. Et soudain, elle sentit comme des racines pousser sous ses pieds, s'enfoncer dans la terre humide et venir se greffer aux puissantes racines de ce vieil arbre, pour se mettre en communion avec lui. L'effet était troublant, surprenant, et surtout extrêmement apaisant.

Elle faisait un tout avec l'arbre et avec la Source de Vie. Il n'y avait plus de frontière entre le physique et le non-physique, juste une formidable sensation d'appartenance et une lumière infinie.

Le temps s'arrêta, et ce n'est que beaucoup plus tard qu'elle se détacha enfin de l'arbre, remplie de joie.

Jero s'était allongé dans l'herbe et en profitait pour se reposer en mâchouillant une racine.

— Alors, tu as fini ton câlin avec les arbres ? se moqua-t-il gentiment.

— C'était un moment extraordinaire ! Je te remercie de m'avoir laissé du temps, dit-elle en s'asseyant auprès de lui.

— Je ne voulais surtout pas vous interrompre, ton ami et toi, apparemment il avait beaucoup de choses à te raconter.

— Tu ne crois pas si bien dire ! Figure-toi que dans cette forêt, j'ai une impression de… familier.

— C'est-à-dire ? dit-il en se redressant sur un coude. Tu as déjà voyagé ici ?

— Mais non ! En tout cas, pas réellement. Mais peut-être en rêve ?

— Parce que tu voyages pendant que tu dors, toi ?

Elle le regarda en souriant tendrement. De nouveau, toute explication était inutile.

— Je me sens bien dans cette forêt. Je me sens chez moi.

— Eh bien tant mieux, parce qu'il nous reste encore plusieurs jours de marche pour la traverser. Allez, en route !

Elle se leva à regret pour le suivre.

Les températures, de jour comme de nuit, s'étaient réchauffées. Il pleuvait de moins en moins, et les quatre saisons dans la même journée ne se produisaient plus ici. Même la végétation avait changé, l'herbe était plus grasse, moins soumise au vent. Les arbres, eux aussi, profitaient de ce climat favorable pour se développer vers le ciel.

Ils durent traverser une rivière un peu large, heureusement presque à sec, et au milieu d'un nouveau massif montagneux peu élevé, retrouvèrent une autre rivière qu'ils devaient longer presque jusqu'à la mer.

La chaleur et l'humidité devenaient oppressantes en journée, et fatiguaient les voyageurs. Le soir, ils tombaient d'épuisement. Ils n'avaient que peu pris le temps de chercher de la nourriture depuis plusieurs jours, leurs organismes étaient soumis à rude épreuve.

— Nous pourrions nous arrêter quelques jours pour reprendre des forces, proposa Jero devant le teint pâle de sa compagne, un matin.

— Je préfère avancer. Je ne sais pas pourquoi, mais je sens que je dois arriver au plus vite.

— Mais tu tiens à peine debout depuis quelques jours !

— Ça va aller.

Cependant, bien que très volontaire, et même si elle refusait de se plaindre, elle peinait pour avancer. Pour s'économiser, ils se parlaient à peine de la journée. Ils marchaient le long de cette rivière qui semblait infinie.

Puis, enfin, ils entendirent les premières mouettes, longtemps avant d'apercevoir l'embouchure de la rivière.

— Nous devons bifurquer vers l'est avant de rejoindre la mer, tu te souviens ?

— Oui, sinon nous ne pourrons pas traverser la prochaine rivière et nous serons obligés de faire un long détour. Regarde, il y a un embranchement sur la piste. Ce doit être ici.

— Tu crois que nous sommes loin des champs de pierres levées ?

— Il y a un groupe de personnes qui arrive. Demandons-leur !

Jero les salua, puis essaya d'engager la conversation.

— Nous cherchons… des lignes de pierres levées.

Il y avait deux hommes, une femme d'âge mûr et une adolescente. Tous se regardaient sans comprendre.

Neala ne pouvait détacher ses yeux de l'adolescente. Elle ne portait pas les deux tresses coiffant la plupart des femmes croisées depuis qu'ils étaient sortis de la grande forêt. Ses cheveux étaient détachés et ses belles boucles châtain cascadaient dans son dos. Neala n'avait que rarement vu des femmes avec leurs cheveux en liberté. Elle-même les laissait libres de toute attache depuis longtemps, et elle était souvent dévisagée avec étonnement, voire désapprobation, pour cela. Mais le plus étonnant avec cette jeune fille, c'étaient ces magnifiques yeux verts qui scrutaient les étrangers avec intérêt.

Alors Neala saisit une branche, dessina grossièrement une colline et une suite de petits traits verticaux alignés, figurant les pierres levées.

Le visage de la jeune fille s'éclaira. Elle tendit la main pour avoir la branche, et dessina à son tour.

— Mer, dit-elle en désignant le bas de son dessin, et en montrant la direction avec sa main.

Elle poursuivit en esquissant une sorte de serpent.

— Rivière.

Elle montra un endroit sur la rivière.

— Traverser.

Puis elle traça une autre rivière, et enfin la baie contenant la presqu'île où se trouvait le monument gravé. Entre la dernière rivière et la baie, elle fit figurer les traits verticaux.

Elle montra deux doigts.

— Deux jours.

Neala soupira de soulagement. Ils étaient presque arrivés au bout de leur voyage.

Elle mit le doigt sur la baie.

— Gveris ?

La jeune fille s'illumina d'un large sourire.

— Oui ! Nous sommes de Gveris !

La jeune fille marqua l'endroit d'un petit cercle, sous les yeux ravis des voyageurs.

Neala tenta d'expliquer à la jeune fille.

— Nous allons à Gveris aussi. Nous espérons t'y voir !

— Nous de retour bientôt, pour fête d'été.

— Mariona, allez, grogna un des hommes, impatient de reprendre la route.

La jeune fille rejoignit son groupe, manifestement à regret.

— Merci Mariona, à bientôt ! dit Neala en agitant sa main.

Elle les regarda s'éloigner.

— Ça alors ! s'exclama-t-elle alors qu'ils avaient repris leur route. Quelle chance de tomber sur des habitants de Gveris !

— Je t'avoue que je suis content d'arriver bientôt.

— Et moi donc ! Je n'ai aucune idée de ce que l'on fera une fois là-bas, mais j'ai hâte d'y être. Et cette jeune fille, avec ses cheveux libres et ses yeux verts...

— Oui, gloussa Jero. Je sais ce que tu vas me dire. Et je te confirme, elle te ressemblait. Elle avait les mêmes yeux que toi !

— Je n'ai jamais vu la couleur de mes yeux. Je peux voir mon reflet, dans une flaque d'eau, la forme de mes cheveux ou de mon visage, mais pas les couleurs. Cependant je sais depuis toute petite que mes yeux ont la couleur des feuilles de printemps, c'est ce que me disait Ama. Et je n'ai jamais vu cela chez quelqu'un de ma région. Ni chez toi, d'ailleurs.

— Au cours de mes voyages j'ai vu des personnes avec des yeux verts. Mais c'était très rare. Ici on en a déjà croisé plusieurs.

— Je suis rassurée que nous soyons arrivées à nous comprendre avec cette jeune fille. Les mots sont très similaires, avec un peu d'efforts nous devrions y arriver.

— Et une fois que nous aurons vu ce passage gravé, que ferons-nous ?

Elle s'arrêta et le regarda avec intensité.

— Je ne sais pas. Je n'ai eu aucune vision depuis longtemps. Comme si après ce monument, il n'y avait rien. Est-ce que tu penses que cela signifie... Que je vais rejoindre la Source de Vie ?

— Mais non ! Je pense juste que tu es trop épuisée pour avoir des visions, et trop focalisée sur ce monument pour penser à autre chose.

— Tu n'as pas tort. J'ai du mal à penser à autre chose...

— Je m'en rends bien compte ! Tu ne veux même pas t'arrêter pour te reposer, ni pour chercher une nourriture décente. Et tu dépéris jour après jour.

— Quand on sera arrivés je te promets que l'on se reposera. On essaiera de rendre des services contre de la nourriture, comme on l'a fait jusqu'à maintenant. Enfin, si le village n'est pas trop hostile.

— Mariona avait l'air plutôt accueillante et ouverte d'esprit. J'ai bon espoir.

Neala lui sourit.

— C'est vrai. Et si nous sommes convaincus que tout se passera bien, nous attirerons des réactions positives et bienveillantes.

— Exactement !

Il prit sa main et la serra fort. Ils continuèrent à marcher main dans la main sous un soleil de plomb.

Ils trouvèrent facilement la deuxième rivière et le passage à gué pour la traverser. Ils s'installèrent pour la nuit et Jero insista pour chercher de quoi se mettre sous la dent pendant que Neala préparait le feu. Il revint la besace remplie de prunes juteuses et sucrées, pour leur plus grande joie.

Le ventre bien plein, ils s'assoupirent en imaginant à quoi ressemblaient ces alignements de pierres levées.

Et rien, dans leurs rêves les plus fous, ne les avait préparés au spectacle qui s'offrit à leurs yeux le lendemain soir, à la tombée de la nuit.

Partout où portait leur regard, des immenses alignements de pierres levées régulièrement espacées, partant dans plusieurs directions. Les pierres n'étaient pas dans un seul champ, comme ils s'étaient imaginés, mais à plusieurs endroits autour du village. Elles semblaient être de toutes parts, et dans toutes les directions.

Les voir ainsi dressées au coucher du soleil leur donnait un aspect encore plus mystérieux.

— C'est vraiment très étonnant, murmura Jero, subjugué, marchant quelques pas derrière elle. A ton avis, pourquoi les a-t-on mises là ?

— A-t-on vraiment besoin de savoir pourquoi, ou comment, pour les admirer ? répondit-elle dans un souffle, complètement fascinée par endroit si spécial. Ceux qui ont fait ces alignements l'ont fait… Parce qu'ils sentaient qu'ils devaient le faire.

— Tu ne m'aides pas beaucoup, dit Jero en faisant la moue.

— Que veux-tu que je te réponde ? s'exclama-t-elle en faisant volte-face. Est-ce que je sais pourquoi ma grand-mère a fait ériger ce magnifique passage dans mon village ? Pourquoi des générations d'hommes y ont travaillé saison après saison ? C'est probablement pour les mêmes raisons que les habitants de cette région ont aligné ces énormes pierres. Le plan doit correspondre à quelque chose de tellement ancré dans leur mémoire, dans leur être… Ce n'est autre qu'une manifestation de la Source de Vie. Et c'est extraordinaire.

— J'admets que c'est très surprenant, concéda Jero. Mais ça ne me remplira pas le ventre !

— Toi et ton réalisme ! rit-elle en lui caressant le bras. Il nous reste des prunes, quelques racines à mâcher et des fraises récoltées ce matin. Il est trop tard pour rentrer dans ce village, nous allons effrayer les habitants. Demain nous devrions arriver à Gveris. Et nous trouverons une meilleure nourriture, je n'en doute pas.

— Et nous dormons entre les pierres ?

— Certainement pas ! Ce sont des pierres sacrées, nous ne voulons offenser personne. Nous irons dormir dans ce bois, un peu plus loin.

Ils assistèrent, médusés, au lever du soleil sur les pierres levées. Les rayons de l'astre caressaient les pierres une à une, révélant des détails et des teintes invisibles la veille au soir. Ils restèrent une bonne partie de la matinée à contempler le réveil de ces colosses rocheux.

Puis ils reprirent leur marche, pour leur dernière journée de voyage avant Gveris.

Sur les conseils d'un groupe croisé juste après les alignements de pierres levées, ils remontèrent vers le nord pour pouvoir traverser le bras de mer débouchant dans le golfe.

La presqu'île se trouvait de l'autre côté de ce bras de mer.

Après avoir traversé le point de passage, ils longèrent ce bras de mer, observant la mer se retirer à marée descendante.

— Pourquoi n'avons-nous pas simplement attendu que le niveau de l'eau baisse pour traverser, plutôt que faire ce long détour ?

— Quand la mer se retire, les sables mêlés à la vase peuvent devenir très collants et nous emprisonner. C'est ce que Marko m'avait expliqué à Exton. Les gens qui vivent là connaissent les endroits dangereux, et les évitent. Mais nous ne savons rien de ce lieu, je crois que c'est pour ça que les personnes croisées plus tôt nous ont recommandé de faire ce détour. Tu es fatiguée ?

— Oui, et je ne pense pas qu'on arrivera avant la nuit, il fait déjà sombre. On a trop traîné ce matin. Mais c'était tellement beau !

— Je ne regrette pas. Ce n'est pas grave, on dormira dehors cette nuit encore, il ne fait pas froid du tout par ici. Et demain, on verra !

— Mais on n'a presque plus rien à manger…

— Ah oui, tu crois ça ? Tu vois ce bosquet ? Tu devrais pouvoir trouver de quoi faire un feu. Et je reviens avec le repas.

— Mais où vas-tu, il fait presque nuit !

— Ne t'en fais pas, je reviens très vite.

Et il se dirigea droit vers les rochers découverts du bras de mer.

Dépitée, Neala rejoignit les arbres et se mit en quête de branches mortes. Peu de temps plus tard, un feu joyeux crépitait et Neala, épuisée, le contemplait à s'en abîmer les pupilles.

Quand elle leva la tête, il faisait presque nuit noire, et Jero n'était toujours pas revenu.

Inquiète, elle se leva et le chercha du regard. Elle le vit surgir de la nuit, l'air triomphant.

— Et voilà notre repas !

Il trouva une large pierre bien plate qu'il déposa au milieu des braises, et y versa un grand bol rempli de coquillages et escargots de mer.

— Les rochers en étaient couverts, on va se régaler !

Neala en avait l'eau à la bouche. Ils les laissèrent cependant cuire un certain temps, et avec deux petites branches Jero commença à les déposer un par un dans un de leurs bols de terre cuite.

— Alors ? demanda-t-il tandis qu'il se repaissait de sa récolte, une aiguille d'os dans les mains pour sortir les escargots.

— C'est délicieux ! Vivre dans un endroit pareil doit être merveilleux, avec toute cette nourriture sous la main !

— Et les terres ont l'air particulièrement fertiles. Il fait bien plus chaud que chez moi, avec beaucoup moins de vent.

— C'est vrai que la température est très agréable. Et la végétation est luxuriante, la terre ne manque pas d'eau. As-tu remarqué que les villages sont beaucoup moins protégés que dans le nord ?

— Oui, les gens semblent plus sereins. Ils vivent dans des conditions très favorables.

— Cet endroit me plaît beaucoup.

Jero sourit. Ils étaient rassasiés, ils n'avaient pas froid et pourraient passer une bonne nuit avant de découvrir Gveris.

— Cette fois-ci, on ne s'arrête pas avant ce monument ! s'écria Neala à peine réveillée, déjà pleine d'excitation. Elle avait vu le beau visage de sa grand-mère auréolé de lumière pendant son sommeil et était toute ragaillardie.

— Ça me va !

Le jour venait tout juste de poindre, mais nos voyageurs avaient trop hâte d'arriver à destination. Ils ramassèrent leurs affaires et sans même prendre le temps d'avaler quelque chose, reprirent la route.

Le paysage s'était aplani, il n'y avait plus que des collines peu élevées, quelques marécages et de grandes étendues désormais cultivées. Ils contournèrent deux petites baies et aperçurent plusieurs villages au loin, mais rien encore qui ressemblait à ce qu'on leur avait décrit.

Ils marchaient toujours en direction du sud. Et soudain, un très gros village se profila.

— Regarde ! Je crois qu'on arrive !

L'excitation de Neala était à son comble.

— Tu vois cette colline ? C'est la presqu'île, j'en suis sûre !

— Il va nous falloir traverser le village avant de l'atteindre, se renfrogna Jero. J'espère que personne ne fera de difficultés.

— Tout a l'air tranquille.

Ils s'approchèrent des premières maisons, de grandes bâtisses rectangulaires avec des murs de pierre coiffées de toits de chaume. Et effectivement, le village était presque désert.

— Où sont-ils ?

— Ils ne doivent pas être loin, les foyers dégagent encore de la fumée.

Ils poursuivirent leur exploration en direction du monument, croisant quelques rares personnes affairées. Neala se sentait terriblement et inexorablement attirée par la presqu'île, elle accéléra le pas.

Ils s'engagèrent dans cette direction, et furent surpris de voir beaucoup de monde sur ce même chemin.

— Je sais ! s'écria alors Neala. Évidemment, j'aurais dû y penser. Nous sommes dans la période des jours les plus courts, et il doit y avoir une célébration pour cet événement. Quelle chance nous avons !

— Tu as probablement raison. Les ombres de milieu de journée se sont extrêmement raccourcies.

Les deux voyageurs s'intégrèrent au flot des habitants. Et enfin, ils aperçurent le fameux monument, perché sur une colline, faisant face à la mer.

Il n'avait pas la taille spectaculaire de Barnu, mais la forme vue de l'extérieur ressemblait à s'y méprendre au monument dont Neala avait été la Gardienne.

— C'est... inimaginable, souffla la jeune femme, complètement sous le choc. C'est comme si c'était la même personne qui les avait construits, ou en tout cas conçus.

Ils s'installèrent au milieu des villageois, de façon toute naturelle. Personne ne les chassa ou ne leur posa de questions. Tous étaient face à l'entrée sombre, dos à la mer.

Le silence se fit.

Un très vieil homme sortit alors du passage sombre. Ses longs cheveux détachés étaient d'une blancheur immaculée. Il marchait d'un pas lent, solennel. Ses yeux avaient du mal à fixer un point et semblaient un peu fous. Il s'arrêta à quelques pas de l'entrée du passage, et regarda alors en direction de l'horizon, au-dessus de la foule recueillie. Puis il se mit à murmurer des incantations, d'abord à voix basse, puis de plus en plus fort. Il fredonnait une mélopée répétitive, envoûtante, tout en regardant la mer.

Il leva alors ses bras décharnés vers le ciel, sous le regard éberlué des spectateurs, et poussa un cri d'une puissance totalement inattendue pour un vieillard si frêle.

Des frissons parcoururent le corps de Neala, elle se rapprocha instinctivement de Jero. Elle était trop loin du vieil homme pour le voir distinctement, mais elle pouvait sentir sa puissance venue du fond des âges.

Il reprit alors son chant, à voix haute maintenant, et petit à petit, la foule se mit à l'accompagner. Neala ne put s'empêcher de reprendre les mêmes sons, totalement abandonnée à l'expérience de transe initiée par cet homme mystérieux, dans ce lieu à l'énergie si puissante.

Elle sentit alors la vibration de la voix de Jero, grave et chaude, mêlée aux dizaines d'autres voix. Le temps s'arrêta. Les gens avaient les yeux fermés, certains pleuraient, d'autres se balançaient d'avant en arrière, ou remuaient la tête de droite à gauche, personne ne regardait personne, chacun était pris dans son exaltation personnelle.

Puis l'homme se tut. Petit à petit, les villageois se turent à leur tour. Et quand ils rouvrirent les yeux, ils constatèrent que l'homme, auparavant dans l'ombre, était à présent inondé de lumière. Le soleil le baignait de ses rayons les plus puissants. Et ses cheveux blancs semblaient désormais scintiller de mille feux.

Un villageois commença à applaudir, bientôt suivi d'un autre, puis tout le village laissa exploser sa joie.

Les gens se levèrent, se serrèrent dans les bras, le visage parfois plein de larmes, mais des sourires fleurissant sur toutes les lèvres. La liesse collective était totale.

Jero et Neala s'étreignirent longuement, heureux d'avoir assisté à un moment aussi unique.

Au moment où ils se détachèrent l'un de l'autre, le regard de Neala croisa celui du vieil homme. Elle crut apercevoir qu'il avait sursauté. Rapidement il détourna le regard et recula vers l'entrée du passage. La cérémonie était terminée.

Les villageois commencèrent à refluer vers le village. Bientôt il ne resta que quelques personnes, trop sonnées pour bouger.

Puis Neala aperçut Mariona et sa famille venant à la rencontre du vieil homme.

— Ça alors ! s'exclama la jeune femme. Comment ont-ils fait pour revenir aussi vite ? Nous ne les avons même pas croisés !

— Ils marchent certainement plus vite que toi, s'amusa Jero. Ces derniers jours tu n'avançais pas !

— J'ai peut-être…

Elle se tut. Elle aurait tellement voulu être sûre ! Mais elle ne voulait rien dire. C'était trop tôt. Alors pour détourner la conversation, elle persifla gentiment.

— Si tu n'avais pas passé autant de temps à admirer ces pierres alignées, on serait arrivés bien plus tôt.

— Comment ? Tu exagères ! C'est toi qui ne voulais plus bouger !

— Bon je l'admets, c'était certainement un peu les deux, mais c'était un tel spectacle !

— C'est vrai. Et on est arrivés juste à temps pour cette très étrange célébration de toute façon, alors tout va bien.

Mariona s'approcha alors d'eux. Elle avait tressé ses longs cheveux aux reflets cuivrés dans la lumière du soleil, ses yeux verts étaient toujours aussi pétillants.

— Bonjour, bien arrivés ?

— Oui, merci pour le plan ! Nous cherchons pour manger et dormir, nous pouvons aider pour des travaux, je suis guérisseuse, et Jero taille des pierres.

— Je vais en parler avec ma famille.

La communication était désormais beaucoup plus fluide. Au cours des jours précédents, les deux voyageurs avaient échangé avec plusieurs personnes et s'étaient habitués à leur accent. Ils savaient à présent grossièrement comment prononcer les mots pour se faire comprendre.

Mariona revint toute souriante.

— Mon père, Ronan est d'accord pour que vous veniez chez nous. Il dit que des gens du village ont besoin de soins, il n'y a plus de guérisseuse depuis que ma mère est morte.

— Je suis désolée pour ta mère, dit tristement Neala. Elle est morte il y a longtemps ?

— Deux hivers. Elle était très malade. Elle s'appelait Katell. Mon grand-père n'a pas pu l'aider.

— Ton grand-père est…

— C'est Erwan, le Gardien du Passage.

A ces mots, Neala tressaillit.

— Il est très vieux, et très fatigué. Normalement il dort presque toute la journée. Mais aujourd'hui il était en forme pour la cérémonie, c'est bien. Je suis contente que l'on ait pu trouver de l'éphédra. C'est ce que l'on cherchait quand on s'est croisés, il y a quelques jours. Vous venez ?

Neala enregistrait toutes ces informations avec un énorme intérêt. Mais elle n'en oubliait pas pour autant la raison principale de sa visite.

— Attends, est-ce qu'on peut… voir à l'intérieur du passage ?

— Pas aujourd'hui. Il veut être tranquille. On reviendra un autre jour.

Un peu déçue et dévorée de curiosité, Neala fit contre mauvaise fortune bon cœur, et suivit Mariona, sa famille et Jero, déjà en discussion avec Ronan, le père de Mariona, vers le village. Seul le vieil Erwan resta sur la colline.

Ils furent invités à partager le repas de célébration du jour le plus court. Tout le village participait, et cela rappela étonnamment à Neala les repas de fête de son enfance.

La joie était au rendez-vous, les enfants couraient partout, se faisant réprimander par les adultes quand ils s'approchaient trop des foyers où trois moutons entiers rôtissaient.

Il y avait au moins quatre fois plus d'habitants que dans le village de Neala. Et beaucoup plus qu'à Elebana, le village de Jero.

Les deux voyageurs s'intégrèrent très vite dans cette foule habituée à recevoir des étrangers. La convivialité semblait inscrite dans l'histoire du village. Ils discutèrent longuement avec Ronan et sa nouvelle compagne, Gwenola. Leur long périple depuis les terres du nord intéressa particulièrement leurs hôtes, et Mariona n'en perdait pas une miette.

Ce n'est qu'au bout d'un long moment qu'elle se détourna des adultes et qu'elle alla rejoindre un jeune homme un peu plus âgé qu'elle. Avec ses beaux cheveux cuivrés, elle était facilement repérable.

— Elle n'attendra pas beaucoup plus avant de prendre un compagnon, soupira Ronan.

— Ce Kilian est un garçon très bien, la rassura Gwenola. Il prendra soin d'elle, et elle n'attend que ça, avoir son propre foyer et élever ses enfants.

— Mais tout de même, elle est un peu jeune, non ? Qu'en pensez-vous, vous qui venez du grand nord ?

Jero se mit à rire.

— Je crois que pour un père, c'est toujours trop tôt, non ?

— Mais pour la jeune fille, ce n'est jamais assez tôt, releva Neala en se souvenant avec nostalgie de l'impatience de sa sœur Seena. Je ne crois pas qu'il y ait de moment idéal, c'est quand chacun sent… Que c'est le bon moment.

Elle regarda Jero avec tendresse.

— Finalement, elle fera bien comme elle voudra. Mais elle assumera ses décisions, et si elle se retrouve mère très vite, ils se débrouilleront ! conclut Ronan avant de reprendre un morceau de viande juteuse.

La fête se poursuivit jusque tard dans la nuit. Quand elle s'aperçut que Neala tombait de sommeil, Gwenola invita les voyageurs à la suivre et leur installa une paillasse. Neala débordait de reconnaissance pour cette femme simple mais observatrice qui faisait tout pour les mettre à l'aise. Elle s'endormit bien vite, bercée par les rires au loin.

Les deux jours suivants furent consacrés à soigner des villageois blessés ou malades, à la grande joie de tous. Même si Erwan lui-même était un guérisseur réputé, Neala comprit vite que son grand âge l'empêchait d'être aussi pertinent et habile qu'autrefois, et les gens évitaient désormais d'aller le voir, excepté en cas d'extrême urgence. Lui-même ne s'était pas montré depuis la cérémonie.

Le jour suivant, Neala n'y tint plus. Elle prétexta une collecte de plantes indispensables aux soins, prit un panier en osier et se dirigea vers la presqu'île.

Le chemin était désert.

Elle avait posé beaucoup de questions à Ronan, Gwenola et Mariona, sur ce monument.

D'après Ronan, le mieux renseigné, cette bâtisse était là depuis très longtemps. Il l'avait toujours connue, et rien n'avait changé depuis son plus jeune âge. Neala estima qu'il était une génération plus âgée que Jero et elle. Ce bâtiment était donc bien plus ancien que celui de son village.

Selon lui, les pierres avaient été décorées de gravures au moment où elles avaient été alignées. Il n'avait pas de souvenir de voir des artisans dans ce passage. Pour lui, ce monument était là depuis tellement longtemps que l'on avait oublié qui l'avait construit. Pour Gwenola, c'était encore plus simple, le monument avait toujours été là, il avait été créé en même temps que la mer, les arbres et les cailloux.

Et d'après Mariona, son grand-père connaissait l'histoire, mais ne l'avait racontée à personne. Décidément, cet Erwan semblait bien mystérieux.

Neala en avait appris plus sur l'éphédra. Cette plante aux petites boules rouges était utilisée comme remède contre l'encombrement, mais elle avait des vertus stimulantes et repoussait la fatigue.

Je devrais en prendre, peut-être que je me sentirais moins fatiguée, se dit la jeune femme, luttant toujours contre l'épuisement depuis quelque temps déjà. Les fréquents réveils nocturnes où il lui semblait entendre l'appel d'Ama, depuis son arrivée à Gveris, n'aidaient pas.

Elle se promit de demander à Erwan comment s'en procurer, et comment la préparer. Enfin, s'il se montrait. Et s'il acceptait de lui parler.

Dans son panier, elle avait dissimulé une branche sèche qui lui servirait de torche, une fois à l'intérieur. Elle frémissait d'impatience.

Enfin, elle arriva sur la colline. Elle appela d'abord Erwan, plusieurs fois, sans résultat. Mariona lui avait dit qu'il n'était au monument que pour les cérémonies, et l'absence de réponse le lui confirma. Un peu déçue, elle avança.

Elle se mit face à l'entrée du passage, dos à la mer, déposa son panier au sol, et s'assit en tailleur, à quelques pas de l'entrée.

Elle posa ses mains sur ses genoux, ferma les yeux, et se sentit envahir d'une paix totale.

Elle entendait, au loin, le bruit des vagues, les cris des oiseaux marins volant au-dessus des eaux. Elle sentait la chaleur du soleil sur sa peau et la caresse de la brise dans ses cheveux détachés. Elle laissa son esprit galoper dans des contrées à la fois lointaines, à la fois toutes proches. Elle se sentait tellement bien. D'où venait ce sentiment de bien-être et de paix profonde ?

Elle ouvrit les yeux et accepta ce sentiment. Aussi invraisemblable que cela puisse paraître, elle se sentait chez elle.

Alors elle se leva, et s'approcha de l'entrée. Son cœur battait à tout rompre. Elle décida finalement de ne pas utiliser de torche. Elle voulait sentir les pierres, comme elle l'avait toujours fait, chez elle.

Juste avant de pénétrer dans le passage, elle leva lentement ses bras aux ciel pour prononcer ces mots à voix haute.

— Je suis la Gardienne du Passage, le trait d'union entre la terre et le ciel, entre le monde des vivants et la Source de Vie. Je suis la Source de Vie.

Elle baissa tranquillement les bras, baissa la tête et s'avança dans le passage.

Tout de suite, la fraîcheur et l'humidité la saisirent. Elle fut violemment projetée des années auparavant dans son bâtiment. Mais dès qu'elle posa ses mains sur les premières énormes stèles de l'entrée, elle revint à Gveris. Les gravures qu'elle sentait sous ses doigts étaient fabuleuses. Il y en avait partout. Elle avançait à pas très lents, caressant la roche humide, promenant chacun de ses doigts dans les sillons creusés par les hommes dans des temps lointains. La lumière de l'extérieur étant aveuglante, elle se retrouva très vite dans le noir pour la suite de sa visite. Mais cela ne la dérangeait pas, elle visitait avec ses mains. Elle prenait le temps de découvrir chaque stèle, lentement, comme si le temps n'existait plus. Elle sentit à un moment que le passage s'était à peine élargi. Elle comprit qu'elle venait d'arriver dans la chambre, ce qui se confirma quand elle toucha les pierres du fond. Elle en fit alors le tour, démarrant sur la gauche par ses explorations tactiles, puis revenant dans le couloir, après avoir étudié chaque mégalithe de haut en bas, en long et en large. Toutes ces courbes parallèles, ces cercles concentriques, ces sillons parfaitement uniformes, c'était extraordinaire.

Elle refit le tour de la chambre pour s'attarder sur les trois trous alignés horizontalement à mi-hauteur. Elle n'osait mettre ses mains dedans, ne voulant profaner une offrande ou un objet sacré.

La hauteur du couloir était à peu près régulière, elle pouvait toucher les dalles du plafond et réalisa qu'il n'y avait pas de petites pierres superposées les unes sur les autres et décalées pour former une voûte au-dessus de la chambre, comme chez elle. Ici, de grandes dalles supportaient le tout, même dans la chambre.

Elle continua son exploration. Des larmes de joie ruisselaient sur son visage.

Avait-elle vraiment dû subir toutes les horreurs chez ce monstre de Vamer pour en arriver là ? Car c'était lui qui lui avait parlé de ce lieu magnifique. Elle n'en revenait pas de l'ironie du sort. Cet homme ignoble lui avait permis de découvrir le plus somptueux des endroits, décidément la Source de Vie pouvait être très créative !

Elle pensait à toutes les personnes qu'elle avait perdues ou laissées derrière elle, sa fille Amalia, sa grand-mère Ama, sa mère Ailin, sa sœur Seena, ses neveux Brino et Milen, ses amis Drennan, Juni, Josi… Et toutes les personnes qu'elle avait croisées sur son long périple, qui l'avaient aidée, parfois volontairement, parfois malgré eux. Elle eut une même une pensée émue pour Celima, qui s'était donné pour mission de construire le cercle de pierres visualisé lors d'une transe…

Tous les noms se bousculaient dans sa tête, et ses larmes redoublaient d'intensité. Elle se mit alors à sangloter, ne sachant si c'était de joie ou de nostalgie, toutes ses émotions étaient mêlées et débordaient, comme si elle s'était retenue depuis son départ en exil, des années plus tôt. Une véritable tempête se déchaînait dans sa tête et dans son cœur.

Enfin, elle trouvait un endroit où elle avait envie de poser ses bagages. Enfin, elle se sentait chez elle. Comment était-ce possible ? Elle n'était jamais venue ici.

Elle posa sa joue trempée de larmes contre une pierre froide. Et lentement, la pierre se réchauffa. Puis le visage d'Ama, souriant et rempli de bienveillance, lui apparut.

— Tout va bien, Neala, lui répétait-elle en boucle.

Alors Neala se calma. Elle sentit son cœur s'apaiser, et son esprit suivre le même chemin. Une grande plénitude s'empara d'elle. Elle éloigna sa joue de la pierre réconfortante, laissa courir ses doigts le long des pierres bordant le couloir, et prit la direction de la sortie, où l'attendait une lumière éblouissante.

Alors qu'elle jetait un dernier regard vers l'intérieur, une voix masculine, affaiblie et fragile, venant de l'extérieur, la fit sursauter.

— Ama ?

Épilogue

Elle se retourna vivement.

Malgré la lumière aveuglante, elle reconnut la silhouette du Gardien du Passage. Il se tenait face à l'entrée, soutenu par un très grand bâton.

Confuse, elle se mit à balbutier.

— Erwan, je…

— Ne sois pas effrayée. Je savais que tu viendrais. Et je ne suis pas complètement sénile, je sais que tu n'es pas Ama. Mais tu lui ressembles tellement…

— Tu as connu ma grand-mère ? interrogea-t-elle, ahurie.

À ces mots, le visage du vieillard s'éclaira d'un grand sourire largement édenté. Ses nombreuses rides dessinèrent un soleil autour de ses yeux d'un vert très clair, presque délavé.

— Viens t'asseoir près de moi.

Ils s'installèrent à l'ombre d'un chêne, face à la baie.

Neala était tellement impressionnée par cet homme, elle n'osait pas le regarder.

Ils contemplèrent longuement l'horizon en silence, puis Erwan démarra.

— J'ai connu ta grand-mère il y a très longtemps. Dans ma région, les jeunes hommes partent souvent faire un long voyage avant de s'établir. C'est ce que j'ai voulu faire, j'ai traversé des terres, des rivières et des mers pendant plusieurs saisons. Et un jour, j'ai rencontré Ama. Elle était tellement belle, avec ses grands yeux émerveillés sur le monde et sa chevelure en liberté, comme la tienne ! Nous avons passé plusieurs lunes à voyager côte à côte, dans son immense île. Je n'oublierai jamais ces moments partagés. Elle voulait tout savoir, tout comprendre, je lui ai raconté l'histoire de ce monument, elle était fascinée.

Neala commençait à recomposer le puzzle dans sa tête. Erwan poursuivit.

— Elle m'enseignait ce qu'elle savait sur les plantes et les remèdes, l'observation des cycles de la nature. Et une nuit, elle a eu une vision. Elle devait retourner chez elle, et construire un passage comme celui que je lui avais décrit et dessiné. Et de mon côté, je savais que je devais rentrer chez moi, pour devenir le Gardien du Passage à la suite de mon grand-père. Nos adieux furent déchirants, mais notre devoir comptait plus que tout. Quand je l'ai quittée, après l'avoir accompagnée tout près de son village, Ama attendait un enfant.

Il leva ses yeux délavés vers Neala, attendant qu'elle prenne la suite. Alors elle raconta.

— Ama a mis au monde une petite fille, Ailin, ma mère. Et elle a fait construire ce magnifique édifice qui fait la fierté de notre village. Elle est devenue la Gardienne du Passage. C'était une femme exceptionnelle, très savante et d'une immense puissance.

— Et tu tiens cela d'elle, je l'ai senti tout de suite. Que s'est-il passé ensuite ?

— Ama n'a plus jamais eu de compagnon. Elle était très respectée par notre communauté et par tous les villages de la région. Ailin, sa fille, est devenue mère une première fois avec son compagnon, mais il est mort quelques années après la naissance de ma sœur Seena. Elle est partie pour un voyage pendant quelque temps, et elle est revenue enceinte, de moi. Je n'ai jamais su qui était mon père.

— Elle n'a pas voulu te le dire ? Ni même te parler de lui ? demanda Erwan, un sourcil relevé.

— Hélas, elle est morte en me mettant au monde. C'est Ama qui nous a élevées, ma sœur et moi.

Le visage d'Erwan s'assombrit.

— Nous avons eu une enfance très heureuse, nous n'avons jamais manqué d'amour, grâce à Ama. Et alors que j'étais encore enfant, elle a commencé à m'enseigner tout ce qu'elle savait sur la faune, la flore, l'art de soigner. Et bien sûr, elle m'a initiée aux rituels de Gardienne du Passage.

— C'est n'est donc pas ta sœur qui est devenue Gardienne ?

— Non, rien de tout ça ne l'intéressait. Elle n'avait pas cette connexion avec la Source de Vie. Ama a su que ce serait moi dès que je suis née. Seena voulait avoir une vie comme les autres femmes du village, elle voulait trouver un compagnon, avoir des enfants. Quand je suis partie elle avait deux magnifiques garçons, Brino et Milen. Et toi, que s'est-il passé quand tu es rentré ?

— Je suis devenu le Gardien du Passage. Pendant longtemps je suis resté seul, le souvenir d'Ama était trop présent. Et je voulais me dédier entièrement à ma tâche de Gardien.

— Je peux bien comprendre ça, pouffa la jeune femme.

— Mais après quelques années, la solitude me pesait trop. Et Briana est devenue ma compagne. Avant de mourir elle m'a donné quatre beaux enfants, trois fils, qui sont aujourd'hui partis vers d'autres villages, et Katell, notre petite dernière. C'était la mère de Mariona et la compagne de Ronan. Mais malheureusement elle est morte elle aussi, il y a deux hivers.

— Mariona m'a raconté. Je suis désolée.

Le regard d'Erwan s'évada vers l'horizon. Neala lui prit la main.

— J'ai perdu ma fille aussi. C'est la pire des choses qui puisse arriver à un parent, n'est-ce pas ?

— Oui, confirma Erwan. Quelque chose se brise en nous. Mais la vie continue.

Ils se perdirent chacun dans leurs pensées pendant un long moment. Puis Erwan se reprit.

— Mais aujourd'hui tu es là, et tu es la prochaine Gardienne du Passage de Gveris. Je savais que tu viendrais.

Il souriait à présent de toutes ses dents restantes.

— Moi ? s'écria Neala, choquée. Mais… Tu ne me connais pas, et ce rôle devrait de toute façon revenir à Mariona, non ?

— Je n'ai pas besoin d'en savoir plus sur toi, pour savoir que tu es la Gardienne du Passage. Je suis sûr que tu t'es sentie à ta place, dans ce passage. Je me trompe ?

— Absolument pas. Je me suis sentie… Chez moi. C'était tellement surprenant !

— Moi je ne suis pas surpris. J'ai vu avec quel respect et quelle délicatesse tu es entrée dans le passage, et comment tu as fusionné avec les pierres. Tu seras une Gardienne exceptionnelle, je n'ai aucun doute.

— Mais, et Mariona ?

— Mariona est une jeune fille courageuse et intelligente, mais elle n'a pas le don, ou la connexion, comme tu l'as dit. Elle aspire à une vie simple, avec son compagnon et ses enfants, comme ta sœur. Elle n'a jamais souhaité devenir Gardienne, et elle n'a pas été initiée pour cela.

— Quand tu parles d'initiation, est-ce que l'éphédra en fait partie ?

Erwan se mit à rire.

— Certaines potions à base d'éphédra peuvent aider à communiquer avec les autres niveaux d'énergie.

— Comme la Source de Vie ?

— Ah, la Source de Vie… Il y avait si longtemps que je n'avais entendu cela. La dernière fois que j'ai entendu ces mots, avant que tu ne les prononces devant l'entrée, c'était de la bouche d'Ama. Source de Vie, niveaux supérieurs, énergie pure, appelle-les comme tu veux. C'est juste quelque chose de plus grand que nous.

Il fit une pause pour lui laisser le temps d'assimiler ses propos. Puis il précisa.

— Mais pour prendre de l'éphédra tu vas devoir attendre un peu. Ce n'est pas bon pour les bébés.

Ce disant, il pointa le doigt vers le ventre d'une Neala complètement abasourdie. Comment avait-il pu deviner ? Une fois passé le choc de cette révélation, elle sourit, comprenant qu'elle ne pourrait jamais rien dissimuler à cet homme.

— Est-ce que tu veux voir l'intérieur éclairé ? Je n'utilise jamais de torche, mais je crois qu'aujourd'hui est un jour exceptionnel. La nouvelle Gardienne doit apprendre à connaître son domaine.

— Oh j'en serais tellement heureuse !

Il alluma une torche qu'il avait préparée un peu plus tôt, et ils pénétrèrent ensemble dans le couloir.

Personne n'osait parler. C'était un moment tellement unique et solennel !

Arrivés devant la rangée de trois trous, Neala leva un regard interrogateur sur son grand-père. Alors il prit la parole.

— Tu peux y mettre une offrande. C'est l'endroit le plus sacré du Passage.

Alors, lentement, Neala détacha sa petite bourse de cuir qui ne quittait jamais son cou et qui contenait les minuscules trésors matériels auxquels elle tenait le plus. Quelques cendres d'Ama, une mèche de cheveux d'Amalia, une touffe de poils de son fidèle chien Feu, un morceau du même cristal qui paraît l'entrée du monument de son village, un coquillage de son île…

Elle prit la petite bourse et la déposa délicatement dans le premier trou. Par ce symbole, elle venait de s'ancrer définitivement à ce lieu sacré. Elle sourit à travers ses larmes à Erwan, qui pleurait lui aussi.

Puis, après avoir profité encore des magnifiques pierres gravées à s'en abîmer les yeux, les deux Gardiens sortirent.

— Je retourne au village pour annoncer à Ronan, Gwenola et aux autres la nouvelle Gardienne. Mais je crois qu'il y a ici quelqu'un qui te cherche.

Effectivement, Jero était tout près. Sentant que quelque chose de très important venait de se produire, il salua Erwan d'un signe de tête, trop intimidé pour lui parler.

Erwan lui répondit de la même façon, puis il récupéra son bâton et retourna vers le village à petits pas.

— Est-ce qu'on peut discuter ? demanda alors Neala.

— Je suis là pour ça, répondit Jero.

Ils s'installèrent sous le même chêne qui avait abrité les révélations d'Erwan un peu plus tôt. Jero s'adossa au tronc centenaire, prêt à écouter.

Neala commença à raconter ce qu'elle venait d'apprendre, encore chamboulée par toutes ces informations.

— Donc tu vas être la Gardienne de ce Passage ?

— Oui, mais seulement si tu veux rester ici avec moi.

— Je te l'ai déjà dit, j'aime beaucoup cet endroit. Je m'y sens bien, Ronan m'a pris sous son aile et me voit déjà comme un des sages de ce village. Il apprécie aussi énormément mes techniques de taille, et souhaite que je transmette mes connaissances à des apprentis.

— Tu serais donc d'accord pour rester ici, avec moi ?

— Rien ne me ferait plus plaisir que d'être à tes côtés, du moment que l'on peut vivre juste toi et moi dans notre foyer.

— Hmmm… Alors je suis désolée, mais ça ne va pas être possible.

— Mais pourquoi ? se désola Jero. Je ne veux plus vivre chez les uns et les autres, même s'ils sont tous adorables ! Je veux avoir ma propre maison, juste nous deux, et tu veux me dire que ton rôle de Gardienne va t'obliger à vivre chez ton grand-père, ou toute ta famille nouvellement trouvée ?

— Ce n'est pas ce que j'ai dit, et mon rôle de Gardienne n'a rien à voir avec ça. Mais nous ne pourrons pas vivre seulement tous les deux.

Son visage s'épanouit d'un large sourire, alors que celui de Jero montrait un agacement de plus en plus prononcé.

— Mais alors, c'est quoi le problème ?

— Il n'y a pas de problème. Jero, dit-elle en lui prenant la main et en la posant sur son ventre légèrement bombé, c'est juste que nous allons bientôt être trois.

D'abord incrédule, Jero se jeta sur elle et l'étreignit de toutes ses forces, lui brisant presque les os dans son élan.

— Je suis tellement heureux !

Alors Neala vint se blottir entre ses bras, et leurs regards se retrouvèrent dans la même direction, vers l'horizon.

Heureuse, elle l'était, assurément. Et s'il n'y avait pas assez de mots pour définir ce qu'elle ressentait, un sentiment pourtant dominait tous les autres.

Elle se sentait en paix.

Fin

Postface

Voici notre héroïne arrivée à destination.

Neala a cheminé avec moi pendant de très belles années et je garderai un merveilleux souvenir de chacune de ses aventures, et une pointe de nostalgie chaque fois que je penserai à elle. Elle fait désormais partie de moi.

Si cette jeune femme exceptionnelle n'existe que dans mon imagination, les lieux traversés, eux, sont bien réels, bien qu'adaptés pour ce récit.

Le premier tome se déroule essentiellement en Irlande près de l'actuelle Drogheda, à proximité de ce fabuleux tumulus (aussi nommé tombe à couloir, ou „passage tomb" en anglais) aujourd'hui appelé Newgrange. C'est la visite de ce monument beau à couper le souffle qui m'a inspiré le récit des aventures de Neala.

Dans le deuxième tome, Neala quitte son Irlande natale depuis le village de Torr (nom fictif: Tor) pour se rendre en Ecosse. Après une longue marche dans un paysage désolé, elle arrive près d'un cercle de pierre vers Kilmartin, puis rejoint Jero dans la région d'Ellenabeich (nom fictif: Elebana). Elle traverse alors une grande partie de l'Ecosse puis de l'Angleterre pour se retrouver près de l'actuelle Amesbury, où vit la communauté de prêtresses et où sera bâti, sur plusieurs millénaires, l'extraordinaire site de Stonehenge.

Dans le troisième tome, notre Gardienne du Passage s'enfuit du village des prêtresses pour ramener sa protégée Malis vers l'actuelle ville de Plymouth (nom fictif: Plymo). Après un séjour chez l'affreux Vamer du plateau de Dartmoor (nom fictif: Dartomor), elle s'arrête un temps à Exmouth (nom fictif: Exton) puis rejoint Southampton (nom fictif: Souton) pour traverser la Manche. Arrivée près de Cherbourg, elle longe la côte vers l'ouest jusqu'au cairn de Barnenez (nom fictif: Barnu) puis traverse la Bretagne en direction du sud pour trouver Carnac. Elle arrive enfin au fabuleux cairn de Gavrinis (nom fictif: Gveris) accessible à l'époque par la terre, le niveau des océans étant plus bas il y a cinq mille ans.

Tous les mégalithes du néolithique décrits dans le récit sont accessibles. J'ai trouvé très émouvant de les voir, de me poser un moment près d'eux et de me laisser envahir par leur infinie sagesse.

Si vous en avez la possibilité et l'envie, n'hésitez pas à en faire l'expérience !

Un immense merci à vous, mes proches, pour votre soutien, votre enthousiasme et vos encouragements, sans vous ce troisième tome n'aurait probablement pas vu le jour. Une mention spéciale à ma relectrice et correctrice attitrée, Maricat, pour sa patience et son travail méticuleux.

Et une pensée tendre pour notre petite lapine Winnie qui m'a accompagnée pendant ces années d'écriture. Elle a rejoint la Source de Vie alors que je finalisais ce tome. Près d'elle jusqu'à ses derniers instants, je me suis sentie, à mon tour, une Gardienne du Passage...

Bien à vous,

Sybille Bastide